观海文丛——华东师范大学外语学院学者文库

印迹深深：冷战思维与
美国文学和文化

金衡山　廖炜春　孙璐　沈谢天　著

南开大学出版社

天　津

图书在版编目(CIP)数据

印迹深深：冷战思维与美国文学和文化 / 金衡山等
著. —天津：南开大学出版社，2017.7（2019.6重印）
（观海文丛. 华东师范大学外语学院学者文库）
ISBN 978-7-310-05398-8

Ⅰ. ①印… Ⅱ. ①金… Ⅲ. ①文学研究－美国②文化
－研究－美国 Ⅳ. ①I712.06②G171.2

中国版本图书馆 CIP 数据核字（2017）第 148367 号

南开大学出版社出版发行
出版人：刘运峰
地址：天津市南开区卫津路 94 号　　邮政编码：300071
营销部电话：(022)23508339　23500755
营销部传真：(022)23508542　　邮购部电话：(022)23502200
*
天津午阳印刷股份有限公司印刷
全国各地新华书店经销
*
2017 年 7 月第 1 版　　2019 年 6 月第 2 次印刷
230×155 毫米　16 开本　21.5 印张　2 插页　295 千字
定价：65.00 元

如遇图书印装质量问题,请与本社营销部联系调换,电话:(022)23507125

史诗互证：美国的冷战政治与
文学再现（代序）

在许多美国政客的头脑中，冷战思维就像恋故的幽魂，驱之不散。从总统挥舞大棒干涉政策，到媒体政治话语中的傲慢与偏见，人们看到的是那种唯我独尊的"美国例外论"，那种居高临下的道德优越感，那种强权意识背后的帝国梦想。冷战结束了，但冷战思维仍在作怪；冷战话语大多被抛弃，但冷战的逻辑机制根深蒂固。今天的世界形势已经发生了重大的变化，美国难以维持独步天下的优势，全球霸主地位受到挑战，被淹没在全球化、多元化的国际关系中。绝对优势被削弱的焦虑，更让冷战思维幽灵复活，让一些右翼政客重弹旧调，树立假想敌，与世界发展大势逆向而动。冷战思维作为意识形态的一部分，仍然是美国帝国政治谋划的前提，弥漫在国家战略、话语体系和思维逻辑之中，与今天以包容、沟通和理解为主调的全球治理态势格格不入。

正因如此，今天我们阅读金衡山教授主撰的著作《印迹深深：冷战思维与美国文学和文化》，尤其能感受到作品的当下意义。这是一项跨学科的研究，涉及政治、历史和文化，但重点在后者，即冷战的政治、历史语境催生的文学与文化方面。当代英国文化理论家特里·伊格尔顿认为，"文化研究所关注的中心，已从狭隘的纯文本或概念分析转移到了文化生产问题和艺术品在政治中的运用之上。"20世纪80年代，文学批评朝历史文化转向，跳出以语码、修辞、叙事艺术等为中心的"文内"研究的传统，更多地关注"文外"的社会、政治和历史，将文学阐释融入更加宽广的文化语境。

　　西方共享的冷战价值基础是自由主义，但冷战建构的政治文化对自由思想又是压制的，麦卡锡主义便是个说明问题的例子。冷战催生的怪胎，深深地影响了美国的文学和文化。虽然在媒体长期"洗脑"作用下，不少通俗文化和文学作品附和冷战思维，但主流美国文学秉持的是一种批判的态度，大多严肃作家对冷战思维进行了不同形式和不同层度的抵制。英国作家萨尔曼·拉什迪曾说，"作家和政客是天生的敌人。两类人都试图按照自己的想象塑造世界，争夺的是同一块领地。小说是对官方的、政客的'真理版本'说'不'的一种途径。"历史叙事和文学叙事两种话语的碰撞，可以引向对意识形态重大方面的再思考和新认识。

　　金衡山教授主撰的这部著作正是这种跨出纯文本，向历史、政治、文化研究转向的总体趋势中视角独特的一例，为我们提供了观察美国历史和政治的另一个窗口。文学具有自身的独特属性，如多义性和话语间性，也有自己得天独厚的虚构特权。因此这种特殊的文化模式能够施展评说历史和政治的特殊功能。同历史书写和政治书写一样，文学书写也利用某些支配性的"言说"原则，也隐含着权力关系和权力本质。美国官方宏大叙事充分利用语言的统治力量，建构冷战意识形态的思维框架；而美国作家则通过小说进行颠覆性的再现，利用语言的解放力量，以虚构叙事对抗历史叙事，以个人叙事对抗总体叙事，从而解构体现权力意志的官方话语。

　　按照福柯对社会关系的考量，人类社会中的一切关系都可归为权力和话语之间的关系。书写者握有话语权力，可以决定素材的选择和呈现的模式。作家用虚构的或真实的，或虚构与真实交织的叙事，将概念化的历史具象化，凸显历史叙事中缺失的成分，揭示事情的相对性和多面性。小说通过自己的描述呈现社会面貌，与官方"真理版本"形成反差和对照，这其实是一种争夺意义阐释权的文化斗争。金衡山教授等撰写的这部著作，正是通过虚构叙事与历史叙事之间的互文解读，结合宏观视野上历史文化研究和微观层面的文本分析，在文化语境与文学文本之间寻找意义，在更大层面上与社会、历史和文化形成呼应，讨论作家如何重写、补正、批判官方既定的冷战叙事，揭示其背后复杂的权力关系，引向更鲜活具体的再认识。

这部关于文学与冷战思维的著作，以 4 个具有代表意义又充满荒诞色彩的实例开始，将冷战意识形态扭曲下怪象迭出的历史画面具体地呈现给读者，说明冷战思维吞噬理性，漫及各个领域，不仅祸及"敌方"，美国人同样是这种带偏执狂色彩的意识形态的受害者。作者首先描述了冷战形成的历史背景，追述其思维逻辑的形成，以及这种思维滋育出的恶果——麦卡锡主义。在此基础上，作者讨论了冷战与包括作家在内的美国知识界的关系，逐步聚焦，引向全书四大模块中的主体部分"冷战思维与文学想象"。该章的讨论将 7 位作家的相关文学作品置入冷战的语境中进行分析解读。这些对象文本中，有阿瑟·米勒的《塞勒姆的女巫》和多克特罗的《但以理书》两部指涉比较明显的"反冷战"作品，但更多的是学界一般很少专门从冷战的议题和视角进行讨论的小说。金衡山教授等挖掘渗透其间的冷战因子，重新认识作品的政治意涵和作家的文化态度。研究的最后部分是冷战思维影响下产生的大众文化，包括电影、音乐、绘画等多方面。这是一部历史梳理、意识形态批判和文学解读三位一体的研究，以语境化的文学文本讨论为主，又让个案折射出冷战迷雾中美国政治生态的全貌。

"冷战思维"不等同于"冷战"。它隐藏在背后，流行于无形，既无处不在，又难以捉摸，是一种观看问题的框架，一种逻辑模式，一种政治无意识。在强大的意识形态高压态势之下，作家们难免受到影响，表现出或抗拒或迎合的书写态度。一个作家即使只想讲一个无关政治的故事，其中仍可能涵容了该时代的文化政治信息，可供解码。如果某作家讲述一个普通美国人生活中遭遇贫困和幻灭的故事，他实际上批判了西方世界自由美好的冷战信条，揭露了冷战意识"非我即敌"的绝对化。在批评界的讨论中，米勒的《萨勒姆的女巫》与 20 世纪 50 年代时事关联最多，但这部剧作也不是直接写冷战的，而讲述了 250 多年前一个宗教迫害的故事。作家将过去的悲剧搬上冷战时期的美国舞台，指桑骂槐，矛头指向操纵舆论以清除异己的麦卡锡主义。米勒的剧作是在冷战的语境中生成的，也是在冷战的语境中被当作政治寓言接受的。

金衡山教授在前言中强调：除一些通俗作品外，"当代美国文学与冷战的关系并不是一种直接的反映与被反映的关系，至少我们并不能在一些重要的作家中读到对于冷战的诸多直接的描述，但这并不等于说冷战与文学之间没有关联。事实是，冷战氛围是许多作家不能不面对的一个写作环境，而冷战思维则是在不经意间，或者是有意无意地成为一些作家选择素材、刻画人物、营造情节、表达思想的一个尺度，一种隐含的背景。"在写于冷战时代或关于冷战时代的作品中，大多美国主流作家表达了某种与冷战思维对抗性的"争辩"，这种对抗可能甚至不为书写主体所了解，而泛化在多领域、多层面的作家与时代的批判性对话中。

探究隐藏或蕴涵于表层叙事背后的认识之源，发掘其新的意义和价值，正是文学批评家的贡献所在。批评家与普通读者任务不同，用心不同，解读深度不同。前者意在透过故事层面，努力发掘字里行间的内含，在作家虚构叙事中解读编码于其中的深层意涵。正如本书作者在结语中指出的，这项研究的意义"在于结合冷战历史，深入剖析政治、文化、文学之间的关系，揭示冷战思维的形成轨迹和表现方式"。作为当代世界史上最惹眼的大事件，冷战无法忽视，理所当然地成为相关研究的热门主题，但大多研究专注于国际关系、政治、媒体等方面，而结合文学的讨论不多，集中的专题研究更少。因此，这部著作提供的聚焦式的讨论是一种延伸拓展，可为更具体地认识当代世界史提供一个特殊的视角。

冷战思维惯性很大。在今天媒体愈加强势的信息时代，这种思维依然活跃，依然危险，弥漫在金衡山教授所说的"美国叙事""所用的夸张的修辞"中间。保守政客们危言耸听，制造政治话语中的二元对立，寻找来自"敌人"的威胁，将复杂的价值观念和国际关系简单化，棒杀复杂性和多元化。冷战思维与殖民主义意识形态息息相关，仍然指向今天的帝国话语中那个东方主义的"他者"。这部著作是站在"他者"的立场上对美国冷战政治的再认识，因此具有特殊的意义。克罗齐有句名言："一切历史都是当代史"。金衡山教授主撰的这项得到国家社科基金资助的研究，可以让我们看到历史的延续性。

我与金衡山教授学术交往多年。衡山教授年富力强，才思敏捷，学涵深厚，加之勤奋执着，近年来成果迭出，让人刮目。这部著作是他和他的学术团队多年辛勤劳作的成果，值得细细品读。我本人对文学的历史文化研究具有相同的偏好，阅读这本书稿是一次很好的学习。在这项研究成果中，我看到了作者预设的效果："把一个时代的一种思想乃至思维方式作为一个视角来透视作品的创作动因和用意，由此使作品的现实和历史意义得到开放式的体现。"文学的政治文化研究，今天在我国已逐渐形成热潮。我相信这本著作的出版，可以为我们提供一个成功的范例。

虞建华

2017 年初春

目 录

引言　冷战思维核心及延伸

　　1959 年夏天，美国一对新人举办婚礼，他们把度蜜月的地点设在一处地下防空洞里。当时最著名的图片杂志《生活》进行了报道，刊登了两幅图片。第一幅照片上，这对新婚年轻人站在防空洞旁边，他们的前面整齐地摆放着很多罐头食品和其他准备在地下防空洞度蜜月的用品，第二幅照片抓住了一个瞬间：新人在进入防空洞时相拥相吻（见 May，2008：1-2）。

　　同年 7 月，美国政府在苏联首都莫斯科举办"美国国家展"，时任美国副总统的尼克松亲自到展，与苏联领导人赫鲁晓夫一同参观，同时也发生了一点小小的但意味深长的争执。尼克松在一处展示美国家庭厨房的展点向赫鲁晓夫炫耀美国的生产技术，并说明那些如洗衣机这样的家庭生活设施让家庭妇女的生活变得非常轻松，而且整幢房子价格也很便宜，普通美国人都买得起，面对赫鲁晓夫的不屑一顾乃至冷嘲热讽（赫鲁晓夫打断尼克松，说这些设施苏联已经有了，苏联人也能支付得起美国人的房子，而且苏联没有尼克松所说的家庭妇女），尼克松继而又强调美国人的选择很多，每个建造师都能造出样式不同的房子，"我们的情况不是那种一个政府官员在上面做一个决定。这是我们间的区别……（我们）让人民选择他们想要的房子，他们想喝的汤，他们想要的思想"（May，2008：20）。这便是 20 世纪 50 年代末媒体广为传播的美苏间的"厨房论辩"。

　　1961 年，《麦田里的守望者》一书在出版 10 年后又一次遭遇了读者的严厉苛责。这一次的批判声音来自一位律师，他发现其在德克萨斯大学上学的女儿在英语课上阅读了这部小说，这位律师因此状告德克萨斯大学，理由是学校的做法"腐蚀了我们国家年轻人的道德素质"（Laser，1963：123）。而更重要的原因是"这部小说不算是那种赤裸裸的宣传共产主义的书，但是它导致一种精神价值的萎靡，而这却是帮了共产主义的忙"（Laser，1963：123）。

1984年，很多美国人在影院里看到了一部想象苏联入侵美国的电影，电影伊始出现了这样的画面：9月的一个上午，在科罗拉多州一个名叫卡勒姆的小镇里，一所中学的老师正在上课，突然间看到窗外有一群伞兵从空中降落到了学校的操场上，他出去同他们说话，但遭到了他们的枪击，被打翻在地，很快卡勒姆被苏联和古巴军队占领了。随后影片讲述了几个中学生集聚在一起上山打游击，抗击苏联入侵者的故事。

上述几个镜头从时间上看，穿越了几个不同的年代，从内容上看，也许没有什么特别的关联，但是从另外一个角度而言，无论是时间上还是内容上，这四个镜头都发生了一种特别的关联，都与一个时代背景相关，即冷战。无论是一对新人的别出心裁的蜜月，还是尼克松与赫鲁晓夫的"厨房论辩"，无论是一位律师对一部小说的指控，还是一部电影关于国际关系的充满暴力和鲜血的想象，它们都指向了冷战及其意识形态。如果没有冷战背景下对核弹的担忧，人们难以想象为何会有防空洞里的蜜月；如果没有冷战意识形态的对峙，尼克松对美国生活方式的赞誉和推崇也就失去了接受的对象和听众；如果没有冷战造成的对共产主义思想的恐惧，那位律师似乎很难从这个特殊的角度来解读一部有关青少年成长的小说，把"腐蚀"与共产主义思想联系到一起；当然，如果没有冷战，好莱坞应是想象不出类似会引起第三次世界大战的美苏间正面冲突的这种故事。更深层次而言，冷战不仅仅是背景而已，而是深深融入到了美国人的生活方式和思想行为之中，在政治话语中浮现，也在大众文化中展露，冷战的阴霾无处不在是确凿的现实。

从二战结束后的20世纪40年代末到90年代初，冷战延续了近半个世纪，笼罩了大半个世界，影响了世界许多国家的政治、文化、军事、经济、外交等诸多领域。冷战是当代历史进程中的一个不能绕过的重要阶段，一场大部分时间不见硝烟（就美苏正面冲突而言）但其危险程度在某些时候超过人类历史上任何一个阶段的战争，一次人类最接近于集体自杀的"试验"，一种时间最长的意识形态对峙和冲突。从历史总结的角度研究冷战理所应当地成为学者们的一种责任，而从冷战与文化和文学的关系入手进行深入研究则可以帮助我们透过历史的表面现象更好地解析问题产生的根源。就美国而论，冷战在很大程度上使其成为"自由和民主"的捍卫者，东西方意识形态的对峙则给予了其进一步深化自由主义传统的机遇，形成了冷战思维①，其核心是自我与他者、"光明"与"邪恶"、"自由"与"独裁"，这样一种"不是，即是"的思维模式，直接或间接地渗透在当代美国文化的生成过程中，反映在政治修辞、媒体话语、作家构思、个人行为等方面。另一方面，对核武器的恐惧和对军备竞赛无限升级的担忧也在文化上烙下了深深的印迹，同样反映在人们的行为方式和作家的写作中。

　　冷战思维的表现形式是多方面的。它是政治策略，也是外交手段，更是一种国家战略，在一定时期内成为美国谋求世界领导者地位的有力武器。它同时也是一种文化手段，通过文化的展现，使得这种思维方式广泛传播，深入人心，在很大程度上构成了人们想象空间的主要内容之一。不仅如此，在政治和文化上不断强化的同时，冷战思维也延伸到了日常生活层面，通过与"他者"有意无意地对比，表现为对美国式生活方式的突出推崇；在冷战氛围之下，所谓的"美国生活方式""美国之路"被赋予了更加具体的内容，自由、民主、个人权利等等这种美国政治和文化生活中的重要理念，在冷战时代更是得到了前所未有的强调，更重要的是，这些理念与美国的国家战略紧密结合起来，构成了国家实施冷战政策的道德基础。另一方面，这种结合在生活方式层面上

---

① 关于冷战思维，刘金质的解释值得注意，他从美苏外交关系入手总结了以下几点：1. 互相视对方为最危险的敌人；2. 给对方规定了历史的归宿，加剧意识形态的冲突；3. 奉行"零和"对策，认为己方所得即是对方之所失；4. 从地缘政治出发，重视同盟战略。此外，有关冷战的内涵和实质，在刘金质的著作中也有详细的说明，参见刘金质：《冷战史》，北京：世界知识出版社，2003，前言31页、1页。

得到了强调，比如美国拥有的现代生活方式成了自由得以实施的保障，而在这基础上，自由也就自然成了美国人与生俱来的权利的特征，是美国这个"自我"（对"他者"而言）形成的基础，更是构成了一种美国人信仰的道义源泉。以上场景即是可以用来说明这种观念的例子之一。

冷战研究目前是史学界和国际关系领域的一个研究热点，而与此相关的冷战文化、冷战思维以及冷战氛围下的文学写作也开始引起学界的关注。作为冷战的发源地和主要参与国，美国自然成了这方面研究的重要对象。近年来（有些早期研究可以追溯到二十多年前），美国国内对冷战期间文化和文学状况的研究呈现出一派热闹景象，已经有大批论文和专著出版，研究领域涉及冷战思维与意识形态构建、冷战文化的形成、冷战与女性的家庭角色、冷战与大众文化的关系、冷战对一些重要作家的影响以及冷战视域下当代美国文学的重读等方方面面。综合起来看，这些研究表现出以下几个特点：1. 对冷战思维的阐释，从意识形态对峙的角度，结合美国原有的自由主义传统，说明冷战思维的形成以及对包括从知识分子到普通民众和家庭的影响，从而勾勒出冷战文化从萌芽到生成和发展的轨迹。如伊莱恩·梅的著作《朝向家庭：冷战期间的美国妇女》（Elain Tyler May, *Homeward Bound: American Families in the Cold War Era*，1988），作者以冷战为背景，剖析美国妇女在冷战期间回归家庭的原因，冷战氛围导致了对妇女承担家庭角色的要求，而这又与国家的需要融为一体。里查德·佩尔斯的研究《保守时代的自由思想：20 世纪 40 年代和 50 年代的美国知识分子》（Richard H. Pells, *The Liberal Mind in a Conservative Age: American Intellectuals in the 1940s and 1950s*，1985），则从历史的角度分析 20 世纪 40 年代末和 50 年代初美国一些左翼知识分子中偏右的转向，冷战氛围下知识分子与美国的认同成了那个时代美国思想界的共识。斯蒂芬·维特菲尔德所著《冷战文化》（Steven Whitfield, *The Culture of the Cold War*，1991），是迄今为止以冷战为纲，以历史线索为维度、对冷战于美国社会产生的各种文化影响包括媒体、电影、文学以及文化的政治化过程和政治的文化表达等方面进行全面论述的一部论著，为了解美国冷战文化和社会间的互构提供了一个新颖的角度。2. 从后冷战的角度反思冷战文化的作用，揭示冷战氛围下的国家观念和民族认同的内涵和体现形式，以及个人身份的构成。如克里斯丁·阿皮编著的《冷战建构：美国帝国主义的政治文化，1945—1966》（Christian G Appy, *Cold War Constructions: The Political Culture of United States Imperialism: 1945—1966*. 2005），从国际视角重新审视冷战期间的美国外交关系，指出美国国家利益与自由主义思想的合并主导了冷战期间的美国外交，而冷战文化为这个方针的实施提供了条件。道格拉斯·菲尔德主编的《美国的冷战文化》（Douglas Field, *American Cold War Culture*, 2005），从家庭、种族、政治、电影、文学、电视等多个方面，探讨了冷战遏制思想在这些领域中的反映，说明冷战思维的普遍蔓延。而克里斯蒂娜·克莱恩的专著《冷战东方主义：中产趣味者想象中的亚洲，1945—1961》（*Cold War Orientalism: Asia in the Middlebrow Imagination*, *1945—1961*, 2003），从电视剧、音乐剧、电影、畅销书等各种文化现象入手，梳理出冷战期间美国普通人心目中的亚洲形象，目的是映衬美国的不同和自由与美好，这自然也是美国国家观念和民族认同的一种不可或缺的构建因素。3. 通过对冷战期间一些重要作家的重新审读，说明作家写作与冷战氛围的关系，两者之间互相构建——利用与被利用，批判与认同，逃逸与参与——的复杂联系，从而发掘出这些作家和作品一些新的意义。这方面重要的研究著作如琼·培肯的《费兰纳里·奥康纳与冷战文化》（Jon Lance Bacon, *Flannery O'Connor and Cold War Culture*, 1993），把对奥康纳的理解放在 20 世纪 50 年代冷战期间的大文化背景下，考察其作品与当时通俗文化如电影与杂志的关系，探讨诸如家园入侵、美国形象、核弹恐吓、知识分子态度等主题在奥康纳作品以及其他通俗文化中的出现和反映，从而延伸出有关奥康纳与冷战关系的研究，说明看似远离政治的奥康纳，实则也与冷战的政治不无关系。这为奥康纳研究开启了一扇新的窗户。具有同样功效的是米勒对厄普代克的研究：《约翰·厄普代客与冷战》（D. Quentin Miller，*John Updike and the Cold War*，2001）。厄普代克本人曾经声称，他的思想是在冷战背景下形成的，他对生活的看法也离不开冷战的存在。在米勒看来，这构成了理解厄普代克一些主要作品的一个重要视角，从 20 世纪 60 年代的《夫妇们》到 70 年代的《政变》再到 90 年代的《兔子安息》，厄普代克的写作经历了核武器的阴影对生活的影响、冷战的国际效应与冷战的最后结束等几个关键时刻，这些都能在其笔下找到相应的痕迹，不是简单的直接反映，而是复杂的与时代的对话，从中可以看出作家对时代的敏感和理解。也有一些研究者把文学、电影、电视、社会运动等多种"文本"放在一起，在冷战的聚光灯下进行透视，从而看出时代与时代"文本"间的互相关联，同时也对一些经典文学文本的解读提供了新的视角。艾伦·纳达尔的作品《遏制文化：美国叙述，后现代主义与原子时代》（Alan Nadel，*Containment Culture: American Narratives，Postmodernism，and the Atomic Age*，1995）是这方面的典范之作，作者把冷战遏制看成一种时代话语，在这个框架下再来看一些五六十年代的经典之作，如《麦田里的守望者》《第二十二条军规》以及电影《十诫》等，则多少可以感觉出冷战的影子在人物构造、故事内容乃至语言上的印迹。例如，《麦田里的守望者》中主人公霍尔顿的语言，在作者看来可以与 50 年代麦卡锡主义盛行期间的"供认"（confession）行为放到一起解读，从而看到这个少年貌似反抗行为背后的矛盾心态，这是对这部小说的政治含义新的阐释。

从国内冷战研究的情况看，大多数研究集中在历史和国际关系方面，主要是关于冷战的起源、冷战的后果和教益、冷战中的中美关系等等，对于冷战文化的研究并不多见。如果有的话，主要表现在一些译本的出版上，如《文化冷战和中央情报局》等，而关于冷战文化在美国的表现，特别是对冷战与美国当代文学关系的研究则几乎是空白①。在一些文学史著作中，提到了冷战期间的美国文学，但只是作为背景材料，并没有专门的深入研究。

本书尽最大可能吸收了美国冷战文化研究方面的成果，在此基础上提出了一个新的研究框架，核心内容是探讨冷战思维与美国文学和文化的关系，横跨多个领域，包括历史、政治、文学、思想和大众文化，目的是追溯冷战思维的产生过程和表现特征以及延伸路径，同时在不同的领域探析其相关的内容，以说明作为一种话语的冷战思维发生的作用和影响。具体而言，主要内容分为以下四个部分：1. 冷战思维的历史和政治阐释及说明，包括形成的背景与过程。这部分内容作为一个引言，引出冷战的历史起源，对一些历史文本与事件如乔治·凯南的 8000 字电报长文、丘吉尔铁幕讲话、杜鲁门宣言、马歇尔计划以及麦卡锡主义等做历史的、文化的评述，指出其要点所在以及与美国战后所处国际地位的关系，勾勒出冷战思维开始形成的历史和思想意识形态背景；2. 冷战与美国知识界的关系。这部分主要探讨 20 世纪 40 年代末到 60 年代初之间，美国知识界部分曾经具有左翼倾向或者是自由主义思想的知识分子与冷战氛围的关系，他们中的很多人经历了从左到中到右的思想转变过程，而这与冷战氛围的渐趋紧张是有紧密关系的；另一方面，传统的自由主义思想也与冷战意识形态发生了关联，间接或直接地附庸于后者，成为主流意识形态的一部分。这里采取的研究方式是把历史事件和相关典型文本放在一个平面上，透视其中的冷战思维表现，前者如 1952 年《党派评论》召开的"我们的国家，我们的文化"笔谈会，以及由此引发的对冷战氛围下美国文化走向的讨论和争议，同时围绕这个事件前后美国思想界发生的一些事情，勾勒出一些知识分子的言论与冷战的渊源关系，而这种关联在诸如莱昂尼尔·特里林的名作

---

① 在中国知网可以搜索到一些零星的相关文章，如：王长荣：《冷战与第二次世界大战后的美国小说》（《外国语》1994 年第 2 期），方成：《论库特·冯尼克特小说的冷战政治意蕴》（《当代外国文学》2001 年第 2 期），周敏：《冷战时期的美国"低下世界"：德里罗《地下世界》的文化解读》（《外国文学》2009 年第 2 期），史澎海：《冷战背景下美国小说创作论析》（《北方论丛》2013 年第 4 期）。这些文章或多或少涉及到了冷战，但大多只是作为背景，论述冷战思维与文学的深度关系较少。

《自由主义想象》（Lionel Trilling，*Liberal Imagination*，1950）、莱斯利·费德勒的首部政治与文化评论集《"天真"的终结：文化和政治评论集》（Leslie A. Fiedler，*An End to Innocence, Essays on Culture and Politics*，1955），以及也是名著的丹尼尔·贝尔的《意识形态的终结：五十年代政治观念枯竭之考察》（Daniel Bell，*The End of Ideology: on the Exhaustion of Political Ideas in the Fifties*，1960）中，都有若隐若现的反映，其中涉及的关键词"自由主义"是冷战期间美国知识分子产生共识的基础，若不从冷战的角度加以审视，则很难说明这种"自由主义共识"的来龙去脉和具体内涵。也正是在冷战背景下，美国不仅仅是一个国家的名称，而是成了一个符号，一个诸多知识分子不得不考虑是否需要与其认同的象征；3. 冷战思维与当代美国文学。当代美国文学与冷战的关系并不是一种直接的反映与被反映的关系（除一些通俗作品以外），至少我们并不能在一些重要的作家中读到对于冷战的诸多直接描述，但这并不等于说冷战与文学之间没有关联。事实是，冷战氛围是许多作家不能不面对的一个写作环境，而冷战思维则是在不经意间成为一些作家选择素材、刻画人物、营造情节、表达思想的一个尺度，一种隐含的背景，就像当代著名美国作家厄普代克《兔子四部曲》中的主要人物"兔子"所言，冷战是他每天早上起来的原因。冷战当然并不是一个孤立的因素，而是深深嵌入当代美国社会的其他诉求之中，如个人身份、家园意象、国家认同等等。另一方面，对于冷战的反思，尤其是对冷战思维的批判，在某种程度上与冷战的进程一同进行，在一些作家身上这一点表现得尤其明显，这当然也应是研究冷战和文学关系的一个重要方面。

在时间上，这里涉及的作家以及相关的著作跨越了几个时期，从20 世纪50 年代到80 年代，纵贯整个冷战时代的大部分时期。冷战初期出版的塞林格的《麦田里的守望者》和艾里森的《看不见的人》是战后美国小说中的经典之作，迄今为止很少有研究从冷战的角度对这两部作品进行阐释解读，本书相关章节在美国学者研究的基础上，剖析了前者的象征寓意与冷战遏制政策的关联，从作品的人物塑造和叙事方式方面寻觅细节加以佐证；此外，通过揭示艾里森曾经历过的左翼思想和写作历程以及随后的转向，后者与冷战自由主义共识的关联昭然若揭，同时也为理解这部名著的政治含义打开了一条途径。50 年代的戏剧名家阿瑟·米勒在很大程度上被裹挟进了冷战造成的政治漩涡之中，其充满了隐喻的戏剧《萨勒姆的女巫》则成为这位有着深邃思想的戏剧大家讨伐冷战思维的不朽檄文；可以相比的是，南方文学名家奥康纳看似与政治不甚相干，但是仔细阅读她的一些短篇可以明显体悟出她对冷战氛围的关切，尤其是围绕"家园意象"的被摧毁而展示的思虑以及对冷战思维的批判。擅长把历史背景融入小说情节的多克特罗在 70 年代初的作品《但以理书》中重写了 50 年代的"罗森堡案件"，从人文主义角度重新审视了 50 年代的"老左"、60 年代的"新左"①，而直面的则是冷战造成的极

---

① "老左"指的美国 20 世纪 30 年代到 50 年代的一些思想左倾知识分子，曾经受到过马克思主义和苏联的影响，其中一些人后来思想变化，成为了自由主义者或者右翼保守主义者。"新左"指的是 60 年代主要从学生运动中产生的倾向左翼思想者，他们中很多人并不认同过去的左派。左翼文学研究在西方通行，20 世纪三四十年代左派文学在欧洲和美国都很盛行。美国著名学者丹尼尔·艾伦（Daniel Aaron）所著的《左翼作家研究》（*Writers on the Left*，1961）就是研究左翼作家的名著。书中引用的亚历山大·布鲁姆（Alexander Bloom）所著的《浪子回头》（*Prodigal Sons*，1986）也涉及左翼作家，其中用到了 New Left（新左）和 Old Left（老左），如原文："The New Left, in general, appeared to have recaptured the radical fire which had either gone out of so many of the old thirties radicals or had, at best, died down to a dim glow…For most, from the ever-more conservatives like Irving Kristol to the declared Old Left survivors like Irving Howe, these new trends did not inspire optimism."（347 页）（一般而言，新左派似乎也表现出了强烈的 30 年代似的激进，但是 30 年代老激进者们要么已经不再那么激进，要么激进的火光至多已经式微。对于大多数老左派们而言，从后来一直是保守的欧文·克里斯托到一直声称是老左派幸存者的欧文·豪，这些新左的表现已经不能激发乐观主义了）。在这里，既提及"新左"也提及"老左"一词，old thirties radicals 指的就是 old left（老左派）。在多克托罗所著《但以理书》（*The Book of Daniel*）一书的介绍前言中，美国学者乔纳森·弗里德兰（Jonathan Freedland）有如下评语：Doctorow wants us to contrast the leftism of Daniel's times with that of his parents. Daniel, along with his troubled sister, Susan, is involved in the anti-war movement, they even set up their own Foundation for Revolution in memory of their slain mother and father. The author examines this lineage, this family tree of radical politics. What might connect the old left of the Isaacsons with the new left of their children?（2006, vii）（多克托罗想让我们比较丹尼尔时期的左翼和他父母时期的左翼。丹尼尔和他陷入麻烦之中的妹妹苏珊加入了反战运动，他们甚至建立了一个基金会，纪念其被执行死刑的父母。作者考察了这一条线，这个家庭中的政治活动轨迹。伊萨克森们的老左派和他们的孩子的新左派之间会有什么联系？）。这里也都提到了老左派和新左派。著名学者张隆溪写的一篇关于美国学者丹尼尔·艾伦的文章——《丹尼尔艾伦：一生经历过 14 位总统的美国历史见证人》也直接用了"老左"和"新左"的说法："1967 年在纽约，艾伦主持了新老左派的一场辩论会，新左派由两位"青年雅各宾党人"代表，他们完全不理会老左派在说些什么，只借此机会来宣扬自己的观点。"（http://www.thepaper.cn/newsDetail_forward_1285280）因此，本书中（尤其是第三章第五节）出现的"左翼文学""老左派""新左派""老左""新左"等词属于美国文学研究中会普遍用到的学术用语，有别于中国的同形词语。

端行为和思维。类似的是厄普代克七十年代末的小说《政变》，冷战在这里被延伸到了国际视域，一个非洲小国的故事在很大程度上折射出了冷战思维的强劲影响，同样有着深邃思想的厄普代克不仅对主人公的极端行为，同时也对冷战思维输出国的美国进行了多重讽喻。冷战在80年代重回热闹，里根执政下的美国霸气十足，掀起了新的冷战高峰，通俗作家汤姆·克兰西在80年代初适时推出超级畅销书《猎杀"红十月"号》，在描述了美国的英雄形象的同时，酣畅淋漓地将恶魔的形象套到苏联人的头上，里根给予苏联"邪恶帝国"的称号由此得到了生动的印证。这些作品的写作风格与内容各不相同，但一旦放在冷战历史背景的聚光灯下，可以映照出诸多相近或相同的政治和文化的寓意，即对冷战的关切、思虑、批判和迎合。总之，离开了这个背景，对这些作品的读解至少会缺少了一层意义的展现[①]；4. 冷战与大众文化。这部分内容主要是研究大众文化如何与冷战发生关联，或多或少地成为冷战思维的宣传用具，并在某些时候成为冷战期间美国外交策略——遏制与缓和——的实践媒介。爵士乐与电影是冷战文化曾经大展身手的两大领域。爵士乐自在自由的表达方式成为美国向其他国家展现美国文化的理想手段，成了美国的文化输出使者；而有关冷战的电影在长达四五十年的冷战期间成为了好莱坞关注的重头戏，从50年代以反共为主的宣传片，到60年代的一些以核武恐惧为主题的讽喻片，再到80年代正面支持冷战的硬汉片，冷战可以说是好莱坞无可避免的演绎之源，即便是大导演希区柯克，在五六十年代拍摄的电影也脱离不了冷战的氛围。另一方面，爵士乐成为宣传工具多少有一点被挪用的因素在，遭遇了同样命运的还有50年代在绘画艺术领域叱咤风云的抽象表现主义绘画，杰克逊·波洛克等画家被视为颇有创新但鲜有人能看懂的抽象画作，在冷战背景下摇身一变成为了美国的象征，冷战导致的

---

① 关于冷战思维与文学，本书选择了7部作品作为范例进行研究。显然，这个领域的范围远不止这些作品，之所以做这个选择，主要是考虑到这些作品有一定的代表性，另外篇幅所限，不能面面俱到。其中有些作品如《麦田里的守望者》《政变》等，已有一些美国学者从冷战的角度进行了研究，本书作者从中获益良多，在此表达感谢（详见相关章节引用文献）。但是无论在总体还是细节方面，本书的相关研究都不尽相同。

强大的文化塑形力量，由此可窥一斑。但是需要指出的是，也有一些艺术家对冷战思维进行了深入反思和深刻讥讽，60 年代中期著名导演斯坦利·库布里克执导的《奇爱博士》（又名：《我如何学会停止恐惧并爱上炸弹》）即是冷战讽刺电影的典型，它通过对冷战氛围下核武器恐惧这个主题的提炼，用夸张的方式描述了冷战导致的一些人行为的荒唐和乖张，同时也表现了对人类面临毁灭危险的焦虑。

　　如上所述，本书涉及的领域众多，内容虽然不同，面对的问题却是共同的，即冷战思维及其表现。因此，研究的方法应是跨学科的，而视角则是文化研究的角度，触角伸向各个方面，但中心只有一个。近年来，文学研究领域引进文化研究的方法，一个结果是突破就文学而文学、局限于文学文本内部的研究套路，越来越把文学放到整个文化生产的大环境中去考察，从而揭示文学作品产生的原因和效果，以及参与意识形态构建的功能，这样的研究给文学研究增加了新的视角，对文学的功能有了新的阐释，也给文学研究带来了新的活力。这种研究方法部分来源于 20 世纪文论的影响，尤其是法国结构主义马克思主义者阿尔都塞对经典马克思主义关于经济基础和上层建筑关系的重新阐释，以及对意识形态功能的重新定义。意识形态无处不在，发挥了与经济（物质）等同的作用，在这个意义上，文化（在某种意义上是意识形态的另一说法）的塑形作用就有了很强的政治意味，也就是意大利马克思主义者葛兰西所说的文化"霸权（hegemony）"意义。可以说这一思路构成了文化研究的一个基本出发点，从批评实践的角度看，是把传统意义上不同领域的内容融合到一起，从不同中寻找共同的东西。本书的一个基本思路即是这种文化研究的路径。同时，要避免泛文化研究，不能仅仅是把文化当成背景材料的介绍，走回文本加背景式的文学研究老路上去。避免落入这种俗套的一个途径是尽可能关注不同领域的原始文本，采用"细读"的办法，读出相关的"文化"意味，目的仍然是找出共同面对的问题。这是本书的一个重点，各个部分大多以具体"文本"为读解对象，在一个大背景下读出其中的关联；这也是难点所在，因为"细读"不仅需要扎实的语言领悟能力，更需要广博的历史和文化知识作为强大的支撑，尤其是对第一手资料的把握。具体讲，本书以冷战思维为纲，观照在同一历史时间、不同领域里的现象，包括政治的、思想的、文化的等等，描述出互为建构的复杂关系，同时反过来进一步说明冷战思维的核心所在，从多个方面揭示冷战对战后美国社会产生的影响。这种跨学科、多角度的研究，在国内美国文学和文化领域是一种新的尝试，或许可以起到填补空白的作用。

　　本书的主体结构和大部分篇章由金衡山完成，第四章第四节由廖炜春完成，第三章第七节由沈谢天完成，第四章第二节由孙璐完成。本书中凡是没有翻译出处的外文文献的中文翻译为本书作者自译。

引用文献

Laser, Marvin and Norman Fruman, ed. *Studies in J. D. Salinger: Reviews, Essays, and Critiques of The Catcher in the Rye and Other Fiction*. New York: The Odyssey Press, 1963.

May, Elaine Tyler. *Homeward Bound: American Families in the Cold War Era*, revised 20th Anniversary Edition. New York: Basic Books, 2008.

Nixon, Richard. The Kitchen Debate. www.cia.gov/Library/readingroom/docs/1959- 07-24. pdf

第一章 政治、外交与道义使命：冷战思维的形成

　　冷战源于二战后国际政治与军事格局的变化，造成的结果是美苏作为两大势力集团的首领在外交、经济、文化和社会生活等方面的对峙。与这个过程同时产生的，是冷战思维的形成、发展和渗透。就美国战后冷战氛围的产生和蔓延过程而言，其中发生重要作用的有凯南的"遏制"政策的提出、杜鲁门主义和马歇尔计划的出笼以及国家安全委员会 68 号文件的制定，这些从政治、外交、军事和经济等方面对美国冷战政策的确定发挥了很大作用，而更为重要的是其中折射的冷战思维逻辑，它是冷战政策制定的思想基础，同时也是行动的出发点。从历史的语境解读相关的冷战经典文献，可以清晰地看出冷战思维形成、升级的轨迹，这个轨迹的延伸在一定程度上引发了麦卡锡主义的蔓延，在很大程度上，这正是冷战思维的一个后果。

第一节　冷战遏制与凯南的道义逻辑
——关于"长电"和 X 文章的解读

　　二战后，美苏关系成为美国外交的重中之重。美国和苏联从战争期间的盟友到战后的短期合作伙伴再到互相敌视，两国之间外交关系

的变化最终导致了冷战的开启。从外交战略上说，美国对苏联的冷战最早是以遏制政策的形式实施的，而该政策的始作俑者当属乔治·凯南。凯南著名的"长电"和 X 文章成了战后美国对苏关系的一种指南，其核心构成了遏制政策的主要内容。更重要的是，凯南这两篇文献成为日后美国冷战思维的思想来源之一，但同时，其中的矛盾之处也表明了冷战思维从一开始就有的种种问题。细读这两篇文献，结合冷战初期的历史，剖析凯南的语词修辞与逻辑论证，可以帮助我们了解冷战思维的表现方式及其矛盾的发生成因。

一

乔治·凯南是美国职业外交官，早年曾就读于普林斯顿大学，20 世纪 20 年代末在柏林大学东方学院学习俄语和俄罗斯及苏联政治、文化，除俄语外还会德语、法语、波兰语、捷克语和挪威语等，是美国国务院第一批苏联问题专家之一。他是二战前第一批进入苏联的美国外交人员，1933 年罗斯福宣布与苏联建立外交关系后，是年年底凯南抵达莫斯科，帮助美国驻苏联第一任大使威廉·布里特创建大使馆，其后一直在大使馆工作到 1937 年离开苏联。1944 年凯南重返苏联，在大使馆工作了近两年的时间，1946 年 4 月奉调回国，到美国国务院工作。1946 年 2 月时任驻苏临时代办的凯南给美国国务院发去了一封长达 8000 字的电报，史称"长电"，详细阐述了他对苏联国家和社会的认识以及美国应采取的相应对策。两年后，凯南又在美国《外交》杂志上发表署名"X"的文章，公开阐释他的对苏政策和遏制思想。

在 1967 年出版的回忆录中，凯南记述了他写"长电"的原因和经过。1945 年 2 月中旬，美国驻苏大使馆接到一些美国政府的电报，其中有来自财政部的询问，要求帮助解释苏联对加入世界银行和国际货币组织的抵制①。凯南对财政部的询问有点不屑一顾，认为他们对苏联根本不了解，天真地以为可以和苏联进行合作，但事实往往并不如愿，最后则把他们的疑惑统统转到大使馆，以为会得到什么好的答案。凯南的不满情绪不光是针对财政部，也面向美国政府。此前，他就对波茨坦会议后，美国国务卿贝尔纳斯花大力气与苏联外长斡旋商讨在东欧一些国家建立民主政府抱有很大的成见，认为不会有什么好的结果。（Kennan，1967：284、293）在接到财政部的电报后，凯南敏锐地感到表达他自己意见的机会来临了，用他自己的话说："在过去的十八个月里，我一直在试图让他们明白我们在莫斯科使馆每天面临的现象的本质，如果我们的政府和人民要想成功地把握战后世界问题的话，他们就必须知道这些本质问题，但是我并没有获得多少成功，只是偶尔扯了一下人家的袖子而已。"（Kennan，1967：293）凯南的回忆其实漏掉了一个重要背景因素，那就是1944年2月9日，斯大林在莫斯科最高苏维埃选举大会上作的一个发言，斯大林提到了二战发生的原因，即资本主义国家内部间的经济矛盾导致战争的发生，他认为如果当下的资本主义世界格局不发生变化，战争是不可避免的。斯大林的讲话引起了美国国务院一些人的重视，他们告知凯南欢迎他对这篇讲话作出解释性评论。（Costigliola，1997：57；刘金质，2003：91）凯南显然把这个机会看作是天赐良机，"忽然间，他们要来问我的意见了"，他决定要把整个的"真相"，也就是"现象的本质"告诉他们："他们以前也问过。但是这一次，天啊，要让他们好好听听。"（Kennan，1967：293）

其时的凯南正在病中，但是要披露苏联问题本质的冲动压倒了病魔的折磨，结果便是长达8000字的电报长文。这篇电文不像是一般意义上的评论，更像是一篇在深思熟虑基础上的论文。文章分五大部

---

① 1944年7月，在美国新罕布什尔州布雷顿森林的一家旅馆中召开了联合国国际货币金融会议，确定建立国际货币基金组织和国际复兴开发银行（世界银行）。苏联参加了此次会议，也表示愿意承担基金组织较多的份额，但条件是需要美国的援助以及国际货币基金组织以及世界银行的长期贷款。美国曾表示同意，但后来并没有兑现。苏联本来就对加入这两个组织抱有戒心，怀疑主权受到侵犯，故而拒绝了以美国为首的布雷顿森林体系。（见刘金质，2003：35-36）

分，从战后苏联看待世界的基本特点到形成这种特点的背景，从对苏联官方行为的分析到对非官方组织的研究，最后提出美国应对苏联问题的策略和要点。电文的核心内容是对苏联政府行为现状和历史渊源的分析。凯南首先指出，苏联认定与资本主义国家不可能长久地和平共处，这个看法的来源是斯大林在 1927 年提出的两个中心论，即倾向于社会主义的国家形成的一个中心和倾向于资本主义的国家形成的中心，这两个中心将支配整个世界的命运。此外，资本主义国家内部的矛盾不可避免地会导致战争，战争会在资本主义国家之间爆发，也会被引向社会主义国家，以摆脱资本主义固有的矛盾。这种两个中心的趋势在二战结束后，尤其是经历了与美英两大资本主义国家的结盟之后，在苏联政府看来并没有发生根本变化①。从这一点出发，凯南指出苏联行为的最大特点是把资本主义国家看作敌人，因为他们始终认为生活在"资本主义包围之中"。（刘同舜，1993：51）在确定了这个苏联与美国以及西方世界不能和平共处的主调之后，凯南转而朝向历史，试图从俄·苏历史中找出更深层次的导致苏联敌视他国的原因。在凯南眼里，这源于"俄国人传统的本能的不安全感"，历史上长期的落后状态导致了深深的不安全感，而面对发达的西方社会，这种不安全感更是变成了畏惧感，这种不安全感和畏惧感在俄国统治者身上表现得尤其充分："俄国统治者一贯觉得，他们的统治在形式上比较陈旧，其心理基础是脆弱的和不自然的，如果接触西方国家的政治制度，就会经不起比较。"（刘同舜，1993：55）正是由于这个缘故，俄国统治者对外国人产生了恐惧感，尤其"害怕西方世界同他们接触"，而他们保全自己的最佳方式则是同对手进行"殊死的斗争，彻底摧毁同它竞争的国家，决不同对手妥协或达成协议"。（刘同舜，1993：55）

在凯南看来，俄国这种由不安全感导致的对外绝对敌意和恐惧被苏联政府继承了下来。凯南特别指出，马克思主义的革命学说，

---

① 这也是为什么上述提到的斯大林的讲话会引起美国国务院凯南那些同事们的注意，在他们看来斯大林关于资本主义国家间的矛盾理论没有变，而其逻辑结果则是与苏联间的战争不可避免，尽管斯大林在讲话中并没有明确提到这一点。凯南显然是看到了这个问题，他的分析正是从斯大林的两个中心的理论出发的。

社会主义一定会战胜资本主义的信念，在苏联成了一种幌子，用来为他们天生的对外恐惧提供合理的依据，由此可以对内进行专政，对外以输出革命的名义进行扩张，马克思主义在苏联为俄罗斯民族主义披上了新的外衣，但是对于一个被两次世界大战蹂躏的世界来说，这种延续了几个世纪的民族主义更加危险。基于对所谓的苏联政府本质的这种认识，凯南进一步从政治、外交、文化、经济、意识形态以及官方和非官方层面等多个方面，对苏联的状况进行了剖析，其结论是苏联视美国和西方世界为敌人，将尽一切力量摧毁西方世界："我们所面对的是一股政治力量，狂热地认定它和美国之间没有持久的妥协。"（刘同舜，1993：63）

最后，凯南给出了对付苏联的办法：在认清对方本质的基础上，强有力地面对它，因为不管怎样，苏联还是一支比较弱的力量，不敢贸然行事，"遇到强大的阻力，它会不得不退却"。（刘同舜，1993：63）在这里，凯南实际上提出了他的遏制思想的雏形。而遏制的成功，凯南指出，则主要是依赖于美国社会本身的"健康和活力"，唯有美国保持自己的特色才能最有效地遏制苏联，也就是说，"归根到底，在我们处理苏联共产主义这个问题的时候，我们面临的最大危险，可能在于我们竟让自己变得与我们的对手一样"。（刘同舜，1993：66）

二

凯南不仅是一个资深职业外交官，还是一个写作和演讲高手。从苏联回国后，凯南调入新成立的军事学院，作为美国国务院的代表指导学院的工作，期间他曾做了大量的演讲，后来这些演讲被收集成册。有人这么评价他的演讲："他的文字反映了他的思想，那些文字总是那么富有逻辑，结构组织严密，语言工整，更主要的是，才气横溢。"（Congdon，2008：39）我们不妨也可以拿这些话来描述他的"长电"。虽然是长电，但字数毕竟有限，可是凯南还是能够做到笔触直抵问题的核心，和盘托出问题的本质，给人留下极其深刻的印象，若没有严密的逻辑、出色的文字表述能力作为思想的支撑，恐怕是不会收到预期的效果的。那么，那是一种什么样的效果呢？多年后，凯南在回忆录中说，他重读此文后自己也感到很震惊，文章的很多内容读起来就像是那些在"美国革命的女儿们"①这样一些组织里会听到的危言耸听式的布道，其目的是唤起人们对共产主义阴谋之危险的注意。（Kennan，1967：294）这倒确实是实话实说，可以说凯南这篇电文也有类似的目的，即提醒美国政府注意苏联及共产主义对美国造成的绝对危险。为了达到这个目的，凯南的行文不仅是危言耸听，而且还往往夸大其词，伴随逻辑的是戏剧性的夸张和过于简单化的推演，而这反映出来的正是典型的二元对立的冷战思维。

细读凯南的电文，我们可以发现两个突出问题，一个是单面之词（self-serving）的逻辑推理，另一个则是情绪化的修辞策略。所谓单面之词的逻辑是指论点简单、论证推理单一、缺乏实际论据支撑、结论多于论据的逻辑论证过程。在电文伊始，凯南抓住斯大林的两个中心论，以证明苏联政府认定苏美之间不可能和平共处，由此断定冷战乃至热战不可避免。这成了整篇电文的中心论点，此后所有的论证和结论都是基于这个论点。但是，凯南的这个论点是与现实脱节的，只是一种理论上的自我阐释，有着明显的简单化之嫌。凯南引述的是斯大林在 1927 年的讲话，且不说从那时到凯南写电文的 1946 年，苏联以及整个世界的情形已经发生了很大变化，单说在苏联苏维埃历史的早期，也曾提出过与西方"和平共处"的设想，苏维埃夺得政权后曾面临西方强权的四面围攻，1920 年前后布尔什维克输出革命的实践遭遇了失败，这使得列宁提出要与西方和平共处，原因之一是利用这个条件从西方学习先进技术用于俄国的现代化建设。尽管作为一种意识形态，基于布尔什维克世界革命信念的"两个中心论"一直被牢牢地树立在苏共的政治理念中，但与此同时，地缘政治的现实也使得苏联政府常常会做出相应的变化，以适应现实情况，谋求自己的生存空

---

① Daughters of The American Revolution：与美国独立战争有关的一个组织，其成员的祖先参加过美国革命，该组织偏右，时常会表现出偏激的爱国主义。

间。[1]（见 Kennedy-Pipe，1995：12-13）即使在斯大林执政期间，苏联与美国在 1933 年建立外交关系，也至少可以说明"两个中心论"与"和平共处"并不是互相对立、针尖对麦芒般不可调和。我们知道凯南"长电"的一个背景是斯大林在 1945 年 2 月 9 日重提"两个中心论"的讲话，在凯南看来，斯大林重提"两个中心论"证明了苏联对西方世界的敌意。但是只要认真读一读斯大林的讲话，就可以发现斯大林只是用这个理论说明第二次世界大战发生的原因，而且斯大林在讲话中明确指出，第二次世界与第一次世界大战的不同之处在于前者的性质是反法西斯战争，是一次"解放战争""争取民主自由的战争"（Stalin），苏联与美英等结成同盟是取得战争胜利的关键。显然，斯大林并没有把这个同盟的性质与"两个中心论"对立起来，这也可以看成是苏联在意识形态与现实政治之间可以作出调和的佐证。此外，斯大林这篇讲话的核心并不是论述"两个中心论"，而是说明苏共领导下的苏联经历二战后比战前更加强大，苏维埃体制更加强盛。换言之，这是一篇主要讲述国内情况，而没有多少具体提及外交关系的讲话。

　　这些事实在凯南的电文中全部被忽略了。这种把论点抽离具体语境的做法导致论点简单化，但同时也使得论点更加突出、醒目，甚至有力，因为在一个论点之后紧随而来的是一连串相关的结论，这些结论之间的关系似乎无需论证，给读者的印象不言自明：从斯大林的"两个中心论"到苏联利用资本主义国家的矛盾为自己所用，再到当时的苏联将竭尽所能不惜一切削弱对方的力量，这中间的关系在凯南的逻辑中表现得顺理成章，无可挑剔。但是，只要看一看现实情况，就可知事实并非完全如此。二战结束后，苏联的对外

---

[1]　如，1924 年受苏联控制的共产国际第五次会议号召波兰、捷克斯洛伐克、罗马尼亚、南斯拉夫和希腊等国受压迫的少数民族起来为自由而斗争，但是在随后的五年内，当时的苏联外交部长李维诺夫与其中一些国家缔结了友好关系。苏联的意识形态与实际行为的不符成为之后苏联外交的一个显著特点，这一方面说明苏联能够在意识形态和现实政治中做出灵活调整，另一方面也让一些西方国家对苏联产生了深深的怀疑。（见 Caroline Kennedy-Pipe: *Stalin's Cold War: Soviet Strategies in Europe, 1943 to 1956.* Manchester: Manchester University Press, 1995）作为苏联问题专家，凯南其实是看到了苏联的这两个方面，但是在"长电"中他过多地强调了意识形态一面，而弱化了实际行为一面。

政策还是以大国合作为主，主张要继续战时与美英的同盟。（刘金质，2003：56-57）尽管苏联在伊朗、土耳其以及东欧表现出了地缘政治上的势力要求，但另一方面并没有达到咄咄逼人的态势：在伊朗一年后撤军，在东欧的一些国家如波兰和匈牙利等，苏联支持建立"人民民主"政府，甚至在 1947 年 4 月冷战爆发前夕[①]，斯大林在接受美国共和党参议员斯塔生的采访中，还一再说明要和美国进行合作，在回答斯塔生关于美国和苏联两种不同体制的国家是，否可以共存这个问题时，斯大林回答说不仅可以共存而且还可以合作。（见 Stassen interview，Roberts，1999：14；刘金质，2003：121）也许有人会说这只是斯大林的口头秀而已，而事实表明恰恰相反。半个多世纪后，从苏联解体后公布的一些档案材料看，西方所认为的苏联二战后在全球扩张乃至独霸世界的野心其实并不存在，苏联所关切的只是对自己安全的防卫。（参见刘金质，2003：1567）从意识形态上看，苏联仍然坚信社会主义在世界的胜利，但这并不代表其实际行为。（Roberts，1999：9）苏联对美国的强硬对峙和行为表现，也只是到了美国提出"马歇尔计划"之后才开始的。1945 年 2 月专注写"长电"的凯南，显然是过分地关注了意识形态表述上的苏联，其结果导致了对苏联行为的解释有夸张之嫌。

这种片面之词的逻辑与凯南有意为之的情绪化语词修辞结合在一起后，则更是达到无以复加的"震惊"效果了。在电文一开始，凯南就用了四个"如此"来表明他要说的问题之重要："国务院 2月 13 日 284 号电报提出的问题是如此复杂，如此微妙，就我们的思想方法来看如此陌生，可是对我们分析国际环境是如此重要。"（刘同舜，1993：51）虽然说的是美国国务院此前发来的关于欢迎他就对苏政策发表看法的电报，但是实际上指的是他接下去在电文中要阐述的意见。这种表示着力强调的语词修辞在电文中频频出现，如

---

① 1946 年 3 月 12 日杜鲁门在国会发表"杜鲁门主义"讲话，宣布美国政府对希腊和土耳其的援助。4 月 22 日国会通过援助法案，一个月后杜鲁门签署法案。杜鲁门主义被认为是冷战正式开始的标志（见刘金质，2003：107）。

在说明苏共与俄国传统的不安全感之间的关系时他这样写道："……
那种不安全感让布尔什维克甚至比俄国过去的统治者更加苦恼。在
这种基本目的属于利他主义的教条中，布尔什维克为他们天生的对
外部世界的恐惧，为他们赖以实现统治的独裁制度，为他们不敢弃
置不用的酷刑，以及为他们要求人民必须作出的牺牲，找到了合理
依据。"（刘同舜，1993：55）这里四个一连串的介词"为"构成了
句子的排比修饰，大大强调了凯南要表明的俄国人"天生"的不安
全感及其后果。不仅如此，语词修辞中还常常混杂着一种明显的个
人化情绪，这使得他要诋毁的对象具有了一种可怕的令人恐惧的特
征，如他称俄国人对世界的看法带有"神经质"（neurotic）的特征，
言外之意，这是一个无法克服的与生俱来的问题。从这一逻辑出发，
在进一步说明俄国人的不安全感时，他使用了"本能的""天生的"
等词，这些词之间当然也就有了一种天然的联系。无须多言，这些
精心选用的语词带有显而易见的个人情绪，这些修饰性语词与整篇
电文的一些基本结论相结合，烘托出了苏联政府的形象——精神病
人。在凯南的笔下，苏联政府"不仅不尊重客观真理，而且根本不
相信客观真理的存在"（刘同舜，1993：56），他们只是被"历史和
现状的需要所驱使，视外部世界为邪恶和充满敌意的……"（刘同舜，
1993：56），在俄罗斯民族主义运动中，他们连"攻击和自卫的观念
也早已分不清了"（刘同舜，1993：56）。这些描述很容易让人联想
到精神分裂症，事实上，凯南在文章结尾部分明确地把苏联看成是
一位病人："我们在研究苏联的行为时，必须像一位医生研究失去理
智、难以控制的病人那样……"（刘同舜，1993：64）正是这种病状
让苏联"狂热地认定它和美国之间不可能有持久的妥协办法，它们
所期望和认为必须做的是：搞乱我国社会的内部和谐，破坏我国传
统的生活方式，损害我们在国际上的威望，如果苏维埃政权要得以
巩固的话"。（刘同舜，1993：63）这是凯南在文章最后一部分第一
段中的总结之言，也是整篇电文中被引述最多的一句话。这个句子

的后半句用的是被动语态，三个动词分别是 be disrupted（搞乱）、be destroyed（破坏）、be broken（损坏）。①在英文中，这种表达方式被称为"早期虚拟语态"（archaic subjunctive），用原型动词 be 替代时态动词 will be/shall be（将被……），表示特别强调，同时也表明无论在何种情况下都会发生的意思。也就是说，这个句子结构给读者的印象是苏联政府不管在何种情况下都注定是要那样做的。三个原型动词、三句平行结构语句放在一起更是大大加强了不容置疑的语气，但正如凯南研究学者考斯蒂格里奥拉所批评的那样，这样的语气把本应该同时询问的一些问题——苏联领导人到底是否有这种想法，他们到底有多少能力去达到这个目的，凯南本人到底又是如何知道他们的心理的——也不容置疑地抛到了一边。（Costigliola，1997：1333）换言之，这是凯南在"长电"中使用的片面之词逻辑推理所得出的一个自然而然的结论。通过这样一种逻辑和修辞策略的加工，"长电"中呈现的是凯南所认定的那种"现实"——考斯蒂格里奥拉称之为"神奇的现实"。在这个现实情景里，苏联领导人完全是以一种非人化的面貌出现，毫无道德可言，缺乏任何理性，根本不可能知道客观事实和真理，一门心思想着要摧毁西方社会生活中一切好的东西。（Costigliola，1997：1331）

在"长电"中，凯南极力抨击苏联的意识形态，苏联的所有问题在他看来都源自其意识形态的驱使。但是细读"长电"，我们会发现在揭示苏联意识形态危险的同时，其实凯南自己也深深地受制于另一种"意识形态"，一种从绝对的二元对立角度看问题，把自我与他者相对立，用"我们"去衡量"他们"的思维方式，在冷战渐趋紧张之际，这种思维方式也随之成了典型的冷战思维。在"长电"中，凯南对待苏联的态度可以说是一种西方人看待非西方的本能态度。他认为历史上俄国的不安全感是因为害怕面对西方，马克思主义在苏联燃成燎原之火是因为在西方它只能维持微火之势，苏联政

---

① 原文如下：In summary, we have here a political force committed fanatically to the belief that with the US there can be no permanent modus vivedi, that it is desirable and necessary that internal harmony of our society be disrupted, our traditional way of life be destroyed, the international authority of our state be broken, if Soviet power is to be secure.

府的不可理喻很重要的一个原因，是因为它有着东方人固有的那种神秘莫测（刘同舜，1993：56）。还认为美国与苏联是医生与病人的关系，是理性与非理性的关系："这股政治力量在它做出基本反应时，似乎是从不考虑真实情况的。它不像我们那样，把人类社会的大量客观事实当作尺度，经常用来检验和修改人们的看法，而是像从一只摸彩的布袋中，武断地、有倾向地抽出个别事实，用以支持既定的看法。"（刘同舜，1993：63）"我们"与"他们"的区别显而易见。在这种角度下看待苏联，把苏联定性为"卓越的警察统治"政权，认为其主要行为只是"阴谋活动"（刘同舜，1993：62），则是再顺理成章不过了。从这个意义上来看，也就不难理解为什么凯南在"长电"结尾时，把对付苏联问题的方法寄托在美国维持自己的"精神"和"士气"之上："解决我们自己社会的内部问题，加强我们人民的自信、纪律、士气和集体精神的每一项果敢有力的措施，都是对莫斯科的一次外交胜利，其价值可以抵得上一千份外交照会和联合公报。"（刘同舜，1993：65）这是凯南的逻辑使然，也是他心目中的道德使然，只要美国不变成和它的对手一样，美国就会永远站在道德的高处俯瞰它的敌人，也就从道义上有了战胜对手的可能。在某种意义上，凯南笔下的苏联成了一种参照物，以其邪恶映衬美国的高尚。

三

两年后，凯南在美国外交协会的刊物《外交》上发表《苏联行为的根源》，在"长电"的基础上把他对苏联的看法做了进一步阐释和扩展，更加明确地提出了遏制战略。根据凯南自己的回忆，他的"长电"得到了一些美国政府高官的高度重视，尤其是海军部长福莱斯特尔的赏识。1946 年 12 月，后者把他下属写的一篇关于马克思主义与苏联政权的文章给了凯南，请他做出评论。凯南觉得与其作评论还不如自己重写一篇，于是在 1947 年 1 月他向福莱斯特尔交出了自己的作业，并于同月在美国外交协会就同一话题做一次演讲，《外交》刊物的主编对凯南的演讲很感兴趣，向他索取文稿以供《外交》登载。在征得福莱斯特尔的同意后，凯南把他写的文章给了《外交》刊物。文章发表于 1947 年 7 月的《外交》刊物，发表时凯南隐去了他的名字，用了笔名"X"，故此文也被称为"X 文章"。

　　也许是没有了电文字数的约束，也许是经过了两年的进一步思考，凯南能够更加放开地阐述他所认为的苏联行为的根源，观点更加开门见山，逻辑也更加严密，读来有一气呵成的感觉。X文章的出发点与"长电"一样，强调马克思主义世界革命的信仰对苏联的对外关系产生了深刻影响，并直接导致了苏联对外部世界的敌意。在这篇文章里，凯南更多地阐述了苏联所认为的资本主义国家的必然矛盾及其后果与苏联维持自己独裁统治的关系，在他看来，苏联强调资本主义国家的矛盾以及这种矛盾产生的对外侵略的必然性是有其用意的，可以充分、合理地说明其原有的不安全感之存在理由，同时也解释了为什么要在国内实行专政以抵挡来自外部的威胁。在凯南眼中，这种不安全感其实也是一种想象（fiction），服务于苏联政权的统治，与此同时，这种想象与意识形态紧密结合在一起，构成了苏联行为的根源。不仅如此，与在"长电"中一样，凯南断定，这种与意识形态和想象结合在一起的不安全感导致的行为，带有强烈的"狂热"（fanaticism）因素。和"长电"一样，凯南也是从与西方和美国比较的角度来说明苏联这种行为的"狂热"因素：斯大林以及那些和他一起从列宁那里接手了苏联领导权的人，"他们的不安全感是无限的。他们（思想中）的狂热因素，与盎格鲁-撒克逊的和解传统不一样，丝毫不会有任何缓和的余地，这种狂热因素是那么强烈，充斥着那么多的嫉妒，不能想象苏联政权会有任何永久分享权利的可能"。（Kennan，1947：568）所谓"分享权利"，在凯南的语境里是指与对手的和平共处。换言之，这种"狂热"因素也就是极度不能容忍对手存在的心态。显然，与"长电"中采用的视角一样，凯南在 X 文章中继续沿用"我们"与"他们"、"自我"与"他者"的分析手法，来剖析苏联行为的根源。同样，在这篇文章中他也指出，在认定西方是不能共处的敌人的同时，苏联也知道不能在短时期内实现他们的目标，就像是在教堂里经常听到的布道一样，苏联的意识形态目标是长期的，他们具有耐心，不会为了虚幻的未来去冒险牺牲革命成果。凯南继而说道："小心，谨慎，灵活和欺骗是他们身上很有价值的要点。"（Kennan，1947：574）这里有必要对这句话做一点修辞分析，如果说前面三个词还可以算做中性词，那么最后一个词则是带有明显价值判断的、透露个人喜恶的词，如果说这个词是一种"有色词"，那么当前面三个"无色词"和这个词排列在一起时，它们也都被染上"颜色"，其内涵都有了"欺骗"的意思；更值得注意的是，这句话的下半句是："这些很有价值的要点自然而然地体现在俄国人或者是东方人的思维里。"（Kennan，1947：574）显然，凯南在这里又一次强调了他在"长电"里提到过的，俄国人身上的那种东方人的神秘本质。"神秘"在凯南的语境里是指不可理喻、不能理解乃至"狂热"的行为和信仰。从这个意义上来看，也就不难理解在接下去的文字里，凯南为什么会把苏联的行为与拿破仑和希特勒相比较，并且认为苏联的外交要比后两者更难以对付，后两者虽然也是同样的野心勃勃，但是他们的行为有迹可循，而苏联的行为则没有具体的轨迹可循，这当然源于俄国人身上的那种东方人的"神秘"本性。在这里我们不妨为凯南把话说得更明白一点：拿破仑和希特勒虽然和苏联一样"狂热"，但他们毕竟是西方文化的产物，虽然是怪胎，却也属于可理解的范畴。这种东西方绝对对立的世界观，为凯南断定苏联政权对西方的绝对敌意提供了一种文化依据。

相比于"长电"，两年后的凯南对遏制战略有了更加明确和具体的想法①。在 X 文章里他把遏制具体表述为：

综上所述，可以清楚地看到，苏联对于西方世界自由体制的威慑是可以遏制的，可以在不同的地理区域和政治时节，针对苏联政策的变动和行为方式，采用相应的灵巧和时刻警觉的

①　X文章写成时的凯南任国务院政策设计室主任，参与了杜鲁门宣言和马歇尔计划的策划。

> 方式对付之，苏联的行为虽会变化，但是其对西方的威胁是不
> 会变化的。（Kennan，1947：576）

遏制包括军事对峙，也包括经济压力、文化对比和意识形态
渗透，凯南尤其强调遏制对引起苏联内部变化的作用，如民众的
不满、领导人的变化等，这是凯南寄予重望的一个方面。但与此
同时，遏制战略的成功更主要依赖于美国自己，美国需要在世界
范围内树立一个强大国家的形象：明确自己的目的，负起责任，
坚守自己的意识形态，用美国的形象去矮化苏联，影响其他共产
主义国家。这就需要美国本身显示出坚定的决心。凯南对此这么
说道："因此，这个决定实际上依赖于这个国家本身。美苏关系问
题本质上是对作为世界民族之一的美国的价值的考验。要避免被
毁灭的危险，美国所需做的就是要坚守自己最好的传统，并证明
自己作为一个伟大的国家值得存在下去。"（Kennan，1947：582）
凯南在这里重申了在"长电"中表述过的这个观点，不同的是，
在 X 文章中他更加强调了在冷战遏制中，美国肩负的道义责任以
及坚守美国价值观的重要性。如果回顾一下美国历史，我们就会
发现凯南的文字表述事实上延续了一种深厚的美国传统，从他对
美国要成为世界的榜样的呼吁中，我们似乎听到了 1630 年北美马
萨诸塞湾殖民地创始人约翰·温斯洛普在对从英国前往美国的清
教徒的演讲中提到的类似的说法，即要把北美殖民地建成"山巅
之城"，为天下众生树立一个忠诚上帝的榜样①。而凯南所说的作
为"伟大的国家"的美国则让我们联想到 1855 年美国诗人惠特曼
在其诗集《草叶集》第一版的序言中所说的美国是"一个来源于
世界各个民族的能够孕育民族的民族"②。无论是温斯洛普还是惠

---

① 1630 年温斯洛普率领近千清教徒从英国前往北美大陆，在其乘坐的"阿贝拉"号船上
他发表了著名的"基督徒慈悲典范"的演讲，号召移民互相关心，团结协作，依照上帝的旨
意在北美建立一个"山巅之城"（city upon a hill），为天下众生树立一个榜样。后来，在美国
历史上，"山巅之城"成为美国"例外主义"的滥觞。
② 惠特曼的原文是：Here is not merely a nation but a teeming nation of nations。teem 含有
"孕育（give birth to）"的意思。nation 一词也可指民族。凯南的用语（nation among nations）
几乎与惠特曼相同，考虑到凯南谈的是国与国之间的关系，可以理解为"各国之领袖"。

特曼，他们的这些言论后来都演变成了美国例外论的一部分。在冷战背景下，凯南在他的文章中重提这些思想，一方面说明了美国传统的渊源，另一方面则是通过与苏联的对比，说明美国之不同以及这种不同背后的美国价值观之普世意义。换言之，与"长电"一样，X 文章最后的落脚点是对美国社会本身的关注；在 X 文章的最后，凯南甚至指出美国人应该感谢上苍提供给他们一次迎接来自克里姆林宫的挑战的机会，在凯南看来这似乎是历史有意让美国承担的一种道义和责任。显然，道义是站在美国一边的，无论是在"长电"还是在 X 文章中，这是凯南最重要的逻辑。

四

上面已经提到，"长电"发出后受到美国政府高度重视。杜鲁门总统读了电文，美国国务院给凯南发去了一封表扬信（Gaddis，2000：303-304），海军部长福莱斯特尔从凯南的分析中看到了"他一直在寻找的权威的解释"，他不仅把电文的复印件发给了杜鲁门以及内阁成员，还给了一些国会议员和企业领袖，更是把这封电文定为海军军官们的必读材料（Costigliola，1997：1337）。凯南自己在回忆录中说，这封带有宣教意义的电文还真是"产生了轰动效应"，他这么说道："如果我以前写的东西丝毫没有引起一点反应，那么这一次，让我感到惊讶的是，它正中了要害，产生了回声，此后几个月都连绵不绝。那个时候，华盛顿的官员们……正需要这么一个信息。"（Kennan，1967：294）确实如此，无论如何，凯南当时只是一个美国驻苏联大使馆的二把手，在国务院和政府部门并没有多少影响，尽管"长电"中的一些内容此前他早已说过或撰写过。

"长电"能够发挥效应与其时美苏关系正在朝着敌对方向发展有关。罗斯福总统对于二战结束后美苏关系的进展也计划使用"遏制"的手段，但与凯南主张的敌对遏制不同，罗斯福设想的是一种融合的遏制，即通过给予苏联在世界格局中一定的位置，与其发展稳定的战后关系，使其成为以美国为首的俱乐部的一员。罗斯福的设想在实际实施过程中，遭到了以美国驻苏联大使哈里曼为主的一些人的怀疑，他们觉得罗斯福对苏联的善意并不会赢得苏联的信任，与其一味示好不如态度强硬，但是另一方面他们也不愿放弃战后与苏联的合作（见 Gaddis，1980：9，14-15）。1945 年 4 月，还在任上的罗斯福突然逝世，杜鲁门继任，此后美苏关系出现了变化。1946 年 2 月凯南写"长电"前后，苏联的行为让一些美国政府官员捉摸不透，一方面苏联占据伊朗北部一直不撤，而且还觊觎土耳其海峡，企图将其置于势力范围之内，另一方面他们对东南亚的共产党革命者并不提供帮助，对中国共产党与国民党政府的斗争态度冷淡，苏联人还允许在匈牙利、捷克和芬兰举行自由选举。这些矛盾的行为使得美国政府中的一些人很是疑惑，他们试图从中找出一条"简单、明了地解释苏联外交政策的路子"。（Costigliola，1997：1312）与此同时，对苏联反感的态度逐渐上升，杜鲁门本人就坚决支持对苏联采取强硬态度。1945 年 4 月，继任总统不久的杜鲁门认为苏联干涉波兰临时政府的组成，他对苏联外长莫洛托夫表示不满，且态度鲁莽①。1945 年底，杜鲁门对当时的国务卿贝尔纳斯在对苏关系中继续贯彻罗斯福的融合遏制思想表示了不满，但是他自己对到底对苏强硬到何种程度并没有一个行动路线，可以确定的是，此时的杜鲁门已经决定要采取更为强硬的措施了。1946 年 2 月 20 日，杜鲁门对美国海军上将莱希说，他对现在的对俄国人的示好政策很是不快，要采取行动加以改变。2 月 22 日凯南的"长电"发出，可谓正逢其时。

可以说，"长电"在很大程度上帮助杜鲁门政府消除了对苏联外交政策上的争议，明确了对苏遏制政策，同时也基本确定了冷战的

① 1944 年，以波兰工人党为主的民族解放委员会成立，作为波兰临时权力机构，得到苏联的支持，并宣布不承认在伦敦的波兰流亡政府。1945 年，美英和苏联在雅尔塔会议上同意改组临时权力机构，容纳更多不同党派人员，但此后双方就具体人员安排发生争执，没有达成协议。1945 年 4 月，杜鲁门对来美参加第一次联合国会议的莫洛托夫态度强硬，甚至使得对方感受到了羞辱。杜鲁门的强硬态度并没有让苏联改变其在波兰问题上的立场。美英和苏联的关系在雅尔塔会议之后陷入僵局。杜鲁门不得已派特使到苏联向斯大林进行解释，经过讨价还价，最后在 1945 年 6 月达成协议，同意成立由各党派参加的波兰临时政府。（见刘金质：《冷战史》，北京：世界知识出版社，2003:80-83. 又 William H. Chafe: *The Unfinished Journey: America Since World War II*, third edition, NY/ Oxford: Oxford University Press, 1995: 56-57.）美国在波兰问题上与苏联的冲突，其实也标志着杜鲁门政府决定改变罗斯福对苏政策的首次尝试。

意义，为日后东西方两大集团的对峙提供了一种理论框架。"长电"之所以能够发挥如此大的作用，一方面是因为凯南的遏制和对峙理论在美国政府看来顺应了形势的变化，另一方面是因为凯南在"长电"中使用的修辞策略和论证逻辑起到了很大作用，大大强化了理论的表述，烘托出了一种"形势极其紧张的情景"（Chafe，1995：67）。这些方面结合在一起构成了冷战思维的核心，其表现方式如绝对的二元对立的思维逻辑、简单化的推理、对美国价值观的极力推崇和输出等，为美国对苏冷战的正式开启做好了思想准备。不久，在杜鲁门宣言、马歇尔计划以及作为冷战蓝图汇总的国家安全委员会68号文件等冷战外交行为中，我们看到了这种思维方式的再次表述和延伸。与"长电"一样，X文章发表后也引起了轰动，美国的重要文化传播阵地《生活》和《读者文摘》杂志都对这篇文章的大部分内容做了转载。"遏制"一词则成了报刊的常用词汇。（Kennan，1967：356）1948年出版的美国外交协会主编的《世界事务中的美国1947—1948》一书专辟一节讨论遏制战略，其中专门提到凯南的X文章，称其对遏制战略表述得最为清晰。（Campbell，1948：8）很快，在日趋紧张的冷战氛围中，遏制理论从政治和外交延伸到了美国社会的其他方面，如对美国价值观的推崇日后演变成了对美国生活方式的赞颂，而美国的生活方式则成了"自由"的代名词[①]，等等。

　　凯南的"长电"影响巨大，他自言："（'长电'）改变了我的职业生涯和生活。"（Kennan，1967：294）他成了一个名人，从使馆被召回到国务院任职，先后担任战争学院国务院代表和国务院政策设计室主任，在新任国务卿马歇尔将军的直接领导下工作。期间，

---

　　① 1952年，在美国知识分子中影响很大的文化和政治批评刊物《党派评论》召开主题为"我们的国家，我们的文化"研讨会，讨论战后美国知识分子与国家间的关系，发表评论的大多数知识分子如历史学家小施莱辛格、哲学家胡克、文学批评家特里林等，都表示现在已经到了知识分子与美国价值观趋同的时候了。几乎在同一时期内，在美国思想界也开始兴起了一股"颂赞美国"的思潮（见 Richard H. Pells: *The Liberal Mind in a Conservative Age: American Intellectual in the 1940s and 1950s*, secod edition, Middletown, Connecticut: Wesleyan University Press, 1989：130-147。

凯南还参加了杜鲁门宣言的起草和马歇尔计划的策划工作，亲身经历了遏制战略从设想到实施的过程。他被普遍认为是遏制战略的主要策划者。但是另一方面，凯南也多次抱怨，人们对他的思想理解有误，只看到了他提出的遏制政策中对峙的一面，没有看到其务实的一面。凯南说的是实话，在美国外交思想领域里，凯南属于现实主义者，即美国历史学家小施莱辛格所说的相信"影响分布"者[①]。在"长电"和 X 文章中，在指出苏联之危险时，凯南也多次从现实的态度去分析苏联的实力，如在"长电"中，他提到相比于西方"苏联还是一股软弱的力量"，"它没有系统的计划……也不会去冒不必要的风险"。（刘同舜，1993：63、64）在 X 文章中，凯南重复了这个观点。在"长电"中，凯南相信苏联问题并不必通过军事冲突来解决，在 X 文章中，凯南提及可以根据苏联行为的变化从多个方面对苏联实施遏制。在"长电"中凯南甚至指出，有必要让美国人民了解苏联的真实情况，因为了解越多，"今天我国疯狂的反苏主义就会少得多。再没有比无知更为危险、更为可怕了"（刘同舜，1993：65）。这些都能表明凯南现实主义的一面。但是，正如美国历史学家考斯蒂格里奥拉所指出的，"长电"能够抓住读者的不是凯南那些现实主义的忠告，"而是他的对苏联之危险的情绪化描述和那些本身就充满了军事化味道的语言"（Costigliola，1997：135）。换言之，"长电"里那些起到了"轰动效应"的表述掩盖了凯南的现实观，这可能是凯南没有完全料到的。凯南的基本立场是要两者兼之，既要弄清楚苏联的"本质"，又要从现实出发对付其扩张的本能。凯南尤其反对的是不顾实际、不论对象，以捍卫自由的名义实施全面遏制，

---

① 小施莱辛格在讨论冷战的起源时，把对各国间关系的看法分成两种观点，即"普世主义"（universalist）和"影响分布"（sphere-of-influence）或者是"利益分布"（sphere-of-interest），前者强调各国间的事务应围绕一种共同的利益来处理，国际组织是处理各国间关系的重要渠道，一些国际社会公认的准则如《大西洋宪章》《联合国宣言》等是处理国与国关系的原则；后者则认为各国间的关系处理应关注各国的特殊利益，国与国间的关系是权利平衡的关系。前者被认为是理想主义者，后者被认为是现实主义者。小施莱辛格用这两种观点的冲突来部分地解释冷战的起源。（见 Arthur Schlesinger, "Origin of the Cold War", *Foreign Affairs*, Oct. 1967：26）

这也是为什么后来他会对杜鲁门宣言表示不满[1]。他在回忆录中说其 X 文章的缺陷之一是没有能够明确说明遏制不是指军事遏制而是指政治遏制。凯南的言外之意，是批评美国政府在后来的冷战遏制中越来越依靠军事对峙。[2]这也是日后凯南研究者们反复强调的凯南提出的遏制政策的原意与美国政府后来实施的遏制战略的不同之处。[3]但是，不得不承认的是，在"长电"和 X 文章中，凯南给人的印象显然是军事遏制优先于政治遏制[4]，苏联与西方绝对不能和平共处，苏联危险近在咫尺，捍卫"自由"高于一切，美国价值统领世界，换言之，与杜鲁门宣言没有多少实质区别。这是凯南的悲哀之处，但其实质则是冷战思维的必然逻辑。

引用文献

Campbell, John. *The United States in World Affairs 1947-1948*. New York: Happer & Brothers, 1948.

Chafe, William H. *The Unfinished Journey: America Since World War II*, third edition. New York/ Oxford: Oxford University Press, 1995.

---

[1] 凯南在回忆录中说，杜鲁门在国会关于给希腊提供援助的讲话中，提出美国的政策是支持那些正在受到压制的自由的人民，支持那些自己选择命运的自由的人民，这些话本身就超出了具体的语境（希腊问题），具有了可以在全世界应用的含义。这是他不能接受的。（见 Kennan: Memoirs：320）

[2] 主要是指 1950 年出台的"国家安全委员第 68 号文件（NSC68）"，该文件认定对付苏联的主要手段是军事遏制。

[3] 如凯南研究者卢卡奇用他和凯南 20 世纪 90 年代初的通信，来说明凯南遏制政策原意更多地在于政治方面，而不是军事手段。此外，凯南在信中还着重指出，他的 X 文章要说明的是尽管和苏联之间不存在合作的可能，但美国和苏联同在一个世界并不一定就会造成灾难。（见 George Kennan and John Lukacs: *George Kennan and the Origins of Containment 1944-1946*, Columbia: University of Missori Press, 1997）著名冷战研究学者盖迪斯在 80 年代初评论美国的冷战战略时，用凯南的遏制政策作为衡量标准，批评美国政府此后的遏制战略越走越单一化，军事化，最终导致 60 年代的越南战争。他认为凯南遏制思想在于包括政治、经济和军事在内的多样化和地缘政治的多面化。（见 John Lewis Gaddis: *Strategy of Containment: A Critical Appraisal of Postwar American National Security Policy*, New York/Oxford: Oxford University Press, 1982：25-53、385）

[4] 有一个例子颇能说明问题。1980 年美国新保守主义主要人物之一保德郝拉孜在评述凯南的遏制思想时，尽管凯南后来一再申明遏制不是军事优先而是政治优先，但是任何读过凯南 X 文章的人得出的结论却是恰恰相反。他引述 X 文章中的文字，说明凯南的原意就是军事遏制才是真正的遏制。（见 Norman Podhoretz, The Present Danger: Do We Have the Will to Reserve the Decline of American Danger? New York: Simon and Schester, 1980, 17-19.）。

Congedon, Lee. *George Kennan: A Writing Life*. Wilmington: ISI Books, 2008.

Costigliola, Frank. Unceasing Pressure of Penetration: Gender, Pathology, and Emotion in George Kennan's Formation of the Cold War. *The Journal of American History*, 1997(3): 1309-1339.

Gaddis, John Lewis. *Strategy of Containment: A Critical Appraisal of Postwar American National Security Policy*, New York/ Oxford: Oxford University Press, 1982.

Gaddis, John Lewis. *The United States and the Origin of the Cold War, 1941-1947*. New York: Columbia University Press, 2000.

Kennedy-Pipe, Caroline. *Stalin's Cold War: Soviet Strategies in Europe, 1943 to 1956*. Manchester: Manchester University Press, 1995.

Kennan, George. *Memoirs 1925-1950*, Boston: Little, Brown and Company, 1967.

Kennan, George. The Source of Soviet Conduct. *Foreign Affairs*, 1947(1): 566-582.

Roberts, Geoffrey. *The Soviet Union in World Politics: Coexistence, Revolution and Cold War*, 1945-1991. London: Routledge, 1999.

Stalin, Joseph. Speech Delivered at a Meeting of Voters of the Stalin Electoral Area.（2007-06）[2010-02-21]. https: // www.marxists.org/reference/archive/stalin/
works/1937/12/11.htm.

Stalin and Stassen. Harold Stassen Interview with Stalin: Coexistence, America-Soviet Cooperation and Atomic Energy, Europe.（2007-06）[2010-02-21]. https: // www.marxists.org/reference/archive/stalin/works/1947/04/09.htm.

刘金质. 冷战史. 北京：世界知识出版社，2003.

刘同舜编. "冷战" "遏制" 和大西洋联盟——1945－1950 年美国战略决策资料选编. 上海：复旦大学出版社，1993.

第二节　冷战思维的亮相：从丘吉尔的"铁幕讲话"到杜鲁门主义的出台

　　1946 年 3 月，丘吉尔发表"铁幕讲话"；1947 年 3 月，杜鲁门主义出台；同年 6 月，马歇尔计划问世。在仅仅一年多的时间内，冷战正式降临，东西方对峙格局开始形成。如果说凯南"长电"中的冷战遏制思想在一定程度上和一段时间内以内部消息的形式在美国政府中流行，那么杜鲁门主义则成为了美国政府冷战政策公开亮相的标志。此前的丘吉尔"铁幕讲话"可以说是它的伏笔，稍后的马歇尔计划则扮演了具体实施者的角色。考察这三篇冷战初期的重要文献，可以发现它们之间一种异曲同工式的联系，从中可以看出冷战思维愈演愈烈的轨迹。

一

　　1945 年 5 月，英国举行战后大选，丘吉尔领导的保守党出人意料地遭到了选民的抛弃。同年 7 月，作为英国首相正在参加波茨坦会议①的丘吉尔下台了。但是丘吉尔并没有因此退出世界政治舞台。作为曾经叱咤风云的反法西斯同盟国领导人之一的丘吉尔依然活跃在各种政治场合。同年 8 月，美国密苏里州富尔顿小城的一所教会大学希望邀请一位国际名人到校做关于国际关系的演讲，他们想到了已经下台的丘吉尔。通过关系，学校联系到了也是来自密苏里州的杜鲁门总统，想通过他邀请丘吉尔，杜鲁门欣然答应，还在邀请信的下面加了几句话："这是我家乡的一所很棒的学校。希望你能

---

　　① 1945 年 7 月 16 日—1945 年 8 月 2 日，在柏林西南部城市波茨坦召开了由美、英、苏领导人参加的波茨坦会议，讨论战后世界秩序和如何处理战败国德国的问题，丘吉尔作为英国首相出席会议，期间英国保守党败选，新任首相工党领袖艾德礼代替了丘吉尔。

来。"（McCullough，1992：487，刘金质，2003：94）第二年的 3
月 3 日，在美国佛罗里达度假的丘吉尔来到了华盛顿，第二天杜鲁
门亲自陪同丘吉尔乘坐火车到富尔顿。

1947 年 3 月 5 日，丘吉尔在富尔顿威斯敏斯特学院开始了他的
演讲。丘吉尔的讲话内容大致可以分为两个部分：1. 美国在世界上
的责任以及与英国间的特殊关系；2. "铁幕"降临，美英应该采取
的对策。丘吉尔首先分析战后世界面临的两大问题：战争与专制极
权的威胁。在这种威胁面前，已经成为世界第一强国的美国应该承
担起拯救世界的重任。显然，丘吉尔对自己的国家大不列颠帝国的
实力及其衰落有着清醒的意识，但同时他似乎也不忘趁机着力强调
一下英美间的天然姻缘：同属英语国家，同承自由民主传统，在世
界处于危机时期，当为世界起到榜样的作用。"我们有必要坚定思想、
坚守目的、坚持决定，这些曾是英语国家在战时的行动指南，在和
平时期也应如此。"（Churchill Iron Curtain Speech）在丘吉尔看来，
同盟国在二战中的胜利并没有带来完全和平的希望。在分析了英美
两国业已存在的合作基础之后，他很快转到了他这次演讲的主要问
题上来："近期以来，一种阴影已经降临到了被同盟国解放的地区
上来。"这种所谓的阴影，更具体地说是一种分割欧洲的"铁幕"。
丘吉尔说："从波罗的海的斯德丁到亚得里亚海边的的里雅斯特[①]，
一幅横贯欧洲大陆的铁幕已经降落下来。在这块铁幕的后面分布着
中欧和东欧各古老国家的首都。华沙、柏林、布拉格、维也纳、布
达佩斯、贝尔格莱德、布加勒斯特、索菲亚，我要说的是，所有这
些著名的城市和其周围的人口都在苏联的势力范围之内，都以不同
的形式受制于苏联的影响，而更重要的是，在更多的情况下，受到
莫斯科日益增加的高压控制。"（Churchill Iron Curtain Speech）这便
是丘吉尔著名的"铁幕"论。

与"铁幕"论一致的，是丘吉尔在演讲中阐述的自由与专制对
立的格局。那些专制国家的政府是"警察政府"，国家的权力不受限

---

① 斯德丁（Stettin），波兰西北部港口城市什切青的旧称，的里雅斯特（Trieste），意大
利东北部港口城市。

制，少数人享有特权，而与之对立的则是大英帝国和美国所代表的自由和民主的传统。为了说明这种传统，丘吉尔不厌其烦地专门列举了这种传统的渊源：从英国的《大宪章》《权利法案》、人身保护令、司法陪审团制度和普通法到美国的《独立宣言》，由此一方面论证英美间的特殊关系，另一方面说明"铁幕"内的国家与"铁幕"外的"自由世界"的区别。此外，丘吉尔着重指出共产主义专制思想对"自由世界"构成的威胁。共产主义除了控制了"铁幕"内国家之外，还渗透到了"铁幕"外的一些"自由世界"的国家内部，那些国家的共产党组织就像"第五纵队"那样对基督教文明形成了一种致命的挑战。这种对"自由世界"的威胁在苏联身上表现尤其突出。丘吉尔说根据他对俄国人的了解，他们"最钦佩的是实力，而他们最瞧不起的则是软弱，特别是军事上的软弱"（Churchill Iron Curtain Speech）。在这种情况下，西方若是在俄国面前表现出退却态度，那就只会助长其扩张的本性。也正是在这个逻辑的基础上，丘吉尔把苏联共产主义与极权主义相提并论，并把二战后的世界格局与战前纳粹德国对欧洲的威胁联系在一起。他试图用一个过来人的亲身经历告诉西方，不能再重复欧洲对德国的"绥靖政策"，鼓动美国对苏联采取强硬对峙行动。

与凯南的"长电"一样，丘吉尔显然也是从意识形态入手，借用"铁幕"①这样的形象说法极力描绘出一幅东西方势不两立的局面。值得注意的是，凯南在"长电"中指出美国战胜苏联的法宝在于坚持美国自己的生活方式，丘吉尔同样也忠告西方世界要保持一致，不要分裂。从逻辑推论上看，丘吉尔与凯南也有异曲同工之处；丘吉尔把他的演讲命名为"和平砥柱"，但实际上在很多人看来，其

①"铁幕"一词最早由比利时女皇用来指德国 1914 年对其国家的入侵造成的分裂局面，丘吉尔在其著作《世界危机》之中借用来指 1917 年革命后的俄国。1944—1945 年间，"铁幕"一词被广泛用来指苏联红军进入东欧后的形势，英国《泰晤士报》社论以及德国人都曾使用过此词。丘吉尔在那个时候在给杜鲁门的一则电报中也用了类似的词——"铁栅"（iron fence），他甚至还当着斯大林的面使用了这个词，斯大林斥之"完全是童话"。（见 John Ramsden. Mr. Churchill Goes to Fulton. in James W. Muller, ed. *Churchill's "Iron Curtain" Speech Fifty Years Later*. Columbia and London: University of Missouri Press, 1999: 15.）又，也有人认为"铁幕"一词源于戈培尔 1945 年 2 月的一篇演说，称雅尔塔会议允许俄国占领东欧和东南欧，势必把这些地区用"铁幕"所隔离。（见刘金质.冷战史.北京：世界知识出版社，2003：94.）

鼓吹战争的一面要远远大于推动和平的一面。一方面他自称敬佩勇敢的俄国人民，另一方面他又极力渲染苏联的扩张本性。从这个意义上说，丘吉尔的讲话与凯南"长电"有着一脉相承的关系。（刘金质，2003：97）

丘吉尔的讲话得到了杜鲁门的首肯。在丘吉尔讲话时，同在现场的杜鲁门频频点头表示同意。实际上，此前在与杜鲁门通信和会面时，丘吉尔就与杜鲁门关于他的演讲内容有过交流。在去富尔顿的路上，杜鲁门还读了丘吉尔的讲话。（McCullough，1992：487-488，Ward，1968：62）丘吉尔在演讲结束后对威斯敏斯特学院的校长说，他希望他的讲话能"引起人们的思索，在历史上留下一笔"。在回华盛顿的路上，他说这是他一生中最重要的演讲。（Ramsden，1999：19）在渲染冷战的到来方面，确实如此，用一些评论者的话说，杜鲁门和美国政府有意用丘吉尔的讲话来形成一种公共舆论，给斯大林传递一个信息。（Rahe，1999：64）丘吉尔的讲话在以后的一些日子里，为美国公共舆论接受杜鲁门主义和马歇尔计划打下了铺垫，做好了准备。（Ward，1968：62）但是，就当时情况看，这篇演讲引来了很多批评，一些媒体责怪丘吉尔让美国公开承认苏联的威胁，把美苏关系推向了更加恶劣的处境。（Ward，1968：62-63）这使得杜鲁门有点惊讶，为了说明美国政府与丘吉尔的讲话没有什么关系，他公开否认事先知道丘吉尔讲话的内容。（McCullough，1992：490）但是实际上，丘吉尔说出了杜鲁门想说而不便说的话。（刘金质，2003：96）一年后，杜鲁门有了自己说话的机会，他更加清晰地描述了冷战思维的路径。

二

1947年2月，英国政府正式照会美国政府，鉴于英国的财政困难，英国不能继续援助希腊，希望在3月底前美国政府能够接手援助希腊。杜鲁门政府经过紧急磋商，决定向希腊提供经济和军事方面的援助，同时把土耳其也包括在援助计划之内。1947年3月12日，杜鲁门在参众两院联席会议上发表讲话，杜鲁门主义由此出台。

　　杜鲁门的讲话亦可分为两个部分。第一部分是关于希腊国内的危机情况，希腊政府正遭遇共产党领导的反对派的攻击，形势岌岌可危，美国必须伸出援助之手。第二部分则是说明美国援助希腊的理由。杜鲁门的逻辑是，美国对希腊的援助是出于美国对自由和民主的捍卫。他说世界上有两种生活方式，一种是建立在多数人意志基础上的生活方式，其特征是自由体制、自由选举，个人自由得到保障、言论自由、宗教自由、民主政府；另一种则是少数人的意志强加于多数人的头上，其特征是压制和恐怖，没有言论自由，没有个人自由。由此他宣称："我相信美国政府的政策必须是支持那些自由的人民，那些正在抵制来自少数人武力镇压和外来力量的压制的自由人民。我相信我们必须支持那些自由人民用他们自己的方式选择他们的命运。"（Truman Doctrine Speech）希腊政府是民主政府，代表了人民的意志，代表了第一种生活方式，美国必须支持。这便是"杜鲁门宣言"的核心。

　　从第一部分谈论对希腊的援助这个具体问题，到第二部分上升到美国的价值观的普世意义，杜鲁门实际上是完成了从地缘政治学到意识形态选择再到美国价值观的道义优越论的冷战逻辑的转变和延伸。说到底，对希腊的援助是出于对美国自身安全的考虑，关于这一点杜鲁门在讲话中说得再清楚不过了。在讲话伊始，他就明确指出，外交政策与美国的国家安全是互为一体的。此后他着重强调说明希腊以及土耳其地理位置的重要性，强调这两个国家若是受到共产主义国家的控制，那么整个中东，继而欧洲就会受到严重威胁，而最终美国的利益则会受到影响。这种多米诺骨牌式的反应，于美国而言是不得不加以高度关注的。与此同时，杜鲁门也抛出了意识形态论，从捍卫人的自由的角度来提升希腊问题的严重性。杜鲁门说，美国外交的根本宗旨是"创造条件，使得我们和其他国家能够选择一种免于威胁的生活"。（Truman Doctrine Speech）由此出发，杜鲁门进而说明，美国对希腊的援助不仅仅是出于对自身安全的考虑，更多的是缘于对维护人的尊严和自由的需要，而这与美国的价值观是一致的。如果说地缘政治的关切多少还带有一点"私利"的成分，那么意识形态和美国价值观的引入则让这种"私利"得到了升华，成了一种具有普世意义的道德准则。通过这种逻辑的推演和转换，对于希腊的经济援助转变成了对"共产主义专制"的遏制（Chafe，1995：67）也就顺理成章、再自然不过了。这也就是杜鲁门所说的在援助希腊问题上可以引出的一些"广泛意义"，而"其实质则是对苏联的意识形态的宣战"（Campbell，1948：33）。

这种把美国的地缘政治需求与意识形态对立论相结合的逻辑方式，是杜鲁门讲话的思想基础，也是美国政府冷战思维的典型表现。我们可以对杜鲁门讲话内容的形成过程做一分析，从中可看出这种冷战思维的形成背景和原因。

希腊问题缘于希腊国内各种派别势力的争斗，随着希腊危机日趋严重，美国开始把解决希腊问题同自己的全球战略联系在一起。1944 年德军退出希腊，丘吉尔根据与斯大林达成的欧洲势力划分的协议①，派遣英军进入希腊。1946 年希腊内战爆发，共产党领导的反政府武装势力强大，对英军扶持的希腊政府构成极大危险。英国政府一方面增加对希腊政府的支援，另一方面请求美国的支持。美英达成英国提供军事支持、美国提供经济援助的协议。此后美国派出几个代表团到希腊，给予希腊政府 2.6 亿美元的援助，同时美国政府内有人提出要把希腊看成是美国遏制苏联扩张的前哨阵地。（刘金质，2003：107-108）1947 年希腊形势恶化，考虑到自己国内的财政拮据情况，英国已不能对希腊继续提供援助，要求美国政府接替英国给予希腊援助。这给了美国一个机会，一方面可以接过老牌帝国主义的势力范围，另一方面可以直接对峙苏联，在世界上树立自由世界领导者的地位。美国政府中一些人敏锐地感觉到了形势的变化和机会的来临，副国务卿艾奇逊说："历史的转折关头已经到来，美国现在必须挺身而出，取代没落中的英国成为自由世界的领袖。"（见刘金质，2003：110）另一位副国务卿克莱顿既看到了机会也看

① 1944 年在第四次莫斯科会议上，丘吉尔与斯大林达成关于瓜分东南欧的协议，罗马尼亚和保加利亚属于苏联的势力范围，而希腊、匈牙利和南斯拉夫属于英国势力范围，后来苏联把匈牙利也归入了其范围之内。但是这个势力划分协议并没有得到苏联的承认，美国也表示不知，丘吉尔只是在回忆录中有过透露。

到了问题的严重性，他认为如果美国不从英国那儿接手希腊，那么苏联就会乘虚而入，而一旦苏联得手，那就意味着在今后的一段时间内战争极有可能爆发，而如果美国得手则可以阻止战争的爆发，所以美国必须站出来担当起这个责任。需要说明的是，当时的实际情况是苏联并没有对希腊共产党的斗争提供支持，出于对避免干涉英国势力范围的考虑，斯大林拒绝给希腊的反对派力量给予任何支持（Chafe，1995：73）。克莱顿的思想本身就体现了美国对苏联的夸张估计和对美国自己代表崇高道义的虔信。

但美国政府要真正实施这个目标也有很大困难。其一，由共和党控制的国会已经声明要减税，减少所得税多达 20%（Larson，1985：304），杜鲁门政府要想在国会通过对希腊的援助提案不会那么容易；其二，美国国内传统的孤立主义思想依旧有一定影响，对于很多人来说，刚刚结束了二战的美国最好不要再陷入战争的边缘中，这也是为什么一些媒体会对一年前丘吉尔鼓动对峙和战争的"铁幕讲话"那么敏感。为了要通过国会这一关，杜鲁门在 2 月 27 日会见了国会的一些领导人，试图说服他们同意对希腊的援助。国务卿马歇尔向在场的议员们讲了希腊问题的严重性，他特别提到希腊以及土耳其要是进入共产主义国家的势力范围，就会引起多米诺骨牌效应，对美国的安全会构成威胁。但是即便这样，马歇尔的讲话似乎并没有让那些国会领导人有什么反应。这时艾奇逊自告奋勇站出来做进一步解释，他说苏联在伊朗延迟撤军的行为，对土耳其海峡的觊觎，在希腊北部对共产党武装的支持，都说明苏联的势力极有可能渗透到这些地方，并通过这些地区扩大到欧洲、亚洲乃至非洲。"苏联正在历史上用极小代价下一个赌注"，他说，"我们，只有我们能够有力量阻止这场游戏的继续。"（Acheson，1969：219）他继而说道，这个世界上现在只有两大势力，美国和苏联，自从雅典和斯巴达、罗马和迦太基以来，世界上还从没有出现过这样的对立局面，而这种对立是自由与极权主义的对立。他对议员们这样说道："这两种势力之间横亘着一种意识形态的沟壑。对我们而言，民主与个人自由是最基本的，对他们来说，则是专制和绝对的顺服。现在的情形很清楚，苏联的本性是扩张和侵略。"艾奇逊接下来更是加重了语气，他说如果世界上三分之二的面积、四分之三的人口被苏联控制，那么美国的自由则无从谈起。艾奇逊讲完后，会议室一片寂静。显然艾奇逊的话深深地震住了那些国会领导人（Larson，1985：307，刘金质，2003：112-113）。参议院临时议长、外交委员会主席范登保表示，他受到了很大震动，他对杜鲁门说要想获得国会的支持，唯一办法是向他们讲清楚，对希腊和土耳其援助的目的在于阻止共产主义对这两个国家的控制（Larson，1995：307），也只有这样才能让美国人从心底感到对苏联的恐惧（Chafe，1995：67）。艾奇逊显然也意识到了他所描述的美苏意识形态之争能够产生的妙用，此后他立即指示国务院负责希腊和土耳其援助项目的官员要充分利用这个主题，而且要上升到全球范围内来阐释这个问题，目的是给援助行动找到最有力的依据。他对国务院那些官员说，不能把对希腊和土耳其的援助只含糊地说成做好事，它还涉及捍卫我们的生活方式。很快，根据艾奇逊的指示，国务院关于援助的报告中出现了对世界上两种不同生活方式的描述，这些描述的文字后来几乎一字不差地进入了杜鲁门的讲话中。杜鲁门的讲话不仅要面对国会，也要面对美国的公众。艾奇逊心中很清楚，他知道这样的描述更能够唤起公众的注意，因为相比于一些"事实"，更能激起公众反应，尤其是情感反应的是那些"象征"；他后来做过这样的解释，他说，国务院做过调查，普通的美国人在工作之余，茶前饭后，阅读和讨论有关世界大事时，能够专注的时间会有多少，他们的结论是大概只有十分钟左右，在这种情况下，他们需要做的就是把事情点明，突出事情的"象征意义"。（Larson，1985：308-309）艾奇逊的这些看法与杜鲁门的意见基本上是一致的，杜鲁门对讲话稿的修改是最好的证明。先前的稿子充满了一些背景材料和数据，读起来像是一篇投资说明书，杜鲁门把稿子退了回去，要求点明政策的核心思想，此后杜鲁门还亲自修改根据他的意见改动后的稿子，把其中最重要的一句话中的"我们应该……"，改成"我们必须"，以表明美国政府毫不含糊地投入冷战的决心。（Truman，1956：105）大书特书意识形态对立论给美国的冷战提供了充分的乃至崇高的理由。

　　作为一种手段，意识形态对立论帮助杜鲁门政府顺利获得了国会对于希腊和土耳其的援助。与此同时，在意识形态和生活方式上大做文章，也帮助美国政府推出了一种超越具体事项的普世信仰，一种能够和美国文化中固有的道义优越感相接壤，因而可以更直接地诉诸公众情感和无意识的集体信仰系统①。历史学家查富在谈到杜鲁门政府对这种信仰系统的调动和使用时说道："如果（在援助希腊上）问题的核心是自由与专制间的斗争这样一个具有普遍意义的问题——而不是涉及希腊内战中站在哪一边的问题——那么谁还会反对政府提出的议案？"（Chafe，1995：67）从另一方面看，杜鲁门政府也意识到了这种诉诸普遍意义的思想与现实中的美国外交政策的矛盾。对此，另一位历史学家拉森提出了一个很有见解的问题，他指出杜鲁门政府很清楚美国能力的有限与在全球实施遏制政策间的矛盾，那么为什么艾奇逊等人还要用那些诉诸普遍意义的辞藻来包装杜鲁门的讲话呢？（Larson，1985：317）事实上，杜鲁门在国会发表讲话之后，有人就提出这个问题，艾奇逊在国会作证时解释说，这种对两种生活方式的捍卫并不一定等于要求美国在所有苏联势力范围内都实施遏制政策，艾奇逊说："对于任何一个国家提出的援助要求，都需要视具体的情况而定。我们要研究提出要求的那个国家是否真正需要帮助，他们的要求是否与美国的外交政策一致，他们的要求是否真诚……也就是说，不能由此得出结论，任何一个国家只要出现与希腊和土耳其相近的情况，美国政府就应该去采取相应的措施。"（Kennan，1967：321-322）因此他认为，杜鲁门讲话中那些论及自由受到威胁的话语只是一种手段，通过"出售威胁"达到吓唬国会和公众的目的。但是拉森认为事情不是那么简单，如果只是利用这种手段，在短时间内起到煽风点火的作用，以达到获

---

　　① 历史学家拉森指出，"民主"对立于"专制"这个主题可以诉诸美国公众广为熟悉的情感记忆——对于孩提时期每年夏天 7 月 4 日那些个温暖的晚上独立日演讲的模糊记忆，对于曾对美国国旗表达敬意，对于在学校里听到的关于华盛顿的故事，对于关于美国这个国家是如何诞生的记忆等。（见 Deborah Welch Larson, *Origins of Containment: A Psychological Explanation*, Princeton. New Jersey: Princeton University Press, 1985:307.）

得国会通过的目的，那么这种手段就会很短命，在国会通过援助议案后，公众的注意力就会转移到其他事情上去。拉森指出，问题的实质是"在用夸张性的辞藻表述美国面临威胁时，美国政府的官员们同时也相信了他们那些修辞语词以及由此引出的合理逻辑。"（Larson，1985：317）

　　这些官员也包括杜鲁门本人在内。在杜鲁门主义出台之前，杜鲁门对苏联的态度其实还一直处在摇摆不定之中。一方面，两年以前继任总统之后不久，他就表现出对苏强硬态度，另一方面他并没有将这种态度进行到底。1945 年 4 月因波兰问题，杜鲁门在会见苏联外长时态度鲁莽、强硬，但同年 10 月在美国海军日讲话中，杜鲁门表示还是要执行大国合作政策，向苏联传递了合作友好的信息。一年后在 1946 年 10 月的联大全体会议上，他在讲话中依然还是希望继续罗斯福的与苏融合政策，一个月后还给斯大林写了一封信，再次邀请他访问美国。在国会讲话前一个星期，杜鲁门在德克萨斯州贝勒大学发表关于经济合作的演讲，其中提到："和平和自由不能通过武力获得。和平和自由来自互相间的理解和合作，来自在一切事务上公平地对待每一个友好国家，不管是在政治方面还是经济方面。"（Truman Baylor Speech）但是一个星期后，在国会援助希腊和土耳其的讲话中，杜鲁门的态度完全改变了。是什么造成了这种改变？拉森的观点值得我们重视，他认为与艾奇逊以及美国政府中其他一些官员一样，杜鲁门在准备其讲话内容的过程中，也认识到意识形态对立论的重要性，及其与美国实现地缘政治利益的关系，也正是这种认识使得在杜鲁门的眼里，苏联的行为最终与扩张和威胁画上了等号。（Larson，1985：323）换言之，在成为手段的同时，那些以意识形态和生活方式对立为中心的诉诸普遍意义的修辞语词和逻辑，也构成了杜鲁门政府外交指导思想的核心，冷战与美国的地缘政治战略也由此得到了完美的结合以及合理的解释，由此开始了美国的冷战共识（Cold War consensus）。

　　1947 年 4 月 22 日，美国国会参众两院通过了杜鲁门提出的"希腊和土耳其援助法案"，一个月后杜鲁门签署法案，杜鲁门主义正式运作。杜鲁门主义的出台标志着冷战的正式开始。杜鲁门主义把世界一分为二，凯南在"长电"中所宣扬的意识形态对峙思想在杜鲁门主义中得到了延续和发展并使之公开化，美国的地缘政治需求也因此获得了合理的依据和道义的支持。在杜鲁门主义的实施过程中，凯南的遏制思想成了遏制政策，丘吉尔的"铁幕"之说演变成了事实，冷战思维也因此成了冷战共识。

三

杜鲁门主义出台后不久，马歇尔计划也随之亮相。如果说前者是美国政府实施冷战政策的纲领性文件，那么后者则是一种具体的实施方案。如果说前者充满了政治气味浓厚的意识形态对立话语，那么后者似乎更多地倾向于单项的经济问题，但这只是一种策略手段，其根本目的还是要将杜鲁门主义中把世界一分为二的思想现实化，其实际效果更是如此。

1947年6月5日，美国国务卿马歇尔将军出席哈佛大学学生毕业典礼并接受荣誉学位，他利用这个机会，发表了关于帮助欧洲经济复兴的演讲，主要内容是宣布美国将对欧洲进行援助以及援助的原则，这个演讲后来被称为马歇尔计划。

马歇尔在演讲中描述了处在极其困难之中的欧洲境况，在经历了战争的摧残、纳粹的蹂躏以及自然灾害的打击之后，人民生活凋敝，经济发展停滞，社会一片萧条，整个欧洲处于崩溃边缘。欧洲急需从国外进口食品和物资，但他们根本没有财力购买这些东西，而唯一能够打破这种"怪圈"的则是美国，欧洲需要美国援助，美国必须提供支持。为了说明美国有足够理由提供援助，马歇尔把援助欧洲与美国自己的利益结合起来，他提到如果欧洲危机发展下去，势必会影响到美国自己的经济，从而也会影响整个世界经济的健康发展："从这个逻辑出发，美国尽其所能提供帮助，以换回世界经济的正常和健康发展，否则政治稳定与和平也就无从谈起。"（Marshall Plan Speech）马歇尔紧接着提出了美国提供援助的原则："我们的政策不针对任何国家，也不基于反对或支持任何思想，我们针对的只是饥饿、贫穷、绝望和混乱。其目的应是在世界上恢复正常运行的经济，从而使得自由体制和机构所存在的政治和社会条件得以出现。"（Marshall Plan Speech）为了说明这个原则只是针对经济问题，不涉及政治，马歇尔特别提到任何国家只要愿意协助这个复兴计划，都可以与美国进行合作，但同时他也申明："任何试图阻止其他国家复兴的政府将不能得到我们的帮助。此外，政府、党派、社会团体等，只要他们将人类的痛苦置之不顾并企图使之长久化，甚至从中谋取政治或其他方面的利益，那么他们必定要遭到美国政府的反对。"（Marshall Plan Speech）在阐释了这些援助原则之后，马歇尔进一步提出了实施方案问题,认为援助的提出方应是欧洲国家本身，援助应是欧洲和美国的联合行动。之后，他着重强调援助欧洲是历史赋予美国的责任："有了这种远见，有了我们的人民肩负历史赋予我们这个国家的责任的意愿，我在上面所列出的种种困难能够,同时也可以被克服。"（Marshall Plan Speech）

　　细读马歇尔的讲话，可以发现两个特点：一是似乎有意弱化意识形态对立论，避免突出政治问题，重点强调援助的经济特性；二是说明援助与美国的经济利益关系，但同时更加凸显美国的道义责任。但是弱化政治意识，并不等于不谈政治，这一点美国外交政策的评论者们看得很清楚,美国外交协会在评述马歇尔的讲话时指出："政治关切并没有从马歇尔哈佛讲话中消失，尽管他讲话的主要内容是放在了复兴欧洲这个主题上。"（Campbell，1948：59）换言之，杜鲁门讲话中体现的普世主义意识形态意识也同样表现在马歇尔的讲话中，只是手段不同而已。（Campbell，1948：27）这个不同的手段就是打着经济的幌子达到政治的目的,用历史学家查富的话则是："马歇尔和他的助手们精心设计的这个计划的突出优点是把政治关切融合进了经济关切中。"（Chafe，1995：68）

　　这种"融合"也体现在马歇尔计划的策划过程中。1946 年至 1947年间欧洲遭遇自然灾害，经济状况恶化，社会矛盾加剧，阶级矛盾激化。在法国，共产党成为议会的第一大党，法共在联合政府中担任了国防部长的要职；意大利共产党也正在壮大力量，准备在议会选举中获得胜利。1947 年 4 月在参加完莫斯科外长会议后①，马歇尔感到苏联要利用欧洲糟糕的经济状况来为其发展共产主义服务，他向杜鲁门提出要把复兴欧洲作为美国的中心任务。马歇尔在国务院成立了政策设计室，任命凯南为主任，指定他负责对欧洲援助的策划。凯南认为美国对欧洲的援助既要看到经济方面的问题，也要看到与美国相关的政治利益，如保护欧洲的自由国家不被大国颠覆。（刘金质，2003：129）但是在具体方案的策划中，凯南提出要避免给人一种误解，即美国的对欧援助只是出于防范共产主义的目的。②（Kennan 341）与此同时，凯南也非常明确对欧援助应是一个整体计划，要通过援助使得欧洲能够走向整体，也就是说欧洲人在处理他们的经济问题时，他们的思维能够"像欧洲人，而不是民族主义者"（Kennan，1967：337）。这也就是为什么马歇尔在讲话中强调要由欧洲自身提出援助要求。在一再申明欧洲要统一步骤的背后体现的是对欧洲的政治身份的关切，即通过经济活动促使欧洲的政治统一化（Patterson，1996：130）。需要指出的是，所谓欧洲其实是指西欧，在制定马歇尔计划时，为了表明美国并没有地缘政治的要求，也为了避免给苏联授以把柄，美国的援欧计划把整个欧洲都包括在内，但是凯南及其同事们都很清楚，苏联不会加入；凯南指出如果苏联要求加入，那么必须也对这个计划做出建设性贡献——当然他们是不会这么做的③，如果他们不愿意那样做，那么就让他们自己把自己关在此计划的门外。凯南说："但是我们不能自己画一条线分裂欧洲。"（Patterson，1996：342）显然这是一个处理政治与经济关系的绝好办法，这些设想最后都进入了马歇尔的讲话之中。不过即便如此，我们还是可以在马歇尔讲话的字里行间看出对于"政治"

---

　　① 二战时同盟国包括美国、英国、法国、苏联在战后形成了外长会议制度，从 1945 年后每年不定期召开会议讨论战后问题。1947 年 3 月－4 月间，在莫斯科召开了四国外长会议，讨论对德国和奥地利签订和约问题，会议没有达成协议。

　　② 凯南此前对杜鲁门的讲话颇有意见，认为充满过多的意识形态辞藻，不利于美国实施灵活的遏制政策。在协助制定马歇尔计划时，他有意提出要避免给人一种印象，马歇尔计划是在执行杜鲁门宣言。（见 George Kennan. Memoirs. Boston and London: Little, Brown and Company, 1967, 315, 341.）凯南的设想既有理想主义的色彩又有现实主义的考虑，但无论如何，马歇尔计划中意识形态对立论和反共的基调是无法消除的。

　　③ 此外，美国要求参加国提供详尽的经济资源信息，苏联认为这是干涉主权，不会同意。

的重视，一方面申明美国的援助计划不针对任何国家或任何思想，而只是针对饥饿、贫穷，另一方面则强调援助的目的是创造一个让自由体制能够存在的条件，这里的"自由体制（free institutions）"当然可以理解成经济体制，但同时也可以理解成政治体制，这样一个意义含糊的语词表明的政治含义也许并不含糊，很容易让人联想到杜鲁门讲话的中心思想：自由与专制的对峙。同样，马歇尔一方面表示美国欢迎任何一个欧洲国家加入这个计划，但另一方面他又明确指出任何企图阻止这个计划的国家都将得不到美国的帮助，言外之意，这是一个跟从美国与不跟从美国的问题。从这个逻辑出发，得出美国反对任何一个把人类的痛苦置之不顾并企图使之长久化而且从中谋利的国家和党派及团体这样一个结论也就不足为怪。值得注意的是，马歇尔在这里使用了"人类的痛苦"（human misery）一词，与前面的"自由体制"一样，这也是一个中心词，表明美国的行为是为着人类的福祉，与杜鲁门讲话中时时提到的美国外交政策是为了捍卫人的尊严和自由如出一辙。换言之，美国的行为更多的是出于道义而不是私利。

当然，马歇尔不能一点也不提援欧计划与美国的利益之间的关系，因为如同杜鲁门一样，他也要面对国会和公众对该计划是否会给美国带来利益的质疑（马歇尔讲话面向欧洲媒体，不是美国媒体）。因此，他特别提到欧洲的经济崩溃会影响到美国本身的经济。事实上，正如很多历史学家指出的那样，马歇尔计划本身就含有比拯救欧洲更宏大的目标，除了试图通过经济援助促使欧洲在政治上走向统一以外——这是二战以后美国一直关注的一个问题，在马歇尔计划之前，美国已经通过世界银行及联合国救济署这些国际组织给了欧洲国家大笔美元的援助。马歇尔计划的另一个宏大目标是为美国自己开辟市场，为美国的货物找到购买的对象，也就是说，该计划一方面可以让欧洲复兴，另一方面也可以支持美国经济的持久兴盛。这也是马歇尔计划得到很多人支持的一个原因。（Patterson，1996：130）但与此同时，这种经济上的"私利"仍然需要一种崇高的道义奠基，这也就是为什么马歇尔要特别提到是历史赋予了美国这个责任。如同凯南遏制思想的基础是美国坚守自己的传统、肩负起世界领袖应承担的道义，如同丘吉尔呼吁传承了自由民主传统的美国需担起世界强国的责任，如同杜鲁门宣称美国的外交宗旨是让自由的人民免于威胁，美国因此有担当捍卫自由生活方式的道义和责任，马歇尔讲话最后的落脚点也是凸显美国的责任和道义的神圣性。

马歇尔计划得到了法国和英国等西欧国家的热烈回应，苏联起先也表示了谨慎的欢迎，同意派代表团参加于 1947 年 6 月 27 日在巴黎召开的英、法、苏三国外长会议讨论马歇尔援欧计划，但很快苏联意识到美国有可能通过援欧达到稳定西欧、搅乱东欧的企图，在三国外长会议上，苏联与英、法在欧洲制定统一经济计划、德国加入欧洲复兴计划等问题上立场和观点相对立，此后苏联退出会议并要求东欧国家也拒绝加入援助计划。在苏联的压力下，东欧国家一概拒绝了马歇尔计划。1948 年 4 月 2 日美国国会通过对外援助法，杜鲁门签署法案，马歇尔计划正式实施。（见刘金质，2003：134-146）马歇尔计划帮助西欧度过了艰难时期，西欧经济得到复兴，但同时欧洲一分为二的局面也正式开始形成，东西方进入了实质性对峙阶段，冷战由此开始。

从 1945 年二战结束到 1948 年马歇尔计划实施，美国政府的外交政策大致经历了三个阶段。第一个阶段是从二战结束到 1946 年初，杜鲁门政府的外交政策尚处于摇摆之中，与苏关系时有摩擦，但也表示有合作意愿；第二阶段到 1946 年底，摇摆依旧存在，但同时强硬态度日渐占据上风；第三阶段，尤其是从 1947 年初开始，杜鲁门政府开始明确地倾向遏制政策。（见 Patterson，1996：105），从凯南的"长电"到丘吉尔"铁幕讲话"，从杜鲁门援助希腊和土耳其讲话再到马歇尔援欧讲话，通过对这些冷战经典文献的细读，我们可以发现，意识形态对立，两种生活方式对立，自由、民主与专制、集权对立，这种"不是/即是"的极端二元对立思维方式成了美国外交政策的指导思想，而美国与自由的认同关系则给美国的地缘政治行为抹上了一种道义的色彩，这些都成了冷战思维的自然逻辑，在其后几十年的时间里对美国社会和文化的各个方面产生了深刻影响。

引用文献

Acheson, Dean. *Present at the Creation: My Years in the State Department.* New York: W.W. Norton & Company, 1969.

Campbell, John. *The United States in World Affairs 1947-1948.* New York: Happer & Brothers, 1948.

Chafe, William H. *The Unfinished Journey: America Since World War II*, third edition. New York/ Oxford: Oxford University Press, 1995

Churchill, Winston. Iron Curtain Speech. (2005-12-3) [2010-03-17]. http://www.nationalcenter.org/ChurchillIronCurtain.html.

Kennan, George. *Memoirs.* Boston and London: Little, Brown and Company, 1967.

Larson, Deborah Welch. *Origins of Containment: A Psychological Explanation*, Princeton. New Jersey: Princeton University Press, 1985.

Marshall Plan Speech. (2003-03-12) [2009-10-13]. http://marshallfoundation. org/marshall/the-marshall-plan/marshall-plan-speech.

McCullough, David. *Truman*, New York: Simon & Schuster Paperbacks, 1992.

Patterson, James. *Grand Expectations: The United States 1945-1974.* New York&Oxford: Oxford University Press, 1996.

Rahe, Paul. The Beginning of the Cold War // James W. Muller, ed. *Churchill's "Iron Curtain" Speech Fifty Years Later.* Columbia and London: University of Missouri Press, 1999.

Ramsden, John. Mr. Churchill Goes to Fulton // James W. Muller, ed. *Churchill's "Iron Curtain" Speech Fifty Years Later.* Columbia and London: University of Missouri Press, 1999.

Truman Baylor Speech.(1999-03) [2009-09-08]. http://www.presidency.ucsb.ed.

Truman Doctrine Speech. (2001-02) [2009-09-08].http://www.americanrhetoric. com/speeches/harrystrumantrumandoctrine.htm.

Truman, Harry S. Memoirs by Harry S. Truman, vol. 2, New York: Doubleday & Company, 1956.

Ward, K. Jeremy. Winston Churchill and The "Iron Curtain Speech". *The History Teacher*, 1968, 1(2): 5-13 , 57-63.

刘金质. 冷战史. 北京：世界知识出版社，2003.

第三节　NSC68 的"警告"：冷战思维逻辑的全面升级和强化

　　1950 年 4 月出笼的美国政府国家安全委员会题为"美国国家安全的目的和纲领"的第 68 号文件（以下称 NSC 68），通常被认为是美国冷战政策的蓝图。无论是在宏观的视野方面还是在微观的具体行动目标上，它针对 20 世纪 50 年代初美国在政治、外交、军事、社会等多个领域面临的来自苏联的威胁，进行了细致的分析，描述出了一份行动路线图。NSC68 的核心要点是大力增强美国的军事力量，以增加冷战遏制的筹码，在表明延续已经实行了几年的冷战政策的同时，NSC68 极力渲染苏联发动战争的危险，着力鼓动全方位扩大对苏联的遏制，警告美国要为冷战向热战的转化做好充分的准备。反映在这种"警告"背后的是冷战思维逻辑的全面升级和强化。

一

　　1947 年 3 月，杜鲁门宣言标志冷战正式开启，美国的冷战遏制政策陆续出台。1947 年 6 月，马歇尔计划问世，第二年 4 月，获得国会通过。1949 年 4 月，美国与西欧一些国家签署《北大西洋公约》，美国和西欧在军事上正式结成同盟，共同抗击来自苏联的威胁。冷战的气氛随着时间的推移越来越浓。但另一方面，美苏关系也出现了部分缓和现象。1949 年 5 月苏联解除了对德国西柏林的封锁。1948年，连任获胜的杜鲁门在国内准备继续罗斯福的"新政"，即杜鲁门政府的"公平施政"，为使有足够的钱放到住房、教育和医疗保险方面，同时又不增加税收，杜鲁门拟着手削减国防开支，提出 1950年财政年度的军费预算为 130 亿美元。不过，冷战的阴霾似乎总是不能散去。1949 年 8 月，苏联爆炸了第一颗原子弹，打破了美国对核武器的垄断，这对美国产生了很大的影响，很多美国人没有料到苏联的核力量发展如此之快，一股恐惧心理开始在社会中弥漫。为在核武器方面压倒苏联，杜鲁门一方面要求加强美国的原子弹生产能力，另一方面催促发展氢弹。尽管这遭到了很多人包括一些核能领域科学家的反对，但是军方则表示坚决支持。正是在这种情况下，杜鲁门在 1950 年 1 月 31 日给国防部和国务院下了一道指令，"鉴于苏联可能拥有裂变炸弹和热核炸弹能力"，要求这两个部门对美国"和平与战争时期的目标以及这些目标对战略计划的影响进行重新审查"（见 NSC68），同时与此关联的道德、政治和心理因素也要一并考虑（见 May，2003：序言）。

时任国务卿艾奇逊把这个任务交给了新任国务院政策计划署主任保罗·尼采①，在尼采领导下，来自国务院、国防部和参谋长联席会议的工作小组在几个星期后就拿出了经过"重新审查后"的报告（张曙光，2007：119），也就是后来被冠名为"美国国家安全和目的"的国家安全委员会 68 号文件。

NSC 68 长达五六十页，撰写者显然很好地利用了这个机会，全方面地"重新审查了"冷战背景下美国的国家战略和目的，并提出了相应的对策和方针，这使得这份报告具有了一种"指导性蓝图"（见 NSC68）的身份。报告一共分为九个部分：1. 目前危机的背景；2. 美国的宗旨；3. 克里姆林宫的基本图谋；4. 美国的目的和克里姆林宫的图谋在观念和价值观上的根本冲突；5. 苏联的意图和能力——事实上的和潜在的；6. 美国的意图和能力——事实上的和潜在的；7. 目前的危险；8. 原子武器军备；9. 可能的行动方案；最后一部分是结语。从这些小标题上可以看出，报告起草者们的目的很明确，即根据当下的形势，对比美国和苏联的力量，分析危险的存在，提出行动方案。细读报告可以得知，这个思路基本贯穿了文件的始终。简单来说，报告需要指明的是，美国的力量——无论在政

---

① Paul Nitze（1907—2004），美国政府高级官员，冷战全面遏制政策的主要谋划者，曾在杜鲁门、肯尼迪、约翰逊和里根政府中任职。

治体制还是在军事上——尽管在总体上要大大强于苏联，但是从现实情况看，苏联的投入比美国多，发动战争的潜在准备能力要比美国强，相比来看，美国的投入比例不够，应付战争的准备不足，尤其是在潜在力量和现有力量之间存在着鸿沟，在这种情况下美国若要安然面对苏联的威胁是有困难的，更不消说是遏制了。因此报告的结论之一便是大力加强军事，增加国防开支，要在军备上绝对压倒苏联。"冷战是一场真正的战争，关系到自由世界的存亡"（刘同舜，1993：330），报告结尾时向美国当局者提出了如此警世之言。

报告的撰写者并不是直截了当地提出这个"警告"，而是充分运用了逻辑和思维的力量，运用的手段之一便是把对美苏对比的分析牢牢地根植于意识形态的框架之中，把这作为逻辑出发点，从而从一开始就确定了美苏道义上的优劣。报告的第二部分在讲述美国的宗旨时，援引了美国宪法序言部分的一些文字："……建设更完美之合众国，以树立正义，奠定国内治安，筹设公共国防，增进全民之福利，并谋今后国民永久享乐自由之幸福。"（刘同舜，1993： 271）。报告指出这里体现的是建立在个人尊严和自由基础上的美国价值观，进一步说这一价值观表现在个人自由、民主体制和生活方式三个方面，为了捍卫这些东西，在必要时需要诉诸战争的手段。有意思的是，这一部分只有两段文字，简明扼要，但足以亮出美国价值观的核心。同样，在接下来讲述苏联的目的时，也只有短短两行，但观点明了，且不容分辩：苏联的全部目的就是谋求绝对的权力，不仅是对苏联国内而言，也包括受其控制的其他地方，同时这种对绝对权力的欲望也会延伸到世界各地，其结果是对与苏联构成对立面的任何地方的毁灭，尤其是欧亚地区，美国应是这些非苏联控制区域的核心，自然便成了苏联最主要的敌人。这样的逻辑不能不说是严密有力，不容置疑的。这很容易让我们联想到凯南在"长电"中论述过的：苏联因对自身安全的顾虑，视周围世界为敌人并决意要消灭之。进一步对比这两个部分的论述，我们会发现前者的价值核心是基于对个人的尊重，而后者则完全没有个人的影子，两相对比，自由与不自由一目了然。这或许也可以从这两部分的小标题里使用的两个词上找到一丝痕迹。第一个小标题的字面意思是"美国的根本目的"，"目的"一词英文是 purpose；第二个小标题是：克里姆林宫的根本设计（设想），"设计"一词的英文是 design。显然，报告的作者对这两个词的选择是有其目的的，如果说"purpose"指的是建国方针，也就是报告这部分引述的美国宪法里的一些表述，含有"理念""理想"的意思，那么"design"一词给人的印象则含有"图谋"的意思，不仅如此，"图谋"是需要一个行动者去主动推行的，苏联政府便是这个推行"图谋"的行动者；如果说前者是一个中性词，那么后者则带有明显的贬义。从"purpose"到"design"，一字之差，但用意明确，说明了两个国家本质上的不同。

正是因为基于这种价值理念上的区别，报告的作者继而强调"自由理念"与"奴隶理念"间的对峙也就再顺理成章不过了。这种对峙被用来说明美国与苏联冲突的本质和根本原因，其实并没有多少新意，"杜鲁门宣言"里早已经明白无误地依据这种区别把世界一分为二，但是，需要指出的是，NSC68 报告的作者们在重复这个思想的同时，更进一步强化这种本质区别并将其具体化了。杜鲁门用两种生活方式来指代自由世界和其对立面的不同，并用了"极权主义"一词来指代后者，但并没有具体地把苏联与"极权主义"等同起来，尽管言外之意非常明确。几年后在 NSC68 报告中，这种"等同"白纸黑字，板上钉钉，明确无误。其结果之一，在报告者们看来便是苏联对美国形成的"殊死挑衅"：

> 自由社会就这样不由自主地发现自己面临苏联制度的殊死挑衅。没有一种别的信念和制度，会跟我们那样完全势不两立，会那样专心致志地要消灭我们。能够那样利用我们自己社会里最危险的分裂倾向，没有别的体系能那样巧妙有力地在各地挑动人类天性中的不合理性因素，也没有别的制度会得到那种日益强大的军事力量中心的支持。（刘同舜，1993：274）

这段话是报告第四部分第一小节"美国和苏联冲突之本质"的

结尾部分，从修辞上看，连续四次使用"那样"（英文"so"）这个词起到了突出强化的作用，美国遭遇到挑战的致命危险跃然纸上。对于报告的起草者们而言，这种对于语言修辞的关注其实是有其特殊目的的。多年后，艾奇逊在回忆录中谈到 NSC68 时说："NSC68 的目的是要重重地冲击很多政府高层人员的头脑，不仅是要让总统做出决定，而且还要使得这个决定能够贯彻下去。……一个试图为一项主要政策做出解释并获得支持的政府官员的任务与一个写作博士论文的人的任务是不同的。必须要做出一些努力，使得思想简单明了，为了摆出观点，含蓄的表述必须让位于直言不讳。"（May，2003：98-99）显然，报告的作者们执行了艾奇逊的这种想法。但是从另一方面来说，语词修辞只是一种表达手段，更值得注意的是，手段后面反映的思维方式。在这个方面，美国历史学家罗森堡对报告话语策略的分析颇能说明问题，她发现报告使用了三种话语策略，第一是隐含的叙述，第二是诉诸历史权威，第三则是二元对立的表达方式（May，2003：161）。所谓"隐含的叙述"，指的是报告从头到尾充斥着一种"警告"，告诫人们如果美国不立即采取行动，则毁灭的危险为时不远；"历史权威"则说的是美国历史上可以被拿来使用的资源，用以支持报告的核心理念，比如上文提到的报告伊始引述美国宪法序言中的一段文字，说明报告是基于对美国传统价值的维持和延续；而"二元对立"则表现在表示美苏本质不同的一些对立语词的选择上，如"自由"之于"奴隶"，"个人"之于"（胁迫的）大众"，"我们"之于"他们"，"善"之于"恶"，前者指代美国的价值，后者则表明苏联的意识形态。当然，正如前文分析的那样，我们在这里还可以加上一组对立，"目的"之于"设计（图谋）"。毋庸多言，这正是典型的二元对立的冷战思维方式，NSC68 更是把在杜鲁门宣言中描绘的世界两极化推演到了极致，宣称："现在全世界都在攻击自由制度，在目前这种力量两极化的形势下，自由制度在任何地方的失败，就是整个自由世界的失败。"①（刘同舜，1993：

---

① 有学者认为这个论断明显区别于凯南此前关于遏制苏联的有限性和重点性的思想，是转向全面遏制的标志。（见张曙光.美国遏制战略与冷战起源再探讨.上海：上海外语教育出版社，2007：126.

273-274）在这种情况下，自由世界与"（被）奴役（的）世界"的对峙也就成了一个波及全球范围的生死攸关的问题。艾奇逊所说的要让报告的内容"重重地冲击"那些政府高层人员的头脑，这样的效果 NSC68 应是达到了。

二

不管这种对于形势的描述是否仅是危言耸听，就报告的撰写者们而言，他们是坚信不疑的，而更重要的是，这是一个达到目的的重要手段，即要让决策者们的头脑在被"重重地冲击"后让美国立即行动起来，增强军备，做好充足的准备，对付苏联。这也就是罗森堡所说的"隐含的叙述"。细读报告，可以发现报告的一个主要内容便是从各个角度分析和揭示美国在应付苏联上存在的准备不足的问题。在一定程度上也可以说，报告使用了一种"哀怨体"[①]，一方面强调美国价值观的正义，以衬托苏联意识形态和政治的邪恶，另一方面则极力描述苏联威胁的存在，同时反衬美国意识不足，由此发出一系列警告，以达到警醒决策者们的目的。

从这个角度来看，报告的撰写者们可谓是处心积虑，自始至终都在强调美国和自由世界处于极其危险的环境。报告开篇分析了世界所处的新形势——在 20 世纪经历了两次世界大战后，英法老牌帝国衰退，俄国和中国革命给世界带来新的局面，更为重要的是，在当时苏联成了美国不得不重视的对手，这个问题是如此严重以至关系到美国以及世界文明的生死存亡。报告这么写道："我们面临的问题非常严重，它们不仅关系到我国的生死存亡，还牵涉人类文明本身的兴亡。这些问题不容我们从长计议。我国政府和它所代表的人民，现在必须自觉而果断地采取命运攸关的新决策。"（刘同舜，1993：271）这样的"警告"成了 NSC68 的一个逻辑出发点，并在具体论述美国面临的危险的过程中被不断重复，以引起人们的足够警惕。

---

① "哀怨体"（Jeremiad），一种宗教上时常使用的文体，通过使用象征、诉诸警醒式语言和预言抨击社会道德败坏现象，美国早期殖民地时期，清教传统惯常使用这种文体。参见著名清教思想研究学者 Sacvan Bercovitch. *The American Jeremiad*. Madison: The University of Wisconsin Press, 1978.）

如在报告第七部分分析"目前的危险"时，一上来就首先提到："从前面的章节中可以明显地看到，我们制度的完整和活力正遇到历史上前所未有的危险。"（刘同舜，1993：298）这种"前所未有的危险"是报告要分析的核心问题，为了更具体地说明这种危险，报告在多个地方假设——在很大程度上也是预测战争的结果，如在第五章"苏联的意图和能力"，谈到其军事能力方面，报告指出如果战争在1950年发生，苏联很可能会采取这样一些行动：侵扰西欧，空袭英伦三岛，用原子武器进攻美国的目标等等。此外，报告还对苏联核力量的发展进行了很详细的预测，具体估计了其几年内拥有原子弹的数量：1950年中期10—20枚，1951年中期25—45枚，1952年中期45—90枚，1953年中期70—135枚，1954年中期200枚（刘同舜，1993：285）。同样，这种预测的目的是要描述苏联一旦发动战争美国所面临的严峻情况。报告认为苏联拥有200枚原子弹时，"也就是美国的紧要关头"（刘同舜，1993：286）。苏联发动原子弹袭击的后果更是不堪设想：英伦三岛将被毁成一片焦土，美国的一些中心地区将遭遇毁灭性打击。

可以说，作为一个战略政策分析报告，对敌手的战争发动能力进行分析和预测无可厚非，但需要指出的是，NSC68在做这种预测时存在着一个隐含的不易察觉的问题，即所谓"预测"是一厢情愿的基于"估计"的预测。苏联前外交官和美国问题研究者考宁科在冷战结束后评估NSC68时一针见血地揭示了这个问题，他指出NSC68的一个根本性错误，在于把苏联政府表示要在世界范围内争取共产主义胜利的信心与苏联独霸世界的野心等同起来，似乎前者自然导致了后者；其结果是，"那种认为苏联正在谋取独占世界的论调作为一种不言自明的论点反复出现在报告中，但同时却不见任何可以在理论上和实际上可以证明的地方"。（May，2003：125）应该说，考宁科指责NSC68把苏联的意识形态等同于实际行动主张，这不能全部归咎于NSC68的撰写者们，在冷战对峙日益严重的50年代初，意识形态的影响力波及社会的各个方面，自然也会给敌手在估计对方的战略力量时授予把柄，但是另一方面考宁科确实也点到了

NSC68 问题的要穴，即高估苏联独霸全球的野心和实际军事能力①，考宁科指出据他后来向苏联军方的求证，50 年代初苏联根本不具备 NSC68 所声称的军事能力，换言之，报告在这方面存在着夸张的嫌疑（May，2003：125）。如果说，苏联学者对 NSC68 的评估可能会存在一定程度的偏见，那么中国学者张曙光的分析则可以说从更客观的角度剖析了这个问题，他指出，NSC68 在界定外在威胁时，呈现了三个思维"误区"，其一是将威胁与"利益"的考量顺序颠倒，其二是将对手的意识形态作为对外政策的目的而不是手段，其三则是将对手的"制造战争能力"作为其"发动侵略意愿"的条件，以致混淆了"意愿"和"能力"，忽略了这两者并非常常具有因果关系（张曙光，2007：140）。NSC68 在对待苏联时，将其"手段"和"目的"，"意愿"和"能力"等同起来，其结果之一是在论述过程中自然而然地过渡到了苏联的言行对美国和自由世界造成极其严重的威胁这个论点上，而从逻辑上说，则是给警醒美国这个目的提供了充分条件，这应是 NSC68 撰写者们的一个终极目标。

三

为了说明美国亟待提高军事实力，NSC68 的撰写者们同样也采取了一种比较的方式，比较苏联与美国在军事投入和战争准备方面的差距，以说明美国面临问题的严重性。而在具体论述上，则是采取了一种迂回的方式。在总体上，报告认为美国无论在政治体制、人民生活、价值观念还是经济和军事方面都要比苏联强，报告指出："在经济和军事方面，我们有潜力；在政治和心理方面，我们也有潜力。使我们社会充满生气的价值观念——自由的原则、容忍、个人的重要性、理智重于意愿——是正确的，比推动苏联社会运转的那种思想意识形态更有生命力，美国人民对此是有信心的。"（刘同舜，1993：287）这些潜力是美国遏制苏联并最终击败他们的有力武器，但光凭这些还不够。在遏制方面，报告指出，有必要保持强大的军

---

① 见本书第一章第一节"冷战遏制与凯南的道义逻辑"中对此的分析。

事实力："其理由有两个：（1）作为我们国家安全的根本保证；（2）作为贯彻'遏制'政策必不可少的后盾。如果没有占优势的、随时都能动员的联合军事力量，'遏制'政策——实际上是精心规划的渐进的强制政策——只是个吓唬人的讹诈政策而已。"（刘同舜，1993：287）显然，NSC68 报告的撰写者们对遏制政策有着清醒的认识，他们推崇的是一种实用主义的态度，尽管在论述这种态度的同时不能没有以自由和民主为核心的崇高价值观的支持。而为使这种务实政策得以贯彻，一个重要的手段便是强调苏联在军事投入方面的先声夺人。美国的经济比苏联强出很多，但苏联的军事预算占 13.8%，而美国却是 7%。"两种经济之间的重点不同，意味着自由世界准备打仗的努力正在减退，不能跟苏联相比。"（刘同舜，1993：291）"面对苏联显然增长的军事力量，我们的力量相对地衰退了。"（刘同舜，1993：288）这样的判断在 NSC68 中成为了一道"亮丽的风景线"，比如在比较美苏的军事力量时，我们看到了这样的"摆事实讲道理"："美国现在的武装部队，比以往任何和平时期都要强大，这是事实；我们实际的军事力量和我们的承诺之间，存在着很大的差距，这也是事实。"（刘同舜，1993：297）而更糟糕的是："我们没有表示出强大和果断，相反，我们历来的表现总是接近忽而优柔寡断，忽而孤注一掷。"（刘同舜，1993：330，译文有改动）这种在意志上表现出来的弱点是致命的，报告指出："我们的根本宗旨很可能更会因为我们缺乏守护意志，而不会因为在守护中我们可能会犯的错误或者是遭遇的攻击而被击败。"（刘同舜，1993：301，译文有改动）正是出于守护这种"意志"，NSC68 建议美国采取的行动是政治、经济、军事各个方面的全面"建设"，而报告具体强调更多的则显然是军事力量的大力增强，在行动方针上首先是军事方面的考虑，其次才是政治和经济方面："不论怎么说，这一点还是明确的：自由世界必须迅速而大幅增强实力，支持坚定的政策，其目的是阻止和击退克里姆林宫旨在统治世界的攻势。"（刘同舜，1993：321）这里所谓的"实力"实指军事力量，而明确这一点在逻辑上则是再顺理成章不过的了。

　　NSC68 最后的结论和建议放在加强军事力量方面，这毫不奇怪，但值得注意的是，报告强调要改变当前美国在对付苏联方面的被动局面，美国面临的一个重大问题是"不能主动而有力地跟苏联进行斗争"（刘同舜，1993：328）。而要变被动为主动，一个重要的方面则是作为自由世界的力量中心，美国须承担起重大的领导责任（刘同舜，1993：328）。很显然，凯南在"长电"和 X 文章中强调的美国在冷战遏制中肩负的道义，杜鲁门在"杜鲁门宣言"中承诺的美国领导自由世界的责任，在 NSC68 中再次得到了重复。这种来自美国历史的新教传统思想（May，2003：157），尽管带有明显的自以为是（self-righteousness）的痕迹，但是每每到了危机或关键时刻，在被用来挑明美国应承担的道义责任和在论证美国价值观的正确性方面都发挥了至关重要的作用。NSC68 的撰写者们自然不会放过这个"神奇的武器"，在强调美国的责任时，NSC68 这份战略政策研究报告自然也就站在了一种道德捍卫者的高度，这与报告开篇即引述美国宪法、阐明美国价值观，在意图上是一致的。从这个角度说，NSC68 着力论述加强美国的军事实力，目的是为了捍卫美国的价值和生活方式，而美国的价值和生活方式则被认为是人类文明的方向，捍卫美国价值于是等同于捍卫人类文明的存在。这样的逻辑看似简单，乃至天真，但确确实实是 NSC68 报告撰写者——也是凯南和杜鲁门——信奉的真理，更成为了论证美国必须赢得冷战的一个借口。如果说 NSC68 的撰写者们在论述苏联政府的言行时，混淆了"意愿"和"能力"的不同，那么也可以说报告的作者们在阐述美国的行动时，也陷入了一种混淆之中，即"利益"和"价值观"的区别。正如苏联学者考宁科指出的那样，美国一方面声称自己是一个信奉自由的国家，不谋求把别国变成自己的影子，另一方面却又千方百计谋划触动苏联的内部变化；一方面要求苏联同他国的关系建立在平等基础上，另一方面却又不把苏联当成国际社会中平等的一员。也如同考宁科所申明的，提出这个问题绝不是要为苏联辩护——苏联政府的行为和意识形态信仰确实在一定程度上表明其在影响范围内谋求独霸目的（May，2003：125），只是要说明美国用价值观来替代其实际谋求的国家利益，这事实上也是一种混淆。如果这是一种思维"误区"，那么从本质上来说这是一种冷战思维的"误区"。用美国国家安全战略研究者周建明的话说，NSC68 的这些"失误"是"美国在'普世主义'意识形态支配下的必然表现"，其"潜在的宗旨是要把美国的意识形态和制度推广到整个世界"。在战略制定过程中，这种思维的反映也就难以避免（周建明，2009：49）。NSC68的这种"误区"，无疑也为冷战的全面升级埋下了一个伏笔。

四

NSC68 在美国国务院内部遭到了一些人的反对，凯南对文件把军事力量的升级作为冷战的主要对策表示担忧，另外一位苏联问题专家博冷则质疑报告把苏联的图谋定为独霸全球，在他看来，这样一种定论的结果是将问题简单化，结论则只能是战争的不可避免（May，2003：12-13）。但是，因为有国务卿艾奇逊的支持，再加上有军方作为后盾，这些人的声音并没有产生多大影响。1950 年 4 月 7 日，报告上呈给了总统杜鲁门，他的第一反应是命令对文件严加保密，不得有任何泄露。根据 NSC68 研究者——美国学者梅的看法，即便是读过文件后，杜鲁门在公开场合也还是表示要下调军费预算，但另一方面，他也不得不面对来自媒体以及国会一些人的反对，媒体上已经出现了类似于 NSC68 的论调，认为 1952 年到 1954 年期间美国将遭遇最大的危险。很快，杜鲁门不再提削减军费预算之事。梅认为杜鲁门要考虑的不是要不要增加军费，而是如何控制军费的增加，以便给其"公平施政"项目留下一点发展空间。在这种情况下，NSC68 的最后实施暂时被搁置起来，因为下一年度的财政预算要到九十月份才有定论。但是 1950 年 6 月 25 日爆发的朝鲜战争加快了 NSC68 的最终实施，美国政府决定出兵朝鲜半岛。杜鲁门也在1950 年 9 月 30 日下令宣布 NSC68 正式成为今后四五年内美国的国策，并会尽快实施（May，2003：14）。国会后来通过的 1951 年军费预算高达 482 亿美元，与白宫起初要求的 135 亿相比增加了 257%（见加迪斯，2005：117）。在一定意义上，朝鲜战争成了 NSC68 的试金石，证明了其内容的有效。但是另一方面，即便没有朝鲜战争，正如梅指出的那样，NSC68 中描绘出的美国面临的紧迫形势也会最终促使杜鲁门政府大幅增加军备，冷战遏制势必也会全面升级。梅认为"NSC68 提供了一个如何表述战略的绝好例子"（May，2003：15），这是很有见地的看法。

　　NSC68 报告作为一份内部绝密文件，一直到 1975 年才解密，但此前很多内容实际上都已见诸报端，艾奇逊自己在回忆录中表明，报告中的有些主要内容是通过他自己的公开讲话表露出去的。这使得 NSC68 成了一个公开的秘密，在一定程度上也说明了此后多年 NSC68 对美国冷战政策的影响。更值得一提的是，NSC68 "表述战略"的方式，即那种把美国的普世主义价值观与具体关涉国家利益的战略行动相互结合、相互印证、相互支持的表述方式，多少也产生了一定的影响，尤其是在思维方式上提供了一个范本。1960 年由美国哥伦比亚大学出版社出版的《美国人的目标：60 年代美国的行动方针》，在思维逻辑上与 NSC68 有很多类似的地方。这是一份"国家目标总统委员会"报告，由"美国总会"（The American Assembly）负责召集人员撰写完成。"美国总会"是 50 年代初由在哥伦比亚大学当校长的艾森豪威尔组建的一个机构，成员包括哈佛大学校长、布朗大学校长、美国红十字会主席、美国商会主席等社会名流。艾森豪威尔当选总统后曾要求这个机构编写一份讨论美国在包括教育、科学、社会发展、外交政策等各个方面国家目标的报告，报告的内容并不完全代表政府。与 NSC68 一致，此份报告在编写体例上也采用了"诉诸历史权威"的方法，开篇第一章先讲述个人、平等、民主等观念，在引言中回溯杰斐逊的《独立宣言》，从中引出"个人"的概念，同时强调美国"处于严重的危险之中，这种危险来自三分之一人类的统治者，对其而言国家就是一切，个人只有在为国家服务时才具有意义"。（Goals for Americans，1960：1-2）无独有偶，1961 年出版的《美国的前景：洛克菲勒专题报告》也出现了相似的表述方式，这是一份由洛克菲勒兄弟基金会组织编写的一份讨论美国国策的报告，内容涵盖外交政策、国际安全、外国经济、美国经济和社会、教育和个人、美国的民主等方面，目的是要确定美国在20 世纪中期所面临的挑战和应对的方针。所谓的挑战，在编写者看来主要是来自共产主义的威胁，这与"国家目标总统委员会"的报告是一致的。以下选自该书"序言"的一段文字值得一读："在这个世界上，与希望和变化齐头并进的是来自共产主义的挑战，为了其自己的意图，充分利用人类的希望和失望。这样的挑战是残酷的和全面的，不仅仅是针对自由国家的权力和体制，而且更是针对自由文明从中汲取意义和活力的价值和原则本身。美国发现自己既是这个自由文明的卫士又是主角，因此，这种挑战首先针对的便是美国。"（Prospects for America，1961：xvi）毋庸多言，美国普世主义价值观在这里昭然若揭。这两份报告都是一定程度上的非官方行为，很难确定与 NSC68 有什么直接的联系，但至少从表述方式上可以看出其思维与逻辑上的一致性，即以敌手的"恶"来衬托自我的"善"，以他人的"不是"来证明自己的"是"。这种"不是/即是"的二元论在冷战愈演愈烈时亦被推向顶峰，同时也对冷战思维走向深入做出了贡献。

引用文献

American Assembly, Columbia University. *Goals for Americans: Programs for Action in the Sixties*. New York: A Spectrum Book, Prentice-Hall, Inc, 1960.

May, Ernest R. ed. American Cold War Strategy: Interpreting NSC 68, Boston & New York: Bedford/St. Martin's, 2003.

NSC 68.（1999-02）[2011-09-13]. https:// fas.org/irp/offdocs/nsc-hst/nsc-68.htm.

Rockfeller Foundation. *Prospect for America: The Rockfeller Panel Reports*. New York: Doubleday & Company, Inc, 1961.

加迪斯. 遏制战略：战后美国国家安全政策评析. 时殷弘，等译. 北京：世界知识出版社，2005.

刘同舜."冷战""遏制"和大西洋联盟：1945－1950 年美国战略决策资料选编. 上海：复旦大学出版社，1993.

张曙光. 美国遏制战略与冷战起源再探讨. 上海：上海外语教育出版社，2007.

周建明. 美国国家安全战略的基本逻辑：遏制战略解析. 北京：社会科学文献出版社，2009.

第四节　麦卡锡主义：冷战思维的合理怪胎

在历史中，20 世纪 50 年代的美国总会和一个人以及他的主义联系在一起，这就是麦卡锡和麦卡锡主义。麦卡锡和麦卡锡主义是冷战时代的一个特殊产物，是冷战氛围下延伸出来的一个附属物。麦卡锡曾经在 50 年代初美国政治舞台上叱咤风云，呼风唤雨，麦卡锡主义在冷战遏制从国际走向国内的过程中不单单是扮演了一个推波助澜的角色，更是把这个过程推向了一种极致，从中也展示了冷战初期美国政治中右翼极端主义的另类风采，而这无不与冷战思维有关。

一

1950 年 2 月 9 日，来自威斯康星州的参议员约瑟夫·麦卡锡在西弗吉尼亚州俄亥俄县的威灵共和党妇女俱乐部上做了一个演讲。此前，麦卡锡基本上默默无闻，此后不久，麦卡锡这个名字便路人皆知，并成了一种主义。麦卡锡的演讲其实内容很简单，主要是对杜鲁门政府的攻击，尤其是指责政府部门特别是国务院纵容共产党成员，容许他们在国务院这么一个重要的政府部门工作。麦卡锡认为这些地方成了共产党成员的庇护地，其结果是美国政府的一些重要情报轻而易举地到达了苏联人的手上。麦卡锡由此指责这些保护共产党成员的政府部门是叛徒，出卖了美国的利益。从作为一个共和党人的身份来看，麦卡锡对杜鲁门民主党政府的攻击可以说并没有什么特别的地方，麦卡锡的演讲原本就是共和党林肯日宣传活动的一部分①，利用这个机会对政党敌手进行一番攻击也是美国政坛

---

① 林肯日（Lincoln Day）是共和党的宣传和募捐活动日，多在每年的二月和三月举行，期间有专人做演讲。

上屡见不鲜的事。但是，有一点仍然值得注意，麦卡锡的讲话并不是泛泛而论，而是很有针对性，非常切近时政的。在演讲一开始，他就开门见山提到了美国遇到的一个严重问题，即二战结束到冷战开启这段时间内，世界格局产生了对美国不利的局面，简单来说，就是苏联势力范围的扩大，美国势力范围的缩小。麦卡锡专门用了一组数据来说明这个问题：在1944年时，苏联势力范围内的人口是1亿8千万，而全世界的总人口是16亿2千5百万；到了1950年，苏联势力范围的人口增加到了8亿，而美国势力范围的人口则缩小到了5亿。两者一比较，美国的失败似乎显而易见。麦卡锡所说的苏联势力范围的扩大，实则指的是中国发生的变化以及苏联对东欧的控制。显然，在麦卡锡的眼中，在这种冷战格局的对峙中，美国是处在了下风，用他的话说则是，"这表明了在冷战中共产主义胜利的快速进展和美国的快速失败"（Schrecker，1994：211），美国这个光照沙漠的"灯塔"，在二战结束时是这个地球上最强大的国家，但是——麦卡锡向他的听众这么说道——"不幸的是，我们遭遇了悲惨的失败……"。（Schrecker，1994：211）而这在麦卡锡看来，则主要是因为美国内部出了问题。他引用了一个历史学家的话来说明这个问题："当一个伟大的民主被摧毁时，其原因不是来自外部的敌人，而是来自内部的敌人。"（Schrecker，1994：211）这个内部的敌人，在麦卡锡的眼里，来自政府内部，是那些个政府的宠儿们，他们享受了这个世界上最富裕的国家所能给予的最好的待遇——美好家园、一流大学、最好的工作，但却在进行着一些叛国的行为。所谓叛国行为主要是指对一些共产党成员的包庇，麦卡锡特别提到了三个例子。第一个是美国国务院的中国通约翰·斯维斯①，麦卡锡指责他在中国共产党和国民党政府内战期间站在共产党一边，向美国政府建议放弃对蒋介石的支持，认为共产主义才是中国的希望。第

---

① 约翰·斯维斯（John Service 1909—1999），美国外交官，曾在二战前和二战期间在中国工作，被认为是美国国务院中的中国通，是1944年到延安的美国军队观察团的主要成员，预测中国共产党将战胜国民党成为中国的领导者。50年代初遭到麦卡锡指控，被认为应对美国失去在中国的势力范围负责，后被国务院解除公职。

二个是亨利·瓦德来①，他曾是国务院经济学家，在 30 年代曾与美国共产党有过接触，把一些情报转交给了另外一个曾是苏联间谍的共产党人，在麦卡锡看来这是典型的美国政府内部的苏联间谍案。第三个例子是著名的希斯案件②。麦卡锡提到的这些例子并非源于他本人的发现，这些例子都是一些在冷战开启后反苏和反共思潮中早已经"名闻遐迩"的事件。麦卡锡重提旧案的目的是要从中找出美国国务院包庇甚至窝藏这些所谓共产党成员或者是倾向共产主义者的证据，从而证明他的"内部敌人要比外部敌人更加危险"的理论。在麦卡锡看来，像国务院这些政府部门不仅仅是包庇共产党成员，而且本身也受到了共产党的极大影响，他认为这是"美国快速的失败"的真正原因。由此出发，麦卡锡把矛头直接指向了时任国务卿艾奇逊，指责他支持那些"把信仰基督的国度出卖给不信神的世界"的人（Schrecker，1994：214）。但同时，他认为艾奇逊的行为也会激起美国民众的愤怒，他们会起来讨伐政府，直至把艾奇逊及其同伙从政府中清除干净。麦卡锡如此结束他的演讲："他已经点燃了火花，这个火花正在引燃人们的道义讨伐，直至那些让人讨厌的思想歪曲者们一个个从我们的生活中被扫除干净，直到我们有一个诚实、干净的政府为止。"（Schrecker，1994：214）

麦卡锡的这些言论，代表了冷战初期美国政治生活中的右翼极端思想，反苏、反共是他的基点，从这个基点出发，通过耸人听闻、夸大其词、无中生有的言论和不择手段、打到一切的方式，谋取其政治利益（Whitfield，1996：38）。一个典型的例子是，麦卡锡在演讲中提到他手中握有一张 205 人的名单，这些人都是国务院工作人员中的共产党成员。麦卡锡的这个演讲之所以很快让他"名闻天下"，成为舆论关注的中心，也就是因为他信誓旦旦地声明握有这份名单。但是，这只是麦卡锡要弄的一个手段，实际情况是这个名单的数目并不确切，而且基本上是生造出来的。几天后当被要求确定这个 205

---

① 亨利·瓦德来（Henry Julian Wadeleigh 1904—1994），经济学家，曾于 20 世纪 30 年代和 40 年代在美国国务院工作，他是"希斯案件"的主要见证人之一。
② "希斯案件"详见第二章第三节。

人名单时，麦卡锡改口说他没有说过是 205 人，具体数目改成了 57 人。根据记者安德逊和梅尔的调查，麦卡锡所说的这个 205 人名单源自前国务卿贝尔纳斯 1946 年 7 月 26 日回复一位国会议员的一封信，贝尔纳斯在信中提到国务院一个调查委员会对 285 个被怀疑有忠诚问题的工作人员进行了调查，其中 80 个人已经辞职或者是被解雇，剩下的 205 人仍旧处于调查之中，但是如果调查结果没有问题，这些人仍可以留在国务院工作。贝尔纳斯的信中根本没有提到这些人是共产党成员，而且从此信到麦卡锡 1950 年的责难讲话，已经过去了 3 年。但是在麦卡锡的口中，这些人却凭空拥有了共产党成员的身份。57 人名单同样也是来自几年前的一个调查。1947 年，国会一个委员会对国务院展开了调查，发现 108 人有忠诚问题怀疑迹象。这个由共和党组成的委员会立即展开彻查，试图以此作为攻击民主党的把柄，但是后来发现其中只有 57 人仍在国务院工作，而且联邦调查局已经对这些人做过调查，证明他们的忠诚没有问题。来自密歇根州的一位国会议员对此印象非常深刻，他向国会宣布，国务院是一个早已经被清除干净的地方了。（Anderson & May，1954：188-189）但是，在麦卡锡的口中，这个数字已变成了共产党成员在国务院的铁证。麦卡锡的传记作者里夫认为，麦卡锡为了自己的目的有意曲解了这些信息（Reeves，1982：228-229）。

　　麦卡锡的目的，是通过在这种具体数字上做文章的手段吸引舆论的注意，为其增加政治资本，提高知名度，争取再次当选参议员。而不管这个数字是多少，怎样变化，其极度反共的姿态可以说是表明了他敏感的政治嗅觉。具有讽刺意义的是，其行为产生的效应甚至超出了他自己的意料。1950 年 1 月，在一次与朋友的聚会上，麦卡锡表露了他的忧愁，他非常需要有一个事件可以为他造势，争取能够在 1952 年再次当选参议员。他的一个朋友向他建议利用共产党做文章，麦卡锡接受了这个建议，他相信政府工作人员中有很多是共产党员。朋友同时又提示他要拿出具体数字来吸引公众注意，麦卡锡果然这么做了。但是，要真的找出那些数据不是一件容易的事，国会和联邦调查局早已走在了麦卡锡的前面，一次又一次的反共、驱共行为让麦卡锡寻找攻击把柄的真材实料并不是很多，于是捏造事实、编造数据便成了他的手段（Anderson & May，1954：173）。他手下的人在国会图书馆里帮助他找到了上面提到的那两个数据（Anderson & May，1954：187），他自己则给它们赋予了新的意义。不过即便如此，这种手段造成的结果也很可能在他的意料之外。在威灵讲话以前，麦卡锡有两份演讲稿，一份是关于房屋住宅的，另一份是则是关于反共内容的。麦卡锡让他办公室的人写了第一份演讲稿，第二份则是付钱找一个记者写的，里面的内容很多都是这个记者从麦卡锡以前的讲话和别的一些报刊材料里拼凑过来的，其中有些地方还出现了错误，如关于 1950 年苏联势力范围的人口数据和美国势力范围的人口数据来自众议员尼克松两周前的一个讲话，但是尼克松说的是美国势力范围的人口有 5 亿 4 千万，而在麦卡锡的讲话中则缩小成了 5 亿；另外一个地方是一个人名的拼写错误：亨利•瓦德来，这个人名出自他所举的第二个例子，原名是 Henry Julian Wadleigh，但在麦卡锡的演讲稿里则成为了 Julian H. Wadleigh（Reeve，1982：223-224），这说明麦卡锡很可能根本就不知道这个人是谁。不过，这些似乎都没有什么关系，他讲话中提到的那两个数据足以抵消这些微不足道的问题。在演讲以前，麦卡锡征求当地接待他的人的意见，询问他们用哪一个稿子，结果他被告知用那个反共内容的稿子。麦卡锡讲话几天后，他的名字很快出现在各种媒体的醒目位置上（Reeve，1982：227），而美国国务院对麦卡锡的指责予以否认，则从侧面更让麦卡锡名声远扬。这种情况很可能也出乎麦卡锡的意料，在好多场合他都否认说过拥有这个 205 人名单，而且名单的具体数字也会发生变化，一会儿变成了 57 人，一会儿又说他指的是 207 个危险分子（Reeve，1982：227），这与麦卡锡一贯虚张声势的作风是一致的。但是另一方面，麦卡锡也敏锐地感觉到了机会的来临，威灵讲话 11 天后，麦卡锡又在国会重复了他的讲话，此后更是掀起了一个又一个极端行动大潮，矛头不仅仅指向艾奇逊，而且还指向了美国国防部长马歇尔，麦卡锡指责他是共产党的同谋者，应对美国丢失在中国的势力范围负责（Fried，1997：90），而杜鲁门和罗斯福两位民主党总统的五届任期，则被麦卡锡称为是"20年的叛国"（Whitfield，1996：38）。1953 年，共和党人艾森豪威尔当选总统，势头正旺的麦卡锡并没有把这位共和党总统放在眼里，他指责艾森豪威尔的政府里仍然留有共产党成员。在 1953 年年底，麦卡锡干脆把对杜鲁门和罗斯福"20 年叛国"的指责延长到了 21年，加上了艾森豪威尔任上的一年。与此同时，再次当选参议员后，麦卡锡于 1953 年担任参议院调查活动小组主席，他利用这个职位对"美国之音"展开了调查，目的是要查询"美国之音"广播是否受到共产主义思想的影响。很多"美国之音"工作人员受到了麦卡锡领导的这个委员会的质询调查，麦卡锡还专门派人对美国政府新闻署设在海外的图书馆进行调查，清除了一些有争议作家，共产党作家以及同情共产党的作家的作品，在麦卡锡和他的调查人员的压力下，很多图书从书架上被取下，而有些书则被焚毁。[①]

1950 年 3 月，政治漫画家贺布劳克针对麦卡锡的行为做了一幅漫画，并称之为"麦卡锡主义"，这个词很快进入了词典。贺布劳克把麦卡锡主义定义为一种政治行为，其特征是反对一切被认为是具有颠覆（制度）性质的行为，其手段则是采用人身攻击的方式，包括对个人的公开指控，而实际上这些指控很多是无中生有的（Reeve，1982：267）。麦卡锡一方面有点惊诧于人们对他的批判，另一方面他则对这些批判嗤之以鼻。但同时，他也做出一种相应的回复，他说在他的老家威斯康星州，"麦卡锡主义就是指与共产主义做斗争"。此外，在其助手的提醒下，他还自鸣得意地宣布，"麦卡锡主义就是美国主义的同义词"。（Reeve，1982：267）

二

麦卡锡主义并不是空穴来风，麦卡锡所言也并不是"毫无道理"，

[①] 1953 年麦卡锡对嘲讽他行为的美国驻德国使馆新闻文化处官员、剧作家斯奥多·卡恩（Theodore Kaghkan）进行调查，从其作品中摘录出被认为是亲近或者是同情共产党的段落，胁迫他承认与共产党有关。后来，卡恩被国务院解职。（见 Albert Fried, edit., McCarthyism. The Great American Red Scare. *A Documentary History.* New York: /Oxford: Oxford University press, 1997.）

在冷战氛围渐趋紧张的 50 年代初,麦卡锡和麦卡锡主义的出笼有其逻辑的必然性,把早已经蔓延在社会中的冷战遏制气氛,尤其是反共浪潮推向了顶峰。

对麦卡锡本人而言,与美国冷战的发展过程类似,他的反苏、反共姿态也有一个变化过程。在 1946 年竞选参议员时,他曾诉诸过反共手段,但同时也表明过对美苏对峙的焦虑;他曾发出警告,如果美国持续对苏施压,战争就有可能爆发,他甚至嘲讽过那些依靠攻击苏联而获得选票的人;在竞选上议员后,还说过对斯大林的世界裁军提议表示敬意的话(Caute,978:48)。但很快麦卡锡就开始转向,反共成了他政治活动的主要内容和有力武器。在 1947 年 3 月的一次广播辩论节目中,麦卡锡称美国共产党是一个阴谋集团,这个团本只露出了冰山一角,他赞同取消共产党,剥夺他们的投票权,并从行动方案的角度出发提出了几个具体措施,包括让司法部宣布共产党是受外国势力控制的组织,加强联邦调查局的权力,公开各个与共产党有关的组织,所有在美国的共产党员侨民都必须被遣送回国等等(Fried,1997:76)。麦卡锡的这些言论其实都不是源自他自己的思想,他只是鹦鹉学舌一样照搬自冷战开启以来愈演愈烈的反共大潮中的各种论调。几年后,他终于寻觅到了自己的路子,拿出了他的撒手锏,一举成名。

回顾这个过程,可以发现没有冷战这个大背景,也就不会有麦卡锡的发迹;没有冷战开始后美国政府进行的各种以反共为中心的冷战遏制行动,也就不会有麦卡锡主义的出笼。正如麦卡锡思想研究者史莱克讷所言,麦卡锡主义并不是一个孤立的行为,冷战初期美国社会中狂热的反共行为和思想随处可见,"但是,整个社会并不会把消除共产党的影响作为社会生活的重中之重,如果没有政府在其中起到了主导作用的话"(Schrecker,1994:20)。杜鲁门主义和马歇尔计划的出台定下了冷战的基调,杜鲁门在国会发表援助希腊和土耳其讲话的一个星期之后,于 1947 年 3 月 21 日发布总统令 9835号,宣布执行联邦政府部门忠诚安全行动,要求对政府部门工作人员和申请到政府部门工作的人进行忠诚检查,如发现工作人员和申请者有任何与共产党有联系或者是同情共产党的嫌疑，他们都将面临被调查和解雇的可能。工作人员如遭遇调查，可以到一个专门委员会申诉，但不会被告知是谁指控了他/她。此外，虽然被指控者可以请律师为其辩护，但政府部门往往会拒绝为其负担辩护费用。在这种情况下，很多人会放弃申诉，选择离开工作职位。1953 年，艾森豪威尔发布总统令，对杜鲁门的忠诚行动方案进行了修改，结果使得排除"危险分子"的过程更加容易。在 1947 年到 1956 年期间，大约有 2700 人在忠诚行动实施过程中被解雇（Schrecker，1994：39）。杜鲁门之所以要进行忠诚行动，一方面是缘于杜鲁门主义冷战思维的逻辑，另一方面则是因为国会保守势力的压力。1946 年国会选举后，共和党成为国会的多数派，反苏、反共则相应地成了其与民主党政府争夺更多政治权力的一种斗争策略。杜鲁门为了不让国会找到他对共产党软弱的把柄，主动在政府部门实施了忠诚行动方案。杜鲁门成立了一个专门委员会领导忠诚行动，但实际上，联邦调查局是这个行动方案的主要设计者和实施者，长期担任联邦调查局局长的胡佛成了忠诚行动的主要执行者。胡佛是杜鲁门政府中的反共老手[①]，杜鲁门宣布执行忠诚行动方案几天后，胡佛在国会作证，阐释清除共产党的必要性。他深信美国共产党受控于苏联，支持苏联，其宗旨是颠覆美国政府，共产党成员的总人数不多，但还是不能忽视。为此，胡佛做了一个对比，1917 年十月革命后，在俄国每 2277 人中有一个共产党人，在 1947 年的美国，每 1814 人中就有一个共产党成员，而共产党的同路人或者同情者则更多。胡佛在长篇听证中最后强调，共产主义不是一个政党，而是一种生活方式，一种有害的、邪恶的生活方式（Schrecker，1994：114-120）。杜鲁门在杜鲁门主义的宣言中，从意识形态和生活方式的角度把世界一分为二，自由世界对峙专制国家，很显然，胡佛重复了这个论调，不同的是他把矛头对准了美国国内的共产党成员，把他们视为美国

---

① 胡佛（John Edgar Hoover 1895—1972），联邦调查局首任局长，并长期担任这个职务直到去世。早年在司法部调查局任职时曾积极参与 1919 年联邦司法组织的压制左翼激进分子的活动。

生活方式的颠覆者。

1948 年 7 月 20 日上午，美国共产党总书记尤琴·丹尼斯和另外 11 个美共领导人遭到了美国政府的逮捕，随后这些共产党领导人被送上法庭审判，罪名是宣传和教唆颠覆政府。美国学者、麦卡锡主义研究者史莱克讷指出，在美国政府精心构建反共舆论共识的过程中，没有什么比法律程序发挥的作用更大（Sohrecker, 1994: 22）。把共产党成员从持不同政见者转变成罪犯，一方面政府找到了一个对付共产党组织的有效渠道，另一方面也可以给政府树立一个按照法律办事的形象。但是在实际审判过程中，法庭很难有效地指控那些共产党人，因为美国共产党并没有公开地宣布过要诉诸暴力推翻政府。此外，共产党组织在言论自由的美国本身并不违法，因此，公诉人只能从马克思、恩格斯、列宁和斯大林的著作中找出一些相关言论，表明这些人的暴力倾向，此外，法庭找到了一些已经脱离美国共产党的前党员，让他们到庭作证，表明美共曾经有过阴谋暴力推翻政府的计划。经过长时间的法庭审判过程，这些共产党人最后被判刑 5 年。"通过对这些共产党成员的审判，杜鲁门政府实际上塑形了美国公众对国内共产主义的看法。"（Sohrecker, 1994: 22）与此同时，国会非美活动调查活动委员会在保护国家安全的名义下，也开始了一个又一个旨在清除共产党影响的听证调查活动，在希斯案件等一些所谓间谍案中扮演了主审官的角色。很多在三四十年代曾经参加过左翼活动的人上了这个委员会的黑名单，迫于强大的政治压力，有些人选择了揭发他人，给自己洗清"罪名"。在 40 年代末和 50 年代初，告密和揭发或者供认一时间成了一种"时尚"。另一些人拒绝与调查机构合作或者否认对他们的指控，结果往往是受到了经济上的惩罚——丢失工作，在这段时间里，有 1 万多人因为被怀疑与共产党组织有关而遭到雇主的解雇（Schreckner, 1994: 76）。

三

在这种"恐红"、反共氛围下，麦卡锡和麦卡锡主义的出现不是一种偶然现象。如果说麦卡锡现象有什么特别之处，那么其中之一就是作为右翼极端思想的代表，麦卡锡能够抓住在很大程度上由于政府行为导致的社会普遍存在的"恐红"心理，从个人的角度为这种心理提供一个宣泄口，在一定意义上，麦卡锡甚至还成了"民意代表"。盖洛普公司 1950 年在康涅狄格州和宾夕法尼亚州的两个县里做的调查表明，麦卡锡得到了一些人的羡慕，这些人认为其"有勇气、真诚、态度强硬、无所畏惧、真正干事"。（Caute，1978：48）也许，这只是代表了一部分人的看法，对于麦卡锡的态度其实也有一个变化的过程。但值得注意的是，这是一个支持率上升的过程，盖洛普公司的调查表明，从 1951 年 8 月到 1954 年 1 月麦卡锡的支持率从 15%上升到了 50% （见 Rogin，1969：232）。麦卡锡威灵讲话后不久他的办公室就收到了很多来信，内容多是表示对他的感谢和支持，有些人还给他寄来了支票和钱，资助他继续他的工作。此外，麦卡锡也成了美国社会和政坛上左右翼都可以利用的政治工具。麦卡锡的行为在国会遭到了一些人的反对，参议院曾组织专门委员会调查麦卡锡的行为，指出他对国务院包庇和留用共产党成员和倾向共产党组织的工作人员的指控完全是无中生有，麦卡锡的行为完全是一个骗局，但是因为委员会中民主和共和两党成员间的分歧，委员会的报告在参议院没有通过，这反而让麦卡锡更加气焰嚣张。共和党女参议员玛格丽特·斯密斯在 1950 年 6 月 1 日参议院讲话中，谴责麦卡锡的行为及其造成的恶劣影响，斯密斯讲话的题目为"良心宣言"，但是她只得到了 9 票支持（Freeland，1972：347，Fried，1997：81）。此后，国会中一些共和党领导人看到了麦卡锡的利用价值，纷纷表示对他支持。1952 年准备入主白宫的共和党总统候选人艾森豪威尔在一次演讲中，在最后一分钟删除了一节为马歇尔辩护的文字。麦卡锡此前指控马歇尔是"叛徒"（Caute，1978：49），显然，艾森豪威尔不愿得罪麦卡锡。考虑到艾森豪威尔与马歇尔的特殊关系——在第二次世界大战中，马歇尔曾是艾森豪威尔的上司，亲自提拔了艾森豪威尔，尽管如此，在演讲的最后关头，艾森豪威尔还是放弃了为其辩护，可见麦卡锡在当时美国政治生活中的分量不可小觑。

　　或许是出于政治策略和选举需要，麦卡锡的行为得到了一些近右翼思想的人的纵容和支持，但是即便是自称为左翼的一些自由派人士在面对麦卡锡时，也采取了一种迂回的暧昧甚至是肯定的态度。一方面，他们对麦卡锡无中生有、捏造事实等极端行为表示反感，但另一方面，对于麦卡锡坚决的反共立场，他们并不表示任何疑问，甚至还相当赞赏。麦卡锡主义在美国造成的"白色恐怖"在西欧一些国家遭到了批评，但在戴安娜·特里林[①]看来，"那种说美国受到了歇斯底里行为的挟持，很是恐怖，这只是受到了共产主义蛊惑的说法。"（转引自 Caute，1978：53）针对西欧一些报刊关于麦卡锡主义对美国一些作家、记者等恐吓的报道，胡克[②]认为这不值一提，属于胡言乱语，不是清醒的报道（Caute，1978：53）。在麦卡锡主义掀起的反共、"恐红"浪潮中，这些原本就自我标榜为反共的自由派知识分子更是需要阐明自己的政治立场，尽管对麦卡锡主义对美国的核心理念如思想自由、个人自由造成的冲击不无怨言，但是，在冷战的氛围中，相比于共同的敌人"共产主义"，他们宁可忍受前者而不能不表明与麦卡锡反共立场的一致。于是，在与麦卡锡保持距离的同时，他们也要大声声明自己的立场，一方面这本来就是他们的立场，另一方面则可以避免成为麦卡锡主义的靶子。在这种情况下，这些自由派知识分子原本应该发挥的社会批评功能不说是丧失殆尽，至少也受到了极大的限制。结果使得麦卡锡得到了左右两方面的纵容。

　　从 1953 年秋到 1954 年春夏之交，麦卡锡的触角开始伸向了美国陆军，认定共产党成员隐藏到了美国军队之中的麦卡锡或许以为，拿下了军队，其政治生涯的名望也将随之达到顶峰。但是有讽刺意味的是，这却成为他的滑铁卢。千百万美国人通过电视观看了麦卡锡与陆军的国会听证过程，麦卡锡性格中的一些致命弱点，如傲慢、

---

　　① 戴安娜·特里林（Diana Trilling 1905—1996）文学批评家，纽约知识分子一员，著名批评家莱昂尼尔·特里林的妻子。
　　② 胡克（Sidney Hook 1902—1989），哲学家，纽约知识分子一员，在 50 年代持强烈的反共态度。

刻薄、不诚实，被充分暴露出来。更重要的是，麦卡锡对美国军队的指控在很多人看来过于极端，触动了美国社会的根基，其凌驾于政府之上的姿态也让艾森豪威尔当局不能容忍，结果是他的支持率也随之快速下降。1954 年 12 月，参议院通过了"谴责麦卡锡"议案，麦卡锡的政治生涯走向了终结。

1954 年 3 月，新闻记者爱德华·穆鲁制作了一档有关麦卡锡的专题节目，对麦卡锡现象进行了分析。节目的最后，穆鲁指出："我们声称自己是自由的捍卫者，世界上什么地方只要有需要，我们就会出现在那儿，但是我们不能在国外捍卫自由，而在国内却摒弃自由，这位来自威斯康星的参议员的行为已经让我们在国外的盟友感到了诧异和沮丧，同时也给了我们的敌人诸多欢悦。这是谁的过错？其实真不是他一人之过。并不是他制造了恐怖的气氛，他只是利用了那种氛围，当然非常成功。"（Murrow）尽管脱离不了冷战氛围下的自我与他者间的界限划分，穆鲁的分析还是很有见地，揭示了麦卡锡主义产生的原因。诚然，正是冷战思维导致的过度的"敌人意识"，使得麦卡锡主义有了产生和发展的土壤，并在此基础上走向极端，反过来损害了美国赖以自豪的"自由"和"民主"。

此外，随着朝鲜战争的结束和美苏两国高层寻求缓和步骤的开始，麦卡锡的极端行为势必也激起很多人的反感和不满，因为它们损害了美国的国家利益。但是需要指出的是，麦卡锡的倒台并不意味着麦卡锡主义被抛弃，事实上，正如美国学者弗里德所指出的，遭遇谴责的是麦卡锡的极端行为，而不是他的反共姿态（Fried，1997：142）。换言之，与麦卡锡主义挂钩的冷战思维并没有因为麦卡锡的倒台而偃旗息鼓，而是持续存在着，并成了美国著名历史学家霍夫斯达德所说的"美国政治中的偏执风格"[①]。在很大程度上，正是这种"偏执风格"在 50 年代的冷战岁月里孕育了麦卡锡这个怪胎。

---

① 1964 年 11 月，霍夫斯达德（Richard Hofstadter）在《哈波士》（*Harper's Magazine*）上发表《美国政治中的偏执风格》（The Paranoid Style in American Politics）一文，从分析麦卡锡的言论入手，深入剖析美国政治生活中的一些极右翼行为。他把这种"偏执"描述为"极度的夸张、怀疑、专注阴谋的想象"。（见 http://karws.gso.uri.edu/jfk/conspiracy_theory/the_paranoid_mentality/ the_paranoid_style.html）

引用文献

Anderson, Jack and Ronald W May. *McCarthy: The Man, The Senator, The "Ism"*. Boston: the Beacon Press, 1954.

Caute, David. *The Great Fear: The Anti-communist Purge Under Truman and Eisenhower*. New York: Simon & Schuster, 1978.

Freeland, Richard M. *The Trueman Doctrine & the Origins of McCarthyism: Foreign Policy, Domestic Politics and the Internal Security 1946-48*. New York: Alfred A. Knopf, 1972.

Fried, Albert. edit. *McCarthyism: The Great American Red Scare: A Documentary History*. NY/Oxford: Oxford University Press, 1997.

Murrow. R. Edward. "Transcript – See it Now: A Report on Senator Joseph R. McCarthy". CBS-TV. March 9, 1954. (03-1993) [0810-2009]. http://www.lib.berkeley.edu/MRC/murrowmccarthy.htm.

Navasky, Victor S. *Naming Names*. New York: The Viking Press 1980.

Reeves, Thomas. *The Life and Times of Joe McCarthy: A Biography*. New York: Stein & Day Publishers, 1982.

Rogin, Michael Paul. *The Intellectuals & McCarthy: The Radical Specter*. Cambridge, Massachusetts: The MIT Press, 1969.

Schrecker, Ellen. ed. *The Age of McCarthyism: A Brief History with Documents*. New York: St. Martin's Press, 1994.

Whitfield, Steven. *The Culture of the Cold War*, second edition. Baltimore & London: The Johns Hopkins University Press,1996.

第二章 冷战思维与知识分子的转向

　　知识分子与政治有着一种天然的关系，知识分子对政治会产生一种天然的敏感。在 50 年代初的美国，冷战的氛围愈演愈烈之时，知识分子尤其是在三四十年代曾经左倾的知识分子，纷纷谈论起了他们与美国的关系问题，"认同"一词则成了这种讨论的关键词。产生的结果之一则是对"自由主义"这个概念的重新清理乃至批判，剔除其中左翼的思想和根源，将其放在美国历史的特定语境中，重新赋予其美国的价值观；无论是作为文学批评家的特里林还是作为社会评论者的费德勒，都在这个方面表现了他们深深的关切和"拨乱反正"的努力，而这种努力在社会学家贝尔 50 年代末提出的"意识形态的终结"论中上升到高潮，自由主义共识也因此成了冷战的有力思想武器。

第一节　"我们的国家，我们的文化"：冷战思维
氛围下知识分子与美国的认同

　　冷战起始于美苏外交和政治冲突，但很快冷战的氛围弥漫到美国社会的各个角落。在冷战过程中，一些知识分子自觉不自觉地卷入其中，在思想、文化、意识形态乃至政治领域"建言献策"，起到了排头兵的作用。在冷战冲突上升的 50 年代，这个现象尤其突出，而其中的一个重要议题便是知识分子与美国的认同关系。

一

　　1952 年，《党派评论》①召集了一个题为"我们的国家，我们的文化"的笔谈会，一些当时非常活跃的公共知识分子如文学评论家特里林、费德勒、欧文•豪，神学家尼布尔，社会学家米尔斯，小说家梅勒，哲学家胡克，历史学家小施莱辛格以及《党派评论》的两位主编拉夫和菲利普斯等都参加了笔谈，向刊物贡献了他们的议论文章。《党派评论》在 1952 年 5 月－6 月、7 月－8 月、9 月－10 月分三期刊登了参加者的笔谈文章。如会议题目所示，研讨会的主旨是要从文化的角度定位美国，其中一个重要问题是知识分子与美国的关系。为此，《党派评论》专门推出了一个社论抛砖引玉。社论开宗明义提出了这个问题："这次笔谈会是要审视一个明确的事实，即美国知识分子现在是以一种新的方式对待美国。而就在十几年前，美国还被普遍地认为是对艺术和文化怀有敌意的。但是从那以后，情况有了变化，很多知识分子和作家现在感到其与国家和文化的关系贴近了。"（Partisan Review, 1952：282）接着，社论引述了亨利•詹姆斯、庞德、范•布鲁克斯和多斯•帕索斯对美国的一些评述，旨在说明从历史的角度来看——从 19 世纪后期历经 20 世纪早期到 30 年代——美国似乎确实存在过与文化的隔阂问题，随后社论又引述了评论家埃德蒙•威尔逊 1947 年的一段评论，表明他对美国的一种乐观态度："我的乐观的看法是，在当前这个时刻，美国在政治上要比世界上所有国家都先进。"（Partisan Review, 1952：283）威尔逊认为，随之发生的应是美国艺术和文学的复兴。

　　《党派评论》的社论显然非常同意威尔逊的观点，社论指出在经历了詹姆斯和庞德时代对美国作为一个文化沙漠的拒斥和 30 年代从马克思主义的角度对作为资本主义大本营的美国的批判，现在终于可以以一种新的角度来看美国了。这包括两个方面的内容，其一，

_____

　　① 创刊于 1934 年，原为美国共产党刊物，1937 年，成为独立刊物，主要撰稿人多为曾经的左翼激进自由主义者，这些人也是本文讨论的"知识分子"，他们在二三十年代受美国共产党和苏联影响，30 年代中期后与斯大林主义分道扬镳，冷战后成为反苏和反共自由主义知识分子的主要代表。

从经济上说，美国已不用再依赖欧洲了，反过来，欧洲需要依靠美国；其二，从政治上说，美国的民主体制有一种内在的肯定价值，更值得注意的是："这不仅仅是资本主义的一个神话，还是一种现实，但要捍卫这种现实，则须反对苏联的极权主义。"（Partisan Review，1952：283）社论进一步指出，这对美国文化产生了深远的影响，其中之一便是对很多美国作家和社会批评家来说，他们已不再坚持认为美国艺术家的命运就是与政府的疏离，相反，他们的愿望是成为美国的一部分。从历史背景的角度来看，社论对这两点进行阐释时，字里行间深深地透露出了冷战的影子，如果说第一点指向马歇尔计划，说明美国作为世界第一强国的作用，第二点则明确表明美苏对峙造成的冷战，对一些知识分子如何看待美国产生了深深的影响。从30年代的激进与对抗到冷战后的认同与和解，这种变化的轨迹背后反映的是对美国的认同，而这种认同在很大程度上则来自与苏联的对比和反衬。自由民主只有在与极权主义的对立比较中才更显得珍贵，这种可以在杜鲁门宣言中发现的核心思想，似乎也成了《党派评论》论述知识分子与美国关系的出发点。

当然，作为一个知识分子代言者刊物，《党派评论》在鼓动知识分子与美国走得更近的同时，也表明了其对知识分子失去独立性的顾虑，这主要是指面对50年代大众社会的到来，尤其是面对气势汹汹的大众文化的压力，知识分子如何保持其独立的批判思考立场。如果说冷战氛围下知识分子与美国的关系指涉的是"我们的国家"这个论题的含义，那么对于大众文化的态度则多少隐含在了"我们的文化"论题之中。前者表明的是政治立场，后者涉及的是文化取向，而把这两者融合在一起的则是美国的价值观问题。这呈现在社论最后提请知识分子回答的四个问题之中：

（1）在多大程度上美国知识分子事实上已经改变了对待美国和其体制的态度？（2）美国知识分子需要适应大众社会吗？如果需要，则会采用何种形式？或者，你相信一个民主社会必定会走向文化的式微，走向一个压垮西方文明传统知识和美学价值的大众文化？（3）在目前美国已不用把欧洲作为文化榜样和活力来源的情况下，艺术家和知识分子们在美国生活中何处可觅力量、更新、自信的基础？
（4）如果说对于美国的重新发现和重新肯定已经开始，那么不顺从
的批判（critical non-conformism）传统（可以回溯到梭罗和麦尔维
尔以及美国思想史上一些重要表达）依旧可以被坚强维护吗？
（Partisan Review，1952：283）

　　这四个问题是《党派评论》召集这次笔谈会的主题，也是所有
参加者发表看法、展示自己观点的依据。所谓美国的价值观，简单
来说，即是美国的民主和自由社会体制，对知识分子而言还须加上
一点：独立的、批判的态度。有意思的是，这一点被放在最后一个
问题里提出来，给人的印象是这种传统上被认为是知识分子赖以安
身立命的品格被政治立场的表明矮化了，换言之，讨论的前提首先
是立场问题，其后才是批判的头脑问题。这当然也从一个侧面表明
了问题的讨论与冷战氛围的关系，而其结果则是美国作为一个价值
观念被更加凸显了出来。

　　并不是所有的参会者都能认同《党派评论》挑明的对美国的态
度。小说家诺曼·梅勒干脆利落地表示不同意，社会学家赖特·米
尔斯声明没有看到"发现美国"这样的事，并认为知识分子已经放
弃了这种努力（Mailer & Mills，1952：448），文学评论家欧文·豪
也表明没有看到有"接受美国的迹象"（Howe，1952：579）。但是，
这只是占参加讨论的知识分子中的少数，大多数人还是在不同程度
上认同了《党派评论》的立场，而且如其一样，在很大程度上也从
美国所处的冷战对峙的国际关系角度来看知识分子对待美国态度的
变化。文学批评家费德勒用一种委婉的口吻说明了对美国的接近，
他指出，艺术家记录的既可以是纯洁之梦也可以是罪恶的事实，而
这种冲突的现实只有在美国才能被觉察得到，艺术家如果要发挥用
处，而不是只求得赞誉，则没有一个地方比美国更好了（Fielder，
1952：298）。其时在知识分子中已经颇有威望、也是文学评论家的
特里林更是直截了当地承认，近年来，美国的知识分子已经大大改
变了他们对美国的态度，曾经有过的与国家间情感的隔阂已不是他
们不得不面对的事实，而造成这种转变的"一个主要的、明显的原

因则是美国与世界其他国家间新的关系的出现。即使是对一个心中甚是不满的知识分子而言，即便是从与其相关的利害关系的角度来看，也必须对这种局面作出回应，即他的国家在一个充满敌意的氛围中正面临着越来越严重的孤立状态。他应该已经意识到美国独特的安全和福祉状况以及受到的危险。也许在其人生中，他是第一次舞动舌头想说便说，挥舞拳头想表达便表达，把他拥有的这个不大不小的特权与家国联系到了一起"（Trilling，1952：319）。作为文学批评家的特里林即使在这种场合，也不忘借用一些文学比喻手法，挥洒其形象想象的才能。即便如此，我们也可以看出，他所谓的"美国所处的危险"显然是来自苏联，在自己的国家遇到危险的情况下，作为一个知识分子不得不开始考虑自己的立场问题了。相比之下，《党派评论》的主编之一菲利普·拉夫[①]则更是进一步挑明了这层关系，不仅如此，在他看来，这种转变一个更重要的原因在于"苏联之神话的暴露和随之而来的对乌托邦幻想和宏大期待的抛弃（除了少数一些共产党同路人以外）"（Rahv，1952：304），而形成鲜明对照的是，"美国的资本主义却是经历了自由的表达和试验而生存了下来，没有这种表达和试验，在现代社会中，知识的生存则是不可想象的"（Rahv，1952：304）。拉夫在这里用对比的方式回顾了30年代以来知识分子对苏联态度的转变，因30年代中期斯大林在苏联开展肃反运动，以及1939年苏德签订互不侵犯条约，原来曾站在苏联共产主义立场上对资本主义怀着激进批判态度的知识分子开始摆脱斯大林的影响，而冷战的开启则让他们的转变最终找到了一个依据，在美国身上——用拉夫的话说，"且不管是资本主义还是不是"——找到了认同，"与美国的生活、传统和期望的认同"。（Rahv，1952：304）正是在这种情形下，在拉夫看来，知识分子们同现实间产生了一种"和解"的关系。而在《党派评论》另一位主编威廉·菲利普

---

① Philip Rahv（1908—1973），文学评论家，散文作家。1932年加入美国共产党，1934年和菲利普斯创建《党派评论》。

斯①的眼中，相比于二三十年代，大多数美国知识分子现在更多地有了"回家"的感觉（Philips，1952：585），同样，他也从知识分子对斯大林式极权主义幻灭的角度解释了这种现象的产生。如果说作为主编，这两位的观点在《党派评论》的此次笔谈会的社论中已经有所表达，他们的笔谈文章只是从以往亲身经历的角度重申了认同关系产生的必然性，那么在哲学家胡克看来，在这种情况下依然有一些知识分子会对身处美国感到愧疚，则实在让他不能理解，不管美国的民主有多么的不完善，仍然要比苏联好得多。胡克②这么说道："我不能理解为什么美国知识分子要在这么一个情况下感到愧疚，即在拥戴一个恐怖制度和支持一个民主文化——尽管不完善，而且还有危险，但同时也充满希望，此外还可以提出批评——间做出选择（他们感到这个选择过于限制，没有其他选择可做）。因为在我们的文化里，他们不是被强迫做出选择，而在苏联，即便是保持中立甚至沉默也是一种叛国行为。"（Hook，1952：569）胡克认为，知识分子依旧可以充当知识分子的角色，"在美国，需要批评则就应批评，但同时，时刻不能忘记共产主义对自由思想带来的巨大威胁"（Hook，1952：574）。显然，在胡克看来，共产主义是美国面临的最大的敌人，而抵挡这个敌人的唯一办法便是和美国站在一起，不管美国本身有多大的问题。历史学家小施莱辛格③完全认同胡克的观点，认为"一个活生生的敌人总是要比一个死掉的敌人危险得多。共产主义要比法西斯对（我们的）文化产生更多的不可阻止的危险"（Schlesinger，1952：591）。"法西斯"的同义词之一是"极权主义"，在小施莱辛格眼里，这两个词也都等同于共产主义。面临这种危险，知识分子转向美国似乎也是"不可阻止的"。有意思的是，"共产主

① William Phillips（1907—2002），编辑，作家，公共知识分子。青年时信仰马克思主义，同情国际共产主义运动，和拉夫共创《党派评论》。
② Sidney Hook（1902—1989），哲学家，实用主义哲学家杜威的学生，20世纪20年代信奉马克思主义，1929年在苏联学习马克思、恩格斯理论，曾参与创建美国工人党。1933年后开始反对苏联和斯大林。
③ Arthur Schlesinger, Jr.（1917—2007），著名历史学家，普利策奖得主。1947年参与创建"美国民主促进会"（Americans for Democratic Action），它是一个由反苏和反斯大林的自由主义者知识分子为主要成员的政治组织。

义"一词甚至还被用来指涉大众文化的威胁。上文提到，对于大众文化和大众社会的警惕，对知识分子而言可看作是保持独立批判态度的表现，神学家尼布尔指出，在大众社会中，文化面临的一个危险是美国对于技术过多的迷恋，而"这种倾向于技术的态度则趋近于共产主义"（Niebur，1952：304）。可以说，在讨论与美国的认同时，一个关键词便是苏联和共产主义对美国和自由思想造成的威胁，这成了知识分子转向美国的一个最直接的原因，这个原因在冷战氛围中的重要性自然不言而喻。

二

从冷战开启后到 50 年代初期，《党派评论》[①]是众多知识分子，尤其是那些在 30 年代思想左倾、接受过苏联共产主义影响、但后来又转而反对斯大林主义的知识分子[②]，表达观点和立场的一个重要阵地。美国思想史研究者理查德·佩尔斯把这些知识分子称为"冷战一代"，他们的思想对于理解冷战的目的和本质产生过重要影响，他们"在国内是现存体制的维护者，在国外则是美国的力量的捍卫者"。（Pells，1985：72）这些知识分子来自不同的行业，互相之间也常有意见相左、争执不下的时候，对于美苏冷战之目的趋于相同的看法把他们集拢到了一起，这个相同之处的核心便是把苏联看成是一个极权主义国家，在意识形态和国家本质上与美国形成完全的对立。可以说"极权主义"这个中心词在冷战初期起到了一种导向的作用，一方面明确了美国和苏联本质上的不同，另一方面则为知识分子把这种不同引入他们的思想提供了理论上的依据。

在这方面，德裔美国学者汉娜·阿伦特 1951 年出版的《极权主义的起源》[③]产生了极大的影响。在阿伦特之前，弗洛姆（Fromm）、

---

① 另外一本类似刊物是 *Commentary*，原为犹太文化研究刊物，但也时常刊登上述知识分子的文章和言论。

② 关于这些知识分子和自由主义的关系，参见下一节"自由主义想象，新自由主义和冷战思维"。

③ 此书由三部分组成，分别是"反犹主义""帝国主义"和"极权主义"。

阿多诺（Adorno）等人从心理和害怕自由的角度对极权主义的产生进行了阐释，但是要论极权主义研究的深度、规模和产生的影响则非阿伦特莫属。她从极权主义的运动、组织形式、宣传、大众和精英与意识形态的关系等诸多方面，详细论述了极权主义产生的原因和结果。极权主义产生于大众，同时将其转化为暴民，在用虚构的理想吸引大众和精英的基础上，将权力牢牢地集中于一人手上，实行绝对的统治。这是阿伦特笔下极权主义的一个主要概貌。极权主义与个人的关系是阿伦特论述的一个关键问题，她指出，极权主义的一个目的是要"在生活的每一个领域里都永久地统治每一个个人"（阿伦特，2008：423），让每一个个人都加入到极权主义运动中来，但个人并没有任何权力，这种超人类的力量不会让权力从属于个人的利益，"而是随时准备牺牲每一个人的重大直接利益，来执行它认定的历史法则和自然法则"（阿伦特，2008：576）。换言之，极权主义会造成人的个体性的完全毁灭。阿伦特论述说，这也就是为什么几百万人会毫无抵抗地走向纳粹德国的毒气室。"极权主义"一词开始先用来指 30 年代德国的希特勒纳粹主义，同时也有人用它来指责斯大林领导的苏联，苏德开战后，反法西斯统一战线形成时期，主要指法西斯主义，但二战后期尤其是冷战开始后，该词又越来越多地被用来指苏联式共产主义①。在很大程度上，这与《极权主义的起源》一书的影响有一定关联。在阿伦特笔下，极权主义既指希特勒德国的纳粹主义，也指斯大林苏联的布尔什维克主义。在其论述中，希特勒和斯大林被并置在一起，作为极权主义的主要实例加以分析，希特勒无与伦比地尊重的唯一一个人"就是天才的斯大林"（阿伦特，2008：405）。在谈到极权主义运动用到的各种主义、方式和观念时，阿伦特这么说道："实际上，极权主义运动采取纳粹主义还是布尔什维克主义方式，以种族还是阶级的名义组织群众，假装遵从生命

---

① 参见 Les K Adler and Thomas G. Paterson, Red Fascism: The Merger of Nazi Germany and Soviet Russia in the American Image of Totalitarianism.1930's-1950's. *The American Historical Review*, 1970，75（4）：115-127.

与自然的法则还是遵从辩证法与经济学的法则，其实并无多大区别。"（阿伦特，2008：408）此外，让他将希特勒德国和斯大林苏联联系到一起的，还有两者在对外政策上的一致性，在极权主义思想的驱使下，力图统治世界成为斯大林和希特勒共同奉行的外交宏愿（见 Pells，1985：86）。

客观地讲，阿伦特对极权主义产生根源的深入剖析和表现形式的充分揭示，显示了其作为一个杰出政治学学者的独具慧眼和敏锐思想，她的论述对于认识现代社会中，作为一种群众运动的极权思想发生的机制和对人类造成的危害，有着深刻的启迪意义。但另一方面，《极权主义的起源》作为一部学术著作，无论在学理阐释和事例举证方面也都存在着一些问题。研究冷战期间知识分子思想的美国学者佩尔斯指出，阿伦特先入为主地构建了极权主义这个模式，但在从历史的角度对之加以证实这个方面却显得证据不足[①]，她的论述常常陷入过于抽象，甚至神秘，以至不能让人完全信服。更值得注意的是，阿伦特模糊了纳粹主义和布尔什维克主义的区别，只是选择了一些最能说明其结论的事例特征，其结果是给人留下了这样的印象，即希特勒和斯大林无甚区别，在政策和思想意图上完全一致，而这恰恰符合冷战初期一些美国人的思维方式，把他们在对付希特勒时获得的教训运用到斯大林身上，同时也进一步支持了在美国社会中已经存在并日渐蔓延的认为苏联意图独霸世界的看法。此外，佩尔斯进一步指出，阿伦特笔下的极权主义是一种静态的概念，看不见（极权）社会中可能存在的不同力量的冲突，她强调的只是一种绝对力量的统治，对于人的活动各个方面的控制，对于任何异见的不能容忍，因此，极权主义国家的走向只有两条路，要么继续发展，要么崩溃（或者是，要么称霸世界，要么被打败）在这之间，没有其他选择（Pells，1985：95）。显然，这么一种关于极权主义的阐释与一些知识分子理解的冷战趋向产生了很多共鸣，这也是为什么阿伦特在知识分

---

① 参见此书中文版译者林骧华对阿伦特的批评。汉娜·阿伦特. 极权主义的起源（译者序.北京：生活·读书·新知三联书店，2008：18-23。

子圈内产生了很大的影响。文学评论家阿尔弗雷德·卡静多年后提到："她的思想有一种宏大的道义力量，与其讨论的恐怖这个议题相配。"（Whitfield，1996：5）而另一位文学批评家欧文·豪则在他的一部著作中回忆道，阿伦特的书让他和一些知识分子"意识到我们生活在人类历史上最大的和最无法解释的惨剧之后，无论是作为一名知识分子还是人类一员，我们都无法声称我们对此已有足够的准备，认识到这点让我们感到了一种新的情感的流动。"（Whitfield，1996：5）。无疑，阿伦特对极权主义的阐述让一些知识分子感受到了极权可能产生的种种问题，同时在冷战背景下，也促使了他们中很多人对美国的转向。自《极权主义的起源》之后，阿伦特自己也多次著文，提到与极权主义斗争的迫切性。在一篇题为《理解和政治》的文章中，针对一些人提出的对极权主义要"理解"的观点，她指出："我们不能等到对此有所'理解'时，才去与之斗争，那样会为时过晚，因为只要极权主义不被击败，我们做不到也不可能期望对此有足够的理解……极权主义的起源之所以是可怖的，不是因为有一些什么新思想在这世界产生，而是因为其行为构成了与我们所有的传统的断裂，他们确凿无疑地把我们关于政治的理念和道德审判的标准打了个粉碎。"（Arendt，1953：378-379）这种对"我们"与"他们"间势不两立态势的分析与《党派评论》对于美国知识分子冷战后政治立场的判断，不能说没有关联。

三

《党派评论》召集的笔谈会，给一些知识分子提供了表达观点的场合和机会。实际上，从时间上说，此前一些知识分子在行动上已经开始了与"极权主义"的斗争，他们的行为后来被一些历史学家称为"为着'文化自由'的十字军征讨"（Pells，1985：121，桑德斯，2002：78）。在表达观点之前，一些知识分子早已用行动表明了他们的立场。

1950 年 3 月 25 日，"争取世界和平科学和文化会议"在纽约一

家饭店召开，这次会议的组织者是"知识分子争取和平世界大会"①，
会议的召开是为了响应大会委员会关于在世界各地建立分会的号
召。出席会议的代表达上千名，以苏联作家协会主席法捷耶夫为团
长的苏联代表团参加了会议，美国一些左翼文化人士如剧作家莉
莲·赫尔曼、克利福德·奥德芝、阿瑟·米勒②等也参加了会议。
此次会议遭到了一些美国人的抗议和抵制，其中包括"美国军团"
这样的右翼组织，也包括一些上述与《党派评论》关系密切的反苏
联的知识分子，他们表示抗议是因为他们认定会议是由苏联人操纵
的，幕后组织者是（国际）共产党情报局，他们声称，这些共产党
成员在纽约聚会并不是为了美国和苏联之间进行友善的思想交流，
而是为了宣传苏联，丑化美国。苏联人竟然把这种活动安排到了美
国人自家院子里来了，这让他们不能忍受（见桑德斯，2002：48）。
纽约大学哲学教授胡克在会议召开的饭店里包下一个套房，组织人
员进行抗议，想尽各种办法试图搅乱会议的进行（桑德斯，2002：
51）。一年以后，为回应这次纽约会议，在西柏林召开了由西方一些
知识分子组织的"争取文化自由大会"③，参加会议的美国人有小
施莱辛格、胡克以及小说家卡森·麦卡勒斯和剧作家田纳西·威廉
姆斯等，胡克称这次会议是一次"非常激动"的事件，因为第二天
传来了朝鲜战争爆发的消息，会议参加者担忧苏联人会利用这个危
机，侵入柏林，他们或许都会成为阶下囚（Pells，1985：129），同
时也就可以成为真正的"冷战斗士"了。胡克因此声称这次会议不
是一次"简单的学者们的聚会"，而是"一次政治上的声明。"（Pells，
1985：129）第二年，"争取文化自由大会"在美国召开了美国分会

---

① 1948 年在波兰城市弗罗茨瓦夫成立，该组织受到苏联和（国际）共产党情报局的影响
和支持。按照会议布置，在各国成立分会，1950 年 3 月在美国召开了"争取世界和平科学和
文化会议"。

② 莉莲·赫尔曼（Lillian Hellman 1905—1984），美国剧作家，在四五十年代思想左倾，
曾遭美国国会非美活动调查委员会调查。克利福德·奥德芝（Clifford Odets 1906—1963），美
国左翼剧作家，1935 年创作《等待勒夫梯》，号召工人罢工，影响很大。阿瑟·米勒（Arthur
Miller 1915—2005），著名剧作家，1953 年创作《炼狱》，讽刺"麦卡锡主义"，1956 年遭国会
非美活动委员会调查。

③ The Congress for Cultural Freedom，由一些倾向反苏和反共的知识分子于 1950 年在巴
黎创立，1967 年被披露得到美国中央情报局资助。

成立大会，名为"争取文化自由美国委员会"，胡克和小施莱辛格仍然是参加者。这些会议的召开和机构的成立都是为了"文化的自由"，这当然也是如胡克和小施莱辛格这样的知识分子所尊崇的美国价值观的表现，在冷战开启并愈演愈烈之际，他们要用自己的行动来捍卫这种以"个人自由"为核心的价值观。但是，"争取文化自由大会"后来被披露得到美国中央情报局的暗中经费支持（Pells，1985：129，桑德斯，2002：81），这不能不说是对他们行为的极大讽刺。指控苏联在背后控制"争取世界和平科学和文化会议"成为胡克这样的知识分子挺身而出与之斗争的原因之一，但类似的事情也"静悄悄地"发生在了他们的身上，或许这可以看作是美国政府对"文化"和"文化人"重视的表现，但是如果没有那些"文化人"已有的捍卫美国的姿态，中央情报局的主动"示好"和慷慨资助恐怕也只能是一厢情愿。以小施莱辛格和胡克为例，他们的立场不仅表现在行动上也表现在其著作中。小施莱辛格在1949年出版《至关重要的中心：自由的政治》，从历史的角度梳理美国社会政治生活中的自由主义思潮，目的是要针对苏联的共产主义，阐明美国自由主义的特质，捍卫美国的价值①。小施莱辛格在书中早于阿伦特用"极权主义"来指代和描述共产主义。此书的影响很大，书名"至关重要的中心"成了知识分子圈内意指反苏自由主义知识分子的代名词。胡克在1953年出版《赞成异见，反对阴谋》一书中，分析讨论了左右两翼对美国"自由"的危害，认为相比于来自右翼的麦卡锡之流，共产主义对美国的"危害"更加明显，至少麦卡锡对共产主义的指责并不都是无中生有（Hook，1953：55），美国可以容忍异见，但不能容忍阴谋，共产主义即是最大的阴谋。胡克在书中极力主张开除那些在大学讲坛上宣讲共产主义思想的左翼知识分子，或者是受到共产主义洗脑的大中学教师，因为他们的言行不能简单地等同于异见，而是阴谋，这直接构成了对美国的危害（Hook，1953：180）。小施莱辛格和胡克对于自由和自由主义的捍卫针对的都是苏联的共产主

---

① 关于此书的评述详见下节"自由主义想像，新自由主义与冷战思维"。

义的"威胁"，具有强烈的时代性，在做出这种捍卫姿态的同时，他们自然也就和美国站在了一起。

四

如果说小施莱辛格和胡克从政治和思想的角度阐述了美国应持守的价值，那么还有另外一些知识分子从文化、文学、历史乃至神学的角度进一步探讨了同一个题目的不同方面，他们的著作大都发表在50年代冷战趋于高峰期间，他们的努力让人们重新看到了美国文化和历史中的诸多特质以及与美国价值观的关系，其结果用佩尔斯的话说："不管其主观意图如何，事实上他们都成了生于斯、长于斯的这个国家的颂扬者。"（Pells，1985：130）

我们可以先从两位50年代很有影响的神学研究者的著作谈起。保罗·蒂利希[①]在1952年出版《存在的勇气》一书，在这部谈论信仰、焦虑和存在的著作里，这位德裔神学家在阐释个体存在与上帝的关系时，把矛头指向了共产主义概念之下的"集体"带来的危害，认为共产主义强调的个人性阻碍了疑问的产生，同时也阻止了对于生命的无意义的焦虑，对于信仰共产主义的人来说，"生命的意义在于集体的意义"（Tillch，1952：101）；更重要的是，那些集体主义者改变了对罪和惩罚的焦虑，"让他产生焦虑的不是他个人的罪感而是因对抗集体导致的真正的或可能的犯罪感。在这种情况下，集体对他而言代替了进行判决、忏悔、惩罚和宽恕的上帝"（Tillch，1952：102）。很显然，蒂利希神学光照下的个人充满了美国个人主义的价值观，他对共产主义思想中集体和个人关系的判断，当然也从一个侧面凸现了冷战时代美国式个人主义的重要性。在另一个神学家同一年面世的一部著作里，我们也可看到类似的对美国民主体制的颂扬。莱茵豪德·尼布尔[②]在《美国历史的反讽》中从基督教原罪说的角度重新审视了美国历史，批判美国历史上曾有过的种种理想主

---

　① Paul Tillich（1886—1965），出生在德国，1933年到美国，先后在联合神学院、哥伦比亚大学任教，是20世纪有重要影响的神学家之一。

　② Reinhold Niebuhr（1892—1971），美国神学家，20年代倾向左翼自由主义神学，30年代转向新正统主义神学，50年代出版一系列著作，宣扬原罪说，对知识分子产生很大影响。

义，尤其是对人的无限至善能力的过多信奉，同时也对共产主义进行了批判，认为在非工业国家中产生的共产主义只能是一种幻想；对他而言，"一个民主社会需要个人具备挑战社会权威的能力，当社会的规范侵犯了他的良心，他应起来反抗，个人应把自己置于更大的社群而不是一个以家庭为主的范围里。在西方基督教传统里得到高度发展的个人自我意识背后支撑的是一种悠久的精神史。这只有在商业化和工业化的西方国家里才能产生"（Niehuhr，1952：125）。这段话的前半部分让人联想到了《党派评论》提到的美国的"不顺从批判"传统，而后半部分则带有明显的西方（美国）优越论的含义。

这种优越论在 50 年代两个历史学家论述美国政治的著作里以不同的方式再次出现。在 1955 年出版的《美国的自由主义传统：自美国革命以来的政治思想的阐释》一书里，作者路易斯·哈慈①在探寻美国历史中的自由主义传统时，提出了一个独特的观点，认为美国之所以与欧洲不同是因为美国没有经历过或者是跳过了"封建社会时期"（Hartz，1955：3），这使得美国似乎失去了保守主义的土壤；同时哈慈也指出，美国式的自由主义也会让美国社会变得舆论一致，也就是托克维尔所说的"舆论的暴政（the tyranny of opinion）"，所谓美国式生活方式在冷战期间是造成麦卡锡主义的一个诱因（Hartz，1955：10-12）。哈慈提出要超越美国自由主义中的非理性因素，既要理解自己也要理解他人。应该说在众多颂扬者中，哈慈还是保持了清醒的头脑，尽管他同时也认为苏联的社会主义本质是极权主义（Hartz，1955：309）。有意思的是，在早于此书两年出版的《美国政治中的天才因素》一书中，历史学家丹尼尔·布斯汀②也从历史的角度对美国的政治独特性进行了研究；布斯汀提出的论题是美国具有特殊的民主体制，且不可复制（Boorstin，1953：1)，他认为造成这种现象是因为美国的民主是"特定的"，他从"历

---

① Louis Hartz（1919—1986），政治学学者，哈佛大学教授。
② Daniel Boorstin（1914—2004），著名历史学家，著有《美国人》三部曲，最后一部《美国人：民主的历程》获 1974 年普利策奖。

史、地域和连续性"三个方面论述了这种"特定"的民主体制的形成。所谓"历史"，指的是美国尽管经历了革命而独立，但并没有自己的革命理论，那些建国元勋们其实只是实践了早在殖民地时期已经形成以及在更早时期的英国革命中已经形成的理论，换言之，美国的政治传统是实践而不是理论；美国的独特性尤其反映在其独特的"地域"上，对于那些早期的清教徒而言，当他们踏上这块土地时忍不住要如此问道："在这个世界被创造出来之后那么长的时间里，美洲大陆一直隐匿于欧洲人的视野之外，上帝这样做到底是为了什么？"（Boorstin，1953：47）清教徒们从他们能够安全到达新大陆这个事实里似乎看出了上帝的目的，他们认为自己是"上帝的选民"；布斯汀更进一步把这种人皆熟悉的套话与美国的生活方式联系到了一起，他指出："没有一个民族像美国人那样更加倾向于把其价值观与其独特的地域条件认同起来：我们相信美国的平等，美国的自由，美国的民主，或者，总而言之，相信美国的生活方式。"（Boorstin，1953：25）由此，地域条件被赋予了充实的内容，成了美国不可复制的独特性。这也是布斯汀所说的"特定性"的含义。美国历史上有过几次重大冲突时期，如内战、大萧条时期等，但在布斯汀看来，这种"特定性"即便是在这些冲突时期也没有发生变化，原因之一是冲突双方——如内战期间——对于美国的"特定性"都没有怀疑过，相反都申明自己是这种"特定性"的正统维护者。而相比之下，欧洲国家则会更多地采用毁旧立新的方式，如希特勒德国（Boorstin，1953：124-129），按此推理，斯大林俄国也是如此。这也就是布斯汀所说的美国政治的"连续性"。布斯汀所论述的美国政治中的这种"特定性"，很容易让人联想到从"山巅之城"到"天定命运论"这种美国例外主义论调，尽管布斯汀没有提到这个词，但两者间的关系不言自明。从冷战背景的角度看，布斯汀对美国没有政治理论的强调针对的是欧洲国家政治理论的此起彼伏，如纳粹主义和共产主义等，这当然也从一个侧面颂扬了美国的不同以及道路选择的正确。

在 20 世纪 50 年代，一些文学研究者也加入到了探究美国特质的队伍中来。从 40 年代末到 50 年代中后期有一批涉及美国文学研究的专著出版，如《自由主义想象》（1950）、《美国小说的兴起》（1948）[①]、《美国的亚当》（1955）和《美国小说及其传统》（1957）等。我们以后两本著作为例加以说明。《美国的亚当》一书的副标题是"19 世纪中的天真、悲剧和传统"，作者文学批评家、新泽西州立大学教授路易斯[②]通过对美国 19 世纪一些作家如霍桑、惠特曼、詹姆斯等人的研究，发现可以用一个鲜明的意象来概括这些作家的写作和笔下的人物描写，即《圣经》中堕落前的亚当形象，尤其是亚当身上体现的"天真"本质："他的道德立场先于他的经验，他是一个全新的形象，本质天真。"（Lewis，1955：5）这么一个亚当形象，在路易斯看来，在一个世纪以前代表了真正的美国，"一个充满了英雄般的天真和无限的可能性的人物，矗立在新的历史的开端。"（Lewis，1955：1）路易斯把他的研究对象定位在 1820 年至 1860 年间的文学和历史，如果说 19 世纪的美国文学以及文学代表的精神可以用亚当形象来做代表，那么 20 世纪这个形象也可以在一些小说中找到对应人物，如菲茨杰拉德的《了不起的盖茨比》中的盖茨比和福克纳的《熊》中的艾萨克·麦卡斯林。而就二战后的 50 年代而言，路易斯列出了三部能够代表这种文学形象的著作：《看不见的人》《麦田里的守望者》和《奥琪·马奇流浪记》。这些作品的共同特点是："有一种孤独的精神蕴含其中，一种凌驾于周边世界的奇怪的道德精神，而这正是美国小说中亚当传统的核心因素。"（Lewis，1955：200）这些小说中的人物"为了实现他们身上体现的美国文学中的经典人物具有的潜在意义，不知疲倦地，有时是无意识地，而更多的时候则是荒唐地斗争着"。（Lewis，1955：200）路易斯借用爱默生的话，把这种斗争概括为"一个真正的自我与整个世界间"的斗争（Lewis，1955：200）。简而言之，所谓亚当形象的本质乃是个人与社会间的对立和斗争的关系，是个人争取独立和自由的象征，这当然不单单

①《自由主义想象》（*Liberal Imagination*），见"自由主义想象，新自由主义与冷战思维"。《美国小说的兴起》（Alexander Cowie. *The Rise of the American Novel*. New York: American Book CompaNew York:1948）。

② R.C.B. Lewis（1917—2002），文学评论家，传记作家，美国学者。

是体现了美国文学的精神，在很大意义上也是美国文化的表现。亚当形象给历史并不很长的美国文学赋予了一种独特的气质。路易斯称 50 年代为一个"遏制的时代"（Lewis，1955：196），这主要是针对大众文化造成社会一体化而言，路易斯发掘的亚当形象可以成为抵制"遏制"的有用武器，另一方面这本身也表明了一种美国的价值观，一种强调个人存在价值的理念①。正是在这个意义上，路易斯也被认为是美国研究的开拓者。如果说路易斯的文学研究多少还带有一点历史研究的内容，那么一年后文学评论家理查德·蔡司出版的《美国小说及其传统》，可以说是更为纯粹的文学研究。这是一部被美国文学研究者认为非常重要的著作，蔡司此书的一个贡献是阐明了他所认为的美国文学一个固有的特征或传统，他用"传奇小说"（Romance）一词来界定这个特征，以区别于一般的小说（Novel），并且分析了从早期的布朗到 20 世纪的福克纳等一些具有这个特征的作家的作品，从中勾勒出了美国文学的传统脉络。根据他的说法，美国"传奇小说"的一个特点是，相对于一般小说来讲，在处理现实的关系上更加自由，也就是美国 19 世纪经典作家霍桑在《红字》"前言"中提到的现实的与想象的结合，这种结合的目的是突破对现实的表述，进入到对人的心理的描述和揭示上，由此赋予作品一种普遍的意义；另一方面，这种普遍的意义也需要与本土的文化相结合，使之具有一种时间和空间感，而这正是美国"传奇小说"能够表达"美国的心理"的地方。通过这种探究，蔡司试图要在他选择的小说家的作品中寻觅到"美国特性"（Chase，1957：vii）。蔡司参加了《党派评论》组织的"我们的国家，我们的文化"笔谈会，同意其对知识分子与美国认同的判断（Chase，1952：566），同时，他也坚持知识分子应保持"不顺从的批判"态度，认为这可以让知识分子成为一个"可持守的异见者，同时又能对美国有一份承诺。"（Chase，1952：567）蔡司的这种态度取向来源于他对文学批评与政治关系的反思，尤其是对 30 年代的"进步文学"的反思。他于 1949

---

① 关于路易斯此作的影响参见本书第三章第一节"遏制的象征意义：霍尔顿的矛盾和解决方法——读《麦田里的守望者》"。

年出版了一部研究麦尔维尔的专著，在"前言"中申明写作此书是
要推动"新自由主义"运动，目的是要与 30 年代以左翼文学为代表
的自由主义划清界限，用他自己的话说，即那种简单的"进步观和
'社会主义现实主义'，那种认为文学应该直接参与到大众的经济
解放中去的观念，那种与共产主义的极权思想和权力政治明确关
联的观念"（Chase，1957：vii）。这也是为什么在《美国小说及其
传统》一书中，在讨论霍桑名著《红字》时，他坚持认为尽管小
说中主人公海斯特有展现女权主义激进的一面，但这并不表明霍桑
是一个写政治的作家，他更关注的是霍桑刻画人物的文学才能[1]。
另一方面，也正是这样一种反思，促使蔡司投入到美国本土文学
的研究中，实现他对美国的"一份承诺"，而这自然也与冷战思维
的氛围分不开。[2]

　　美国左翼思想研究者迪更斯在《20 世纪美国左派》一书中指出，
经过三四十年代的左翼思潮，到二战结束后，学界左翼的一个变化
或者说"遗产"是学科研究重点的转向：在社会学方面，从马克思
转向托克维尔；在政治学方面，从马克思转向麦迪逊；在经济学方
面，从马克思转向凯恩斯；在神学方面，从马克思转向克尔恺郭尔；
在文学方面，从马克思转向麦尔维尔；在历史学方面，从马克思转
向洛克（见 Diggins，1973：136-145）。从严格意义上说，这些转向
并不都是发生在冷战期间，但至少可以说在冷战开启后，在美苏意
识形态对峙呈上升态势的 50 年代，这些转向或多或少融合了一些政
治因素。在有些方面，正如上述所言，掺杂了政治立场选择，一种
"不是/即是"的问题，其结果是对美国认同的导向以及不约而同地
"研究"或"颂扬"美国这种现象的出现。

---

　　① 见金衡山.《红字》的政治和文化批评——兼论文化批评的模式. 外国文学评论，2006
（2）：116-125。
　　② 见 Geraldine Murphy. Romancing the Center: Cold War Politics and Classic American
Literature. *Poetics Today*, 1988（4）：737-747.

引用文献

Arendt, Hannah. Understanding and Politics. *Partisan Review*, 1953(7-8): 377-393.

Boorstin, Daniel. *The Genius of American Politics*, Chicago &London: The University of Chicago Press, 1953.

Chase, Richard. *The American Novel and Its Tradition*. New York: Doubleday Anchor Books, 1957.

Chase, Richard. *Herman Melville: A Critical Study*. New York: The Macmillan Company, 1949.

Diggins, John P. *The American Left in the Twentieth Century*. New York: Harcourt Bruce Jovanovich, Inc., 1973.

Fielder, Leslie. Our Country, Our Culture Symposium. *Partisan Review,* 1952 : 298.

Hartz, Louis. *The Liberal Tradition in America: An Interpretation of American Political Thought Since the Revolution*. New York: A Harvest Book, 1955.

Hook, Sideny. *Heresy, Yes, Conspiracy, No*. New York: The John Day Company, 1953.

Hook, Sideny. Our Country, Our Culture Symposium. *Partisan Review*, 1952 : 569, 574.

Howe, Irving. Our Country, Our Culture Symposium. *Partisan Review*, 1952 : 448.

Lewis, R. W. B. *The American Adam* Innecence, Tragedy and Tradition in the Nineteeth Century. Chicago: The University of Chicago Press, 1955.

Mailer, Norman and C. Wright Mills. Our Country, Our Culture Symposium. *Partisan Review*, 1952 : 448.

Niebuhr, Reinhold. Our Country, Our Culture Symposium, *Partisan Review*, 1952 : 304.

Niebuhr, Reinhold. *The Irony of American History*. New York: Charles

Scribner Sons, 1952.

Partisan Review. *Our Country, Our Culture Symposium. Partisan Review,* May-June,1952 : 282-326, July-August, 1952 : 420-450, Setember-October, 1952 : 562-597.

Pells,Richard H. *The Liberal Mind in a Conservative Age: American Intellectuals in the 1940s and 1950s.* New York: Harper and Row, 1985.

Phillips, William. Our Country, Our Culture Symposium. *Partisan Review,* 1952 : 586.

Rahv, Philip. Our Country, Our Culture Symposium. *Partisan Review,* 1952 : 304.

Schlesinger, Arthur. Jr. Our Country, Our Culture Symposium. *Partisan Review,* 1952 : 591.

Tillich, Paul. *The Courage to Be.* New Heaven: Yale University Press, 1952.

Trilling, Lionel. Our Country, Our Culture Symposium. *Partisan Review,* 1952 : 319.

Whitfield, Stenphen J. *The Culture of the Cold War,* second edition, Baltimore: The Johns Hopkins University Press,1996.

费朗西丝·斯托纳·桑德斯. 文化冷战与中央情报局. 曹大鹏，译.北京：国际文化出版公司，2002.

汉娜·阿伦特著. 极权主义的起源. 林骧华，译. 北京：生活·读书·新知三联书店，2008.

第二节　自由主义想象，新自由主义与冷战思维

出版于 1950 年的《自由主义想象》是美国著名文学批评家、纽约知识分子代表人物莱昂尼尔·特里林的一部重要著作，在其一生的所有批评作品中，这部作品举足轻重，奠定了其在战后美国文学批评界领袖人物的地位，对以后的美国文学批评乃至美国文化的发展方向都产生了很大的影响。这种影响的产生与特定的时代背景不无关系，即冷战背景下的思维模式以及对自由主义新的阐释。把特里林和他的著作放在冷战这个历史环节下加以解读，可以帮助我们看出其历史地位的形成过程和原因。

一

《自由主义想象》（以下简称《想象》）是一部批评文集，收集的文章写于 1940 年到 1949 年期间。文章的内容包括多个方面，从具体作家作品评论到对文学思想、形式和作用的讨论等等。在此书"序言"中，特里林提到了文章的多样化，但同时也指出，这些文章都与一个主题相关，即自由主义（Trilling，1953：5）。这也是让一些读者在初读这部文集时感到迷惑的地方，自由主义与自由主义想象是一种什么关系，对这两个方面特里林又是什么态度？《想象》出版后，有一个评论者觉得他不知道特里林所说的"自由主义想象"到底指的是什么（Redman in Rodden，1999：140-181），直到几十年后的 1986 年著名学者毛里斯·迪肯斯坦对特里林的这部作品的印象仍旧是"有点隐晦"（Dickstein in Rodden，1999：378-383），这当然也是针对"自由主义想象"的所指而言。这大概与特里林作为一个文学批评家习惯使用的一些语词有关，另一方面也缘于特里林要论述的文学与政治间的关系之复杂。但是，细读"序言"，还是能

够看出他对自由主义的态度。这篇"序言"只有短短几页，读来给人一种类似宣言的感觉。特里林首先指出，自由主义在战后的美国"不仅是一种主要的也是唯一的知识传统"（Trilling，1953：5），但是这种几乎已经成为意识形态的传统在他看来有着严重的缺陷，其一是自由主义有着"简单化"的倾向，其二是表现出一种"组织化"的冲动。他向读者指明，应该区分自由主义的这种表现，也就是所谓的"自由主义想象"与自由主义原本应有的想象。换言之，特里林心目中的自由主义与他所批评的在战后美国思想界占有一席之地的"自由主义"及其表现，即"自由主义想象"，是完全不同的两个概念。在"序言"结尾，特里林表明了他所赞同的自由主义应有的特征，相对于"自由主义想象"的"简单化"和"组织化"特征，自由主义应具有的基本特性是"多面化"和"可能性"，以及对于"复杂性和困难的意识"。在这个方面文学可以大有作为，文学和文学批评的作用可以让这些自由主义应有的特性得到充分展现，从而影响社会，也就是特里林在"序言"里以及其后的许多文章中所特别强调的文学与政治间不可分割的关系。这些充满了强烈文学意味的语词，对读者理解特里林所褒扬的自由主义和所批评的"自由主义想象"造成了一定的困难。通过对这篇"序言"的细读，我们可以得出这么一个结论，特里林是自由主义的信徒，但反对"自由主义想象"的"简单化"和"组织化"倾向。作为一个批评家，他面临的问题是如何消除"自由主义想象"，恢复自由主义本应有的面貌。特里林的这个努力贯穿《想象》一书的始终，尤其在第一篇文章中表现得尤其突出。

文章分为两部分，第一部分是对派灵顿的批判，写于1940年，第二部分则是对德莱塞的批判，写于1946年。收入《想象》时合并在一起，取名"美国的现实"。1927年出版的《美国思想的主流》通常被称为是美国思想史著述的一部力作，作者派灵顿在这部书中对梳理美国本土思想、整理美国思想传统做出了重要贡献。但是，在特里林的眼中，派灵顿则成为了"自由主义想象"的一个鼻祖。特里林认为派灵顿的一个主要问题，是对现实的理解简单化，尽管他的著作提供了很多经济和社会方面的信息，但他本人的思想却很简单，热情有余，见地肤浅。派灵顿信奉的是那种"唯一的、不变的，外部表象的"现实观（Trilling，1953：16），显然与特里林在序言里所说的"自由主义想象"的简单化倾向是一致的。特里林对派灵顿批评霍桑尤其不满，这也成为了他批评派灵顿的一个主要理由。派灵顿在《美国思想的主流》第二册中认为霍桑过于现实化，这导致他疏离那些超验主义的改革者们，当那些康科德的思想家们宣称人是上帝的不容置疑的儿子的时候，霍桑却还沉浸在对恶的审视之中。特里林认为在派灵顿眼里，霍桑只是朝向过去，不能面对未来，霍桑笔下的现实是一种非真实的现实。正是在这个方面，特里林的看法与派灵顿恰恰相反，他指出："事实是，霍桑处理现实的方式极其美妙，内涵深刻。他能够对人的完美道德提出严肃的质疑，能够对'扬基（新英格兰）现实'保持一定距离，能够成为持异议者们中的持异议者，同时还能让我们看出道德热情的本质是什么，这样的一个人自然是在真真切切地面对现实。"（Trilling，1953：20）在特里林看来，霍桑深入到了现实的深处，看到了现实的复杂和多面化，而派灵顿则仅仅流于现实的表面。这也表现在派灵顿那部著作的题目上，特里林指出用"主流"一词来表明美国思想的发展，本身就说明了派灵顿头脑的简单和目光的短浅。特里林告诉读者，文化不是一条单一的河流，也不是几条河流的合并，文化是一种争斗，是争辩。用"主流"的说法来定义文化，只能将文化屈从于意识形态之下。特里林最后的结论是，尽管派灵顿的书早在二十年前就出版了，派灵顿的影响也已式微，但余威仍在，派灵顿可以被看作是"自由主义想象"在文学批评上的主要代表。（Trilling，1953：20-21）

　　特里林对派灵顿的批判，实际上是针对派灵顿时常表露出的相信历史总是趋于进步、人类道德总是趋于完善的思想，这种在一定程度上含有乌托邦想象的思想，是美国历史上从 19 世纪中晚期开始到 20 世纪初期达到高潮的进步主义思潮的产儿。美国思想史学者布鲁姆认为，特里林从派灵顿身上看到了文化批评中社会和经济发展决定论的影子（Bloom，1986：194），这是受到进步主义思想影响的结果，而这也正是特里林所认为的"自由主义想象"简单化倾向的一种表现。更重要的是，特里林对派灵顿的批判并不仅仅是针对历史上的进步主义及其影响而言，而是直面派灵顿之后的，尤其是30年代以后的美国现实。换言之，批判派灵顿只是起到一个引言的作用，目的是要说明"自由主义想象"在当时的具体表现。在这个方面，此文第二部分对德莱塞的批判更能说明问题。

在特里林看来，德莱塞的思想粗鄙（Trilling，1953：28），语言做作（Trilling，1953：26）。让他不能接受的是，总有一些所谓的自由主义批评家对德莱塞情有独钟，相比之下，他们对特里林认为文学成就远远超过德莱塞的亨利·詹姆斯却置之不理。在评述一些批评家对德莱塞施以特殊的同情之时，特里林不无讽刺地道出个中原因：德莱塞被称为是"农民"，当德莱塞的思想表现愚蠢时，那是因为他有农民的那种顽固心理，当他的写作显得极其拙劣时，那是因为他不屑借用资产阶级的那种文雅风格。在那些批评家们眼中，似乎詹姆斯充满智性、知识和观察力的写作就一定会与贵族挂钩，而德莱塞那种愚钝乃至愚昧的写作则一定会让人想到民主的活力（Trilling，1953：23）。很显然，特里林是在批评那种用作家社会身份来定义其作品的简单粗浅的评论方法。值得注意的是，特里林指出，这种方法直接来自派灵顿，在对德莱塞作品的一些评论中则表现得有过之而无不及。这种在作者社会经济成分与作品之间画等号的逻辑，通过特里林对德莱塞晚年加入美国共产党这一事件的评论，更显示了其与"自由主义想象"间的内在必然关系。特里林先是引述德莱塞的一个传记作家对其加入美国共产党的解释，说明德莱塞之所以加入美国共产党是因为他赞同后者追求人的平等这一目标。特里林对此并不予以过多评论，尽管语气略带讥讽。不过，他笔锋一转，提到了这一事件与"自由主义想象"间的关系。他说道，重要的不是德莱塞是不是在遵循他自己的生活逻辑，而是，他肯定是在遵循自由主义批评家们的逻辑；也就是说，那些自由主义批评家们之所以能够那么无条件地接受他，是因为德莱塞加入美国共产党这一事件提供了一个能够阐明他们所信奉的自由主义精神的极好例子，即政治身份与作家和作品间的逻辑关系。这当然为特里林所不能接受。至此，我们能够非常清楚地看出特里林所批判的自由主义及其"想象"的主要问题，乃是 30 年代曾经盛行一时的政治替代文学的批评思潮，也就是他在"序言"中所说的"组织化"倾向，即所谓庸俗马克思主义。在提到一些对詹姆斯颇有微词的批评家时，特里林其实已经向读者表明了他的立场。他引述了两位批评詹姆斯的作者，一位是进步主义历史学家，《美国文明的兴起》（1927）的作者查尔斯·彼得（Charles Beard），他显然与派灵顿是一派的；另一位则是格兰维尔·希克斯（Granville Hicks），30 年代曾红极一时的马克思主义批评家，在其著作《伟大的传统》（用马克思主义观点评述内战以来的美国文学史）中对詹姆斯笔下的那些贵族形象大加讽刺。

从派灵顿的简单化进步主义到希克斯的政治化文学批评，在特里林看来，这种批评路径是"自由主义想象"的一个主要表现，之所以要在这种"想象"前加上"自由主义"一词，乃是因为在 30 年代初期标明自由主义左派的大批文化激进人士，深受马克思主义、尤其是斯大林式简单化马克思主义和苏联式共产主义影响，特里林自己也曾经在一定程度上卷入其中（参见 Bloom，1986：47）。十几年后，特里林评述说："我们的自由主义的意识形态生产出了大量的社会和政治抗议文学，但是在过去的二三十年间却没有产生一位足以让我们对其文学成就羡慕不已的作家。"（Trilling，1953：101）这番话出现在他给著名左翼文化评论刊物《党派评论》十年纪念集写的"序言"中，后来收入《想象》一书。也是在这篇文章中，他特别指出，脱离美共后的《党派评论》（作为美共一个宣传阵地的《党派评论》于 1934 年创刊，1937 年脱离美共）代表了美国文学创作和批评的最好的趋势，这显然也表明了他反对斯大林苏联式共产主义思想的一个鲜明政治立场，而这与他对德莱塞的批判是一致的。正如一些论者所说的，除了对德莱塞作品中"粗鄙的物质主义"的厌恶，德莱塞本人积极参加左翼运动也是特里林批判这个著名作家的原因之一（参见 Bloom，1986：195）。值得注意的是，《想象》中的第二篇文章是对舍伍德·安德森的评论。出乎一般人的意料，对于安德森这样一个有着明显现代主义风格的作家，特里林——他对一些现代主义作家如艾略特、乔伊斯、普鲁斯特等予以诸多赞美之词——却持明显的异议，认为其作品过于抽象，缺乏现实感，尤其是其后期作品更是缺乏想象力（Trilling，1953：39-43）。安德森在30 年代初期，曾参加过支持美国共产党的活动，这很可能成了特里林批评安德森的一个原因①。

对于"自由主义想象"的批判并不只是《想象》一书。早在 1943年，特里林在其第二部批评专著《E. M. 福斯特》中，就对"自由主义想象"提出了批评，在此书的"序言"中他写道，尽管福斯特一生追求自由主义信条，但他始终在与"自由主义想象"做斗争，"如果自由主义有一种致命的弱点，那就是想象的缺乏"（Trilling，1953：13），以及这种缺乏导致的理想化和绝对化。而要纠正"自由主义想象"，则应像福斯特一样采用"道德现实主义"态度，一方面意识到道德的必要，另一方面也要知道与道德相矛盾的现实的存在，即现实的"多面化"，乃至直面现实的困难。在《想象》一书中，特里林在多篇文章中多次阐释"道德现实主义"，以此作为反对和纠正"自由主义想象"的武器。与德莱塞简单、粗俗的现实观相反，特里林在《卡萨玛西玛公主》这篇长文中，阐释了詹姆斯那种智性的、对现实有着深度模拟的写作方式，他认为詹姆斯这种"道德现实主义作为一种主体精神贯穿《卡萨玛西玛公主》，并由此衍生出了一种一般情况下很难知晓的社会和政治的知识"（Trilling，1953：93）。在《生活方式，道德和小说》这篇重要文章中，他把这种"道德现实主义"归为"道德想象的自由发挥"的结果。（Trilling，1953：214）需要注意的是，特里林并不是抽象地讨论文学问题，而是紧密结合时代和现实状况提出自己的见解，尽管其模糊的语言叙述风格

---

① 在1943 年出版的《E.M.福斯特》一书的"序言"中，特里林对安德森做了专门评述，认为早年的他与福斯特一样很有自由的个性，但晚年失去了感觉，从整体的阶级的角度来看待文化。见 Lionel Trilling. *E. M. Forster*. Norfolk, Connecticut: New Directions Books. 1943：20-21.

和用词会让一些读者看不到他的用意所在。比如，一方面他指出要避免成为意识形态的无意识的承代者——这与他对"自由主义想象"的批判是一致的，另一方面他又呼吁要积极参与到意识形态的形成中来，因为在战后美国的当下，意识形态实际上给小说创作提供了一个极好的机会，也赋予了作家们一种责任去反映现实。（Trilling，1953：263）但那是一种什么样的现实呢？特里林很敏锐地感受到了时代的变迁，他说："也许现在正是我们要改变我们的社会体制的时候了。改变的时机已经成熟，但是，如果这种改变不能沿着建立一个更为自由的社会的方向前进，那么必定会朝着相反的方向倒退，进入一种可怕的社会封闭的状态。"（Trilling，1953：214）可以说，这正是他在序言中提出的自由主义本应有的社会理想。在 50 年代初的美国，在特里林看来这种重述自由主义的努力显得尤为迫切。这也是《自由主义想象》一书的全部意义所在。

《想象》出版后引起了很大反响，广受关注，甚至一时间成了畅销书，平装本销售了 10 万册。评论的一个共同点是，看到了特里林对自由主义的批判和阐释。文学批评家、新批评重要人物布莱克莫尔（R.P. Blackmur）称赞特里林对僵化的意识形态的抵制（Blackmur in Rodden，1999：31），有一位评论者在《纽约客》上发表文章，认为《想象》的主要价值在于："顶起了我们这个脆弱时代摇摇欲坠的横梁，成了反对斯大林主义和纳粹主义的中坚。"（Roddden，1999：145）而在另一位 50 年代文学批评界的重要人物路易斯（R.W.B. Lewis）的眼里，特里林则呼应了"新自由主义"的兴起（Rodden，1999：151）。可以说这些评论者目光敏锐，看到了特里林文学批评背后的政治见解。

二

所谓"新自由主义"是冷战开始后美国思想文化界普通关注、广泛参与的一股思潮，在很大程度上是美苏冷战对峙的产物，反映了冷战形势下美国一些知识分子对待美国文化的态度，而这与他们开展的对自由主义的"反思"不无关系。在具体说明"新自由主义"

以前，有必要对美国的自由主义本身及其传统做一简单回顾。自由
主义来自英国的洛克和亚当·斯密，18 世纪在美国《独立宣言》和
宪法《人权法案》中得到充分体现，自由主义在 19 世纪强调个人的
自由和权利，限制政府的权力，出现了诸如梭罗这样的自由主义者，
在 19 世纪后期，为了应付日益庞大的大工业对民众的压迫，出现了
平民主义和进步主义运动，主张争取民众的权利，通过政府行为限
制大工业的权利。这种从早期主张小政府到后来主张政府干预的自
由主义转向，到了 20 世纪 30 年代罗斯福新政时达到了一个高潮。
在 40 年代的很多人眼中，自由主义专指这个时期的自由主义思潮。
随着反法西斯统一战线的形成，自由主义的范围扩大，斯大林苏联
共产主义思想也或多或少成为自由主义价值的一部分（Hamby，
1973：xiii-xviii）。尽管有相当一部分左翼自由主义知识分子因为反
对 30 年代中期斯大林在苏联进行的肃反，以及 1939 年签订的《苏
德互不侵犯条约》，离开了左翼阵营，转而掀起反对斯大林主义运动，
但直到冷战开始后的 40 年代后期，苏联对自由主义者的影响仍然存
在。伴随着冷战的开始，自由主义者开始分化，一部分人赞同继续
与苏联保持友好关系，反对美国政府的杜鲁门主义和马歇尔计划等
冷战政策，这些自由主义者自称是进步主义的继承者；另一部分人
则高举反斯大林主义旗帜，赞同对苏联采取强硬态度。1948 年总统
选举，前者拥戴罗斯福第二任期时的副总统、曾任杜鲁门政府商务
部长的亨利·华莱士成立第三党参加竞选，后者则与他们进行了针
锋相对的斗争，帮助并不被看好的杜鲁门连任总统①。"新自由主义"
正是在这个背景下逐渐成形的。一方面支持美国政府的冷战政策，
以表明自己的政治立场，另一方面极力突显美国的生活方式和价值
观，以对抗苏联的影响，这是"新自由主义者"的通常表现方式，
而这背后的思维方式很大程度上渗透着"非黑即白""不是/即是"
这种冷战逻辑。这个方面的典型例子是著名历史学家小阿瑟·施莱
辛格 1949 年出版的《至关重要的中心：自由的政治》（以下称《中

① 关于这两派自由主义者之间的斗争亦可参见 Steven M. Gillon. *Politics and Vision: The
ADA and American Liberalism, 1947-1985*. New York/Oxford: OxfordUniversity Press, 1987.

心》）一书。

在此书 1962 年的再版序言中，小施莱辛格告诉读者，此书写于
1948—1949 年间，对于战后美国自由主义来说，这是一个历史转折
时期，自由主义"肩负着双重任务，一方面是重新定义共产主义这
种现象，另一方面则是重构自由主义哲学的基点，这两方面是互为
依承的"（Schlesinger，1962：ix）。显然，自由主义的重构建立在
对共产主义的重新审视基础之上，自由主义对共产主义成为此书的
一个核心主题。为了说明自由主义的形成过程，作为历史学家的小
施莱辛格把笔触深入到历史之中，从左右两方面阐释自由主义存在
的理由，作为右翼的工业资本和作为左翼的进步主义都遭到他的嘲
讽和贬谪，前者对个人自由造成威胁，后者则过于简单化，陷入对
历史过于理性的信仰之中（Schlesinger，1962：38）。这自然让我们
联想到了特里林对派灵顿的进步主义历史观的批判。历史分析的目
的是为了面对当下，左右两面都不靠的自由主义还要完成突破共产
主义包围的任务，这是小施莱辛格需要特别关注的地方。他用了一
个在 40 年代末还是较新的概念"极权主义"来描述共产主义；现代
人害怕自由，因为自由造成焦虑，为了逃避自由而投入"国家"的
怀抱，现代人形成一体化的大众，极权主义正是对这种心理状态的
反应。二战以后，极权主义被用来说明希特勒法西斯主义的体制，
但冷战开启后，很快被一些自由主义者拿来描述苏联的共产主义，
小施莱辛格成为在理论上把极权主义等同于共产主义的先行者之一
①。在他看来，极权主义的一个最大诱惑是让人脱离焦虑，摆脱人
生本应有的悲剧感，赋予人永远正确，无限发展的憧憬
（Schlesinger，1962：56），而这恰恰是小施莱辛格这样的自由主义
者所大为怀疑和讽刺的。如同特里林一样，小施莱辛格也对霍桑
情有独钟，霍桑对人性的怀疑，对人性中罪恶感的剖析，被他用
来说明自由主义者所认为的世界和人性之复杂、可能性之多面化。
同样，在特里林《想象》的"序言"中我们也看到他从文学批评

---

① 关于"极权主义"与阿伦特，参见本章第一节相关论述。

的角度对两个问题的强调。在人性这个问题上，可以说小施莱辛格和特里林在很大程度上都认同传统美国思想中的新英格兰卡尔文主义，这也是他们可以依赖的美国价值观之一，以反对他们所认为的苏联共产主义灌输的趋向完美的人性道德。在这方面，特里林和小施莱辛格都受到了战后美国著名神学家莱茵豪德·尼布尔的影响，他对人性之善的怀疑，对一些自由主义者普遍抱有的乌托邦思想的讥讽，对特里林和小施莱辛格有过很深的影响（Schaub，1991：10-11）①。通过从哲学和历史的角度对自由主义所反对的对象，特别是共产主义大加鞭挞之后，小施莱辛格继而大谈苏联对美国的威胁，并且从政治。外交、经济等各个方面提出了遏制苏联的方针。尽管在 1962 年的再版序言中他提到传统的美国自由主义并没有欧洲那些左翼思想具有的使命感，而是一种以实用主义为主导的思想，但从书中的实际表述来看，一种强烈的使命感扑面而来，正如他在书中第八章"恢复激进的勇气"的末尾所说："新激进主义（即新自由主义）的最后成功依赖于其当下的成功，而这主要表现在其对影响世界的两个强国之一的美国政策的成功上。"（Schlesinger，1962：156）在书的结尾，他回到了自由主义的根基上——个人的权利和价值，个人主义的重要性，但同时他也特别强调为了民主的实施，有必要强调个人的社会意识，"个人需要一个社会氛围，这种氛围不是通过威胁强制给予，而是顺应个人的要求和动机自发出现"（Schlesinger，1962：248）。尽管如此，一个显而易见的潜在词还是跃然纸上，即个人与（美国）社会的认同。一年后在《想象》中，特里林以文学批评家的笔触对这种个人和社会间的关系做了呼应，呼吁关注社会的转折和对美国现实的再认识。如同《想象》一样，《中心》也产生了很大影响，历史学家、美国自由主义研究专家汉姆拜评论说，此书"给予了自由主义运动一个真切地看问题的角度并给予了其道义上的完整性"（Hamby，1973：281）。

---

① 尼布尔对一些自由主义者对民主的乐观态度表示怀疑，指出"人对于正义的追求使得民主成为可能，但人对于非正义的倾向则让民主变得必需"。见 Reinhold Niebuhr. *The Children of Light and The Children of Darkness*. New York: Charles Scribner's Sons, 1944: p.xi-xiii.

书名"至关重要的中心"成了新自由主义的代名词。在著名新闻学者和历史学家豪齐盛看来，这种"道义上的完整性"则导致了 50年代对（新）自由主义的一致认同，并最终成了一种主流意识形态，即对美国价值的认同，所谓"思想一致的自由主义的意识形态"。（Hodgson，1976：67-98）

　　这方面的一个突出例子是 1952 年《党派评论》召集的题为"我们的国家，我们的文化"研讨会，包括特里林、小施莱辛格、尼布尔等著名知识分子都参加了会议。如同会议题目所示，研讨会的主旨是要从文化的角度来定位美国，其中一个重要问题是知识分子与美国的关系[①]。同很多与会者的观点一样，特里林也认为当下的美国知识分子应该仔细考虑与美国的认同问题，在此后发表的他的发言扩展稿里，他进一步明确说明美国知识分子此前从欧洲学来的思想主要是马克思主义，或者是法国大革命中的知识分子与资产阶级的斗争思想，这些思想当然是可以移植到美国来的，但与此同时，美国知识分子更需做的是把这些思想中的"蔑视"精神用到具体的、当下的美国生活的实际中来，描述美国现实的"多面化和复杂性"，避免"抽象和绝对"（Trilling，1953：73）[②]。在表现美国的价值方面，特里林不仅只是呼吁而已，而是做出了具体行动。在《想象》一书中，除了对派灵顿、德莱塞和安德森进行了无情的批判外，特里林同时还花大量篇幅对另外一些作家进行了深度分析，指出了蕴含在他们作品之中的"多面化"和"复杂性"，这些作家包括詹姆斯、马克·吐温、菲茨杰拉德，而受到他赞扬的作家则有福克纳。无论是马克·吐温通过哈克表现出的"尚未被金钱奴役的美国"（Trilling，1953：116），还是菲茨杰拉德笔下的"抓住了作为道德事实的特定时刻"从而"不可避免地象征美国"（Trilling，1953：242）的"盖茨比"，还是尽管小说内容受地域限制却还是能够表现出"悲剧性的现实"的福克纳（Trilling，1953：207），以及上文提到过的詹姆斯充满"道德现实主义"的写作，这些作家在特里林看来，都成了能

---

　　① 关于这方面的介绍，详见本章第一节。
　　② 发言稿中没有这两个词，后来加上，说明他心中对"自由主义想象"批判的延续。

够表现美国的代表作家。有论者发现在特里林的所有批评著作中，《想象》是唯一一部集中论述美国作家的论文集（Dickenstein in Rodden，1999：381），这个现象应该说不是偶然的。通过批判和赞扬并举的方式，特里林实际上是表明了《党派评论》所推动的与美国的认同，而根据著名美国思想史研究学者佩尔斯的研究，《想象》也成为 50 年代前后美国自由主义知识分子笔下出现的"颂扬美国"现象中一个不能不提的例子（Pells，1985：131-132）。如果说同为纽约知识分子一员的文学评论家卡津（Alfred Kazin）1942 年出版的《扎根本土》，已经预示了曾经的激进左派回归和发现美国本土文学的努力（Diggins，1973：145），那么在 50 年代初期经过特里林的进一步推动，这种对美国文学本身的关注在 50 年代中后期有了丰硕的成果：路易斯的《美国的亚当：19 世纪中的天真、悲剧和传统》于 1955 年出版，理查德·蔡司的《美国小说及其传统》于 1957 年出版①。前者探讨了 19 世纪美国作家爱默生、梭罗、霍桑、詹姆斯等作品中的亚当形象，后者则阐述了美国小说中自霍桑开始的"传奇小说"形式的固有特征。这两部著作与特里林的评论一样，都对美国文学的特征做了深度挖掘。

这种"颂扬美国"的现象，说到底还是与冷战思维有关。冷战初期，美国政府的对苏遏制政策最早出自乔治·凯南之手。1946 年 2 月，时任美国驻苏联大使馆代办的凯南给美国国务院发回一份长达 8000 字的秘密电报，详细阐述了他对苏联现状的看法以及美国应采取的对苏政策。仔细阅读这份"长电"，我们会发现，凯南分析的依据、得出的结论，在很多方面与此后冷战思维的形成以及对美国本身价值观的关注，都有一种逻辑上的关联。凯南论述的一个出发点就是在美国和苏联之间做一种道义上的比较，苏联的形象是一个失去理智、难以控制的病人，而美国则是一个有勇气、有决心和具客观精神的医生（刘同舜，1993：64），遏制战略的成功更在于美国

---

① 作为特里林好朋友的蔡司曾受到特里林的鼓励和影响，写成了《美国小说及其传统》这部名作。见 Geraldine Murphy. Romancing the Center: Cold War Politics and Classic American Literature. *Poetics Today*, 1988,9（4）：737-747.

本身在道义和精神价值上的胜利，用他的话说则是"问题的很大一部分取决于我们自己社会的健康和活力……凡是解决我们自己社会的内部问题，加强我们人民的自信、纪律、士气和集体精神的每一项果敢有力的措施，都是对莫斯科的一次外交胜利，其价值可以抵得上一千份外交照会和联合公报"（刘同舜，1993：65）。凯南在论述中把维护美国国家利益以捍卫人类道义的名义加以阐释。这种语词修辞方法在冷战后得到了广泛应用，一年后的杜鲁门宣言和马歇尔计划都体现了这种从政治和经济利益到道义关切的微妙转变（见Chafe，1995：66-67，109），产生的一个结果便是对美国价值的烘托和进一步认同。凯南于1947年7月在《外交》杂志上发表了署名X的题为《苏联行为的根源》的文章，在"长电"的基础上对其思想进行了扩充和发展，重申美国在冷战这个时刻担当道义和政治领导者的历史责任①。从凯南的"美国责任"到小施莱辛格的"至关重要的中心"（在《中心》一书中，小施莱辛格对凯南的遏制思想大加赞扬）再到特里林的"多面化"和"复杂性"，一条在外交、政治和文学评论间蜿蜒而行的冷战思维路径清晰可见。

　　1975年，特里林逝世，此时他已经成为美国文学批评界的领袖人物。曾经与特里林有过争论的欧文·豪发表文章，称赞他是过去的几十年里除埃德蒙·威尔逊之外，美国最有影响的文学批评家，认为他的贡献在于使得文学批评回到了文化价值的探讨上来，把意识形态的立场融入到个人情感的塑造上来（Howe in Rodden，1999：347-348）。曾经是特里林学生的迪肯斯坦著文，认为《想象》一书为那些经历了30年代马克思主义以及随后的激情幻灭的那一代人，找到了一个新的政治和文化立场，该书的目的是把美学情感和社会责任结合起来（Dickenstein in Rodden，1999：378）；而在历史学者和文化评论者班德看来，具体地说，这种立场即是一种中产阶级的立场，特里林看到了战后美国富裕社会的到来，从文化的角度为这个以中产阶级为主的社会找到一个诉诸情感的根基（Bender，1990：

---

　　① 关于凯南遏制思想的论述，详见第一章第一节"冷战遏制与凯南的道义逻辑"。

341）。也正是在这个意义上，特里林对战后美国文化的走向产生了很大的影响。这些评论在延续了50年代评论者对特里林和《想象》看法的基础上，更进一步强调了特里林在推动文学研究影响美国人的心灵方面发挥的独特作用。特里林自己说过，文学研究是被赋予了最丰富的批评内容的行为，超过了神学、哲学和社会科学（Trillimg，1956：73），其原因就在于文学对于人的影响。

另一方面，对于特里林的异议也不断出现。在同一篇文章里，迪肯斯坦自述曾受到特里林对德莱塞批判的深刻影响，对这位作家产生了厌恶感，但后来阅读了《嘉莉妹妹》，发现德莱塞具有与詹姆斯一样的心理洞察力和社会见解能力。特里林对德莱塞的看法显然有不公之处。美国文学研究学者拉里辛在这方面更是对特里林提出了尖锐批评，指出在强调"多面化"和"复杂性"、避免"简单化"的同时，特里林自己却对德莱塞的"复杂性"——德莱塞1927年访问苏联后，对苏联有很负面的印象，德莱塞本身对受制于意识形态的写作很是鄙视等等——视而不见（Reising，1994：99-102），这本身就是一种"简单化"的批评，这些也许是一些不经意的疏忽却在很大程度上表明了冷战氛围的影响，顺应了对斯大林主义批判的现实需要——特里林批判德莱塞的文章最初发表于1946年，四年后收入《想象》，其时德莱塞在美国文坛的影响已微不足道，特里林旧案重提，只是把德莱塞作为一个引子，目的是把30年代后期已经在一部分美国自由主义知识分子中间开始的反斯大林主义更加推向深入，而这不能不说与冷战不无关联（Reising，1994：108-111）。斯大林主义在四五十年代遭到诟病最多的是意识形态控制，特里林对德莱塞和派灵顿的批判以及对"多面化"和"复杂性"的强调，一个重要目的便是要摆脱意识形态的牵制，这也是为什么在评价特里林时，有论者会认为他超越了意识形态，表现出了人文主义的深度（见阮炜，2004：369-391，段俊辉，2009：153-160）。但在冷战文学研究学者肖泊看来，特里林这种超越历史的（ahistory）的观念，其实本身就是一种意识形态的表现，"可以用来突出美国的民主，表现为各种丰富的冲突，而与之相反的则是苏联的大一统下的压抑"

（Schaub，1991：23）。应该说，特里林超越特定意识形态的努力确实存在，这也是他能够成为 20 世纪一个批评大家的重要原因，但把他放在具体历史环节中加以考察，则可以看到他努力背后的其他原因，这可以让我们更好地看到他的"多面化"和"复杂性"。

引用文献

Bender, Thomas. Lionel Trilling and American Culture. *American Quarterly*, 1990(2):324-347.

Blackmur, R.P. The Politcs of Human Power // Rodden, John. *Lionel Trilling and the Critics: Opposing Selves*. Lincoln and London: University of Nebraska Press, 1999.

Bloom, Alexander. *Prodigal Son: The New York Intellectuals and Their World*. New York/Oxford: Oxford University Press, 1986.

Chafe, William H. *The Unfinished Journey: America Since World II*, third edition. New York/Oxford: Oxford University Press, 1995.

Dickenstein, Morris. The Critics Who Make Us: Lionel Trilling and The Liberal Imagination // Rodden John. *Lionel Trilling and the Critics: Opposing Selves*. Lincoln and London: University of Nebraska Press, 1999.

Diggins, John P. *The American Left in the Twentieth Century*. New York: Harcourt Brace Jovanovich, Inc, 1973.

Hamby, Alonzo L. *Beyond the New Deal: Harry S. Truman and American Liberalism*. New York: Columbia University Press, 1973.

Hodgson, Godfrey. *American In Our Time*. New York: Doubleday & Company, 1976.

Irving Howe. On Lionel Trilling: Continuous Magical Confrontation // Rodden John. *Lionel Trilling and the Critics: Opposing Selves*. Lincoln and London: University of Nebraska Press, 1999.

Pells, Richard H. *The Liberal Mind in a Conservative Age: American Intellectuals in the 1940s and 1950s*. New York: Harper and Row, 1985.

Redman, Ben Ray. Reality in Life and Literature // Rodden John, *Lionel Trilling and the Critics: Opposing Selves*. Lincoln and London: University of Nebraska Press, 1999.

Reising, Russell J. Lionel Trilling, The Liberal Imagination, and the Emergence of the Cultural Discourse of Anti-Stalinism. *Boundary,* 1994, 20(1):94-124.

Rodden, John. *Lionel Trilling and the Critics: Opposing Selves*. Lincoln and London: University of Nebraska Press, 1999.

Schaub, Thomas Hill. *American Fiction in the Cold War.* Madison: The University of Wisconsin Press, 1991.

Schlesinger Jr., Arthur. *The Vital Center: The Politics of Freedom.* Cambridge, Massachusetts: The Riverside Press, 1962.

Trilling, Lionel. *The Liberal Imagination.* New York: Doubleday Anchor Books, 1953.

Trilling, Lionel. *A Gathering of Fugitives.* New York: Harcourt Brace Jovanovich, 1956.

Trilling, Lionel. *E. M. Forster.* Norfolk, Connecticut: New Directions Books，1943.

段俊辉.评特里林的批判性自由人文观.西南大学学报（社会科学版），2009（1），153-160 页。

刘同舜编. "冷战" "遏制" 和大西洋联盟——1945—1950 美国战略决策资料选编.上海：复旦大学出版社，1993.

阮炜.特里林：非意识形态的想象.欧美文学论丛，2004（00）:369-391.

第三节 "天真"的终结：费德勒对自由主义的
清算和期待

　　冷战初期，随着美苏在外交、政治和意识形态方面对峙逐步激烈，冷战氛围在美国国内蔓延开来，反共气氛日渐高涨，在社会上形成运动趋势。在 40 年代后期和 50 年代初，一批间谍案件的出现更是对这种局面推波助澜，看不见的冷战似乎在一夜之间变成了美国人眼皮底下确确凿凿的存在。这些案件中，希斯和罗森堡间谍案成为美国社会关注的中心，苏联在美国社会中的渗透、美国共产党在美国政府中的影响、美国国家安全所遭遇的威胁，这些在很大程度上成为社会关切的日常话题。加入这种话题讨论的也包括很多知识分子，尤其是一些自由主义知识分子①，不同的是，他们更关心这两个案件与自由主义的关系；对其而言，希斯和罗森堡事件提供了一个极好的视角来重新审视自由主义，理清自由主义与共产党的关系，以及自由主义在冷战情形下的职责。在众多的知识分子言论中，费德勒在 50 年代写的关于希斯和罗森堡案件的两篇文章具有一定代表性，从中可以窥见一些知识分子对这两个冷战期间最受瞩目、也最具争议事件的态度。

一

　　1948 年 7 月，美国国会非美活动调查委员会开始听证一些所谓

---

　　① 本文中"自由主义知识分子"包含两个意思，其一指对苏倾向友好、不满美国冷战遏制政策的左翼自由主义知识分子，其二指赞同对苏冷战的反共产主义自由分子。这两种知识分子中，有相当一部分人在 30 年代有过左翼激进经历，在 40 年代，尤其是冷战开启后逐渐分道扬镳。这些知识分子在 50 年代都会称自己为"自由主义者"（liberal）。关于"自由主义"的由来以及在 50 年代的变迁，见本章第二节《自由主义想象，新自由主义与冷战思维》一文。

的间谍案①，《时代》周刊编辑、前美国共产党员钱伯斯指控阿尔杰·希斯（Alger Hiss）是美国共产党员和苏联间谍。阿尔杰·希斯其时是卡内基国际和平基金会主席，哈佛大学法学院毕业的希斯在30年代罗斯福新政期间曾是政府部门的一名律师，后进入美国国务院，是一名高级官员，曾随罗斯福一同参加雅尔塔会议，参与组建联合国。钱伯斯自称在30年代是共产党活跃分子，为苏联做过间谍，30年代后期脱离共产党。他声称与希斯在30年代有过来往，他们属于一个共产党间谍活动小组。希斯否认他认识钱伯斯，声明他从来没有加入过美国共产党。钱伯斯之后出示了一些打印材料和胶卷，声称这些东西是希斯让他转交给苏联在美国的间谍的。1950年，希斯因伪证罪被判刑 5 年②。由于希斯曾任政府部门高级官员，身份特殊，该事件当时在美国社会掀起轩然大波，国会非美活动调查委员会作为调查希斯事件的主角而一时声名鹊起。

与希斯事件同样重要的是罗森堡案件。这是围绕原子弹泄密的系列间谍案件之一。1949年8月，苏联爆炸了第一颗原子弹，这给美国社会带来很大震动，尽管1945年美国在广岛投下第一颗原子弹后，一些科学家就已经预言苏联在5年内会拥有自己的原子弹，但这仍然让很多人不能相信苏联是依靠自己的力量造出原子弹的。怀疑苏联间谍窃取了美国原子弹秘密的这种想法在一些人中间非常流行。1950年，一名德裔英国核物理学家在英国被捕，他承认是苏联的间谍，把一些原子弹制造情报给了苏联。这位科学家曾在1944－1945年参加过美国的原子弹制造工程，他供认出了与他有联系的美

---

① 1947 年春天，前美国共产党员班特莱（Elizabeth Bentley）和钱伯斯（Whittaker Chambers）开始揭发和指控美国政府部门的一些工作人员是美国共产党员和苏联间谍，1948 年国会非美活动调查委员会开始接手调查。（见 David Caute. The Great Fear: The Anti-Communist Purge Under Truman and Eisenhower. *American Historical Review*, 1979, 84(1): 54-58.）

② 希斯曾向调查委员会申明他不知道"钱伯斯"这个名字，面见钱伯斯后他表示曾在 30 年代见过钱伯斯，但是那个时候他用的是另一个名字。根据法律程序，1950 年对希斯判为间谍罪已经过了有效时间，法庭改为伪证罪。希斯案件一直争议不断，钱伯斯证词有很多矛盾之处，希斯本人一直拒绝承认。1992 年纽约一个律师调查前苏联档案，并没有发现任何表明希斯是间谍的证据。（见 Ellen Schrecker, ed. *The Age of McCarthyism: A Brief History with Documents*. New York: St.Martin's Press: 31, 135.） 2009 年有人根据苏联克格勃材料著书论证希斯确实是苏联间谍，但是另有一些学者表示异议，认为证据不足。

国间谍，由此开始了联邦调查局的系列间谍案侦查。1950 年 7 月，
朱利叶斯·罗森堡被捕；8 月，其妻子伊塞尔·罗森堡亦遭逮捕。
指控朱利叶斯是间谍的是他的妻弟大卫·格林古拉斯，他曾是美国
新墨西哥州原子弹研究基地的一名普通技术人员，他声称受朱利叶
斯影响在 40 年代参加共产党，并获取原子弹情报，通过另一间谍转
交给苏联在美国的间谍。朱利叶斯被指控参与了窃取原子弹秘密情
报的组织活动，其妻伊塞尔也一同参与了整个过程。罗森堡夫妇否
认对他们的指控。1951 年 3 月，罗森堡夫妇因阴谋间谍罪被判处死
刑①。1953 年 6 月 19 日死刑执行，这是美国历史上民事法庭第一次
对间谍案执行死刑（Meeropol，1994：liv）。罗森堡夫妇都出生在纽
约犹太移民家庭，30 年代大萧条时期曾积极参加左翼活动，加入共
产党组织。在法庭审讯时，朱利叶斯援引美国宪法第五条修正案，
拒绝回答对于他是否是共产党员的提问。但是，显然罗森堡夫妇共
产党员的身份对陪审团和法庭的判决产生了很大的影响。

二

　　莱斯利·费德勒是纽约知识分子一员②，以发表在 1948 年 6

---

　　① 与希斯案件一样，罗森堡夫妇案件也是一直争议不断。1965 年，独立调查者斯奈尔夫
妇通过他们自己的调查发现，联邦调查局的调查存在导向诱供和伪造证词等严重问题，而另
外两位作者则著书认为，对罗森堡夫妇的审理证据确凿。2010 年斯奈尔夫妇再次出书表明，
根据现有的材料可以表明朱利叶斯确实在 40 年代曾是苏联的间谍，但判定他把原子弹秘密泄
露给苏联则根据严重不足，另外，伊塞尔则没有参与过其丈夫的活动，联邦调查局逮捕她只
是为了迫使朱利叶斯交代。又，罗森堡案件的一个重要证据是朱利叶斯的妻弟，曾在新墨西
哥州原子弹制造基地担任过技术员的格林古拉斯通过朱利叶斯把他所绘的原子弹生产过程图
交给了在美国的苏联间谍，法庭审讯时出示了这些绘图，但是斯奈尔夫妇认为这些图极其原
始和粗糙，根本不可能传递什么信息。（见 Water and Miriam Schneir, *Final Verdict. What Really
Happened in the Rosenberg Case.* New York: Melville House, 2010.）此外，有些核物理学家也
表示了同样看法。（见 Michael Meeropol, ed. *The Rosenberg Letters.* New York: Garland
Publishing, 1994: 706）。另，见纪录片 *The Unquiet Death of Julius and Ethel Rosenberg* (1974) 中
对参与过原子弹制造过程的科学家 Philip Morrison 的采访。（纪录片图片及说明文字见 Alvin H.
Goldstein. *The Unquiet Death of Julius & Ethel Rosenberg.* New York. Lawrence Hill & Company,
1975.）
　　② 纽约知识分子广义上指出生在纽约犹太移民家庭的一些知识分子，在二三十年代进入
大学，在大萧条时思想左翼、激进，其中有些人后来转向托洛茨基主义，40 年代和 50 年代
冷战期间成为反共产主义和反斯大林主义自由主义者。（见 Alexander Bloom, *Prodigal Sons.
The New York Intellectuals and Their World.* New York: Oxford University Press, 1986. Alan M.
Wald, *The Rise and Decline of the Anti-Stalinist Left from the 1930s to the 1980s.* Chapel Hill: The
University of North Carolina Press, 1987.）

月《党派评论》上的一篇文章"回到筏子上来吧，哈克，亲爱的"一举成名。文章从男性情谊的角度探讨哈克和黑人吉姆的关系，由此大胆提出美国文学中一些边缘人物身上存在男性同性恋关系，在四五十年代，提出这样的观点需要很大的勇气和见识。费德勒在 50 年代初也发表过一些政论文章，其中便有对希斯和罗森堡事件的评述：《希斯，钱伯斯和天真时代》和《罗森堡夫妇案件后思》。前文于 1950 年 12 月发表在一本文化评论刊物《评论》上，后文于 1953 年 10 月发表在伦敦出版的刊物《遭遇》上①。这两篇文章后来都收录在费德勒 1955 年出版的第一部评论集《"天真"的终结：文化和政治评论集》里。

希斯事件后出现了对这一案件进行评述的书籍，1950 年 10 月《评论》编辑欧文·克里斯托耳②请费德勒就一本关于希斯案件的书《受到审判的一代人》写一篇书评。克里斯托耳在给费德勒的信中提到，此书的作者"不清楚此案件的内部情况"，并希望他能就"美国知识分子（之所以这么说，因为可以包括希斯、钱伯斯以及其他人）和美国社会的关系、知识分子与共产主义的关系以及叛国罪等概念"发表看法（Winchell，1985：64）。费德勒接下这个任务，而且显然也接受了克里斯托耳的要求。费德勒文章的中心就是关于知识分子与美国、知识分子与共产党的关系，并从这个角度出发对自由主义进行一番"拨乱反正"。

在费德勒看来，希斯案件证据确凿，证人证词明确，照理希斯本应该无话可说，只能承认自己的罪行——叛国罪，宣布他送情报给苏联不是为了钱，也不是为了名，而是"为了一种比爱国主义更高尚的忠诚"（Fiedler，1955：4），或许这样希斯还能算得上是一个

① *Commentary*（《评论》）刊物在 50 年代与《党派评论》一样，都是在知识分子中影响较大的文化评论刊物，但倾向右翼。*Encounter*（《遭遇》）刊物是"文化自由大会"（Congress for Cultural Freedom）属下的一个刊物，该组织 1950 年 6 月在西柏林成立，成员都是反共产主义的自由主义知识分子，起因是对抗对苏示好的左翼自由主义者，后来该组织在 35 个国家设有分部。1967 年有披露表明，该组织以及《遭遇》刊物得到美国中央情报局的长期资助。

② Irving Kristle（1920—2009），纽约知识分子一员，在 30 年代也曾是左翼激进知识分子，与朱利叶斯是纽约市立大学城市学院同学，冷战期间编辑《评论》和《遭遇》，70 年代成为著名新保守主义者，被认为是新保守主义的教父。

正人君子。但是令费德勒百思不得其解的是，希斯根本没有这么做，不但没有而且还完全否定了钱伯斯的指控，费德勒不得不发出无奈的感叹："他（希斯）为什么撒谎？"（Fiedler，1955：4）其实，这只是费德勒一个自诘式的提问，他自有解答的方式，通过角色的转换，他试图从希斯的角度来做出回答。原来问题在于，希斯根本就不认为他送情报给苏联这种行为是犯了什么叛国罪，因为在他眼里，他这样做是为了人类的利益，而苏联则是"人类的最好的利益的代表"（Fiedler，1955：7），这是他坚信不疑的，这也是他所表现出来的"更高尚的忠诚"。从这个角度出发，也就可以理解对他而言，"承认俄国是确实有错的则会改变他的整个生命的意义，会把他所认为的最无私的、最忠诚的行为——偷窃国务院机密——变成一种无耻的罪行——'叛国'"（Fiedler，1955：11）。费德勒的这种回答从逻辑上来说，尽管简单，但是非常有力。这个逻辑的先决条件是希斯是共产党员——这应该是必定无疑的，因为他是共产党员，所以他也必定听命于苏联，所以也就会把他本应对自己国家——美国——的忠诚转移到苏联而毫无羞耻感，所以他不认为自己的行为与叛国罪有什么关系，反而会认为很高尚，因为他是本着人类的利益在从事这样的事情，当然所谓"人类"在他眼里则等同于苏联，这也是为什么他不会认为自己在撒谎。费德勒试图用这种自我生成的逻辑来描述希斯的行为动机和过程，这是一种完全从他的自我想象的角度构成的逻辑，希斯是否应有权利对给予的指控提出自己的反驳，这完全不在费德勒考虑的范围之内，相反，希斯的否认在费德勒看来是一种彻头彻尾的"撒谎"，而对这种撒谎最好的解释则是他所勾勒出的希斯行为动机。从这个逻辑出发，希斯越是试图否认对他的指控，则越能说明他没意识到自己在撒谎。这也就是费德勒所认为的希斯的"天真"之处，即对于苏联和共产主义的天真的信仰，导致了他的叛国行为，但同时他对此又毫无意识。

揭示希斯的谎言与他的"天真"信仰的关系，这对费德勒而言只是完成了任务的一半，更重要的是还要挖掘出造成这种关系的思想和历史根源。在文章中，费德勒火眼金睛，一眼就看出希斯的问题所在："希斯，就如我们所会发现的，（代表了）那种处于困境中的人民阵线的头脑，没有办法表现出诚实来，即便是在毫无希望时，也是如此。"（Fiedler，1955：6）所谓"人民阵线"，费德勒指的是1935 年开始的美国共产党在共产国际授意下与正在实行新政的罗斯福政府以及其他各种左翼力量联合组成的反法西斯统一战线，很多左翼知识分子参加了"人民阵线"，美共力量在这个过程中得到了壮大发展①，共产主义思想在一些知识分子中得到了广泛传播。在费德勒看来，这个"人民阵线"正是造就了希斯这种人的思想渊源，希斯是"人民阵线时代的化身"，这个时代的特征是什么呢？费德勒如此说道："新政把美国的政治转向了左翼，把工会和华盛顿的政府机构大门向大学的知识分子敞开，而与此同时，共产党人渗透到了知识分子中，共产主义思想此前已经经历了两个关键的转变：首先，美国国内的共产党组织已经丧失了其主动性和内部民主，受到苏联政府的绝对控制，其次，世界范围内的斯大林主义则是采用了与资产阶级合作的人民阵线路线。"（Fiedler，1955：17-18）换言之，以"人民阵线"为中心的左翼包容了工会、政府、资产阶级、共产党人等各种力量，但同时苏联的势力也随之通过美共的渠道渗入了进来。费德勒对这段 30 年代左翼运动历史的描述有两个目的，其一是说明知识分子与左翼运动的关系，以及进入这个历史场景的途径，其二是揭示共产党的势力影响以及背后苏联的控制力量，而根本目的则是说明所谓的左翼主要是共产党组织在发挥作用，而共产党组织只是苏联在美国的代言人。显然，这种说明与费德勒关于希斯"撒谎"的解释具有相同的逻辑。至于"人民阵线"的目的是反法西斯主义，左翼运动在很大程度上促使了世界反法西斯统一战线的形成以及这

---

① 1939 年"人民阵线"高潮期间，美国共产党声称拥有党员 10 万人之多，随后因为苏德签署互不侵犯条约，很多人离开了美共，党员人数急剧下降，但是随着美国加入二战，与苏联结成同盟关系，在 1941-1944 年间，美共党员人数恢复到了 8 万。按照同样也是纽约知识分子的欧文·豪的说法，"人民阵线"不仅仅是一种政治策略，也是一种文化，一种把斯大林苏联的共产主义思想与美国的历史和民主、自由观念揉合在一起的政治文化。到 1939 年，"人民阵线"帮助美共成为了一个具有相当影响力的组织，成为美国产业工会联合会、一些青年运动组织以及知识分子中间的一支重要力量。（见 Irving Howe and Lewis Coser. *The American Communist Party: A Critical History (1919-1957)*. Hill Boston: Beacon Press, 1959: 363, 385, 386, 419.）

种局面的形成对美国本身的有利之处，这些历史事实则似乎不在费德勒考虑之内，相反在他的笔下，这种统一战线只是一个"骗局"（Fiedler，1955：18），他所关心的只是共产党如何影响并渗透到知识分子中来，知识分子如何进入这个"骗局"之中。但是如果考虑到费德勒是在冷战逐步走向高潮时期做这番评析的，也就不难理解他的这种关切。冷战开启后，伴随着知识分子转向的是其对 30 年代行为的反思，这种反思的一个结果则是肃清共产主义的影响，而反共产主义则成了其政治身份的标志，这当然也是冷战的一个标志。费德勒这种有选择地剖析历史的方法与逻辑，不能不说是紧跟上了冷战的需要。

　　另外一个更加实际的需要则是警醒那些他所认为的尚未看清 30 年代左翼运动实质、尚未摆脱那个"骗局"的影响、还沉浸在一些虚幻憧憬的想象中的知识分子们。这些人往往会以自由主义知识分子自称，但他们所信仰的自由主义，在费德勒看来，是那种经过了"人民阵线"的洗礼、渗透了共产主义思想的自由主义，或者是还没有与斯大林主义划清界限的自由主义。希斯便是这种自由主义的一个代表，顶着自由主义的大名，但实际上却是苏联的代言人。大部分这种自由主义知识分子不会走希斯那样的道路，但是他们却会同情希斯，因为他们会非常天真地认为根本就没有什么共产党成员存在，或者即便是有，共产党成员是左翼的，而左翼应该是好的，是站在正义一边的。在费德勒看来，这是一种典型的简单、天真的来自 30 年代"人民阵线"传统的自由主义思想。费德勒发现，正是这种"天真"构成了"过去二三十年里美国的自由主义的教条"，（Fiedler，1955：8）而这种教条的一个特征则是"自以为正确"的姿态。也正是由于这种姿态，使得一些自由主义者认为希斯案是反共的一种歇斯底里的表现。"但是恰恰相反"（Fiedler，1955：21），费德勒大声疾呼，在他看来那些为希斯辩护的自由主义者们实际上是"用伤感替代了理性"，他们"没有明白决定整个事情走向的道德条件"（Fiedler，1955：21），也就是说他们缺乏现实意识，在冷战的环境下，仍然摆脱不了"人民阵线"曾经给予他们的乌托邦憧憬，仍然或多或少对苏联抱有好感，仍然以为苏联式的共产主义会带来比美国更好的未来，在这个意义上说，整个一代人实际上应和希斯一起受到审判，这原本是费德勒要评述的那本书的题目，也因此成了费德勒的箴言。"美国的自由主义一直都不愿离开幻想的乐园，但是它不能再这样延误下去了：天真时代已经死了。"（Fiedler，1955：24）费德勒给了那些自由主义者们当头一棒，希望促其猛醒，现在要做的不仅是要反省 30 年代那些左翼自由主义知识分子的行为，更要在此时此刻做一番必要的坦承（忏悔）与表白，"坦承本身说明不了什么，但是没有坦承就不会有理解（Fiedler，1955：24）"——而这正恰恰是希斯拒绝做的。唯有这样，费德勒在文章的结尾说道，美国的知识分子才能"从一种天真的自由主义转向一种负责任的自由主义"（Fiedler，1955：24）。所谓负责任不仅是要对自己负责，更要对这个国家——美国——负责，言外之意是对美国的忠诚，费德勒虽没有这样明说，不过从他对希斯案件的评析，从他对左翼自由主义的清算中，我们不难看出这一点。

根据费德勒研究学者温奇尔的看法，费德勒之所以要从根源上来剖析希斯案件与自由主义的关系，很大原因是因为他把这视为"自由主义走向成熟的分水岭"（Fiedler，1955：134），同样，在罗森堡案件上费德勒再一次看到了这个分水岭。在《罗森堡夫妇案件后思》一文中，费德勒通过同样的切入点来评析罗森堡夫妇事件与自由主义的关系，再一次给自由主义敲响了"警钟"。

如同对待希斯案件一样，在费德勒眼里，罗森堡夫妇案件事实清楚，证据确凿，量刑准确，这个案件本身并没有什么可说的。换句话说，罗森堡夫妇作为苏联间谍，向苏联提供原子弹情报，就一种事实而言，无可挑剔，毋庸置疑[①]。他要评说的是罗森堡事件引起的反响，即罗森堡夫妇被捕后美国尤其是欧洲一些国家掀起声势浩大的声援罗森堡夫妇、要求美国政府释放他们的运动，费德勒把

---

① 正如本文 P114 注①所说，事实并非如此简单。美国学者皮史在一篇评论费德勒这两篇政论文的文章中特意加了一个注，说明罗森堡案件的审理一直就缺乏确凿的证据。（见 Donald Pease. Leslie Fiedler, the Rosenberg Trial and the Formulation of American Canon. *Boundary 2*，1990，17（2）：155-198.）

这称为第二个罗森堡事件。让他不能理解的是："为什么会出现如此广泛的对罗森堡夫妇判决的谴责，为什么在如此铁定的事实面前，会有这么多的人相信他们是无辜的？"（Fiedler，1955：27）费德勒给予了两个解释，一个是共产党成员利用了罗森堡事件，想通过这个事件来达到攻击美国的目的。比如在费德勒看来，罗森堡事件对美国共产党而言是一个可以充分利用的机会，利用这个事件他们可以集拢起更多的同情者，支持他们的反政府活动；而对那些同情者而言，罗森堡事件本身并不存在，存在的是对于这个事件的宣传，那些来自共产党的宣传。相比于美国社会，费德勒指出，欧洲一些国家的共产党势力更有传统，更加强大，他们对罗森堡夫妇的支持也就更加顺理成章："那些共产党人在长时间里控制了欧洲大批的'进步'的工人、农民和小资产阶级，在过去的 100 年的政治斗争中，他们制造了一种神话，即国家和其法庭总是错的，资产阶级总是错的，而美国，这个资本主义的堡垒则更是错的——这种推论的一个结果是黑人、犹太人或者'进步主义者'（也就是共产党人及其同情者）肯定是无辜的。"（Fiedler，1955：29）费德勒这种简单但有效的推论，帮助他很容易地说明了罗森堡事件与共产党的关系，从另外一个方面来说，这似乎也可以表明他的"负责任的自由主义"的实际表现。除此之外，费德勒还发现了另外一个现象，有一些知识分子站到了支持罗森堡夫妇是无辜的看法一边，对这个现象进行分析则成为了他的第二个解释。与对希斯的分析类似，在费德勒的眼中，这些知识分子之所以要为罗森堡夫妇辩护，是因为他们自己也曾经有过与罗森堡夫妇同样的经历，费德勒这里指的是 30 年代后期罗森堡夫妇参加过的左翼活动，为罗森堡夫妇辩护实际上也就是为他们自己辩护："不管怎样，罗森堡夫妇不可能做出间谍之事，不会做出叛国行为——如果是那样的话，这些知识分子本身就也有可能是有罪的……"（Fiedler，1955：30），而从另外一个角度来说，即便罗森堡夫妇有过间谍行为，那也不是他们的本意，因为"他们的本意是要向着一个更加美好的世界，是向着人类而行动（也就是苏联，它的利益曾被认为更具有普遍价值，是与人类的价值是一致的）"

（Fiedler，1955：31）。显然，通过这种心理透视的方法，费德勒要表明那些知识分子还没有"祛魅"，来自30年代"人民阵线"的影响还真真实实地存在。当然我们也知道，这正是费德勒要揭示的罗森堡事件的第二个实质，即左翼自由主义的问题。不解决这个问题，自由主义的分水岭就跨越不过去，自由主义也就不能走向"成熟"。

如同希斯，罗森堡夫妇也坚决否认了对他们的指控，用费德勒的话说则是他们拒绝做出坦承（confession）[①]。费德勒用了同样的角度来剖析罗森堡夫妇做出这种拒绝的缘由。在他看来，他们之所以拒绝承认犯下了叛国罪，是因为——如同希斯一样——他们原本就不能区分叛国与忠诚："他们之所以犯下那种叛国罪行，是因为他们不能区分叛国与忠诚的不同，欺骗与诚实的不同。甚至情况也不是这样的，尽管这容易让人接受，即他们有意在美国和苏联之间做出一种忠诚的选择。他们其实根本就不知道有这种选择的存在。"（Fiedler，1955：42）也如同对希斯的剖析一样，费德勒坚信罗森堡夫妇这种共产党成员是不可能对美国有什么忠诚的，因此，当知道关在死囚监牢里的朱利叶斯在美国独立日这一天从报刊上剪下杰斐逊的《独立宣言》贴在牢房里以表示对美国民主的抗议时，费德勒不屑一顾，因为在他看来像朱利叶斯这样的共产党成员是不配谈美国的民主的，他的行为只是说明了他的虚伪和装腔作势（Fiedler，1955：42）[②]。

费德勒的讽刺不能不谓是辛辣尖酸，但是他似乎忘了一点，他的逻辑从根本上说是建立在满足自我证明的基础上的，正如上文提到的，这种逻辑的先决条件是完全不顾对方的申明——比如伊塞尔在给艾森豪威尔总统的申诉信中提到，他们是无辜的，这是事实，

---

① 美国政府司法部在罗森堡夫妇被执行死刑前曾向媒体透风，如果罗森堡夫妇能够揭发整个间谍行为中的其他人，他们可以被免死。（见 John F. Neville. *The Press, the Rosenbergs, and the Cold War.* Westport, Connecticut and London: Praeger Publishers, 1995.）

② 文化评论者迪克斯坦针对费德勒的这种讥讽，进行了一种反讽回击，他这样说道："罗森堡夫妇本应该得到宽恕的，但这不是出自他们自己的原因，而是要出于他们对我们自己拥有的上帝般的道德品质和优越感的认可。美国！美国！"（见 Morris Dickstein. Cold War Blues: Notes on the Culture of the Fifties. *Partisan Review*，No. 1, 1974, in Kurzweil and William Philips, ed,.*Writers & Politics: A Partisan Review Reader.* Boston: Routledge, 1983：285.）

要放弃这样一个事实，对他们而言则是要付出过高的代价，为此他们宁愿放弃生命，或者即便他们能够舍去事实，存活下来，那样的话他们的生命就会失去尊严（Meeropol，1994：28）。但是这种愿意以生命换取"真实"的申诉，在费德勒看来只是恰好说明他们的虚伪和自欺，因为在他眼里，"无辜"两个字对于罗森堡夫妇来说是根本不存在的。费德勒的论证只是从先定的前提出发去演绎符合其要求的结果。就罗森堡夫妇而言，这个先定前提当然就是他们共产党成员的身份、他们进行的间谍阴谋、乃至他们不能区别叛国与忠诚的行为，一切都是缘于这个前提，其后的行为都是一种逻辑上的必然。

从这个关联出发，费德勒对罗森堡夫妇"死囚"信件的讥讽态度也就再正常不过了。在三年的关押期间，罗森堡夫妇与他们的律师、两个儿子有过很多通信，声援罗森堡夫妇委员会把其中的一些信件编辑成册，在 1953 年出版了《罗森堡夫妇死囚信件》。费德勒在文章中表明他对这些信件进行了"细读"，他的"细读"进一步确证了他所认为的罗森堡夫妇拒绝"坦承"他们罪行的原因；尽管他承认朱利叶斯在信件中表露了对妻子的一种深厚感情，但是另一方面，在费德勒看来这种感情与其说是爱的表现，还不如说是朱利叶斯有严重性格缺陷的表现："人们被他对其妻子的感情所打动，但这不只是表明爱——还可以说是一种极度的依赖，乃至过度的称赞。"（Fiedler，1955：40）不过他认为，与罗森堡夫妇在信件中表露的政治语言相比，这种性格上的缺陷就只能算是小巫见大巫了。在罗森堡夫妇的信件中，有不少是对时事的评述，费德勒从中读出了他们的"思想脉络"，比如朱利叶斯在一封信中对美国政府与西班牙政府间的关系发表了这样的看法："读到这个新闻我感到很恐慌……我们的政府正准备和西班牙政府签署一个条约……要和这个反动的，封建的、法西斯的国家结成同盟，以维护我们的民主……"（Fiedler，1955：40）[①]在费德勒看来这和美国国内受共产党控制的报刊社论

---

① 原信见 J Rosanberg, E Rosanberg.*Death House Letters of Ethel and Julius Rosenberg*. New York: Jero Publishing Company, 1953：49，费德勒文中引用来自此书的法文版。

的调子没什么两样，言外之意，他认为罗森堡夫妇所谓的私人信件之目的只是为了出版，为了给声援他们的人提供达到宣传目的的材料；此外，更主要的是，费德勒从中看出，罗森堡夫妇至死都没有弄清楚他们到底死于何因："最重要的是罗森堡夫妇即使是在其最后的信札里，仍然弄不明白他们到底是为什么而死。"（Fiedler，1955：44）直到最后，他们还在为美国共产党辩护，这实在也让费德勒弄不明白，而更让他不能容忍的是，在罗森堡夫妇的信件里还有那么多的地方提到"民主""自由""尊严"甚至"和平"这样的字眼，似乎要表明他们是美国亵渎民主的牺牲品，这在费德勒看来近乎天方夜谭了："如果相信这两个（自称是）无辜的人为了'鲜花和孩子们的欢笑'[1]而遭遇陷害，那么我们也就只能相信美国的法官和官员们不仅是罗森堡夫妇所称之为的法西斯主义者，而且也是一些恶魔，没有感觉的野兽，而这或许正是罗森堡夫妇要达到的目的。"（Fiedler，1955：45）当然，这个目的他们是不可能达到的——费德勒不仅明确指出了罗森堡夫妇的目的，而且还进一步通过"细读"[2]的方法读出了罗森堡夫妇使用的那些语词后面的"密码"："但是，我们必须要看得更深一点，要意识到这里面隐含了一个密码、一种替代物，其真实的意义只有内部人才能立即领略得到。'和平、民主和自由'如同'鲜花和孩子们的欢笑'，这只是一些常用的暗语，用来指代那个稍许注意便能听得见的词'共产主义'，而要是对共产主义进行再次解码的话，那么那个没被提到的真实便会露出水面：'为苏联而战'。"（Fiedler，1955：45）原来如此！从对其共产党身份的确定到读出其对"民主、自由、和平"这些词语的特别关注的密码含义，费德勒的逻辑演绎如同一把锋利的匕首，直刺对方的心脏。

---

① 引文摘自伊塞尔的信，这部分原文为："但是为了这些问题的回答，为了美国的民主、正义和兄弟之情，为了和平、面包、鲜花和孩子们的欢笑，我们仍然将充满自尊和自豪地在这里（监牢）呆下去——我们可以面向上帝和人，我们深知我们是无辜的，直到所有正义的人们听到真实的号声。"J Rosengerg, E Rosenberg. *Death House Letters of Ethel and Julius Rosenberg*. New York:Jero Publishing Company, 1953: 39.

②在《"天真"的终结：文化和政治论集》一书的"序言"中，费德勒提到："我是一个搞文学的人，对那些新闻用词有免疫性，我习惯的是用那种新近的批评方法训练出来的情感来观察人和文字。"（见 Leslie Fiedler. *An End to Innocence: Essays on Culture and Politics*. Boston: The Beacon Press, 1955: ix.）

而更有意思的是，费德勒进一步指出罗森堡夫妇这种使用暗语的做法表明，他们关于自己是无辜的申诉，除了谎言说明不了什么。随后，费德勒得出的结论是，罗森堡夫妇失去了做烈士和英雄的权利——两者都需要坦承自己的行为，甚至也失去了做人的权利："正是这个原因，他们最终成不了烈士和英雄，甚至连人都成不了。"（Dickstein in Kurzweil，1983：287）研究五六十年代美国文化的著名学者迪更斯坦对此的评论是，在费德勒看来，罗森堡夫妇"是如此的空虚，如此的虚脱，其辞藻与意义指向是如此的相悖，最后他们在电椅上被处死时，其实什么也没有了"（Ross，1988：78）。另外一位评论者罗斯也做出了类似的评述，他从费德勒的角度提问道："共产党人如何成为一个人？这是费德勒此文中的核心问题……不管怎样，共产党人不能算作一个人，因为他早已经抛弃了人性。"（Fiedler，1955：78）的确，按照费德勒的逻辑，罗森堡夫妇失去了自己的人格，徒具躯壳，只会说一些共产党的宣传用语，人们根本听不见他们的真实声音。从这个角度来说，如同希斯，对他们而言，谎言等同于真实。

三

费德勒读解罗森堡夫妇的信件，一方面是为了揭示罗森堡夫妇"人格的空虚"，另一方面也是因为他从中看出了他们的言语与自由主义的关系。对费德勒这样的反共产主义的自由主义知识分子来说，罗森堡夫妇信件中多次表明的要为捍卫美国的民主和自由而斗争的姿态，实际上缘于 30 年代的"人民阵线"，与当时美国共产党提出的"共产主义就是美国主义"[①]在精神上是一致的，在统一战线的旗号下，"民主、自由、平等"这些美国的价值观与共产主义思想走到了一起，而这正是 30 年代一些左翼自由主义者

---

① "人民阵线"期间，美国共产党改变了政治策略，转而宣传共产主义思想与美国历史和民主、自由等理念的一致性，共产主义成为了"20 世纪的美国主义"。"在共产党组织的游行中，美国国旗替代了红旗，'星条旗永不落'成为了共产党会议的主题歌。"（Irving Howe and Lewis Coser. *The American Communist Party: A Critical History (1919-1957)*.Hill Boston: Beacon Press, 1959：339.）

们拥抱"人民阵线"的一个重要原因。在费德勒看来，揭示了罗森堡夫妇挪用这些词语的真实意图，也就是揭示了 30 年代以来左翼自由主义曾经跌入过的陷阱，这也可以看作是费德勒清算自由主义的一个迂回方法。

在很大程度上，费德勒对自由主义的清算也可以看作是对自己走过的历史的总结。如同冷战初期同很多反共产主义的自由主义知识分子一样，费德勒也曾经有过一段激进的历史。出生于犹太移民家庭的费德勒，30 年代初在纽约读中学时就已经对革命抱有很大激情，13 岁时第一次与共产党有过接触，1934 年进入纽约市立大学后对苏联及其领导抱有好感，他甚至还加入过共产党青年组织。也如同当时其他的一些知识分子一样，后来在托洛茨基主义和斯大林主义的相争中，他脱离了共产党组织，转而投向了托洛茨基圈子，不过社会主义思想还一直是他的信仰，一直到 40 年代中后期他才彻底与共产主义和社会主义划清了界限。到了 50 年代包括费德勒在内的一批曾经激进过的知识分子成了反共产主义的自由主义者。从其经历来看，费德勒是有资格评述 30 年代以来左翼知识分子心路历程的。有意思的是，他的早期经历与朱利叶斯还有很多相似之处，后者也是毕业于纽约市立大学[①]，也曾是当时的左翼积极分子。不同的是，费德勒等后来脱离了共产党组织成了所谓的独立知识分子，而朱利叶斯等则仍然沿着老路一直走到了底。所以可以说，费德勒在清算左翼自由主义时，一方面投射进了自己的经历，另一方面曾经有过的左翼思想于他而言成了一种"原罪"，这种感受时常还会回来侵扰他的心绪（见 Bloom，1986：256）。因此，也就不难理解费德勒在对希斯和罗森堡事件的分析中表现出彻底批判的姿态。其实，这也不仅仅是费德勒一人的态度，很多纽约知识分子也持相同的姿态。文学批评家莱昂尼尔·特里林的妻子戴安娜·特里林，在题为《希斯事件的备忘录》一文中，如同费德勒一样，检讨了 30 年代左翼知识分子对共产党

---

① 费德勒在纽约市立大学纽瓦克学院就读，朱利叶斯则在城市学院就读。

组织和思想的亲近，指出对共产主义思想要坚决反对："共产主义思想必须要作为一种共产主义行为来判断。同样，容忍共产主义行为的思想则应被看成是对共产主义容忍的行为。因此，那些拒绝将自由主义与对共产主义的容忍分离的自由主义者就应该问自己，他的容忍程度到底能够走多远？"（Diana Trilling，1950：498）比如，戴安娜继续问道，你能容忍希斯这样的人留在政府部门吗？很显然，戴安娜的态度和费德勒所说的"负责任的自由主义"实质上是一致的，说到底无论是费德勒还是戴安娜，其对自由主义的警告不仅是出于意识形态的需要，而且也是站在维护国家安全的角度阐发的，对此迪更斯坦看得更加透彻，用他的话说，则是陷入一种冷战氛围下的"对于内部安全的狂热（关切）"之中（Dickstein，1983：282）。

费德勒等肯定会对此嗤之以鼻，无论如何，他们会说自己是从知识分子的良心出发来揭示对于现实真相的认识。费德勒在文章中特别提到，如果说能从罗森堡夫妇身上看出什么悲剧的话，那就是"从一开始，除了那些陈词滥调以外，他们就没能看清楚一个更加真实的自我"（Fiedler，1955：38）费德勒是指罗森堡夫妇信件中那些他认为没有任何新意的完全来自共产党报刊社论的言语，同时也指他们生活在一种自我想象中，离现实太远。这也可以说是那些仍然同情罗森堡以及希斯的自由主义者的问题。那么，现实又是什么呢？这当然是一个简单得不能再简单但又不能不提及的问题：冷战。冷战氛围到底在多大程度上与费德勒对希斯和罗森堡的评述有关，我们可以用两个例子加以说明。在1958年出版的一本关于希斯事件的论著中，作者库克提到审理希斯案件过程中的这样一个现象，从一开始，国会非美活动调查委员会就认定，从钱伯斯对希斯的揭发中可以看出他们两个人有一种紧密的关系，从这种关系可以推断，希斯是共产党成员，因为钱伯斯曾是共产党成员，而如果希斯是共产党成员的话，那么也就可以推断他应该是偷窃了情报并转交给了钱伯斯。库克把这种推断称为"有罪关联"（Cook，1958：21）。这让我们很容易想到上文提到的费德勒的逻辑，其中的关联作用可以说有着惊人的相似。第二个例子是关于罗森堡案件的判决法官欧文·考夫曼的判词的，这是一份判决罗森堡夫妇死刑的判词，也是一份颇带感情色彩的声明。从判词一开始，考夫曼法官就提到对罗森堡夫妇的审判是在一个特殊的时代进行的："这个国家正在与一种完全不同的制度进行着生死搏斗。"（Schrecker，1994：144）毋庸多言，冷战的背景成了他判决的一种依据，从这个大背景出发，他强调罗森堡夫妇的罪行说明了他们选择了苏联的意识形态，而那是"一种否定上帝，否定个人的神圣性的意识形态"（Kaufman in Schrecker，1994：144）。但另一方面，考夫曼法官似乎并不忌讳在判词中宣传美国的意识形态。整个判词中最值得关注的是，考夫曼法官认定罗森堡夫妇的罪行比谋杀案要严重得多，因为尽管他们没有直接进行谋杀，但是他们的行为直接导致了朝鲜战争的爆发，他这样说道："在你们这个案子里，我相信你们在我们最优秀的科学家预测苏联能够完善其原子弹研制技术之前把原子弹放到了苏联人的手里，这个行为，以我之见，已经导致了共产党对朝鲜的侵略，其结果是造成了 5 万人的死伤，而谁又能知道更多的数不清的人因为你们的叛国行为会失去生命。"（Kaufman in Schrecker，1994：145）对于考夫曼的这个说法，对 50 年代美国社会各种事件深有研究的学者考特这样评述："即使是考虑到冷战这个时代因素，我们也不得不为考夫曼的无知感到惊诧。"（Caute，1978：67）而迪更斯坦则更是直言不讳地指出："在有关冷战的歇斯底里式的文件中没有比考夫曼臭名昭著的判词更让人感到可怕的了……"（Dickstein，1983：286）如果说库克的"有罪关联"让我们看到了其与费德勒的逻辑的关联，那么考夫曼的判词则是给这种逻辑的产生提供了一种现实的背景真相，其实这也是一种"关联"，一种多少能够表明冷战思维逻辑的关联。

费德勒关于希斯与罗森堡的文章产生了不小影响，尽管他自己声称并不情愿写关于政治的文章，因为其实他是一个研究文学的人①。不过，或许正是因为这个原因，费德勒的政论才更有可读性，影响也更大。关于希斯的那篇文章在《评论》上刊出后，编辑部接到了一份读者来信，提到"关于这个案件的论说已经有很多了，但都完全没有涉及问题的要害，所以对我这样一个与此案件有紧密关系的人来说，读到你们呈奉给读者的如此客观的分析，这让人非常愉悦。"（Winchell，2002：70）此信的签名者为"理查德•尼克松"。尼克松是国会非美活动调查委员会调查希斯案件的主要人物，这位委员会中最年轻的众议员在 50 年代因为调查希斯案件而声名远扬，为其日后的生涯积累了政治资本。尼克松的这个"读者来信"或许只是一种巧合，但费德勒的文章与冷战气氛的合拍则恐怕不只是巧合而已。

引用文献

Bloom, Alexander. *Prodigal Sons: The New York Intellectuals and Their World.* New York: Oxford University Press, 1986.

Caute, David. *The Great Fear: The Anti-communist Purge Under Truman and Eisenhower.* New York: Simon & Schuster, 1978.

Cook, J. Fred. *The Unfinished Story of Alger Hiss.* New York: William Morrow Company, 1958.

Dickstein, Morris. Cold War Blues: Notes on the Culture of the Fifties // Kurzweil and William Philips, ed. *Writers & Politics: A Partisan Review Reader.* Boston: Routledge, 1983.

Dina Trilling. Memorandum: On the Hiss Case. *Partisan Review*, 1950(5-6):

---

① 见本书 P124 注②，但是费德勒同时说明在这个时代，如果把政治撇在一边，则也不是一个正常人应该做的。他进一步申明："我对政治没有什么专业知识，我是一个领域不同的研究者，但是我也曾经历过（深深地，尽管不情愿地卷入）自由主义的危机，对于我来说，这是我们这些人的精神发展过程中一个重要事情。"（见 Fielder,1955：ix）. 其实，就费德勒而论，文学与政治在其作品中似乎并不如他所区分的那样一清二楚，在两者之间存在着一种"文化的想象"（Cultural Imaginary）。（关于费德勒对罗森堡夫妇案件的评述与其重要文学批评作品《美国小说中的爱与死》间的关系，见 Donald Pease. Leslie Fiedler, the Rosenberg Trial and the Formulation of American Canon. *Boundary*，1990，17（2）：155-198.）

484-498.

Donald Pease. Leslie Fiedler, the Rosenberg Trial and the Formulation of an American Canon. Boundary,1990,17(2):155-198.

Fiedler, A. Leslie. *An End to Innocence: Essays on Culture and Politics.* Boston: The Beacon Press, 1955.

Meeropol, Michael ed. *The Rosenberg Letters*. New York: Garland Publishing, 1994.

Ross, Andrews. Intellectuals and Ordinary People: Reading Rosenberg Letters. *Cultural Critique*, 1988(9) : 55-86.

Schrecker, Ellen. edit. *The Age of McCarthyism: A Brief History with Documents*. New York: St. Martin's Press, 1994.

Winchell, Mark Royden. *Leslie Fiedler*. Boston: Twayne Publishers, 1985.

Winchell, Mark Royden. *Too Good to Be True: The Life and Work of Leslie Fiedler*. Columbia: University of Missouri Press, 2002.

第四节　美国的道路与冷战："意识形态 终结论"和自由主义共识的形成

——读解《意识形态的终结》

从 50 年代中期到 60 年代初，美苏冷战有所缓和，在意识形态方面也出现了一些新的动向和趋势，从冷战初期的激烈对峙和强烈的敌人意识，转到对美国自身社会状况发展的探索和总结；对很多知识分子而言，这种情况经历了一个过程，从 50 年代初的找寻和确定政治立场——与美国的认同，到随后有意无意地进行"颂扬美国"的话语制造，再到"意识形态终结论"的提出，后者在一定意义上成了冷战背景下，一些知识分子一段心路历程的终点。同时也是一个新的起点，其核心思想是对于战后美国社会状态的自由主义共识，其形成的缘由仍然脱离不了冷战思维。丹尼尔·贝尔是"意识形态终结论"的提出者之一，从社会和文化等方面对这个话题进行了异常深入的探究和讨论，并对其产生了重大和深远的影响。

一

1960 年，贝尔出版了《意识形态的终结：五十年代政治观念枯竭之考察》①（以下称《终结》）。正如题目所示，此书是考察 50 年代以及更早时候在美国一度风行的一些政治思想，确切来说，是对这些思想的反思。这部书实际上是一部论文集，书中的一些文章曾

---

① 英文版书名为：*The End of Ideology: On the Exhaustion of Political Ideas in the Fifties.* 中文版译为：《意识形态的终结：五十年代政治观念衰微之考察》（张国清译，江苏人民出版社，2001）（以下此书引文均出自此译作），这里对"衰微"一词稍作修改。另，此书在 1995 年被《泰晤士报文学增刊》评为第二次世界大战以来 100 本最好的非虚构图书之一，见 John Summers. Daniel Bell and The End of Ideology. Dissent ,2011,58(2):80-85.

发表在《评论》《遭遇》《党派评论》《新共和国》《新领导者》《星期六文学评论》《美国社会学杂志》《异见》①等刊物上（Pells，1985：131）。出版此书时，贝尔是哥伦比亚大学社会学系副教授，此前曾担任过《时代周刊》拥有者、美国新闻出版界大亨亨利·卢斯旗下刊物《财富》劳工专栏的编辑，也担任过斯坦福大学行为科学高级研究中心研究员。《终结》一书分三个部分，分别是"美国：理论的模糊性""美国：生活的复杂性"和"乌托邦的衰落"。在"序言"里贝尔说明，第一部分以探讨宏观理论为主，包括大众社会理论与美国、美国家族资本主义的瓦解与美国社会阶级的变化、美国是否有统治阶级、美国资本主义的前景、美国的国民性、"激进右派"和50年代意识形态等；第二部分则是对美国社会的微观社会学考察，包括对犯罪、码头工人、工联主义及美国人对工作效率的态度的讨论；第三部分讨论了美国的激进运动和马克思主义，包括回答为什么社会主义在美国会失败的问题，探讨对苏联道路的评价以及探讨从异化到阶级、剥削等马克思主义观念的变化和苏联的工人管理等问题。该书的尾章题为"意识形态在西方的终结——一个结语"（以下称"结语"），从题目来看，这部分直接与书名相关，当然在内容上，关于意识形态及其终结的讨论在其他地方，尤其是第一部分和第三部分的一些章节里早已有过，以这个题目命名书的尾章，既是对前面内容的总结，也是挑明此书主题的需要。为弄清"意识形态"在贝尔眼中的意义，一个简便有效的方式是从讨论这个尾章开始，同时联系前面部分的一些相关内容，以说明意识形态终结的原因所在。

在"序言"中贝尔指出："在本书中，我想要着重强调的是简单化处理的错误以及简单化所导致的意识形态陷阱，这些尝试当然是批判性的。"（贝尔，2001：1-2）由意识形态导致的简单化处理的错误，或者反过来，简单化的思维促使意识形态的泛滥，这应该是贝

---

① 《评论》（*Commentary*）《遭遇》（*Encounter*）《党派评论》（*Partisan Review*）《新共和国》（*New Republic*）《新领导者》（*New Leader*），《星期六文学评论》（*Saturday Review of Literature*）《美国社会学杂志》（*American Journal of Sociology*）《异见》（*Dissent*），其中前五种杂志与左翼自由主义者知识分子有比较密切的关系。

尔切入意识形态问题讨论的一个至关重要的角度。但是，在弄明白意识形态导致的问题以前，首先要搞清楚的是意识形态所指到底是什么。在"结语"部分，贝尔简单地回顾了意识形态作为一个观念在西方产生和变化的轨迹。不过，在回顾之前他先做了一个断语："曾经是一个行动指南的意识形态现在已经逐渐走到了死亡的终点。"（贝尔，2001：451）所谓"行动指南"，指的是二战前在西方因阶级斗争而产生的"革命行动"以及由此导致的理想主义，贝尔所说的意识形态其实就是这种"行动指南"。他从西方思想史的角度对意识形态观念的发展变化做了分析，目的是要进一步说明意识形态与马克思主义革命观念间的关系。由18世纪末法国哲学家特拉西发明的"意识形态"这个词，原用来指撇开偏见，发现客观真理，但是在马克思那儿这个词被赋予了特殊的含义。通过对马克思主义中"意识形态"含义的分析，贝尔试图说明这个观念在当下产生的种种问题。简单来说，贝尔认为马克思关于意识形态是虚假意识这个发现在后来的发展中走向了简单化的处理，意识形态与阶级挂钩成了某些特殊阶层的代表，而马克思主义关于阶级社会的斗争理论则更是让意识形态与阶级斗争直接发生了关联，由此导致的一个结果便是意识形态为阶级服务，"真理是'阶级的真理'"（贝尔，2001：455），阶级间的斗争演变成了意识形态的斗争。在这个过程中，意识形态也成了一种指导观念，行动指南，一种信仰，一种激情，一种政治武器。贝尔指出："对于意识形态的这种承诺——对一种'事业'的渴望，对深刻的道德感情的满足——不一定是以观念的形式反映利益。在这一意义上，在我们在此使用它的意义上，意识形态是一种世俗的宗教。"（贝尔，2001：459）贝尔进而说明，对一些知识分子来说，这样的意识形态能产生很大吸引力，激发了他们先天具有的某种政治冲动。"因此，在产生于19世纪的意识形态身后有一股知识分子的力量。它们登上了威廉·詹姆斯所谓的'信仰的阶梯'。"（贝尔，2001：462）很显然，贝尔在这里指的是二三十年代受共产主义影响的知识分子和他们向往的苏联的革命激情和信仰。但是，贝尔同时着重强调，这样的"意识形态已经衰落了"，所谓"已

经"指的是 50 年代的当下，尤其是经历了从 30 年代以来的一系列
事件后——莫斯科审判、纳粹德国和苏联的缔约、集中营、匈牙利
工人被镇压等等。与此相对的是，在美国进行的资本主义改良和福
利国家的产生之类的社会变化。（贝尔，2001：462）他的结论是，
"对于激进的知识分子来说，旧的意识形态已经丧失了它们的'真理
性'，丧失了它们的说服力。"（贝尔，2001：462）贝尔在这里没有
提到冷战，但是显而易见，他描述的情况正是冷战以来一些知识分
子经常进行的美苏对比（以说明他们对美国的认同），一方面是苏联
的行为使他们看到了这个国家"恶"的本质，另一方面是自 30 年代
以来美国社会的行进过程——如罗斯福的"新政"，杜鲁门的"公平
施政"①，也使得他们看到了其一向持有的自由主义理想在美国实
现的可能。贝尔继而做出了对意识形态终结的更加鲜明的判断："因
此，在西方世界里，在今天的知识分子中间，对如下政治问题形成
了一个笼统的共识：接受福利国家，对于权力分散的可期待，一种
混合经济和政治多元化体系的（形成）。在这个意义上，意识形态的
时代也已经走向了终结。"（贝尔，2001：462，译文有改动，英文版
Bell，1961：397）换言之，通过阶级斗争的方式改变制度在美国已
经走到了死胡同，而对于这种方式的意识形态迷恋也因此可以画上
句号。毋庸置疑，贝尔的"意识形态终结论"针对的是西方和美国
一些知识分子曾经有过的自 30 年代以来受左翼思想影响,试图改变
美国社会体制的"简单化处理"行为；经过冷战对峙的过程，贝尔
指出，这种行为脱离了美国的现实，其思想根源则是受马克思主义
革命意识形态的影响。"意识形态终结"唱的是一首针对"马克思的
社会主义意识形态，而不是其他什么意识形态的挽歌"（Summers，
2011：80-85）。尽管贝尔同时也指出需要摆脱来自右翼的意识形态，
他指出"摆在美国和世界面前的问题是坚决抵制在'左派'和'右
派'之间进行意识形态争论的古老观念，现在，纵使'意识形态'
这一术语还有理由存在的话，它也是一个不可救药的贬义词"（贝尔，

---

① 杜鲁门继任总统后，试图继续罗斯福的"新政"，在 1945—1950 年间提出"公平施
政"（Fair Deal），扩大经济福利政策。

2001：467)。所谓右翼的意识形态，比如麦卡锡主义，贝尔在书中第一部分分析过，50 年代麦卡锡主义"激进右派"之所以能够长期居于不受挑战的地位，是因为其疯狂的反共和反民主做法迎合了社会中的怀疑和恐怖气氛（贝尔，2001：111)。但是总体而言，对于左翼意识形态的批判和祛魅应该是"终结论"的主要目标。在唱挽歌的同时，对美国社会的一些特征进行解释性的说明，尽管不能完全说是"赞歌"①，但两相比较，美国的不同之处还是明显凸现出来。

其中之一便是社会主义在美国的失败。贝尔在《终结》一书第三部分第一章"美国社会主义的失败——伦理与政治的张力"中详述了社会主义作为一种激进主义在美国的失败，究其原因有二。一是美国社会体制中作为"无产阶级"的工人经济地位的改善，工人无法成为真正的无产阶级，社会主义思想失去植根的土壤。贝尔发现，"日益深重的苦难法则（指无产阶级的产生，笔者注）被巨大的技术进步所驳倒。工会开始给工人带来好处，并且，在随后的政治斗争中，工会发现，它不用成为反对社会的革命工具，而只要接受在社会中的一席之地，就能使自己生存下去。"（贝尔，2001：315)与激进主义所持的从根基上反资本主义制度的态度相反，美国的社会发展使得工人与社会有了妥协的可能，更重要的是，他们成了维持社会发展的一分子。其二，贝尔认为作为意识形态的社会主义，其实质只是一种乌托邦，是一种不切实际的幻想。贝尔指出："美国社会主义运动失败的根源在于它无力解决伦理和政治之间的一个根本两难：社会主义运动既要通过自身来阐明其目标，又要通过自身来从整体上抵制资本主义秩序。"（贝尔，2001：309)所谓"伦理"是指社会主义的理想，而"政治"则是指美国社会的现实；换言之，社会主义在美国陷入这样的两难之中："既生活在这个世界之中但是又拒绝现世生活。"（贝尔，2001：310)也就是说，它不能解决这样

---

① 美国思想史研究学者理查德·佩尔斯在其著作中，把贝尔列为 50 年代赞赏美国的自由主义学者之一。(Richard Pells. *The Liberal Mind in a Conservative Age: American Intellectuals in the 1940s-1950s*, second edition. Middletown. Connecticut: Wesleyan University Press, 1989.)

一个基本问题："要么像劳工运动那样接受资本主义社会并且从其内部进行改革，要么像共产主义者那样成为资本主义社会不共戴天的敌人。"（贝尔，2001：310）按照贝尔的逻辑，在工人已普遍接受资本主义社会的美国，社会主义已脱离了现实，只能成为与美国社会相悖的"共产主义"幻想。所谓共产主义当然指的是来自苏联的影响。

贝尔对美国社会主义运动的分析，是建立在其对 30 年代以来美国左翼思想变化的反思和总结基础上的。在紧接着的"三代人的心态"一章里，贝尔根据自己的经历勾勒出了左翼知识分子经历过的思想蜕变过程。贝尔毫不隐讳自己曾经有过的左翼经历，1932 年，年仅 13 岁的贝尔在大萧条时期加入了社会主义青年团。与 30 年代的一些左翼知识分子一样，贝尔也曾经有过激情满怀、憧憬无限的时候。同样，与那些后来经历了从激进到现实再到认同这个转向过程的知识分子一样，贝尔也是他们中的一员。他在文章中对影响过他的一些思想前辈诸如特里林、胡克、尼布尔等充满了敬意，对其经历如此总结道："他们前赴后继，上下求索，经历了长期奋战。他们既崇拜偶像又反对崇拜偶像，他们是紧张、讽刺、朴素、简单和热忱的，但是，在莫斯科审判以及苏联和纳粹签订互不侵犯条约之后，他们陷入了绝望之中，并且进行了反省；我们从他们及其经历中继承了主导当今话语的一些关键术语：反讽、悖论、含混和复杂性[1]。"（贝尔，2001：336）这些思想前辈的经历也是贝尔自己的经历，他们的反省也是贝尔的反省，我们很容易从贝尔总结出的关键术语之一"复杂性"中看到特里林在《自由主义想象》（1950）中对同一词的强调[2]。在贝尔看来，这些曾经的左翼知识分子在经历了四五十年代的思想转变后，获得了一种同一的认识，其基本政治倾向是反意识形态的，确切地说："它怀疑如下理性主义的主张：通过

---

[1] 有意思的是，贝尔在这里使用的诸如"反讽""悖论""含混"等词与当时统领美国文学批评的新批评派相关批评术语完全一致，而新批评的远离政治倾向在一定程度上与冷战背景也有关联。(见 Fran Ninkovich. New Criticism and Cold War America. *Southern Quarterly*, Fall, 1981:1)

[2] 参见本章第二节"自由主义想象，新自由主义与冷战思维"。

消灭剥削阶级的经济基础，社会主义将解决所有的社会问题。"（贝尔，2001：31）自然，这里所谓的"意识形态"等同于社会主义或共产主义的思想。而更重要的是，这些知识分子在美国身上找到了一些新的优点，诸如多元主义，福利制度等，这成了他们认同美国的推动力。另一方面，这也是其推崇自由精神的自然结果，而所有这一切的一个主要背景是："在日益加剧的冷战条件下，他们接受了这样一个事实：苏联是当今世界中对自由的主要威胁。"（贝尔，2001：31）显然，正是在冷战的背景下，贝尔所说的意识形态终结具有了时代意义，并成了"时代的一部分"（贝尔，2001：339）。

二

贝尔在《终结》一书的"序言"中，提到他作为一个社会学家与文学家所做的批评的不同，他指出："文学分析是文本的，它把'作品'看作是它的世界；社会学分析是语境的，它努力寻求更广阔的背景，以便把它的各种区分与整个社会联系起来。"（贝尔，2001：5）上文分析已表明贝尔所说的"语境"离不开冷战的背景，在此书出版近30年后，贝尔在1988年的《终结》再版中增加了一个"跋"，明确提到了美苏冷战对"意识形态终结论"形成的影响："作为一部著作，《意识形态的终结》并不是孤立的。作为一部警示录，它是当时正发生在知识分子中间的，尤其是正发生在欧洲知识分子中间的，关于苏联和斯大林主义的前景所展开的一场观念战的一部分。"（贝尔，2001：470）这里虽没有出现"冷战"的字眼，但关于"苏联和斯大林主义"的讨论则是冷战意识形态不可分割的一个内容。贝尔所说的介入这场论战的欧洲知识分子分成了两方，一方包括法国的萨特、梅洛-庞蒂，德国的布莱希特，以及匈牙利的卢卡奇等，另一方则有法国的加缪、雷蒙·阿隆，英国的乔治·奥威尔等。前者对苏联表示同情，萨特甚至声称，苏联比美国更有优越性，因为苏联是工人阶级的化身，而美国则是资产阶级的化身（贝尔，2001：471）；另一边则是反苏派，声称以苏联为代表的马克思主义意识形态已走向了终结（贝尔，2001：472）。贝尔的《终结》一书一方面加入了这场论战，另一方面也是对"意识形态终结论"的声援和理论支持。

加缪在战后的 1946 年，首次提出了"意识形态终结论"，号召法国社会主义者放弃把马克思主义当作绝对的哲学（贝尔，2001：472）。从冷战开启后欧洲和美国部分知识分子的行动来看，这种针对苏联式马克思主义的攻击是冷战意识形态对峙的一个重要方面。1950 年在德国柏林召开和成立的"争取文化自由大会"就是一些西方自由主义知识分子面对苏联共产主义意识形态的影响采取的一个反击行动①。此后，这个组织成了欧美一些知识分子抗击苏联意识形态的一个重要手段和场合。该组织于 1955 年 9 月在意大利米兰召开的题为"自由的未来"的会议，则是"终结论"从滥觞到成熟的一个重要标志。包括贝尔在内的美国社会学家希尔斯、政治学家李普塞特、经济学家加尔布莱斯、法国哲学家雷蒙·阿隆、波兰科学家波兰尼、奥地利经济学家哈耶克等赴会②。

会议的一个主要议题便是"意识形态的终结"，这其实也是 50 年代中期至 60 年代初欧美一些知识分子普遍关注的一个问题。1955 年，法国哲学家雷蒙·阿隆出版《知识分子的鸦片》一书，剖析曾经对很多西方知识分子产生过魔力的共产主义意识形态，视其为鸦片。贝尔《终结》一书中的第一、二章（分别为"作为大众社会的美国——一个批判"和"家族资本主义的瓦解——论美国阶级的变化"）来自此次会上的发言报告，第十四、十五章（分别为"研究现实的 10 种理论——对苏联行为的预见"和"来自马克思的两条道路"）则来自此次会议后分会上的发言。美国社会学家希尔斯在伦敦出版的"争取文化自由大会"主办的杂志《遭遇》上，写了一篇有关此次会议的报道，编辑加的题目是"意识形态的终结"。1960 年，

---

① 参见本章第一节"'我们的国家，我们的文化'：冷战思维氛围下知识分子与美国的认同"。
② 希尔斯（Edward Shils, 1910—1995），美国社会学家，芝加哥大学教授，社会思想委员会成员。李普塞特（Seymour Martin Lipset, 1922—2006），美国政治学家，曾任胡佛研究所高级研究员，乔治梅森大学教授；加尔布莱斯（John Kenneth Galbraith, 1908—2006），美国经济学家，信奉凯恩斯主义，50 年代出版《富裕社会》（1958），影响很大。雷蒙·阿隆（Raymond Aron, 1905—1983），法国哲学家，1955 年出版《知识分子的鸦片》，讨论意识形态的终结；哈耶克（Frederic Hayek, 1899—1992），奥地利籍英国经济学和政治学家，笃信自由主义经济学，其著作《通向奴役之路》（1944）批判计划经济，影响深远，曾任伦敦政治经济学院，芝加哥大学教授，1974 年获诺贝尔经济学奖。

也就是贝尔出版《终结》的同年，美国政治学家李普塞特出版了《政治人》，其中一章的题目也是"意识形态的终结"。

如果说 1950 年"争取文化自由大会"成立和召开之时，反对共产主义是主要议题，也是一些信奉自由主义的知识分子需要表明的态度，那么到了 1955 年，这已成为了一种"预设"（Scott-Smith，2002：445）。也就是说，反对共产主义已经不是需要在会上讨论的问题，但这并不表明共产主义和马克思主义思想就不用剔除了，只是问题的重点有了变化，从纯粹的意识形态对抗转到对社会和经济状况的具体分析，而目的则是要表明战后的西方工业社会发展已经进入到了一个新的阶段，马克思主义的阶级分析理论不再适应这个时期的西方社会（Scott-Smith，2002：442），所谓"真正的辩证法不在于一个阶级反对另一个阶级，而在于浪费与物产丰富之间的矛盾问题"（Scott-Smith，2002：441）。这种强调社会发展的"生产力政治学"构成了"意识形态终结论"发生的一个渊源，而其中最突出的一个内容则是对"混合经济"的强调，即认为政府可以发挥应有的作用，以避免完全的自由市场给社会带来的不平衡和不稳定。就美国来说，这其实就是指 30 年代大萧条期间罗斯福采取的"新政"的一些措施。在一些知识分子看来，民主党政府从罗斯福到杜鲁门采取的"新政"和"公平施政"，不仅帮助美国走出了经济危机，而且还保持了战后的社会繁荣，更重要的是，这表明了这种经济政策赖以建立的凯恩斯主义胜过了马克思主义，同时又维持了原有的民主体制，这是为很多知识分子尤其是一些自称为左翼自由主义知识分子所称道的美国的发展方向。"混合经济"政策克服了古典自由主义名下完全放任的市场经济带来的危机，给资本主义带来了新的希望和信心，美国政治学学者吉特林如此表述道："资本主义可以通过新政原则的延伸使用得到拯救，同时通过灵活运用凯恩斯经济学、有限的福利国家以及集体协商政策，促进经济繁荣和政治民主……如果政府能够通过财政和金融政策来控制经济，减少失业，控制通货膨胀，满足工人阶级的需要，使其享有社会发展带来的好处，那么谁还需要社会主义？"（Scott-Smith，2002：441）吉特林在这里所说的"社会主义"，指的是30年代经济危机时期一些左翼知识分子的信仰，其核心是通过阶级斗争推翻资本主义，建立新的体制，即所谓苏联式的新社会；自然，吉特林的表述离不开冷战的背景，这与贝尔在《终结》中的指向是一致的。在此书的第一章"作为大众社会的美国"讨论激进思想（如共产主义）为何会产生时，贝尔指出原因之一在于社会的阶级分裂和对各阶层之区别的强烈意识，但是，"在发达工业国家，主要在美国、英国和西北欧诸国，国民收入一直在增长，当然大众对得到合理收入的期望也相对地得到了实现，而且更多的成员获益于社会地位的变动，因此在那些地方主张极端主义政治的人也就会最少"（贝尔，2001：17，译文有改动，英文版 Bell，1961：31）。尽管表述不同，但显而易见，贝尔同样也是说明诸如共产主义/社会主义之类建立在阶级斗争之上的激进思想，在美国尤其是50年代后的美国失去了市场，这也可以说从一个侧面表明美国独特的社会特征以及其道路之不同，这应是贝尔着力描述的"意识形态终结论"的一个要点。而从一个更大角度来说，这适应了战后西方社会自由主义思想回应冷战背景下反资本主义的苏联式马克思主义对于正义的诉诸（Scott-Smith，2002：442），即"混合经济"模式下的资本主义已获得了社会正义的基础，反过来更是映衬了苏联式马克思主义的极权本质，这乃是贝尔等人的"意识形态终结论"的根本所指。

三

"意识形态终结论"从50年代中期到60年代初，不仅在一些知识分子间达成了共识，如果从更广泛的社会角度来看，这种共识也反映了一个从民意到舆论的过程。从客观情况看，美国社会中与此相关的民意变化可以作为一个参照。1942年《财富》杂志做的一个民调显示，被调查者中有40%的人反对社会主义，25%的人则拥护之，另有35%的人则对此持开放态度，不置可否。这一年，著名经济学家熊彼得出版《资本主义、社会主义与民主》一书，他断言社会主义最终将会不可避免地到来，而资本主义则会走下坡路，这或许与《财富》做的民调形成可以参照的对应。但是到了 1949 年，盖洛普做的民调则表明，只有 15%的人希望朝着社会主义的方向走，61%的人选择走相反的方向（Hodgson，1976：76）。1951 年 2 月，《财富》杂志做了一个关于"美国生活方式"的社论，题目是"美国，永远的革命"，其中有一段文字这样写道：

> 近来发生了巨大的转变，但世界似乎还尚未意识到……除非对这种转变的本质有所了解，否则就很难理解美国已经取得重要的进步……资本主义现在已与我们的政治体制紧密相关，并从民主的根基中获得营养，因为财产拥有已大幅上升，人的主动性大幅提高……美国的资本主义是一种受到人民欢迎的资本主义（Hodgson，1976：77）

如果把这段文字中的思想与几年后贝尔在《终结》中一些相关内容做一比较，不难发现有许多相同的地方，即资本主义不是衰落了，而是更加强盛了，原因之一是工人（用一个模糊但更能说明美国特征的词则是"中产阶级"）从体制中分享了收益，而民主根基则让自由精神得到了保障。这些后来在贝尔以及另外一些知识分子的著作中通过社会学、政治学和经济学的具体研究得到充分阐释的思想，构成了"意识形态终结论"的主要内容。而对历史学家和新闻研究者豪齐盛而言，这也是从 50 年代到 60 年代初美国社会的一个普遍共识，他称之为"自由主义共识"。在他看来，这种共识在一些持自由主义思想的前左派知识分子中尤其盛行，贝尔是其中之一。根据豪齐盛的总结，"自由主义共识"可以具体表述为这样一些基本要点：美国的资本主义制度不仅有自由市场经济，也有民主体制作为保障，因此也能拥有社会正义；持续的生产发展满足了人的各种需求，阶级的概念因此在美国变得过时，甚至有可能消失，工人正在成为中产阶级；与此相关，来源于阶级的社会冲突和矛盾不再存在，即使有，也可通过各种社会项目得到解决。如果这些方面是"共识"的主要内容，那么后面两点则给这些内容提供了保障，同时也是"共识"能够成立的背景：其一，对美国这种制度的主要威胁来自仍旧对马克思主义抱有幻想的那些人，美国及其盟国，也就是自由世界，势必要长时间进行防范共产主义的斗争；其二，此外，美国有责任，也有使命把美国的制度推向世界其他地方。（Hodgson，1976：76）豪齐盛强调更多的是"共识"表现的两个方面，一方面是对于美国社会完美性的近乎沾沾自喜的认识，另一方面则是对苏联和共产主义威胁的恐惧以及由此导致的焦虑。一言以蔽之，"自由主义共识"的产生和盛行离不开冷战的背景，美苏对峙，以自由世界的兴盛映衬极权统治的黯淡，由此导出美国制度的种种完好。从这个意义上看，冷战其实不仅仅是背景，更是一种思维方式。在这一点上，作为历史学家的豪齐盛看得很准，作为社会学家和思想家的贝尔则更是有着精细的研究和透彻的理解。

贝尔在《终结》一书的"结语"中断言意识形态走向终结之后，又提出在 60 年代初的背景下，在包括中国、苏联等在内的亚洲和非洲一些国家里，会出现一种新的以经济发展为动力的意识形态，他同时发出警告，希望这些国家经济的发展不要建立在对于人的全面压制的代价之上。他认为这些社会将面临一个古老的问题："对于这些新兴的国家来说，这场争论不是关于共产主义的优越性的问题——那种学说的内容已经被其朋友和敌人遗忘了。问题仍然是一个古老的问题：新社会能否通过建立民主制度并且允许人民自愿作出选择和作出牺牲而获得成长，或者，新的精英，那些拥有权力者，是否将利用极权主义的工具来改造他们的国家。"贝尔眼光老辣，看得很透，几十年后的历史情境将证明其预见的惊人准确，但就《终结》出版时的 60 年代初来说，这段话说明了两个问题，其一，共产主义激进思想的消弭，即意识形态的终结，其二，美国式民主体制的普遍适用。尽管在这段话里"美国"这个字眼并没有出现，但就《终结》全书而论，从论述美国没有统治阶级到论证社会主义在美国的失败，从表明具有极权倾向的大众社会在美国并没有根基到勾勒出知识分子转向与对美国的认同，所有这些都说明了美国式民主体制的作用，"民主体制"与美国间的互换也就不言而喻。这或许也就是佩尔斯所说冷战背景下一些诸如贝尔这样的自由主义知识分子有意无意间"赞颂美国"的表现，在其笔下美国的道路同时也成了世界其他国家不能回避的选择，如果不是简单的借鉴的话。

引用文献

Bell, Daniel. *The End of Ideology: On the Exhaustion of Political Ideas in the Fifties*. New York: Collier Books, 1961.

Hodgson, Godfrey. *America in Our Time：From World War II to Nixon, What Happened and Why*. New York: Doubleday & Company, Inc., 1976.

Pells, Richard H. *The Liberal Mind in a Conservative Age: American Intellectuals in the 1940s and 1950s*. New York: Harper and Row, 1985.

Scott-Smith, Giles. The Congress for Cultural Freedom, the End of Ideology and the 1955 Milan Conference: 'Defining the Parameters of Discourse'1. *Journal of Contemporary History*, 2002, 37(3):437-455.

Summers, John. Daniel Bell and The End of Ideology. *Dissent*, 2011,58(2):80-85.

丹尼尔·贝尔.意识形态的终结——五十年代政治观念衰微之考察.张国清,译.南京：江苏人民出版社，2001 年。

第三章 冷战思维与文学想象

　　或许不存在纯粹的所谓"冷战文学"一说，但是冷战氛围下的文学创作多多少少与冷战构成了一种互动的关系，这似乎也不能说不成立。换言之，用冷战思维的视角来看冷战期间的一些文学作品，其中的一些文化和政治背景的含义则会更加凸显，作品的时代性也就会显得更加鲜明。这种"关系"和"视角"并不等同于一般意义上的文学与时代间的"反映"关系，而是一种曲折的、隐晦的、间接的乃至无意识的关联，如 50 年代早期的名作《麦田里的守望者》和《看不见的人》。前者展露的"遏制"意义如果脱离了冷战背景则毫无意义可言，这当然与视角的取舍相关，也可以算作是一种"无意识"的表征；相比之下，后者的"有意识"则是通过隐含的方式曲折地表现，似乎是"有意识"地要与冷战政治相间离，但结果却恰恰落入了冷战思维的套路，就本质而言，与"自由主义共识"构成了一种呼应。另一方面，也有作家看穿了冷战思维逻辑，比如米勒，其《萨勒姆的女巫》假借历史情景，直击冷战逻辑的荒谬，批判锋芒力透纸背。对于冷战思维的批判精神也可以在以区域文学特色见长的奥康纳身上看出些许端倪，她的一些短篇集中描述了"家园的摧毁"，与暴力相伴的挥之不去的"我们"与"他们"间的冲突，将这种冲突放在 50 年代冷战氛围下解读，这位看似与政治不搭界的女作家对时代的关切与批判精神同样也能清晰展露。

　　冷战自二战后开启，跨越了几个时代。在有意与无意间，冷战作为一个时代背景成了一些作家关注的对象，关注的角度有所不同，相同的是对冷战思维及其后果的严肃思考。70 年代初，《但以理书》的作者多克特罗在描述"老左"和"新左"形象的同时也对冷战历史进行了深刻解剖，冷战意识形态的僵硬与弊端在其笔下表现得淋漓尽致；在 70 年代末，一贯对现实有着强烈兴趣的厄普代克也将冷战融入到其作品之中，并将视野扩展到了国际领域，《政变》一书以一种特有的讽喻笔触，讲述了冷战思维的国际在场及其后果，隐含在讽喻背后的同样是作家的深邃眼力和批判精神。冷战的故事在通俗文学中也有"不俗"的表现，80 年代的通俗作家汤姆·克兰西在其成名作《猎杀"红十月"号》中，成功利用了时代和读者的冷战心理预期，在"不是/即是"的框架下，构建了一种与冷战思维相匹配的生动话语，一方面其作品赚取了畅销书的要素，另一方面他也成了冷战思维在冷战末期的形象代言人，使文学与冷战的关系走得更近。从这个意义上而言，或许"冷战文学"确也是存在的。

第一节　遏制的象征意义：霍尔顿的矛盾和解决方法

——读《麦田里的守望者》

纵观美国文学史，既是畅销书又是经典的著作似乎并不很多，《麦田里的守望者》（以下称《麦》）可算是这个少之又少的名单中的一个（Alsen，2002：74）[①]。从 20 世纪 50 年代初出版以来，该书几乎每年都能维持 25 万册的销售量，至今包括各种语言译本在内的发售量已达到 5600 万册之多。与此同时，此书也早已进入美国以及其他国家大中学校的阅读书单中，并吸引了众多批评者的眼球，成为研究者青睐的对象，各种批评理论的实验场地——这或许也是其成为经典的标志之一。《麦》的经久不衰，当然与主人公霍尔顿·考

---

① 1852 年出版的《汤姆叔叔的小屋》是 19 世纪最畅销的文学作品，但在后来很长时间内被排挤在经典之外，1936 年出版的《飘》也有类似情况。

尔菲德有关。这个十六岁少年一副桀骜不驯的模样，帽子歪戴，口出不逊，行为乖张，奇思遐想，同时又不乏可爱、善良之处，还时常表现出一副凛然正义的姿态。霍尔顿浑身上下充满了矛盾，可也正是那些矛盾让这个人物光彩夺目，张力十足，为各式各样的阐释提供了发挥功效的可能。无论是心理和精神分析，还是青少年成长主题探讨，抑或反文化背景剖析以及对语言与政治、行为与叙述人称之关系的关注等等（见张桂霞，2004：158-161），所有这些都在谋求对霍尔顿性格和行为的合理解释。在这些解释之外，我们或许还可以增加一种最为平常、但也常被忽视的解释，即历史、文化、意识形态的解读。这不是指一般意义上的历史背景提供，而是具体历史背景下的文本间和事件间的互读，由此看出文学主题延续、美国精神探索、青少年问题提出、大众社会形成及影响等方面与《麦》的关系，而所有这些都离不开对 50 年代一种大历史氛围的理解，即冷战初期遏制文化散发出的氛围。

一

1951 年 7 月 16 日，《麦》问世。此前，此书已被列入"每月图书俱乐部"夏季阅读书单，这在一定程度上保证了此书在一段时间内的知名度。小说的情节不是很复杂，少年霍尔顿在宾夕法尼亚州一州一所为中产阶级子弟开设的寄宿学校上学，因为成绩差，几门功课都不及格，即将被学校开除，得知这个消息后，他在圣诞节前几天的晚上独自离开学校，到了纽约，在那里闲逛了三天。小说的大部分内容描述了他在纽约的经历。《麦》出版后，大多数评论普遍叫好，认为内容感人，人物有悲剧感，叙述技巧流畅，充满幽默等，但也有一些评论提出了批评，认为故事单调无聊（Laser，1963：7-16），人物怪诞不可信，一些评论者则对霍尔顿时时脱口而出的粗话表示了不安（Laser，1963：7）。这种不安其实也代表了一些普通读者，尤其是大中学生家长的看法。1953 年《麦》发行了平装本，便宜的价格更促进它的流传，该书很快就进入了大中学推荐的阅读书单之中。但随之而来的，则是很多家长的抱怨和抗议，他们的意见集中在小说的道德问题、语言的肮脏乃至内容上传递出的某种颠覆性信息上。在小说发行十年后，也就是 1961 年，休斯敦一位律师因其女儿在德克萨斯大学英语课上阅读这本小说，扬言要让女儿离开这所大学。关于这个事件的报道如下：

> ……这位气愤的家长给州长和大学校长以及一些州政府的官员们寄去了小说。来自休斯敦的一位州参议员则威胁说要在参议院当堂阅读小说的一些内容，给大家展示一下他们在奥斯汀（德克萨斯大学所在的城市）教给学生的是一些什么东西。那位父亲的律师说塞林格在小说中用了"正常人不会用的"语言，他状告德克萨斯大学"腐蚀了我们国家的年轻人的道德素质"。（Laser，1963：123）

这位家长的"愤怒"也不是完全没有理由。此后，对《麦》一书的禁案也屡次发生[①]。从现实的角度来看，霍尔顿的行为着实会让一些家长忧心忡忡：他抽烟、喝酒、谈论女人和性，而且有时还肆无忌惮，他撒谎、逃学，甚至召妓，而他还只是一个少年；此外他语言粗俗，满脑子不着边际的胡想，成绩很差但又往往怪咎于学校和老师。这些情况在霍尔顿来说都是事实。但是事实的另外一面是，霍尔顿的本性似乎并不坏，而且还很善良，甚至天真得可爱。比如，在纽约火车站，他碰到了两个要去做老师的修女，对她们的行动很是感动，主动为她们捐了 10 美元，看到她们中饭只是吃面包，对比自己的胡乱花销，心中不禁生出内疚，而且还看到了这世界的不公道。有意思的是，当其中一个修女和他谈论起莎士比亚的《罗密欧与朱丽叶》时，他还很有点不好意思，甚至害起羞来。相比于此后不久，他在一家酒吧追着他的一个朋友问他的性生活怎么样，可以看出霍尔顿的行为充满了矛盾，但是不能说完全没有廉耻感。

---

① 如 1982 年，亚阿拉巴马州卡尔豪恩县将《麦》列为中学禁书。（见 Pamela Hunt Steinle. *In Cold Fear: The Catcher in the Rye, Censhorship Controversies and Postwar American Character*. Columbus: Ohio State University Press，2000：1.）

霍尔顿的天真表现在对一些美好事物的想象中：纽约中央公园湖里的几只鸭子一直是他心中的牵挂，在做着其他事的时候，他时常会想起它们来，惦记着隆冬时节湖面冻结后，鸭子们的处境会是怎样。尽管自己还是一个少年，但霍尔顿会对小孩子表现出了特别的关注。他对自己已经死去的弟弟艾利尤其怀念，因为他特别聪颖，而且行为很是礼貌，言外之意，霍尔顿对自己在功课和行为上的问题是有意识的；同样他对 10 岁的妹妹也是溢美不尽，而小说后半部分他对妹妹菲比说要成为"麦田里的守望者"的那段话，则更是为霍尔顿和善良之间画上了一个等号。除了善良，霍尔顿很多时候还表现出了很强的正义感。比如，他对曾经念过的一所学校的校长很看不惯，这位校长每个星期天会在校门口满脸堆笑地迎接家长们的到来，但是霍尔顿发现他对家长们的态度是有区别的，对那些个长相不好、过于肥胖，或者是衣着肥大、不好看的家长，这位校长只是随便握一下手，露出虚假的微笑，转身朝向别的家长。霍尔顿自言："这事我受不了。这让我很生气。让我很难受，气不打一处来。"（Salinger，1991：14）霍尔顿行为的一个最大特征，是从少年的眼光发现成人世界里那些让他"气不打一处来"的势利，他把这些事统统用一个词加以概括："虚假/虚伪"（phony）。他说这些个"虚假/虚伪"到处都是，"从他妈的窗户里钻进来"（Salinger，1991：13）。他之所以时不时要想着远离现在的处境，到北部佛蒙特州去，或者干脆到西部去，就是要表达他对这个充满"虚假/虚伪"的世界的憎恨。正是在这个意义上，霍尔顿的反叛形象跃然纸上，也正是在这一点上，评论把霍尔顿和马克·吐温笔下的哈克联系到了一起，不过联系在一起的并不仅仅是这两个人物的相似点，而是美国文学经典的延续以及这种延续在 50 年代的意义。

二

《麦》出版一个月后，《大西洋》杂志刊登了诗人、剧作家哈维·布莱特的一篇评论，他称霍尔顿"是移植到城市里的哈克"，与哈克一样，霍尔顿也是"一个观察者"，两部小说在语言上都采用了口语体的形式，但不同的是，霍尔顿的形象嬉笑过多，而这是小说的致命弱点："小说中那些严肃和意义隐含的地方都被过于强烈的戏剧因素淹没了。"（Laser，1963：14）几年后，学界出现了对《麦》一书的文学批评文章，同样，一些研究者也把霍尔顿和哈克联系到了一起。与布莱特的看法不同的是，学者们似乎更多地看到了两者间精神的延续。1956 年，美国文学研究者詹姆斯·米勒和他的同事在文章中把霍尔顿的形象置放到西方文学"追寻"（quest）这个传统中。美国文学也不乏对这个传统的阐释，尤其是对一些处在社会边缘的人物的"追寻"，从早期库柏笔下的纳蒂·班波到麦尔维尔《莫比·迪克》中的以实玛利，马克·吐温的哈克以及海明威小说中的尼克·亚当斯，而霍尔顿则延续了这个传统。两位批评者特别强调了霍尔顿身上的"德行"："霍尔顿首先追寻的是德，其次才是爱。他要做一个好人……他是一个流浪者，正是因为他要成为一个好人，他才不得不变成一个坏孩子，一个要比那个道德拘谨的哈克还要坏的孩子……塞林格把那个由来已久的传统转化成了当下的情形。"（Laser，1963：25）同年 11 月，《大学英语》杂志上刊登了一篇题为"霍尔顿和哈克：少年奥德赛之路"的文章，作者指出："哈克和霍尔顿既有道德意识，又充满了现实关怀。两个人都对道德价值有着深深的顾虑。"（Laser，1963：32）第二年夏季《美国研究季刊》发表了一篇关于塞林格与马克·吐温之间文学传统之延续的文章，题为"马克·吐温和塞林格：文学延续性的研究"，作者认为《麦》一书实际上就是让《哈克贝利·费恩历险记》穿上了"现代服饰"（Laser，1963：40），哈克和霍尔顿"两个人都表现出了善良，诚实和忠诚。哈克的行为是无意识的，但也会做出一些拐弯抹角式的努力，以克服其受传统束缚的良心，而霍尔顿的行为则是带着一种痛苦，一种自我意识和苦楚的感觉"（Laser，1963：43）。这些文章有一个共同特点，即都认为霍尔顿身上体现了一种道德力量，这与那些家长们的评价和抗议形成了有趣的对比。后者也许只是关注了霍尔顿行为的表面现象，而前者则是从理性角度分析和挖掘出了霍尔顿现象基于道德基础上的文学价值意义，这种价值意义使得霍尔顿与哈克一样具有了进入美国文学传统和经典的条件。从另一方面来说，霍尔顿形象的出现也触动了一些评论者对美国文学传统的追寻，或许也可以这么说，在评述霍尔顿这个人物意义的同时，批评者们也在综述和总结美国文学的传统和特征。

需要指出的是，这种现象并不是一种孤立的只限于对《麦》一书的评论。事实上，只要关注一下 50 年代的文学批评，我们会看到有一批文学研究者在倾力发掘美国文学的传统和特征，如 1948 年出版的《美国小说的兴起》、1955 年出版的《美国的亚当》和 1957 年出版的《美国小说及其传统》等①。这些著作为美国文学传统的确立做出了很大贡献。那么美国文学的传统和特征到底体现在什么地方？我们可以以《美国的亚当》为例做一简单说明。该书的副标题是 "19 世纪中的天真、悲剧和传统"，文学批评家路易斯通过对美国 19 世纪一些作家如霍桑、惠特曼、詹姆斯等的研究，发现可以用一个鲜明的意象来概括这些作家的写作，即《圣经》中堕落前的亚当形象，尤其是其体现的 "天真" 本质："他的道德立场先于他的经验，他是一个全新的形象，本质天真。"（Lewis，1955：5）这么一个亚当形象，在路易斯看来，在一个世纪以前代表了真正的美国，"一个充满了英雄般的天真和无限可能性的人物，矗立在新的历史的开端。"（Lewis，1955：1）路易斯把他的研究对象定位在 1820 年至 1860 年间的文学和历史。如果说 19 世纪的美国文学以及文学精神可以用亚当形象来做代表，那么在 20 世纪这个形象也可以在一些小说中找到对应人物，如菲茨杰拉德《了不起的盖茨比》中的盖茨比和福克纳《熊》中的艾萨克·麦卡斯林。而就二战后的 50 年代而言，路易斯列出了三部能够代表这种文学形象的著作:《看不见的人》《麦田里的守望者》和《奥琪·马奇流浪记》。这些作品的共同特点是蕴含了，"一种孤独的精神，一种凌驾于周边世界的奇怪的道德精神，而这正是美国小说中亚当传统的核心因素。"（Lewis，1955：200）

---

① Alexander Cowie. *The Rise of The American Novel*. New York: Aemrican Book Company, 1948; Richard Chase. *The American Novel and its Tradition*. New York: Doubleday Anchor Books, 1957; R. W. B. Lewis. *The American Adam*. Chicago: The University of Chicago Press, 1955.

这些小说中的人物"为了实现他们身上体现的美国文学中的经典人物具有的潜在意义，不知疲倦地，有时是无意识地，而更多的时候则是荒唐地斗争着"（Lewis，1955：200）。路易斯借用爱默生的话，把这种斗争概括为："一个真正的自我与整个世界间"的斗争（Lewis，1955：200）。路易斯的语言与他的研究对象一样，往往充满着强烈的文学味道。我们或许可以简单地理解为，所谓亚当形象的本质乃是个人与社会间对立和斗争的关系，是个人争取独立和自由的象征。这当然不单单是体现了美国文学的精神，在很大意义上，也是美国文化的表现①。根据路易斯的说法，这种体现了自我精神的亚当形象也应是衡量美国文学经典的一个标准。路易斯的研究并没有包括马克•吐温在内，但是很显然，哈克与亚当形象是有关联的，而前面提到的那些把霍尔顿与哈克放在一起加以阐释的评论，则也与路易斯的亚当形象有了一种呼应的关联，霍尔顿进入美国文学中的经典形象之列，也就有了一种理论上的依据。

更有关联的是，无论是路易斯还是那些霍尔顿评论者，他们对于亚当形象的斗争精神和对于霍尔顿形象的反叛姿态的强调，都或多或少地针对了50年代美国社会中的某些情形。在很大程度上，他们是有感而发。《马克•吐温和塞林格：文学延续性的研究》一文的作者指出："如果说哈克的所见所闻与所思表明了民主的局限与可能——希望与绝望（共存）——那么作为哈克直接后裔的霍尔顿面对的则是绝望。"（Laser，1963：44）这似乎并不是耸人听闻。哈克至少还可以置身于一条大河，暂时脱离纷扰的"文明世界"，在一段时间里与杰姆和睦相处，在故事结尾时还可以再做一次离开这个"文明世界"的决定。相比之下，霍尔顿则仅有被寒冷包围的几只可怜的鸭子作为牵挂，借以抚慰自己对于"自然"的渴望，此外则只能一次又一次地想象去往远处的天边。就路易斯而言，尽管他列出了包括《麦》在内的三部小说作为亚当形象的代表，但就整体来看，他对50年代的社会多有针砭："在最近几年里，美国的思想和表述

---

① 上述关于路易斯著作的评述见本书第二章第一节"'我们的国家，我们的文化'：冷战思维氛围下知识分子与美国的认同"中相关部分。

对于 19 世纪那些代表'希望'（亚当形象）的东西似乎并不那么欢迎。"（Lewis，1955：197）这是他在《美国的亚当》一书结尾部分的开头之语。路易斯把他所处的时代称为"遏制的时代"（Lewis，1955：198）。在一些评论者看来，所谓"遏制的时代"主要是指社会行为和思想的一致化，美国人似乎在社会生活中只顾求得安稳和安全，而这种生活的一个后果——生活和思想的呆滞，则无人顾之（Steinle，2000：32），用文学批评家哈桑的话说则是："在一致的过程中求得个人的利益，在纷扰混乱之中求得一份安逸。"（Hassan，1961：3）这也就是历史学家常说的作为 50 年代美国社会形态标志的"一体化"（conformity）。具体来说，这种一体化的原因与大众社会的到来和大众文化的影响有关，二战后美国社会的一个走向是新兴中产阶级大量增加，即所谓白领阶层大规模形成，这个新兴阶层的形成过程在很大程度上也是社会逐步走向一体化的过程，个人的选择越来越成为问题。在 1951 年出版的《白领——美国中产阶级》一书中，社会学家米尔斯敏锐地看到了中产阶级白领在个人自由和选择方面面临的困境，他们是被剥夺了个性与理性的一群人，是"别人的人，公司的人，政府的人，军队的人，是一个自己站不起来的人"（Mills，1951：Pxii）。而此前 1950 年出版的《孤独的人群——变化中的美国性格研究》中，同为社会学家的里斯曼则用了一个"他人导向"性格类型来形容丧失了自我的白领阶层，他指出："如今的美国城市中产阶级，那些'他人导向'的人群，从性格类型意义上来说，更是他的同事们的产物——从社会学的角度来说则是他的'同伴'的产物，那些在学校里或者是社区里的其他孩子的产物。"（Riesman，1950：3）这种向"他人"看齐的行为自然促使了社会的一体化，在这种情况下，社会生活乃至个人生活的趋向一致也就可以想象。有意思的是，尽管霍尔顿只是一个少年，但是他显然也对这种现象有所体察，小说 17 章伊始，霍尔顿在纽约一所中学门口等待与他的女朋友萨利约会，他看到很多女孩子一个个从学校门口出来，于是就想象她们日后的生活会是怎样的："当她们走出中学和大学后，我是说，你知道她们保准会与那些愚蠢的家伙结婚，那些只是会谈论一加仑油能让车开多远的家伙。"（Salinger，1991：17）言外之意，在霍尔顿看来，这些人的生活没有什么个性，言语趋同当然也表明思想趋同。霍尔顿与萨利约会是想找人聊聊，解除他心中的郁闷，在和萨利的闲聊中，他突然有了一个奇妙的想法，他对萨利说他们可以北上去佛蒙特，远离闹市过一种田园生活。萨利不明白他在说什么，一个劲地劝他不能这么胡思乱想，她说他们应该过正常的生活，那些地方上完大学也可以去。霍尔顿意识到他们说的根本不是一回事，这更让他郁闷不堪，于是他讲了下面一段话：

> 我说不，……上了大学后又怎样，上了大学后不会有什么地方可去的，不会有的。你睁大眼睛看看吧。情况完全会是这样的：我们会拎着塞得满满的手提箱下楼。我们会给每个人打电话跟他们说再见，然后从我们住的酒店里给他们寄明信片。再接下去就是我会在一家办公楼工作，挣很多很多的钱，打车或者是乘坐麦迪逊大街（纽约广告商聚集地方）的公共汽车去上班，整天都会在看报纸，打桥牌，去影院看那些无聊的短片和新闻……这些生活同我说的不会是一样的。你根本就不明白我说的是什么。（Salinger，1991：133）

萨利当然不会明白。霍尔顿的这番自我表白，其实与米尔斯和里斯曼对中产阶级生活的批判有着同工异曲之妙。尽管还只是一个16岁的少年，但是霍尔顿显然有着犀利的眼光、敏锐的感觉，或许我们也可以把这看成是塞林格借霍尔顿之口，对日趋严重的一体化社会的批判。而从一个文学人物的角度看，霍尔顿的批判姿态，显然也指向了路易斯借用爱默生所说的自我与世界间的斗争，这样的"自我"与"亚当形象"应是一致的，其意义在于对"自我"的张扬，对试图泯灭"自我"的社会力量的抵制，而这与传统的美国价值和精神也应是一致的，可以用来解释为什么《麦》能够得到如此多学者的青睐。

从另一方面来说，霍尔顿毕竟是一个少年，在古今中外的文学作品中，少年的成长经历势必会包含与社会发生一定程度的冲突。仅就美国文学来说，我们有哈克，也有安德森笔下俄亥俄州温斯堡小镇上的乔治·威利德。但除了一般意义上的必然性以外，霍尔顿这个人物也有其特殊性存在。这与"身份"（identity）问题在 50 年代的美国的凸现不无关联。50 年代也是美国社会对"身份"问题包括青少年身份广泛关注的一个时期。根据美国学者麦多沃尔的研究，在 50 年代以前，"身份"一词并不意指"自我"的集体含义，我们现在所理解的"种族身份""文化身份"乃至"民族身份"，是从 50 年代才开始出现的。（Medovo i，2005：4）这些身份问题含有强烈的政治意蕴，表明了一种自我界定和自我肯定的行为趋向，以对抗某些专制权力的压力。（Mecovoi，2005：5）青少年作为一个特殊群体，其身份意识是社会不能不关注的一个问题。1950 年，心理学家和精神分析学家埃里克·埃里克森出版了《孩子与社会》，从身份的角度探讨了孩子包括青少年成长的心理过程及其与社会的关系，此书对 50 年代美国的文化产生了很大的影响，它第一次从自我的心理成长过程来定义"身份"，也第一次把"身份"与个性、民族性、种族归属甚至性别取向等联系在一起。在埃里克森的著作发表后几年的时间里，"身份"概念在美国社会科学界被广泛应用，形成了一种主导趋势。（Medovol，2005：6）埃里克森发展了弗洛伊德的"自我"（ego）理论，将其与政治、经济等社会因素结合在一起加以解释，在谈到青少年与身份的进化这个问题时，他专辟一章分析美国青少年的身份意识，并从民主和青少年独立的关系这一角度来看待这个问题："为了其情感健康，一个民主体制不能让事情发展到如此的地步，即让那些头脑聪颖的、充满独立精神和主动性的年轻人把那些有关立法，法律和公共政策的问题拱手让给那些所谓"专家"和"老板"来处理。美国的年轻人唯有对在这种情形下以及在其他国度里时常在历史中不断出现的相同情形中的专制趋势有充分的意识，才能获得对身份及其生命力的完整把握。"（Erikson，1950：282）显然，在埃里克森看来，青少年的身份意识实则是一个其独立性得到社会承认并同时加入社会体制建立的问题，说到底也是一个青少年的权利问题，而这也是二战结束以来美国社会在一定层面上进行过讨论的问题。在埃里克森的著作发表前的 1945 年，《纽约时报》杂志（《纽约时报》的周日增刊）发表署名文章，题为《青少年权利法案》，其中提到青少年应该有对自己的生活做出决定的权利，应该有对一些思想提出质疑的权利，应该有选择自己朋友的权利，应该有犯错误和发现错误的权利，也应该有浪漫生活的权利等等（Cohen，1945：16-18）。对比这个《青少年权利法案》和埃里克森对美国青少年身份问题的研究，可以发现他们都把青少年作为一个独立的群体来看待，"独立"成了他们的一种身份，而"独立"则也正是霍尔顿孜孜所求的。他自己做出离开学校的决定，除了功课不好，对学校氛围的憎恨也是一个重要原因，更重要的是，这是他独立姿态的一种表现；他对一些社会流行观念的嘲讽和抵制，则显示了他的独立身份意识，他对远去他乡的遐想，也是其要求对自己的生活做出决定的表现。

埃里克森认为他对身份问题的研究有着鲜明的时代意义，他指出："对于身份问题的研究，在我们这个时代具有战略意义，就像性意识的研究在弗洛伊德时代具有战略意义一样。"（Erikson，1950：242）同样，无论是从大众社会批判的角度还是从 50 年代美国社会对青少年身份意识的关注的角度来看《麦》，我们都会发现霍尔顿身上体现的"美国亚当"形象，即自我以及个人的抗争精神具有一种突出的时代意义。那么，我们的问题是：这到底是一个什么样的时代？

三

那是一个遏制的时代，这是路易斯在审视 50 年代美国社会所处的文化状态时提出的一个概念。"遏制"其实并不只是指 50 年代的文化形态，也不仅仅是指大众社会的一体化现象，它同时还指整个社会的一种政治气氛以及由此产生的意识形态。具体地说，"遏制"前面应该加上两个字："冷战"，那是一个冷战遏制时代。如果我们从冷战的情形来看"遏制"，那么"遏制"更加丰富的意义便会显现出来，而其中之一便是对霍尔顿形象更具时代特色的读解。

冷战起始于美苏两国二战后利益之争的外交冲突，美国采取的对苏遏制政策则是冷战期间最重要的外交、政治和军事手段。遏制思想的源头可以追溯到美国外交官、苏联问题专家乔治·凯南的言论。1946 年 2 月，时任美国驻苏联大使馆代办的凯南给美国国务院发来一份长达数千字的电报，史称"长电"。在这份长电中，凯南分析了美苏两国面临的对峙形势，认为苏联本质上具有对外扩张的野心，且不可改变，对美国乃至西方会造成极大威胁，美国的外交重心是要阻止苏联的扩张，而美国所能采取的主要办法则是从包括政治、军事、外交、经济、文化和意识形态等各个方面对苏进行遏制。需要指出的是，凯南认为遏制政策的成功基于两点，其一是美国固有的道义立场，这种在历史上源自清教徒对"山巅之城"的憧憬，后来转变成"天启命定"的道义感，使得美国成了正义的化身，为冷战期间美国成为自由世界的领袖提供了合理依据；其二，美国要始终保持自己的价值观不变，始终对可能出现的问题保持警醒，用凯南自己的话说，则是"凡是解决我们自己社会的内部问题，加强我们人民的自信、纪律、士气和集体精神的每一项果敢有力的措施，都是对莫斯科的一次外交胜利，其价值可以抵得上一千份外交照会和联合公报"（刘同舜，1993：65）。而遏制的成功，凯南指出，则主要依赖于美国社会本身的"健康和活力"，唯有美国保持自己的特色才能最有效地遏制苏联。也就是说，"归根到底，在我们处理苏联共产主义这个问题的时候，我们面临的最大危险，可能在于我们竟让自己变得与我们的对手一样"（刘同舜，1993：66）。1947 年 7 月，凯南在《外交》杂志上发表署名 X 的文章，进一步阐发了他的遏制思想，同时更加强调在冷战遏制中，美国肩负的道义责任以及坚守美国价值观的重要性。凯南对此这么说道："因此，这个决定实际上依赖于这个国家本身。美苏关系问题本质上是对作为世界民族之一的美国的价值的考验。要避免被毁灭的危险，美国所需做的就是要坚守自己最好的传统，并证明自己作为一个伟大的国家值得存在下去。"（Kennan，1947：576）凯南的遏制思想不仅深深地影响了美国的外交政策，而且也对冷战期间美国意识形态的塑造发挥了很大的作用。1947 年 3 月，当时的美国总统杜鲁门在国会发表关于援助希腊和土耳其的讲话，史称"杜鲁门宣言"。杜鲁门把世界一分为二，自由世界对峙专制国家，美国成为自由世界的领导者，而维护自由世界的安全则更是美国不可推卸的责任和道义。遏制思想也因此正式成为遏制政策，遏制更是从外交、政治、军事延伸到了文化、意识形态乃至日常生活的各个方面,成了一种影响整个美国社会的"叙述语言"（Nadel，1995：2）。这种叙述语言产生了两个结果，一方面是对美国价值观和美国生活方式的推崇，自由、民主和个人权利这些抽象理念在冷战遏制背景下得到了升华，成了美国肩负的道义和美国精神的具体表述；另一方面，社会对于非美国的现象则理所当然地采取了遏制的行为，50 年代初愈演愈烈的国会非美活动调查委员会对一些曾经参加过美国共产党的文化人士的听证调查，在社会上掀起了一股对共产主义的恐惧浪潮，而随之而来的"麦卡锡主义"则更是将这种遏制推向了极致。不仅如此，意识形态和政治上的遏制还延伸到了社会生活层面，在诸如消费文化、性别角色、性别身份等方面，遏制的功能也得到了充分发挥①。遏制因此具有了两方面的指向，一方面在国际背景下，突出自我和他者的对立和区别，个人自由和权利这些理念成了"美国"这个"自我"的标志；另一方面是在国内社会生活中，遏制会对美国的生活方式产生威胁的各种因素，以确保凯南所说的社会的"自信、纪律和士气"。

从这个角度来看《麦》中的霍尔顿，我们会发现，其身上体现的争取个人自由的精神与"遏制"要求的对美国价值的颂扬有着惊人的一致性。霍尔顿对大众社会一体化的抵制、对势利现象的憎恶、对自由生活的想象，一方面承继了美国的传统，也就是路易斯所说

---

① 消费主义兴起在 50 年代的美国，与此同时，消费也往往与个人自由联系在一起。（见金衡山."自由"的缘由、悖论及其他. 国外文学.2005,25(2):54-62.）又，在冷战遏制的氛围里，社会对女性的性别意识有着特殊的要求，违背女性气质会被认为有违社会道德，是危险的行为。（见 Elaine Tyler May. *Homeward Bound: American Families in the Cold War*. New York: Basic Books, 1988. ）

的"亚当"形象之精神，另一方面在冷战背景下，在东西方意识形态对峙的形势中，在"自我"和"他者"的较量里，霍尔顿的个人抗争姿态则更是具有了一种象征美国的意义。不过，这只是"遏制"之象征的一个方面，与此同时，我们在霍尔顿身上也看到了"遏制"的另一种象征意义，即对于那些可能侵蚀美国生活方式的因素的矫正，而且是自我矫正，这种矫正力量使得冷战遏制的象征意义在霍尔顿身上得到了具体的再现。

四

于是，我们又回到了霍尔顿行为的矛盾上来。一方面霍尔顿的"自我"形象承继了美国文学中个人抗争世界的传统，而且在 50 年代大众社会形成和冷战氛围日渐紧张的这个特殊时期更是具有了指向美国精神的象征意义；但是另一方面，霍尔顿也确实是一个问题少年，他行为不良，言语不逊，看问题往往倾向极端化，比如在他眼里，几乎所有的人都是一些行为"虚假/虚伪"之人，出自他口中的诸如"母亲们都有那么一点神经病"（Salinger，1991：55），"女孩们，你永远也不会知道她们到底会怎么想"（Salinger，1991：136），等等这样一些断语，或许只是他的习惯性口头禅，但是至少也可以表明他看问题的极端化倾向；有时这种极端化则在他身上演变成了一种激进态度，比如他会对见面握手这样平常的礼节都感到不解、厌恶："又是那一套。这让我感到很悲哀。"（Salinger，1991：15）他的同屋斯特雷特评价他："你他妈的没有按照要求去做过一件事。"（Salinger，1991：41）确实如此。当然我们可以把这看成是霍尔顿一种个人抗争的姿态，但这种行为如果过于激进，则很可能产生不良后果。有些评论者看到了霍尔顿性格中的"行为失范"（anomie）现象，用一些社会学家的话来说则是"无拘无束""放纵不羁"（Whitfield：1997：140）。同样，这也可以看成是他个性的表现，但这种表现会对社会规范乃至体制造成侵蚀。比如霍尔顿有一次转述了他哥哥对美国军队的憎恶，认为"军队实际上就是一帮混蛋们在一起，就像纳粹一样"（Salinger，1991：140）。尽管这只是转述，但是我们可以推测他本人的想法也差不多。他说他很高兴原子弹被发明出来了，不过他是带着明显的讥讽口吻来提到美国的原子弹的，他说："如果还会再有一次战争的话，我会他妈的坐在原子弹的上面。我会自愿去报名这么做的，我向上帝发誓我会这么做的。"（Salinger，1991：141）霍尔顿的这番言语被看成是他作为和平主义者反对战争的表述（Whitfield，1997：593），但是我们也可以从这里看出他对作为一种体制的军队及其行为的憎恶。考虑到冷战背景，这种言论在有些人看来就有了"颠覆"的嫌疑（比如本文伊始提到的一些学生家长的抗议）。

　　另一方面，霍尔顿的身上似乎有一种自我矫正的能力，有时显得含糊，有时则明显起了作用，而这同样也表现在他的言语和行为中。《麦》的叙述采用的是第一人称，读者通过霍尔顿的自述来了解他的心理和言行。霍尔顿的自述有一个明显的特征，很多时候表现出一种对自己下过的断语进行自我否定的行为，或者是设加条件，或者至少是不置可否。比如在离开学校到了纽约入住一个旅馆后，从窗户里望出去他看到了在别的房间里发生的一些古怪景象，有一对男女正在用口往对方脸上喷水。他把这些人称为是"变态者"，而且还断定这个旅馆里除了他一个人是正常人以外，所有的人都是变态者。但是他同时又坦言，这种景象对他而言其实还是挺有吸引力的。接着他又说到自己是一个最大的性欲狂者，如果有机会的话他自己也会像那对男女那样做，但是他又立即否定了刚才的想法："但是问题是我并不喜欢这样的事。这种事让人恶心。"（Salinger，1991：62）接下来他又说："我想如果你真的不喜欢一个女孩儿，你就不应该和她胡闹，如果你真的喜欢她那么你就也应该喜欢她的脸，你应该要小心一点才是，不要做那些个用口往脸上喷水这种恶心的事。"（Salinger，1991：62）从断定别人是变态者，自己是正常人，到表示自己也喜欢做这些变态之事，再到又一次否定自己的想法，直到最后再回到对正常人行为的描述上来，霍尔顿的自述像是在乘坐游乐园里的过山车，一会儿直冲云霄，一会儿又直落山谷，但最终还是能够平稳落地，而这正是他的自我矫正能力在发挥作用，可以说，这是一种道德规范在遏制着他的行为。这就是为什么他一方面说自己还是一个处男，另一方面又说有很多次可以让自己失去处子之身的机会，但是实际上都没有那么做，尽管同时给自己找了很多个不能这么做的理由——但最主要的潜在理由还是他不能这么做。同样，我们看到当旅馆里看电梯的人给他介绍一个妓女时，他立即自言说这有违于他的原则，不过很快他就把原则抛在脑外，表示可以接受，而且还找出一个冠冕堂皇的理由，说是可以为自己以后结婚后的性生活做准备，但是最终他还是没有和那个妓女进行性交易。这种自我否定的现象一次又一次发生在霍尔顿身上，成了小说叙述语言的一个明显特征。

那么，是什么样的道德规范在约束着他的行为呢？霍尔顿其实是一个最不喜欢规范的人，正如上文所说，他是一个几乎完全失范的人，但是同时我们也发现，他会非常有意识地遵守着某种社会规范。在离开学校时，他去看他的历史老师，这位老师用手抠鼻子的习惯让他不能接受；他的同学奥克莱生活邋遢让他看不惯，反复提醒他要把指甲剪在他的桌子上，不要掉在地板上，脸上长满青春痘、牙齿不刷的奥克莱让他不快；同样，他的同屋斯特雷特刮完脸后，把剃须刀弄得很脏，这也让他很难受。他用一种叫作"维塔利斯"的男性专用化妆品给自己的头发上油，他的手提箱是"马克·克劳斯"品牌，50年代的一种名牌产品，他对那些不是真皮的廉价手提箱很是看不惯，甚至会本能地憎恨使用那种手提箱的人。他愿意和斯特雷特同住一屋，有一个原因就是因为后者也有一个与他一样好的手提箱。他会在乎别人说他是中产阶级，但是从其所偏好的生活习惯来看，霍尔顿确实是在遵循一种中产阶级的生活规范，这与他表现出的对社会的愤世嫉俗态度似乎有点矛盾，但是实际上他只是对一些势利现象表示了极大的不满，进而进行抗争。有时候他的抗争姿态甚至会让他成为某种"道德楷模"。他在妹妹菲比的学校里看到墙上写着"操你"这样的下流字眼，尽管他自己的语言也时常会很粗俗，但是这还是让他不能忍受，甚至心中想着要干掉那些在墙上写这些字的人——尽管同时他也承认自己没有胆量去把墙上的字抹掉。他的道德规范同样也表现在他对同性关系的敏感反应上。在小说后半部分，他去看以前的老师安多利尼，晚上住在这位老师家里，醒来后发现老师的手在抚摸他的头，这让他大为惊讶和恐惧，随后一跃而起急急忙忙离开了老师的家。显然他把老师的行为看成了同性恋倾向，这在他而言实在不能接受，在50年代的美国同性恋被认为是变态行为，是男性气质的丧失（Ohmann，1977：775，）①——尽管走出安多利尼的家门后，霍尔顿又对自己的行为开始内疚起来，对安多利尼到底是不是同性恋也不能判定。

霍尔顿的言行总是在这么一种自我否定的形式里行进。但其结果是，随着小说情节的发展，这种否定的形式越来越显示出肯定的力量，以致最后改变了他的行为方式和世界观。我们可以从他和妹妹菲比的交往中，看到这种转变的过程。在小说快结尾时，霍尔顿偷偷在晚上回到了家里，菲比发现了他成绩糟糕要被学校开除的事，兄妹俩之间发生了一段非常有意思的对话，菲比指责霍尔顿对什么也不喜欢，霍尔顿则告诉菲比，他可以做一件事，即当一个麦田里的守望者，保护那些要从悬崖上掉下去的孩子："我站在一些特别陡的悬崖的边上。我要做的就是抓住那些孩子们，如果他们走过悬崖的话——我是说如果他们在奔跑，如果他们他们顾不上看往哪儿跑，那我就要站出来，抓住他们。这就是我在那儿每天要做的事。我想成为麦田里的守望者。我知道这想法很可笑，但是那是我唯一真的喜欢做的事，我知道这很可笑。"（Salinger，1991：173）霍尔顿的这番话也可以看作是小说情节中的一个高潮，表明了他要保持自己个性的决心。有意思的是，他的这番动听的话似乎给菲比留下了很深的印象，但是菲比的实际反应却又让他很失望："菲比好长时间没有说话。但是，当她说话时，她说的却又是那句话：'爸爸会杀了你

① 1950年3月和4月间，美国国会众议院就同性恋是否会影响美国的国家安全进行过辩论，一些议员就此前国务院允许91名工作人员辞职发表看法，因为他们是同性恋，认为这些同性恋国家工作人员的性倾向会影响外交政策，会有利于苏联方，因为那些苏联人是相信同性行为的。（见 United States House of Representatives "Debate on Homosexual as Security Risks in Government".// in Michael S Foley and Brendan P. O'Malley, ed. *Home Fronts: A Wartime American Reader*. New York: The New Press, 2008：236-239.）

的.'"（Salinger, 1991：173）与此前他与萨利说他要去佛蒙特时，萨利视他为怪人一样，霍尔顿也知道在菲比的眼里他不合常规，不能被这个家接受。但是，这并没有让他改变他的想法和行为，反而更坚定了他要远离周围世界去西部的决心。可也恰恰在这件事上，否定的形式又一次发生了在他身上，并最终让他成为了另一种意义上的"守望者"。当霍尔顿看到菲比也要跟着他去西部的时候，突然间他似乎意识到了自己行为的不切实际，他改变了想法，转而劝说菲比打消主意，他说他什么地方都不去了，他要回家。为了让菲比高兴起来，他带她到了动物园，看到菲比在旋转木马上玩得很开心，霍尔顿心中也升起了很多感慨："我害怕她会从他妈的木马上掉下来，但是我没说什么，也没做什么。孩子的事情是这样的，如果他们要抓住金环，你就得让他们去抓，什么也不要说。如果他们掉下来了，那就掉下来好了，但是你要是说了什么，那就不好了。"（Salinger, 1991：211）与此前要做"麦田里的守望者"相比，这个时候的霍尔顿也是一个守望者，不同的是他不再挺身而出去抓住那些孩子，而是让他们自己去体验掉下去的滋味，他少了一份理想中的英雄举动，多了一份现实中的有效关怀，而这是在他抛弃了远去西部的天真遐想后发生的。

霍尔顿终于回家了。自我矫正的力量让霍尔顿规避了可能发生的更加极端和激进的行为，也给了他一个可以讲述自己故事的机会。霍尔顿的自述是在医院里进行的，他得的很可能是精神和心理方面的病，他提到有一个精神分析医生与他有过联系，但到底是否如此他并没有明说。不过不管怎样，他的自述本身就是一种医治行为，在整个自述过程中我们看到了他行为中的种种矛盾，他的善良、他的粗俗、他的正义、他的怯懦、他的抗争、他的不满、他的激进，等等，以及这些矛盾的最终过去。如果不是完全解决的话，这本身就是一种自我矫正的行为。这种行为也许可以发生在任何时候，但霍尔顿的故事发生在50年代的美国，一个一体化的大众社会正在形成的时候，一个冷战正在走向火热的时期，在这样一个特殊时代，霍尔顿这个特殊人物的特殊性格也就有了种种象征的可能，而其中之一便是遏制的象征意义在其身上的体现。

　　现在我们再回到本节第一部分提到的那位律师父亲对《麦》一书会对包括他的女儿在内的学生产生恶劣影响的指责，在状告德克萨斯大学"腐蚀了我们国家的年轻人的道德素质"后，他还说了这么一句话，"这部小说不算是那种赤裸裸的宣传共产主义的书，但是它导致一种精神价值的萎靡，而这却是帮了共产主义的忙。"（Laser，1963：123）这位家长的话很可能是危言耸听，但却传递了有关那个时代的一种信息，即那是一个冷战意识无处不在的时期。在这样一个氛围里，凯南所说的遏制思想及其作用显得尤为迫切。只可惜就《麦》而言，这位律师只看到了霍尔顿现象的一个方面，而没有体察到另一方面的含义，即霍尔顿与遏制的关系，而这正是《麦田里的守望者》的一种意义所在。

引用文献

　　Alsen, Eberhard. *A Reader's Guide to J. D. Salinger*. Westpoint, Connecticut: Greenwood Press, 2002.

　　Cohen, Elliot. A "Teen-Age Bill of Rights". *New York Times Magazine*, January 7, 1945: 16-18.

　　Erikson, Erik H. *Childhood and Society*. New York: W.W.Norton & Company, 1950.

　　Hassen, Ihab. *Radical Innocen: Studies in the Comtemporary American Novel*. Princeton, New Jersey: Princeton University Press, 1961.

　　Kennan, George. The Source of Soviet Conduct. Foreign Affairs, 1947(11):566-582.

　　Laser, Marvin and Norman Fruman, ed,. *Studies in J. D. Salinger: Reviews, Essays, and Critiques of The Catcher in the Rye and Other Fiction* . New York: The Odyssey Press, 1963.

　　Lewis, R.W.B. *The American Adam:Innocence, Tragedy and Tradition in the Nineteenth Century*. Chicago: The University of Chicago Press, 1955.

Medovoi, Leerom. *Rebels: Youth and The Cold War Originis of Identity*. Durham: Duke University Press, 2005.

Mills, C Wright. *White Collar: The American Middle Classes*. New York: Oxford University Press, 1951.

Nadel, Alan. *Containment Culture: American Narratives, Postmodenism, and the Atomic Age*. Durham: Duke University Press, 1995.

Ohmann, Carol and Richard. Universals and the Historically Particular. *Critical Inquiry*,1977,3(4):773-777.

Riesman, David. *The Lonely Crowd: A Study of Changing American Character*. New Haven & London: Yale University Press, 1950.

Salinger, J.D. *The Catcher in the Rye*. New York: Little, Brown and Company, 1991.

Steinle, Pamela Hunt. *In Cold Fear: The Catcher in the Rye: Censorship Controversies and Postwar American Character*. Columbus: Ohio State University Press, 2000.

Whitfield, Steven. Cherished and Cursed: Toward a Social History of The Catcher in the Rye. *The New England Quarterly* , 1997, 70(4):567-600.

刘同舜. "冷战"、"遏制"和大西洋联盟——1945－1950 年美国战略决策资料选编. 上海：复旦大学出版社，1993.

张桂霞.《麦田里的守望者》研究在中国. 郑州大学学报(哲学社会科学版)，2004（9）：158-161.

第二节　《看不见的人》与看得见的冷战
——艾里森的"自我"拯救之路

　　二战后美国文学史一部里程碑式的著作当属艾里森 1952 年出版、翌年荣获美国国家图书奖的《看不见的人》。艾里森此后发表过一些评论集，也一直在创作他的第二部小说，但直到 1994 年辞世，仍然没有出版，因此他也成为仅靠一部主要作品在文学史上留下英名的少数几位作家之一。由此也可见此作影响力何其巨大和深远。1965 年在美国一家文学刊物的民意测验中，200 名著名作家和评论家联名将此作评为此前 20 年内美国最出色的作品（Callahan，2004：前言，xii），此后评论界也普遍把这部作品定为 20 世纪美国最优秀的小说之一。这与小说甫一出版即获得读者、学界和评论界的青睐是一致的。

　　一个值得注意的情况是，一些论者不约而同地看到了小说的一个突出特质，即小说超越了黑人文学的抗议传统，上升到对个人斗争过程的普遍意义的揭示。50 年代成名的两位著名美国文学研究者路易斯和蔡司都对此有过相近的表述，而以《美国小说中的爱与死》（1960）闻名的费德勒在其著作中，则直截了当地指出艾里森的作品要比理查德·赖特那些充满激情的小说高出一筹（Schaub，1991：92）。同样值得注意的是，艾里森本人也发表了类似的观点。在其国家图书奖的获奖词中，他似乎完全绕过了黑人作家与黑人作品之特性这样的话题，取而代之的是谈论"个人为民主而应具备的道德责任"，并以此作为小说表达的主题，艾里森对此的另一个表述则是"个人的自我实现"（Ellison Acceptance Speech）。在此后相当长的时间里，这也成了理解这部小说的一个定论，在近年的艾里森研究中，几位不同的研究者都表达了相似的看法。例如，华伦在 2003 年出版的论著《如此之黑，如此之忧郁：拉尔夫·艾里森与批评的缘由》中，认为艾里森在小说中要传达的是对"自我身份的肯定"（Warren，2003：41）；而在特拉西 2004 年主编的《艾里森研究历史指南》中，由格拉姆和麦克主撰的《艾里森小传》一文把《看不见的人》的主题明确理解为"对自我身份的追求"（Graham & Mack，2004：36）。早在 1955 年的一次访谈中，当被问到是否认为追求自我是一个重要的美国主题，艾里林给出了非常肯定的回答，并指出背后的缘由："我们这个社会的本质决定了我们对我们是谁这个问题并不知晓。这还是一个年轻的社会，追求自我是社会发展中不可或缺的一部分。"（Ellison，1972：177）显然，艾里森是从一个抽象的高度概括了美国文学的主题，而他的写作融入了表达这个主题的潮流之中，这也是为什么艾里森能在二战后美国文学主流中占有重要一席的原因之一。但另一方面，不能忽视的是，艾里森笔下"自我追求"主题的具体指向以及历史背景到底是什么？这个问题涉及两个方面，其一是美国社会，尤其是 20 世纪美国黑人历史发展过程，其二是《看不见的人》成书过程的具体历史背景，即 40 年代后期到 50 年代早期的冷战历史背景。前一个问题已有很多论述，并在传统上成为美国黑人文学研究的一个重要方面①；相对而言，后一个问题较少被提及，但实际上意义重大。因为把艾里森的创作放在冷战前后的历史过程中加以透视，不仅可以破解"自我追求"这个美国文学中的主题在《看不见的人》中的具体含义，而且更有助于理解此作能够发挥如此巨大影响的背后原因，尤其是"政治原因"，而这与冷战不无关系。换言之，要完整理解《看不见的人》，不能绕过冷战这个现实。

---

① 国内关于艾里森的研究大多把此作归入"黑人小说"之类，同时强调"追求自我"这个主题，可参见董衡巽、朱虹、施咸荣、李文俊主编《美国文学简史》（1986），钱满素编《美国当代小说家论》（1987），杨任敬撰《20 世纪美国文学史》（1999），黄铁池著《当代美国小说研究》（2000），王守仁主撰《新编美国文学史》（第四卷 2002），除杨仁敬在书中提到了一点艾里森在 30 年代参加左翼文学批评外，其他基本没有提及。此外，从中国知网搜查有关艾里森研究，大多数文章基本也是遵循这个套路。

一

正如很多论述所指出的,《看不见的人》讲述的是一个人的奋斗史。主人公从在南方的黑人学校里求学,目睹黑人的苦难生活,心中升起改变自己命运的想法,到被愚弄和欺骗到了北方,梦想破灭,进入纽约的一家工厂,历尽压迫、摧残,随后加入兄弟会组织,直至最后个人意识觉醒,给"自我追求"画上一个没有句号的结尾。小说的一个突出特征,是把主人公"看不见的人"的个人奋斗融入到历史背景,尤其是黑人生活的变迁过程中,如南方黑人人性的"丧失"(小说第二章中黑人"真血"讲述的在睡梦中强奸自己女儿的故事),黑人学校校长对"看不见的人"的虚伪态度,以及他在北方工厂中的悲惨遭遇,在兄弟会中遇到的种种冲突,这些都构成了 20 世纪美国黑人历史的几个重要片段。与此同时,艾里森的描述笔法也总是把历史置于一个模糊的背景,采取一种淡化历史背景的手法,其目的自然是着重描写主人公的个人奋斗身影,使得"自我追求"的主题更加突出。这一现象在小说中有关主人公与兄弟会的情节中尤其醒目。有关兄弟会组织的性质在小说中并没有明言,艾里森本人也否定兄弟会组织与美国共产党的关系(Ellison,*Shadow & Act*,1972:179),但大多数论者和读者还是一眼就能看出这两者之间的联系。换言之,占据小说近一半篇幅的有关兄弟会组织活动的描述是有着明确的背景指向的,通过"看不见的人"与这个组织的冲突,艾里森讲述了个人追求自我的不屈不挠的奋斗。与此形成对照的是,兄弟会这样的左翼组织则被刻画成了"看不见的人"在追求自我的道路上最大的绊脚石,这或许也曲折隐晦地表达了艾里森自己对以美国共产党为代表的左翼组织的一种怀疑乃至批判态度,在一些学者看来,这表明《看不见的人》透露了诸多冷战早期美国社会的一些反共产主义思想痕迹。(见 Foley,2010:1)

需要指出的是,就艾里森本人而言,他自己早年曾与左翼组织和思想有过亲密接触,《看不见的人》中表现的对左翼思想的冷嘲热讽其实也表明了他自己思想的一个转变过程。以往对艾里森和《看不见人的》的研究，更多的是关注小说本身表现出的对左翼思想的批判倾向（而就中国学者而言，更多的则是对黑人文学因素的讨论和追求自我的主题思想的表达），而对作者曾经有过的思想转变过程则论及甚少（国内学界则基本没有涉及），这与出版社及评论界在介绍艾里森的生平时有意隐去作家的政治生活经历有关，艾里森自己也在小说出版后的多个场合申明自己一直就是左翼思想的反对者。在 1965 年的一次访谈中，艾里森曾提到，如果他要写美国共产党在三四十年代的风风雨雨，那肯定会很精彩，但他不会用小说这样的方式，而是会采用报道或者政治论文这样的方式（见 Foley，2010：2，3）。艾里森似乎在这里暗示《看不见的人》与政治无关，但同时也表明自己对三四十年代的左翼风潮是心中有数的，无论如何，他要让读者明白的是他自己不曾受过左翼思想的影响。然而事实却恰恰相反。

近年来，随着美国学界对冷战与美国文学关系研究的进展，艾里森以及《看不见的人》与冷战的关系得到了很多披露，而其中一个重要的背景关联则是艾里森在三四十年代涉入颇深的左翼活动经历。出生于俄克拉荷马市一个贫穷黑人家庭的艾里森，早年曾获得奖学金，在亚拉巴马州一个由著名黑人社会活动家布克·T. 华盛顿创立的黑人大学——塔斯克基学院学习。1936 年 7 月，他在大学三年级时前往纽约，希望通过打工挣得学费完成学业。在纽约黑人聚集地哈莱姆，艾里森遇到了左翼诗人兰斯顿·休斯，后者向他介绍了一些左翼激进分子，其中即有黑人作家赖特，其时他在编辑美国共产党刊物《做工者》（*Daily Worker*）；艾里森受到赖特很大影响，同时也迷恋上马克思主义思想及其分析方式。在赖特的提携下，艾里森在左翼刊物《新挑战》（*New Challenge*）1937 年秋季号上发表了他的首篇文学评论，用马克思主义观点评述黑人小说家华特斯·图宾（Waters Turpin）同年发表的小说《底层》（*These Low Grounds*）。《底层》讲述一个生活在马里兰州的黑人家庭四代人的生活。艾里森在评论中赞誉了作家对黑人生活的敏锐观察，认为小说是首次对一个黑人家族史进行了描述，但同时艾里森也指出，作品缺少一种历史和政治意识，他认为黑人作家有责任超越当下环境，"从整体上把握历史过程以及他和他的同族们与这个过程的关系"（Maxwell，2004：71）。显然，正如艾里森研究者麦克斯维尔所言，艾里森所说的"作为整体的历史过程"，来自于马克思主义中的历史唯物主义思想（Maxwell，2004：72），而所谓缺少"历史与政治意识"，实际上指的是在 30 年代盛行的经济与阶级分析观。艾里森希望黑人作家能够通过对黑人生活的描述，向读者表明黑人的阶级地位，以利于黑人的觉醒，自然这也与其时流行的马克思主义社会效应观是一致的。1942 年，艾里森在左翼刊物《黑人季刊》（Negro Quarterly）当执行编辑，而主编则是哈莱姆左翼圈子里的著名人物、美国共产党安吉洛·亨东（Angelo Herndon）①，艾里森同样也深受影响，在一些文学评论中进一步用流行的马克思主义观点进行分析批评。1942 年春，艾里森在《黑人季刊》上发表评论，评点黑人作家威廉·艾特卫（William Attaway）1941 年创作的小说《铸造热血》（Blood on the Forge），小说反映的是 20 世纪初黑人从南方到北方的大迁移过程，描述了黑人在追随"美国梦"的过程中遭遇到的种种困苦和灾难。艾里森从马克思主义历史发展观的角度，肯定了小说表现的从封建主义到资本主义的社会发展轨迹，但同时认为小说的视野有局限性，没有从黑人大迁移的过程中看到作为一个阶级的社会先进性，即"能够把握事物发展的规律"（Maxwell，2004：75）。他认为黑人应有一种历史觉悟，把握突破时机，看到社会变化的可能，艾里森心中的这种黑人的形象即是亨东这样的人物。显然，艾里森是将文学的政治效应作为其评论的出发点的，而这种评论的基点则是马克思主义的社会发展观。

艾里森在三四十年代不仅仅用左翼观点写文学评论，他自己也进行了创作实践，曾写过十几篇短篇小说，而且多数属于当时很受

---

① Angelo Herndon（1913-1997），1932 年在亚特兰大组织罢工和游行，被捕入狱，后经左翼组织营救，1934 年出狱到纽约哈莱姆，10 年后离开美国共产党。艾里森在一些短篇和《看不见的人》中的人物即以他为原型。

青睐的无产阶级文学类型，这些作品都处于近于完成或者可以发表的状态，但并没有发表，他去世后在其寓所被发现。已经大部分完成的短篇小说《梦》的背景是 1941 年或者 1942 年初的一个南方小镇，叙述者是一个黑人少年，故事讲述了他参与全国黑人大会（一个争取黑人权利的受美共领导的左翼组织）的活动。他为这个组织散发传单，并结识了给予他指导的两个成年人吉姆和布莱德肖，前者是黑人，后者是白人，两个人显然都是共产党员；通过黑人少年之口，小说描述了这两个人物组织活动与以镇长为首的镇上种植园主阶层进行的斗争。在此前已经近乎完成的另一篇小说《成长》中，艾里森还描述了一个共产党员教授的形象。主人公巴德出生在南方，他到北方受教育并加入了共产党，此后回到家乡的一个大学教授文学，他讲授"抗争文学"并影响了一些学生，他们把课堂上听到的东西用于冒险举动，暗杀了一个当地政客，结果自己也被处以极刑。小说在描述激进者的正面形象时，也表达了艾里森自己对激进活动的一些困惑（以上材料见 Foley，2010：110，132，138）。有意思的是，在 1955 年春的一次访谈中，当被问到他是否受到社会现实主义的影响时，艾里森做了如下回答："我那时正处于学习状态，社会现实主义是一种被高度重视的理论，但是我并不认为我对所谓的无产阶级小说考虑过多少，其时马克思主义给我留下了很深的印象。"（Ellison，1972：168）艾里森承认接触过马克思主义，但否认参与过无产阶级文学的实践。

二

1943 年夏，艾里森应征入伍，结束了在《黑人季刊》的编辑工作。是年年中，他表达了对美共及左翼的不满，开始了他的政治观念的转变过程。需要指出的是，这是一个复杂的过程，既与美共在战前与战争中政治观念和政策的变化相关，也与艾里森对美国社会中黑人地位的看法相关。换言之，要弄明白艾里森的思想转变过程，需把时代政治风向的变化他对美国社会中种族问题

的关切结合起来。20 年代末，在共产国际（第三国际）①的指令下，
美国的共产主义运动提出了对黑人问题的解决方法，认为南方的
黑人应争取自治的权利，建立"国家中的国家"；同时也认为黑人
向北方的迁移，加强了北方无产阶级的多元化，也有助于无产阶
级先锋队的形成，以利于最终推翻资产阶级的统治（见 Foley，2010：
19）。如上所述，30 年代中期深受左翼思想影响的艾里森在一些文
学批评中表现出了对这些思想的理解并努力将其运用在批评实践
中，但之后美共的做法也引起了他的困惑。1935 年为应对法西斯
德国的扩张，共产国际号召建立与其他党派联合的"人民阵线"
（Popular Front），美共积极行动，提倡"阶级合作"，甚至提出"共
产主义就是 20 世纪的美国主义"。艾里森一方面努力接受这些新
的思想，另一方面开始质疑，认为这些做法脱离了左翼运动的宗
旨，而且更是牺牲了黑人的利益。"人民阵线"随着苏德在 1939
年签订互不侵犯条约而自行解散，但之后，1941 年 6 月德国进攻
苏联，是年 12 月日本发动"珍珠港事件"，第二次世界大战全面
展开，美共政策在其时再次发生变化，从此前谴责欧洲战争是帝
国主义间的战争，号召抵制战争，到极力支持美英苏盟国关系，
开展一致反对法西斯的"人民战争"。美国共产党认为革命已不再
是其主要目标，在战争后期甚至把自己的组织改成了"共产主义
政治协会"。艾里森对这种变化非常不满，其中一个重要原因是认
为在这种情况下，黑人的利益不仅遭受了牺牲，更是遭到了背叛。
1944 年，艾里森写了一篇题为"美国的困境：一则评论"的文章，
评述瑞典学者嘎纳·默道尔（Gunnar Myrdal）同年出版的著作《美
国的困境：黑人问题与现代民主》(*An American Dilemma: The Negro
Problem and Modern Democracy*)，文中一个重要观点即是视美共的
黑人政策与罗斯福的"新政"为同路货色，他认为两者都不能真
正地看清黑人所处的现实，尤其是种族歧视问题（如对军队中的

---

① Comintern（Third International）(1919—1943)：由列宁在 1919 年创建，曾召开多次
国际工运大会，对国际工人运动史产生过很大影响，1943 年在美英苏结盟共同抗击希特勒德
国的形势下，斯大林宣告该组织解散。

种族歧视无所作为），两者只是以一种居高临下的态度给予黑人某种"恩惠"（Ellison，1972：309-310）。相比于艾里森刚接触左翼思想时的言行，他的变化是明显的。值得注意的是，艾里森对左翼的质疑并不直接等同于他转向了右翼，相反，他对美共及左翼的不满和批判，恰恰是因为他认为他们背离了左翼的方向，与资产阶级站在了一起。

明确这一点非常重要，因为这可以帮助我们了解在《看不见的人》成书过程中艾里森思想的进一步变化，以及此作经历的从"左"向"右"的转变过程。艾里森于 1945 年开始创作这部作品，1952年出版，期间做过很多修改，其中重要的是对小说中一些与左翼组织活动的情节和人物相关部分的修改。比如，手稿中有这样一个情节："看不见的人"在哈莱姆一处黑人居住区，看到一些黑人因不能及时交付房费被暴力驱赶出去，他站出来进行了制止，首次显示了他的演说能力；此后他目睹了兄弟会组织的一次游行，有一个白人组织者当街演讲，宣称"只有一个美国，不是白人的美国，也不是黑人的美国，而是平等的美国……所有美国人应携手反对压迫者和剥削者"。这一段话显然是反映了"人民阵线"期间美共的政策，艾里森研究者佛雷认为，艾里森在手稿中此处的描写并没有含讥讽之意，尽管他对美共的政策保留看法，但在"人民阵线"之前，他自己也做过类似的鼓动宣传。另外一个值得注意的细节是，在出版稿中，"看不见的人"是在一段时间后才和兄弟会领导人杰克联系加入他们的组织的，而在手稿中，他是在目睹了游行之后深深被他们吸引立即加入了这个组织。显然，这些对兄弟会这个左翼组织含有同情之意的描写，在出版稿中都被删去了（见 Foley，2010：249-250）。另一个类似之处，手稿中艾里森让"看不见的人"在一个情节里回想与兄弟会的交往，其中提到他们将自己工资都用到工人运动中的无私之举，主人公因此大受感动，也把自己的那份用到了工人运动之中。这一段描写或许会被认为充满讽刺，但还是在出版稿中被删掉了，因为对兄弟会的描述似乎过于理性化了。相比之下，在出版稿中，读者看到的是兄弟会出手大方，"看不见的人"一个星期就可以拿到 60 美元，这免不了要让人怀疑他们是不是用钱购买了他的才能，而这个组织本身是不是腐败横行。（见 Foley，2010：268-269）

就人物塑造而言，除了主人公"看不见的人"以外，这部小说中另一个主要人物非兄弟会领导人杰克莫属，从手稿到出版稿，艾里森对这个人物的形象塑造也做了很多改动。一个重要的改动出现于"看不见的人"在参与兄弟会活动后期与杰克发生对峙的一个场景中。这个情节的背景是兄弟会的黑人青年克里夫顿在哈莱姆街上遭遇警察枪杀后，"看不见的人"没有经过组织的同意，自己组织人马为这位黑人青年举办了葬礼，同时也利用这个机会进行了争取权利的宣传活动，但是他的行为遭到了兄弟会特别是杰克的指责，被认为是违反了组织纪律。他被召唤到一个会上，接受大家的质询，杰克更是直言不讳地告诉"看不见的人"，"你不是被雇佣来思考的"，"你要么接受决定，要么就出局"（Ellision, *Invisible Man*, 2001：469，474），这成了小说主人公与兄弟会冲突的一个高潮场景，兄弟会的极权者形象暴露无遗。也是在这个时候，艾里森对杰克的形象做了特殊的描写："看不见的人"看到正在慷慨激昂地说话的杰克脸上突然掉下来一个东西，原来他的一个眼睛是假眼，此时掉下来落进桌上的玻璃杯中，原本威严十足的杰克立马成了一个"独眼龙"（在小说中，叙述者"看不见的人"用了 Cyclopean 一词，意指希腊神话中的"独眼巨人"，尽管此词本身没有嘲讽意味，但放在这个情景中，讽刺意味还是跃然纸上）。但在手稿中，这个"独眼龙"并不是杰克，而是一个普通的兄弟会成员，作者将其在出版稿中改成了杰克。此外，艾里森还对杰克头发的颜色做了特别的描述，在手稿的边角，他专门做了一个批注："杰克长有红色头发"（Foley，2010：313），在出版稿中，读者可以读到在这个情景中，"他（杰克）的红色脑袋毛发直立"（Ellision, *Invisible Man*, 2001：473），另外，杰克在说话时还时不时地会冒出几句"外国话"（Ellision, *Invisible Man*, 2001：473）。杰克的这个形象或许会引发读者很多联想，甚至会将其与 50 年代初美国社会发生的间谍案联系起来①。

　　《看不见的人》在结尾处描述了哈莱姆发生的骚乱，这个情节与主人公的思想觉醒过程聚合在一起，形成了小说后半部分（即主人公在纽约参与兄弟会左翼组织活动）的高潮，也为整部小说故事情节的收尾画上了一个戛然而止的句号，读来令人回味无穷。尽管小说描述并不一定要与现实一致，但考察小说中骚乱情节的来源，还是可以帮助我们理解作者的意图所在。根据佛雷的研究，骚乱情节来源于现实中的两次哈莱姆黑人骚乱，第一次发生在 1935 年，第二次发生在 1943 年。第一次是因为传言警察打死了犯小偷小摸罪的黑人小孩，引起街区骚动；第二次则是因为传言一个黑人士兵因保护一位受到虐待的黑人妇女，而被一个白人警察打死，引发黑人上街骚乱，而背后的实际原因，则是黑人借用这个机会发泄他们对社会地位低下、受压迫的情形没有实际改变的不满；美国黑人积极参加第二次世界大战的一个重要原因，是希望通过反法西斯战争使得他们在国内的地位有所改变，能够真正地获得民主，但事实却并非如此，这也是 1943 年哈莱姆骚乱的一个重要原因。艾里森在小说的出版稿中，把这两个事件融为一体，基本采用了前者的事因模式，而隐去了后者的原因，这样做的一个结果是故事的历史背景变得模糊，第二次世界大战与黑人对民主的诉求间的关系被搁置，更重要的是，为把骚乱归咎于兄弟会这样的左翼组织在背后作祟提供了逻辑线索和依据。在目睹了骚乱中黑人遭遇暴力镇压的情景后，"看不见的人"意识到这是一种自杀和谋杀行为，包括他在内的黑人是被兄弟会利用了，他们挑起哈莱姆黑人间不同派别的争斗，以达到排除异己的目的（见 Ellison，2001：553）。但是实际情况是，无论对待左翼的态度是赞成还是反对，大部分评论者都认为，哈莱姆的两次骚乱都与左翼无关，艾里森自己也曾撰文分析 1935 年的骚乱，当时他将其

----

　　① 对这部作品的手稿和出版稿做过精湛对比研究的美国学者佛雷认为，杰克这个形象的最后定型与时代背景有关。40 年代末、50 年代初，美国社会出现了一系列间谍案，如著名的罗森堡夫妇和希斯案，对于这些案件的侦破有着特殊贡献的是一个叫做伊丽莎白·本特利的美国女性。她曾是美国共产党后来成为联邦调查局的密探，于 1948 年在国会非美调查委员会作证，举报她曾经的男友是一个获得美国身份的苏联间谍。

归因于"农民般的简单的复仇"（见 Foley，2010：321），而不是一些人认为的有目的工人阶级的行为，直至 1948 年在一篇介绍和评述哈莱姆精神诊所的文章中（未刊稿），艾里森还提及哈莱姆的两次骚乱都出自黑人"自发的爆发"（Ellison，1972：301），与左翼活动并不相关。

三

显然，上述所提小说人物描述与情节设置改动的一个相应结果，是左翼形象成为了讥讽和批判的对象，这是 1952 年小说出版时，读者会得到的印象。艾里森在长达七年的小说创作过程中，完成了他的"转向"。正如此前他的思想转变过程与时代政治风潮，尤其是左翼思想的多变密切相关，他在这部小说的写作过程中笔触几经变化，最后把批判的靶子准确无疑地瞄准了左翼，这也只能从时代氛围的变化与主流意识形态的定型角度加以理解。

美国学者佛雷在评述艾里森改动小说中哈莱姆骚乱情节的时间背景时，做出了如下评论："艾里森的多次修订说明，他原本并无意图把谋杀这个罪名搁在兄弟会头上，1952 年的出版稿并不说明这是缘于他自己对时代的把握……而是表明他有意改动了他自己清楚的历史过程。"（Foley，2010：321）换言之，不是艾里森先行认识了时代的变化，而是后者影响了他，使他做出了相应的改变。佛雷似乎要着重强调时代的影响因素，不过从另一方面而言，也不能脱离艾里森的主观因素来谈时代的影响。如同三四十年代其他一些与左翼思潮已经产生龃龉的知识分子（特别是纽约知识分子）一样，艾里森的转向源自于其从 40 年代初已经开始的对左翼的不满。50 年代初冷战烽烟弥漫，以《党派评论》在 1952 年召开的"我们的国家，我们的文化"笔谈会为标志，一些曾经左翼的知识分子开始转向与美国的认同，并形成一股思潮，甚至出现了比较一致的"颂赞美国"的声音。艾里森没有直接参与到这个思潮中去，毕竟作为一个黑人作家，他与那些以白人为主的自由主义知识分子还是会有一种隔阂；此外，正如上面所述，艾里森曾经是从"左"的角度来表达他对左翼"右"转的不满，直到 1948 年他还认为美共具有存活下来成为一支重要政治力量的可能，到 1954 年还在一份美共支持的杂志上发表文章，支持工会和工人运动（Foley，2010：67）；但是另一方面，对左翼的不满已经心存多年，在这种情况下他似乎敏锐地察觉到了时代政治朝向的变化。我们可以发现，从他在小说出版后发表的言论来看，一个明显的表述是要告诉读者他不仅仅是一个黑人作家，更是一个美国作家，他坚持的是美国的价值观和文学价值的融合。1963 年，评论家欧文·豪发表文章批评艾里森，认为《看不见的人》脱离了赖特创始的黑人抗争文学传统。针对豪的言论，艾里森进行了针锋相对的反驳，指出"我不仅仅是一个黑人作家，也是一个美国作家"，"让一个黑人成为美国人的不仅仅是肤色，更是缘于美国的经验传承下来的文化"（Ellison in Trimmer，1972：186，191）。艾里森在多种场合强调他与赖特的不同，后者把文学看成是"武器"，而他则视其为"艺术"；在 1961 年的一次访谈中，艾里森指出他的写作"不是出于一种社会责任感，而是文学的要求，是出于个人对于社会生活的敏锐认识"（Ellison，1972：18）。艾里森要告诉读者的是，他不像赖特一样用一种意识形态指导写作（见 Ellison，1972：16），他所说的"意识形态"指的是赖特创作《土生子》时深受左翼思潮的影响，用简单化的眼光看待生活。相比之下，他要做的是"赞颂人的生活"，把握"生活的复杂"（Ellison in Trimmer，1972：176，177）。这很容易让人联想起曾经的左翼、后来的纽约知识分子代表人物特里林在《自由主义想象》（1950）中对"多面化"和"复杂性"的自由主义观的阐释，而特里林针对的也正是他所认为的三四十年代左翼思潮的简单和庸俗化倾向①。美国学者肖泊在《冷战中的美国小说》中，把《看不见的人》放到冷战初期自由主义思潮的氛围中读解，认为艾里森在小说中反映出的思想与其时盛行的自由主义共识存在着一致性，这个看法不无道理（见 Schaub，1991：114）。

豪对此也有类似的看法，认为艾里森成了 50 年代自由主义的代

---

① 参见本书第二章第二节"自由主义想象，新自由主义与冷战思维"。

言人，并指出，如果说赖特的《土生子》因 30 年代的左翼意识形态而受到了损害，那么艾里森的《看不见的人》则因 50 年代的意识形态也受到了损害（Howe in Trimmer，1972：163）。豪并没有说明 50 年代的意识形态是什么，但是他指出这种损害的一个结果是这部小说的故事发展到"看不见的人"到纽约参加了兄弟会左翼组织后，情节失去了真实性，豪的观点是："尽管对于个人自由的无保留的强调是美国文学界 50 年代一个最受欢迎的策略，但这也会导致缺乏有生气和实在内容，它破坏了社会生活的现实，就像 30 年代的（经济）决定论一样，自由确实值得去战斗，但是不能强行让其成为现实。"（Home in Trimmer，1972：164）显然，豪的言外之意是艾里森就像赖特一样也脱离不了意识形态羁绊，用"看不见的人"的故事（尤其是其在纽约参加左翼组织的经历）来强调"自由"之于个人的重要。诚然，对于"自由"的追求正是 50 年代冷战高峰时期美国社会的主流意识形态，豪认为对于黑人作家而言，艾里森对此的过分强调实际上是脱离了黑人的现实，这不失为一种明智之言。读过这部小说的人很可能都会感到，这部小说的情节在"纽约部分"的前后存在着一种脱节，而小说的近一半篇幅用于描述"看不见的人"与左翼组织间的冲突，其实质则是要说明个人与集体权威、自由与威吓、个人追求与牺牲个人间的矛盾，在达到揭示三四十年代左翼思想危害的同时，小说也自然而然地顺应了冷战氛围下美国人对"自由"的诉求。至于具体到小说中那个黑人形象是否一定符合黑人生活的现实，这个问题实际上已不再重要。针对豪的文章，艾里森洋洋洒洒下笔万言作答，但对豪提出的上述问题，并没有做正面回应，这或许可以表明这个问题不值得回应，冷战的现实是最好的回答。但作为读者而言，直面冷战这个现实，对理解《看不见的人》这部名著的背景意义应不无帮助。

引用文献

Callahan, John. *Ralph Ellison's Invisible Man.* London: Penguin Books, 2001.

Ellison, Ralph. Acceptance Speech of National Book Award. [2014-12-8]. http://www.nationalbook.org/nbaacceptspeech_rellison.html.

Ellison, Ralph. *Invisible Man*. London: Penguin Books, 2001.

Ellison, *Shadow and Act*. New York: Vintage Books, 1972.

Ellison. The World and the Jug // Joseph F. Trimmer ed. *A Casebook on Ralph Ellison's Invisible Man*. New York: Thomas Y. Crowell, 1972.

Foley, Barbara. *Wrestling with the Left: The Making of Ralph Ellison's Invisible Man*. Durham & London: Duke University Press, 2010.

Graham M & Mack J. Ralph Ellison: A Brief Biography // Steven G Tracy, ed. *A Historical Guide to Ralph Ellison*. Oxford: Oxford University Press, 2004.

Howe, Irving. Black Boys and Native Sons // Joseph F. Trimmer ed. *A Casebook on Ralph Ellison's Invisible Man*. New York: Thomas Y. Crowell, 1972.

Maxwell, Williams. Creativeand Cultural Lag: The Radical Education of Ralph Ellison. // Steven G Tracy, ed. *A Historical Guide to Ralph Ellison*. Oxford: Oxford University Press, 2004.

Schaub, Thomas Hill. *American Fiction in the Cold War*. Madison, Wisconsin: the University of Wisconsin Press, 1991.

Warren, Kenneth. *So Black and So Blue: Ralph Ellison and the Occasion of Criticism*. Chicago and London: The University of Chicago Press, 2003.

第三节　直面冷战逻辑：《萨勒姆的女巫》中的背景和现实再现

　　冷战对美国社会影响甚大，从军事到政治，从文化到日常生活，无不留下了冷战的痕迹。但在冷战初期，尤其是冷战对峙愈演愈烈的整个 50 年代，就文学作品而言，直接与冷战相关，特别是反映冷战思维下美国社会的政治、文化状况的作品并不很多，阿瑟·米勒 1953 年的剧作《萨勒姆的女巫》可以算是少数几部透视处在冷战氛围中的美国社会心态的作品之一。此作借用发生在历史上的一个事件，直指其时蔓延美国社会的冷战逻辑，剖析之深，批判之烈，皆属罕见。这部作品也可视为米勒自己的一种反抗行为，作为一个正直的知识分子，米勒直面冷战逻辑，用其作品说话，同时也以自己的行为给其作品做了最生动的注解。因此，对这部作品的读解一方面需要回到作品所指的历史背景中去，另一方面更需要联系创作这部作品的当下环境，最主要的是米勒自己对冷战氛围下美国的感受，这是直接促使米勒创作这部剧作的原因。此外，在剧作出版和上演后的几年间，米勒或多或少受到了一些牵连，在很大程度上，其作品中的一些场景在他自己身上得到了重演，这或许可以看成是作品的另一种"现实再现"。这些都构成了作品的多重背景，从这个角度来理解这部作品，为了解冷战思维提供了一个有效途径。

一

　　1692 年 2 月，英属北美殖民地马萨诸塞州萨利姆镇中的几个女孩儿突然患病，医生无法确诊，一些人认为她们是遭到了魔鬼的侵扰。一些患病女孩儿随后指控他人是魔鬼的替身，即女巫。很快，被指控的人越来越多，殖民地政府组织了专门法庭，审判这起案件，

200 多人被投入监狱，其中 19 人被判绞刑。被指控者中有些人承认与魔鬼有来往，并根据法庭要求，指控了他人，从而得到了赦免；而另一些人拒绝承认与坦白，最后的结果则是走向了绞刑架。事件从 1692 年 2 月始，到 1693 年 5 月结束，这就是美国历史上著名的驱巫事件。

米勒的《萨勒姆的女巫》以这个历史事件为蓝本，用戏剧的手法，集中矛盾冲突，勾勒戏剧化情节，通过四幕场景，展现了事件的起始与高潮过程。整部作品故事情节环环相扣，人物行动与戏剧冲突层层递进，一步一步推向高潮，整个过程扣人心弦，发人深思，有着浓厚的古希腊悲剧的意蕴和戏剧效应。

与此同样重要的是米勒对驱巫事件原因的深入剖析，从"巫婆"观念与宗教的渊源到社会结构的背景，从政治权威的形成到个人权力与尊严的消弭，从人性善恶的描述到人性扭曲的展现，从宗教到文化到社会再到政治，米勒的笔触锋利无比，剑锋直指驱巫事件的层层逻辑关联。也正是这种逻辑解剖使得历史与现实走到了一起，历史上的驱巫与现实中的冷战思维实乃遵循一个逻辑模式。

驱巫的基础在于对魔鬼之存在的相信，不仅仅是观念中的魔鬼，还有虽然看不见、但被认为是着实存在的"魔鬼实体"。从历史的角度而言，对于魔鬼之存在的相信是宗教发展过程中一个自然结果，魔鬼存在的对立面是上帝的存在，这给予了信仰者信奉宗教的依据。但是另一方面，这一个看上去似乎很简单的逻辑，实则内容非常丰富，在历史上很长时间内构成了一种非此即彼的思维模式，发生在萨勒姆的驱巫事件以及由此导致的歇斯底里行为的根源即在于此。米勒显然是看到了这个问题的核心。在剧本的第一章里有这么一个情节，萨勒姆镇为了确诊依附在那些女孩儿身上的魔鬼，从别处专门请来了驱魔高手赫尔。作为叙述者的米勒对这位神父兼驱魔者做了一段颇为冗长的评述（这也是此剧的一个特色，似乎米勒在作品中扮演了两个角色，一个是戏剧情节和冲突的构建者，另一个则是悲剧事件的分析者，米勒常常跳出第一个角色，直接提出自己的观点，从中也可看出米勒创作此剧的现实原因），在对这个人物的外表做了简单的描述后，叙述者和分析者米勒很快转到了对赫尔牧师行为原因的分析："我们同舞台上那位赫尔牧师和其他角色一样，想象一种体面的宇宙观之中撒旦魔王是必不可少的。我们这个宇宙是个分裂的王国，其中某些思想感情和行动隶属上帝，而它们的对立面则属于撒旦魔王。对大多数人来说，设想道德遍天下而罪恶全无，就如同设想一个地球没有'天空'一样，是不可能的事。"（米勒，2011：55，Weales，1971：33）撒旦与上帝形成对照，黑白分明的划分是理解这个世界的出发点。这种非此即彼的思维模式构成了上帝与魔鬼的对立，也形成了魔鬼之存在的必要。但这只是事情的一个方面，另一个方面是这种对立的一个逻辑结果，即为了表明自己与上帝同在，魔鬼时常要被"发现"，由此说明发现者自己的纯洁与正确，这样的"发现"可以发生在个人身上，也可以发生在一个政权身上，后者当然常常也是以某个个人为代表，但因为要让权威赋予政权，这使得政权与上帝同在的努力显得更为重要。从上帝到魔鬼的简单对立到通过"发现"魔鬼证明自己与上帝同在，这样的逻辑正是萨勒姆女巫案牵涉人物走过的路径。米勒对此见解深刻，在紧接着上文上帝和魔鬼对立之世界的分析之后，叙述者米勒进而说道："我们很难相信魔鬼搞什么政治鼓动（这里找不到更合适的字眼，姑且用之），主要是由于不管出了什么岔子，我们社会上的对手，而且也包括我们自己一方，都会把魔鬼拿来诅咒。"（米勒，2011：56，Weales，1971：34）魔鬼其实是虚无缥缈的，尽管笃信者不会这样认为。魔鬼的一个更重要的用处是被拿来证明自己的正确、别人的错误与罪恶，而所谓的别人则往往就是指正者要消灭的对手和敌人。不管是有意还是无意，被动还是主动，指正者们的行为无不渗透了这种逻辑与行为动机。

　　或许在一开始，对一些人而言，魔鬼只是作为一个沿袭下来的传统概念被接受，只是作为一个被诅咒的对象而避之，人们对于魔鬼的作用并没有多少了解，更谈不上利用。剧本伊始，米勒告诉我们，整个驱巫行动起因于一次偶然事件，萨勒姆镇中的一些女孩儿有一天晚上在村外树林中跳舞、嬉闹，被村里的牧师巴里斯撞见，巴里斯的女儿贝蒂也在场，因惊吓过度，第二天贝蒂卧床不起，似病入膏肓。清教统治下的马萨诸塞州殖民地视娱乐为魔鬼的行为，严禁一切娱乐活动。因此那些女孩儿们个个都心怀恐惧，生怕被指为与魔鬼有来往，而贝蒂的卧床不起，则更是加深了她们的恐惧，因为村中已有传言，把贝蒂卧床的原因与魔鬼附身联系在一起。因此，驱巫事件牵涉的主要人物，无论是那些女孩儿中的核心人物——整个驱巫过程中的主要指控和指正者阿碧格，还是巴里斯牧师，对魔鬼一词都十分敏感，极力撇开与其的关系，千方百计想要掐灭已开始在村里蔓延的魔鬼来袭的传言。但随着越来越多的人开始相信这个传言，尤其是当专程赶来驱巫的赫尔牧师出现在巴里斯的家中，魔鬼的出现似乎已被坐实。但是即便如此，魔鬼的利用价值也并没有被充分发现。就赫尔牧师而言，他的任务只是确定魔鬼的存在，找出魔鬼落脚之处，继而消灭之，所以在剧本的第一幕，当巴里斯家的黑人女佣蒂图芭（她也参加了林中跳舞）在威胁和暴打之下被迫承认与魔鬼来往密切，甚至成为魔鬼替身时，他的任务也就完成了，魔鬼找到了，事情结束了。但是恰恰相反，歇斯底里的疯狂从这一刻开始了，而这一切正是源于赫尔的驱巫手段。这位笃信魔鬼存在的善良牧师也许不能相信，是他采用的暴力逼迫手段让蒂图芭违心承认了与魔鬼的来往，而更恶劣的结果是，这让阿碧格这样本来就善于见风使舵、心存恶意的人，忽然间瞥见了魔鬼的用处。紧跟着蒂图芭，阿碧格也立即承认被魔鬼附身。这样做的一个直接好处是，她不仅避开了因深夜在林中跳舞而应承受的责罚，成了一个被魔鬼侵扰的被动的受害者，还一跃变成了主动的指正者，拥有了指控他人的权利。看不见的魔鬼不单单是她受害的原因，更成了她抬高自己、加害他人的手段。在她承认被魔鬼附身的同时，她似乎也就撇清了与魔鬼的关系，站在了"正确"的一边，更重要的是，她可以利用自己受害者的身份，随意指控他人为魔鬼的替身。她曾经极力要趋避的魔鬼，现在则转而成了她可以充分利用的资源。正是在这样一种情形下，驱巫事件如吹气球一样膨胀起来，在阿碧格的带领下，那些原本心事重重、恐惧缠身的女孩儿们一个个反过来成为区别"对"与"错"的裁判者，而其手中的武器就是承认（confess）被魔鬼附身，被诅咒的魔鬼转而被用来作为诅咒他人的手段。这似乎大大出乎赫尔牧师的意料，之后，随着驱巫的扩大化，赫尔看到了事情的荒唐之处，但他已经无能为力，无法阻挡歇斯底里的疯狂蔓延。

　　就个人而言，像阿碧格这样的人，看到了魔鬼的用处，充分利用了其受害者的身份和坦诚的（confessional）态度，满足了其心中窝藏的报复念头。她曾在剧本中另一主要人物普洛克托家里做雇工，与后者发生过一段私情，后被普洛克托的妻子伊丽莎白发现赶出家门，因此她对伊丽莎白怀恨在心，伺机报复。驱巫事件给了她这个机会，伊丽莎白因此受到了她的指控。萨勒姆镇中其他一些村民也出于类似的原因，利用这个机会发泄他们由来已久的私愤，指控其心中的怨恨对象，这是驱巫事件扩大化的一个重要社会因素。而让阿碧格以及她的同道者肆无忌惮地疯狂指控的另一原因则是，她们被认为是站在上帝一边，代表了道德的力量，是道德的化身，而她们之所以会被这样认为，就是因为她们指认了魔鬼的存在，从而也确证了上帝的存在，于是其行为也就自然而然地等同于正义的化身。这种看似简单的逻辑却有着无比强大的力量，而一旦这种逻辑从个人层面延伸到了政权层面，那么后者则会被赋予更加坚不可摧的力量，原因之一是政权代表者的政治行为得到了无比高尚与正确的道德感的支持，其结果是一个站在更高层次的正义者形象的出现。叙述者米勒对此同样给予了颇为深刻的揭示，在关于赫尔出场的那段评述的中间，米勒谈到了非此即彼的思维在政治上的应用效应："一项政治政策等同于道德权力，反对它就等同于恶魔的狠毒行为。这种等同的概念一生效，社会就变成阴谋与反阴谋的聚集场所；政府的主要任务也就从仲裁变为执行上帝的惩罚。"（米勒，2011：56，Weales，1971：34）来自于上帝的道德权力赋予了政治的正确与执行力，但是上帝只是一个名义而已，真正的道德权力的拥有者则是政治的执行者。换言之，这两者实为一体，在上帝的名义下，相依相存，强大的力量正源于此；权力执行者成为上帝的化身，乃至等同于上帝。

剧本中的殖民地政权设立的特别法庭主审法官丹佛斯，就是这种形象的代表。原本萨勒姆镇期待赫尔牧师能够帮助他们解决魔鬼显现事件，但是指控的扩大化最终让赫尔牧师靠边站，取而代之的是以政府的名义设立的特别法庭。与阿碧格一样，丹佛斯站在道德的高地来执行他的审判，不同的是，他代表了政权，因此，在道德权力之光辉照耀下，他更拥有了绝对的权威，任何人都不能挑战这种权威，在其眼里这等同于上帝的正义。正因为如此，村民法兰西斯在征集了很多其他村民的意见，以表明指控者的虚伪和私心，向法庭提出申诉时，丹佛斯的第一反应便是将此看成是对法庭的攻击，并要求对方交出意见书签名者名单以便一网打尽。他向法兰西斯告知了他这种行为的法理依据："你应该明白，先生，一个人要么站在维护法庭这一边，要么就必然给算在反对派那一边，中间道路是没有的。"（米勒，2001：145，Weales，1971：94）。用米勒的话说，要么是反阴谋者，否则就是阴谋者，非此即彼。法兰西斯的申诉被断然拒绝，更糟糕的是他自己成了阴谋动乱的嫌疑犯。丹佛斯的依据看起来只是从法理出发，逻辑严密，不容反驳，实际上则是一种出于现实考虑的策略，为的是巩固政权的权威。此前，丹佛斯就已经以伊丽莎白怀孕为理由，暗示另一个质疑者普洛克托放弃反对法庭的意见，鉴于普洛克托在萨勒姆镇的影响，把其争取过来是对法庭最大的支持。此后，在驱巫案件的后期，阿碧格偷了其叔叔巴里斯牧师的钱逃之夭夭，其虚伪的道德已昭然若揭，她作为驱巫事件始作俑者的指控也就应被提起。但即便在丹佛斯知晓了此事之后，他依然没有改变案件的审理过程，原因很简单，作为正义化身的法庭的性质不能有丝毫损害，魔鬼必须要驱除，因此魔鬼也必须要存在。在这种逻辑之下，普洛克托走向绞刑架也就不可避免，尽管最后为了家庭，为了留住自己的生命，他承认了自己与魔鬼有来往，但他拒绝丹佛斯用他的名义来宣传对魔鬼惩罚的必要，这也就等同于拒绝承认站在法庭的一边，这是对法庭以及法庭代表的政权的最大挑战，于丹佛斯，这是绝对不能接受的。于是乎，现实的政治与道德的现实性再一次走到了一起，其结果便是用死亡的惩罚维护正义的光辉。

二

1999 年，米勒在哈佛大学的一次讲演中，谈到了《萨勒姆的女巫》（以下简称"《萨》"）的写作用意，他指出"《萨勒姆的女巫》试图将真正的生活展现出来"（Miller in Centola，2000：277）。米勒所谓的"真正的生活"指的是 50 年代初冷战高峰期间的美国，尤其是麦卡锡主义盛行、反共浪潮正在席卷美国社会之时。用米勒自己的话来说，那是一个反共猖獗的时代，造成的结果是"任何与社会主义或共产主义相关的思想都不能有丝毫的相信余地，这些思想的支持者们被认为不是有意的颠覆者就是无意的颠覆行为的行动者"（Miller in Centola，2000：274）不管是"有意"还是"无意"，"颠覆"一词似乎与共产主义紧紧相随，这不禁让人联想起《萨》剧描述的驱除魔鬼的行为，共产主义与萨勒姆镇的魔鬼在麦卡锡时代成了同义词。需要指出的是，米勒写此剧并不是要为共产主义辩护，他写此剧的目的是要说明，17 世纪后期在萨勒姆镇发生的驱巫事件与 20 世纪中叶在美国产生的麦卡锡主义，两者在时间上虽然相隔 200 多年，但是在行为逻辑上都有相似之处，尤其在行为背后折射的思维方式上更有着惊人的一致，即非此即彼思维方式以及由此导致的荒诞的行为结果。

米勒对此剧的现实指涉一直有着清晰的表述。早在 1957 年给其《戏剧选》写的"序言"中，他就指出："不仅仅是因为'麦卡锡主义'的盛行触动了我，还因为比之更加奇异、更为神秘的一些事。来自极右翼的貌似客观的、颇有把握的政治运动不单单是制造了恐惧，也制造了一种主观的现实，一种十足的神秘气氛，而且还一点一点地蒙上了一层神圣的面纱，这些事实触动了我。"（Miller in Weales，1971：162）他进而剖析道："真正可怕的是，远超于这些可怕的事是，我看到良心不再只是事关个人，而是事关国家机器，并受其掌控，而且这已成为被接受的事实；我看到有人把良心递交给了他人，而且还要感谢他人为其提供了这样一个机会。"(Miller in Weales，1971：163) 显然，米勒不仅看到了冷战高峰期间，麦卡锡主义的种种表现，而且还力透纸背，看到了问题的实质，即个人的良心在这种气氛中已不再属于自己。联想到《萨》剧中普洛克托的命运以及他与丹佛斯的对峙，米勒的现实指涉便能一目了然。普洛克托尽管出于压力被迫承认了与魔鬼的交往，但拒绝出卖自己的良心，拒绝让丹佛斯使用自己的名义达到证明其行为正确性的目的；普洛克托的拒绝使得丹佛斯代表的国家机器缺少了一种合法性的支持，这也是造成这两个人物根本对立的原因。当然，与普洛克托对立的不只是丹佛斯，驱巫案的主角阿碧格及其追随者们也是他的对立面，前者拒绝"递交"良心，后者主动扮演了良心的交易者角色，前者维持了个人的尊严，后者的个人性已不复存在，变成了国家机器的一部分。这两者构成了《萨》最有震撼力的戏剧冲突，也是整部剧的主旨。

从驱巫事件的表象到展示个人良心遭遇的迷惑与挣扎，米勒的历史观与现实感融为一体，这也源于米勒的个人经历。促使米勒写作此剧的原因除了上面所说麦卡锡主义氛围引发的感触，还有一个直接的触发因素，即米勒好友、著名电影导演卡赞①在国会非美活动调查委员会上的供认（confession），这在很大程度上成了《萨》剧直接影射的对象，是历史在现实中的一次折射。卡赞是米勒的老朋友，是米勒的成名作品《推销员之死》舞台剧的导演，也是著名的电影导演。1952 年 4 月，卡赞被要求到国会非美活动调查委员会接受调查，30 年代早期卡赞在纽约曾经加入过美国共产党，在其从事的戏剧团体中传播过共产主义思想，后脱党。50 年代初，"麦卡锡主义"盛行期间，如同其他曾经与美共有过关系的电影和戏剧界的人物一样，卡赞也遭到了非美活动调查委员会的传讯，要求他说出参加美共活动时的同路人。他在 1952 年 1 月的第一次传讯时对此

---

① Elia Kazan：伊利亚·卡赞（1909—2003），著名舞台剧和电影导演，曾执导米勒作品《推销员之死》和田纳西·威廉姆斯的《欲望号街车》，1954 年导演的电影《码头风云》获奥斯卡最佳导演和最佳影片等 8 项大奖。30 年代初从事戏剧活动时曾加入过美国共产党，一年后脱党。

加以拒绝，但此后遭受了很大压力，甚至面临中止好莱坞导演生涯的威胁。在同年 4 月第二次传讯时，卡赞主动做了供认，说出了多年前与他一起在左翼戏剧团体中共事的美共同人，其中有 30 年代著名的左翼戏剧作家克利福德·奥德茨①。值得注意的是，卡赞在做出供认决定后，联系了米勒，要求见他，而此时米勒正准备为写《萨》剧到萨勒姆镇去做调查。米勒 30 年代中后期在密歇根大学读书期间曾看到过有关新英格兰驱巫事件的材料，对此产生了兴趣，但当时并没有产生过写一个剧本的念头。50 年代冷战氛围渐浓，"麦卡锡主义"更是掀起阵阵浪潮，这让米勒想到了历史上的驱巫事件，萌发了创作一部与此相关的剧作的想法，而此时卡赞的行为则充当了助推剂的角色，让米勒的创作有了更直接的现实缘由（见 Bigsby，2008：412-421）。米勒在去萨勒姆的前一天晚上到卡赞家里见了卡赞，在听了卡赞的决定后，米勒告诉他这是一个错误的决定。米勒的态度很直接，也很鲜明。根据米勒传记的作者比格斯拜的描述，米勒认为就像卡赞一样，卡赞供认出的那些他以前的同事们早已摒弃了他们年轻时的激进思想，卡赞的供认其实已时过境迁。但即便如此，卡赞的行为依旧让米勒感到不能接受，甚至视其为一种"公开的出卖行为"。而更主要的是，这种行为于卡赞而言却是披上了道义的外袍，被认为是"道义的行为"（Bigsby，2008：416）。自然，所谓的"道义"说白了就是符合冷战气氛的需要，顺应了"麦卡锡主义"的要求。卡赞只是很多个当时在非美活动调查委员会面前做了供认的人之一，但是就米勒而言，曾经的老朋友身上发生的事还是会让他感到现实的咄咄逼人，朋友或者邻居被供认出来就是为了证明自己的清白，这样的"道义的行为"使得人格的完整不再存在，而这又与萨勒姆的驱巫案件何其相似。无怪乎米勒要感叹，他即将要写的《萨》剧与卡赞的行为有着"一种奇异的一致性"（Bigsby，2008：423）。

几天以后，米勒在从萨利姆返回家里的路上听到了卡赞在国会

---

① Clifford Odets：克利福德·奥德茨（1906—1963），30 年代左翼戏剧家，以戏剧《等待勒夫梯》闻名。50 年代也遭受非美活动调查委员会传讯，做了供认。

非美活动调查委员会供认的消息。卡赞此后很快在《纽约时报》上刊登了整个版面的一个广告，试图澄清因他的行为而引起的一些议论。他在这篇由其妻子撰稿的文字中回顾了他参加共产党组织的历史，告诉读者他后来很快离开美共是因为不能忍受来自组织的各种"命令"，并认定这个组织破坏民主，进行阴谋活动。卡赞的声明震惊了米勒，尤其是卡赞的行为给了米勒这样的印象，即"非美活动调查委员会成了道德的源泉，而那些（曾经的）共产党成员则很简单地被划分成了恶人"（Bigsby，2008：430）。这也很容易让人联想起了《萨》剧中的审判法庭及其主审官丹佛斯，因为有着大批村民的供认与指控，这个法庭不仅成为了法律的执行者，更是道德的维护者，而这种维护行为遵循的原则则来源于丹佛斯掷地有声的话语："一个人要么站在维护法庭这一边，要么就必然给算在反对派那一边，中间道路是没有的。"（米勒，2011：145，Weales，1971：94）法庭与道德在驱巫时代代表了笃信魔鬼存在的力量，在冷战对峙时代则代表了笃信共产党与阴谋和颠覆共在的力量，一个人如果不与前者在一起，则自然成了对立面，成了敌人。在这种情况下，个人的选择只能在"对"与"错"之间进行，任何模糊的姿态包括沉默都会被认为是与"道德"背离的行为。卡赞妻子在给米勒的一封信中，很明确地说明了这一点，她对《萨》剧提出了批评，认为在17世纪的新英格兰，巫婆的存在只是一种虚构；但是在米勒写《萨》剧的当下，共产党的存在是确凿的，把这两者搁在一起缺少可比性。由此，她对米勒提出忠告："你处在一个角落里面——一个远离了这个国家的人民主流的角落，一个处于被威胁的角落里。我以为你不知道自己身处何地。"（Bigsby，2008：431）显然，在卡赞及其妻子看来，米勒站在了"人民"的对立面，而"人民"自然是"道德"的主体。

　　卡赞将自己的行为看作是一个自由主义者应该采取的姿态，他在《纽约时报》上的声明广告中向公众传达的一个重要信息是："自由主义者必须要说出来。"（Bigsby，2008：424）这与当时另一位著名的自由主义者费德勒的立场是颇为一致的，费德勒在《"天真"的终结：文化和政治评论集》中提到了"坦承/供认"行为，强调："坦承本身说明不了什么，但是，如果没有坦承就不会有理解……我们则不能从一种天真的自由主义走向一种负有责任的自由主义。"[①]（Fiedler，1955：24）费德勒所谓"负责任的自由主义"，很大程度上是要表明与美国的冷战立场一致的态度，这也是当时很多从原来的左翼转向自由主义的知识分子的立场[②]。卡赞"坦承"行为之后受到了"文化自由美国委员会"[③]的邀请，加入了该组织。1954 年卡赞导演的电影《码头风云》上演，此后获奥斯卡最佳影片、最佳导演、最佳男主角等 8 项大奖。影片讲述纽约码头工人饱受黑帮压榨，但在威胁之下不得不忍气吞声，息事宁人的故事。影片主人公经历了一个转折，从先前帮助黑帮到最后冒死揭发其罪恶，获得了良心的救赎。影片因此也成了卡赞的一种象征行为，通过艺术行为为其现实立场做了辩护。

　　相比之下，米勒因为《萨》剧而遭遇了一系列的"遏制"。该剧上演一年后，1954 年 3 月，米勒准备到布鲁塞尔参加《萨》剧法语版的首演，但不能成行，因为其护照到期，美国当局拒绝其延期的申请，因为他被怀疑支持共产主义运动，直到 5 年后他的护照才重获有效。此外，《萨》剧在纽约上演时出演赫尔牧师和普洛克托的演员则上了黑名单，丢失了他们演出电视剧的工作。在《萨》剧上演 3 年后，1956 年 6 月，米勒受到国会非美活动调查委员会传讯，要求他说出 40 年代与其来往的一些共产党成员的名字。在反法西斯战争期间米勒支持过一些左翼活动，也信仰过马克思主义（Bigsby，2008：39），与一些美共人士有过来往。在被传讯过程中，米勒坦承了曾经有过的信仰，也说明了对苏联式马克思主义的失望，但这不是非美活动调查委员会感兴趣的，他们仍然要求他说出某个具体地

---

　　① 参见本书第二章第三节"'天真'的终结：费德勒对自由主义的清算和期待"。
　　② 参见本书第二章第一节"'我们的国家，我们的文化'：冷战思维氛围下知识分子与美国的认同"。
　　③ The American Committee for Cultural Freedom（ACCF），是"争取文化自由大会"（Congress for Cultural Freedom）在美国的分会，冷战期间一个重要的自由知识分子组织。参见本书第二章第一节"'我们的国家，我们的文化'：冷战思维氛围下知识分子与美国的认同"。

点和时间内他见到的那些左翼分子，这遭到了米勒的拒绝，他给出的理由如下："主席先生，我知道你提这个问题的缘由，但是我也要你知道我的立场。我说这点是要你理解，我不是在捍卫那些共产主义者或者是共产党，我是要，而且我会这么做的，保护我自己的名声，我不能利用别人的名字，给他们带来灾难……我做过的事我负所有的责任，但是我不能为另外一个人负责。"（转引自 Bigsby，2008：498）很显然，面对那些调查者，米勒似乎是有意重复了《萨》剧中普洛克托在上绞刑架前用尽全力对丹佛斯喊出的话："我已经把灵魂交给了你，别再碰我的名声。"（米勒，2011：219， Weales，1971：143）当然米勒不是普洛克托，他并没有像后者那样被迫撒谎说见到过魔鬼；他没有撒谎，他关于他信仰的坦承出于他说出真话的愿望，但是他拒绝进而出卖他人，同样这也是他信仰的表现，在这一点上他和普洛克托是一致的，两者都捍卫了个人的尊严和人格的完整。针对米勒的对抗，非美活动调查委员会做出给予他监禁30天、罚款五百美元的判决，理由是"蔑视国会"。两年后他上诉法庭推翻了这个判决。非美活动调查委员会的判决其实主要是起到一种象征作用，他们的目的并不是要知道米勒的同道，而是需要米勒做出供认这种姿态，以此来维护其权威。正如非美活动调查委员会的一个成员在50年代初承认的那样，这个委员会期待的是被调查者能够主动配合他们，而他们也以此来对调查对象做出态度是否真诚的判决，有些情况下，委员会已经知道了要调查的结果，但是这并不妨碍委员会依旧需要调查对象做出主动迎合的姿态，并以此来判断对方是否忠诚美国（Pells，1985：314）。这背后的目的则是迫使个人与冷战意识形态保持一致。从这个角度来看，米勒被判的"蔑视国会"之罪实际上也就等于"蔑视美国"之罪，冷战氛围下个人与国家的关系于是就被限定在"非此即彼"的框架内，《萨》剧中丹佛斯所言"你应该明白，先生，一个人要么站在维护法庭这一边，要么就必然给算在反对派那一边，中间道路是没有的"（米勒，2011：145，Weales，1971：94），在剧本创作和演出3年后在米勒自己身上再一次得到了应验。

　　米勒在非美活调查委员会面前维护个人品格和尊严的行为，因此也具有了象征的含义。剧中的历史和现实中的翻版貌似巧合，实则反映了剧作家对于历史和现实的深刻理解，其中透露的直面冷战思维的批判精神，则更是让这部作品成了米勒所有作品中上演次数最多的一部（Bigsby，2008：454）。

引用文献

Bigsby, Christopher. *Arthur Miller*. London: Weidenfeld & Nicolson, 2008.

Fiedler, Leslie. *An End to Innocence: Essays on Culture and Politics*. Boston: The Beacon Press, 1955.

Miller, Arthur. Centola, R. Steven. *Echoes Down the Corridor: Collected Essays 1944-2000*. New York: The Viking Press, 2000.

Miller, Arthur. Introduction to *Collected Plays*. // Gerald Weales, ed,. *The Crucible: Text and Criticism*. New York: The Viking Press, 1971.

Miller, Arthur. *The Crucible*. // Gerald Weales, ed,. *The Crucible: Text and Criticism*. New York: The Viking Press, 1971.

Pells, Richard H. *The Liberal Mind in a Conservative Age: American Intellectuals in the 1940s and 1950s*. New York: Harper and Row, 1985.

Weales, Gerald. *The Crucible: Text and Criticism*. New York: The Viking Press, 1971.

阿瑟·米勒. 萨利姆的女巫. 梅绍武，译. 上海：上海译文出版社，2011.

第四节　面对被摧毁的家园：奥康纳的超越

　　50 年代成名的美国女作家奥康纳的作品多涉及宗教，笔下人物行为怪异，故事常以暴力描述结尾。论者多从人性的神秘和精神探究的角度论及奥康纳作品的意义，如下的评述应带有一定的普遍性："奥康纳对社会、经济、历史或人际关系鲜有兴趣，她更乐于从精神活动的角度刻画人物。她笔下的人物通常表现为自傲与自私，时不时经历某种程度的暴力，他们的行为把故事推向一种醒悟和启示，而这又与人物的罪恶、无知以及过度的自信不无关联。"（Getz，1980：42）确实如此，奥康纳作品中的怪异人物和事件描述，承继了美国南方文学的传统，同时也超越了一般意义上的社会背景指向，探析人性深处的奥秘，而宗教与暴力作为表现手段则与人物精神扭曲与极端行为之间，构成了一种贴切的关系。在这个意义上，可以说奥康纳的作品具备了超越时代印迹的特质。但是，这并不等于就不能从时代动向的角度来读解她，事实上从 40 年代末、50 年代初开始练习写作并很快引起美国文坛注意的奥康纳，对其生活的时代并不只是简单地"鲜有兴趣"，而是表现为一种敏锐的现实关怀，尤其是时代的冷战氛围时时渗透进她的笔触。表现之一是其作品中时常出现家园被毁的场景，将此与冷战中的美国结合在一起读解，被毁的家园的意象能够彰显其作品强烈的时代意义。而身为天主教信徒，自称为天主教作家的奥康纳从宗教的角度切入暴力的表现，一方面与冷战构成了一种现实的关联，另一方面则也与其文体独特的讽刺风格互为一致，由此而体察暴力为何如此频繁地成为其描述对象，则更能让人看到作者的用心所在，即对冷战思维的超越。我们可以以其三篇相关的短篇小说《背井离乡的人》《格力夫一家》《火圈》作为例子，进行阐释。

一

奥康纳评论者克里灵在评述奥康纳作品与时代背景的关系时说，"政治与奥康纳的小说并不是无关，事实上，政治氛围以及她生活的时代是其故事的核心主题。不管从神学层次上看其表现的意义会是怎样，她笔下的故事是有关冷战的脚本。"（Keryling，2006：11）克里灵的评论出现在一部 2006 年出版的奥康纳评论集中，题目为《费兰纳里·奥康纳的激进的现实》，这位论者提及"9·11 事件"后美国社会出现了类似 50 年代的"顺从（conformity）"现象，政府的声音一统天下，而反对者则很有可能会沾染上反对美国的嫌疑，从这个角度再读奥康纳的一些作品，如《派特里奇的节日》这样的故事，则着实具有了当下的现实意义①。克里灵的评述是把奥康纳的作品放置于 50 年代冷战氛围中加以解读的一个典型例子，确实可以让我们看到奥康纳作品的政治含义。当然另一方面，过多地阐释奥康纳与冷战的紧密关系则也会引起争议，至少并不是其所有的故事都与冷战相关。但就奥康纳研究而言，这确也是打开了一扇新的窗户。事实上，这种角度的研究早在冷战结束不久就已经被一些学者采用，并形成了令人瞩目的研究成果。1993 年剑桥大学出版社出版的《费兰纳里·奥康纳与冷战文化》是这方面的重要著作，作者琼·L.培肯深入探析奥康纳与冷战的关系，分析其作品中"被侵入的田园"意象，被驯化的知识分子、极端分子、外国人形象的塑造与冷战的关系，充分说明了奥康纳作品中的冷战意识与反思。这种从大文化背景切入的研究重点是寻找文学作品与文化间的共同意识，通过不同文本（如电影、书刊等）的互读，阐述共同意识的产生以及表现，而不是简单地指认作品中的背景因素。这对涉及奥康纳与冷战的关系而言是一个重要问题，因为事实上奥康纳作品并不直接表现冷战，很难直接从故事情节的角度来谈论奥康纳与冷战的关系。由此更可以看出，上述著作的作者采用文本互读的方式很好

---

① The Partridge Festival（《派特里奇的节日》），发表于 1961，讲述一个南方小镇在举办花节过程中发生的个人与社会冲突的故事。

地解决了这个问题，一方面确定了大背景视域下奥康纳与冷战关系，另一方面则从文本构成的具体文化情景入手，阐述其作品中的冷战因素，两方面的结合勾勒出了奥康纳生活时代的历史情景和作家的关切对象，冷战因素的意义也随之得到了凸现。

二

　　奥康纳作品没有直接表述冷战，但是了解奥康纳对冷战的态度，哪怕是有关冷战的一些含糊言论仍然很有必要，因为这可以让我们在一定程度上体察冷战意识的存在和对作家的影响。所谓"冷战意识"，更确切地说应是冷战氛围下的"文化气候"（Bacon，1993：3），即美苏间政治、军事与外交上的对峙在人们日常生活中的延伸，以至成为一种语言表述，用时下的学术套语来说，是一种"社会话语或叙述"。生活在这种"文化气候"中的奥康纳似乎也脱离不了对冷战的关切，这可以从她的书信中得到印证。1952年，在给友人的一封信中她提及有人称斯大林为"乔大叔"[①]，这表明她对时事的关注。（Bacon，1993：3）；在1956年的一封信中，她则是直言不讳地声明，她不同意将她的作品在任何苏联统治下的国家出版，用她自己的话说是因为"他们或许会用'不合时宜'[②]先生来代表典型的美国商人……"（O'Connor，1979：151）。言外之意是，她意识到了冷战背景下她的作品会被挪作他用，成为反对美国的宣传品。而她本人对苏联确实是有一定的关注，1957年10月4日，苏联先于美国发射了第一颗人造卫星，在10月8日的一封信件里，奥康纳提及了此事，并用一种幽默的语调把卫星称为"俄国月亮"（O'Connor，1979：246）。奥康纳对左翼政治的谨慎和小心，早在1948年发生的"亚多"事件中就有所体现，时年奥康纳中止了在爱荷华大学的研究生学业，来到了纽约，进入了一个叫作"亚多"的艺术家培养基地。该基地主任曾在1943年至1948年允许左翼激进记者

---

　　①在1952年给友人的一封信中，奥康纳提及她的朋友、美国批评家约翰·C.兰色姆在给一份杂志写的评论文章中，称斯大林为"乔·斯大林大叔"（Stalin Uncle Joe）（O'Connor：1979：46）。
　　②奥康纳著名短篇小说《好人难寻》中的施暴分子，绰号"不合时宜"。

阿格尼丝·史沫特莱①进入基地，后者曾被美国政府控告为苏联间谍，美国联邦调查局为此曾进行过调查；1949 年初，包括奥康纳和日后成为著名诗人的罗伯特·洛威尔在内的四名基地成员集体提出抗议，要求基地主任辞职，此事后来被媒体泄露，在纽约一些作家和艺术家圈子引起较大反响。尽管如有些论者所言，这个事件其实并不能说明奥康纳的政治品性，但事件本身对她而言还是有所"教益"的（O'Connor，1979：12）。从一定意义上说，这也是构成冷战"文化气候"的一个因素，美苏间的对峙和竞争以及对美国的影响，有时也会成为奥康纳思考的问题。在 1961 年的一份信件里，奥康纳认为"共产主义世界的出现是缘于我们自己的缺失所犯下的罪行"（O'Connor，1979：450）。这只是一封给友人的普通信件，奥康纳并没有在信件里大谈特谈政治问题，从上下文语境来看，这句话的提及是针对她对美国人宗教信仰缺失的批评，她认为这或许会给共产主义世界的出现提供一个契机。尽管只是简单地提及，但是这个判断背后的逻辑关系很容易让我们想起凯南在那著名的关于遏制战略的"8000 字电文"中的道义逻辑，即"归根到底，在我们处理苏联共产主义这个问题的时候，我们面临的最大危险，可能在于我们竟让自己变得与我们的对手一样"②（刘同舜，1993：66）。当然，不能因此简单地断定奥康纳受凯南影响，但至少可见冷战"文化气候"下，奥康纳也免不了会产生与凯南类似的冷战逻辑思维。

与此同时，冷战的军事层面尤其是核武器的威力与作用，也成为奥康纳关注的对象之一。1949 年，在给友人的一封信件里，她提及美国政府设在新墨西哥州的洛斯阿拉莫斯实验室③，向友人问询这个实验室是不是在美国向日本投下原子弹前就已经存在，并自认为在原子弹使用后住在那个地方肯定会有一种异样的感受（O'Connor，1979：18）。在写于 1955 年的一份信件里，她借用"核裂

---

① Agnes Smedley（1890—1950），美国左翼记者和作家。
② 参见本书第一章第一节"冷战遏制与凯南的道义逻辑"。
③ Los Alamos，位于美国新墨西哥州，著名的原子能研究中心，参与了美国原子弹的研发。

变和冷战"的比喻来描述某个人的写作,而在 1961 年的一封信件里,她提及与母亲谈论要建一个防空洞,因为晚上做梦"梦到了受了核辐射的牛、孔雀和天鹅"(O'Connor, 1979: 449)。同样,这些只是在其信件中偶尔提及,并不能形成奥康纳对冷战的一个完整看法,但恰恰是这些散见在其信件中的个别词句,可以让我们感受到冷战气氛在社会中的蔓延。作为一个有着敏感观察力作家,奥康纳显然会认为她生活的这个时代离不开冷战的存在。正如专事研究奥康纳与冷战文化的奥康纳研究学者培肯所言,冷战在美国社会中导致的"恐惧情绪",奥康纳是有所感受的(Bacon, 1993: 4)。

三

这种恐惧的情绪也以一种"裂变"的方式融入到了奥康纳的作品之中,表现为对"家园"被侵犯和被摧毁的担忧以及由此而产生的对"外来人"的抵制。"我们"与"他们"间的对比和对抗,则更是成了奥康纳笔下"冷战气候"的一种征兆。

与此相关的三篇小说《背井离乡的人》《火圈》《格力夫一家》(前两篇写于 1954 年,后一篇写于 1956 年。),前两篇被收入 1956 年出版的小说集《好人难寻》,后一篇见于 1965 年出版的短篇集《所有发生的事情都要汇合》。三个故事内容不同,但情节大致围绕同样的方式发生,即拥有庄园的主人或者是已在庄园上工作很久的本地雇工与外来人之间的冲突,最后的结果是庄园被毁,主人遭遇暴力袭击或者目睹暴力的冲击,家园从此不复存在。

三篇小说中篇幅最长(也是奥康纳所有短篇中最长的一部)、与时代背景关系最密切的是《背井离乡的人》。故事发生在二战后南方的一个庄园里,所谓"背井离乡的人"是指来自波兰的移民,这些人虽然几乎一无所有,但是拥有干活的技能和吃苦耐劳的精神,受到庄园主人迈科印泰尔太太的青睐,但却引起了庄园雇工肖特来夫妇的不快。小说的叙述先从肖特来太太的角度讲述了她对这些外来人的抵制态度和恐惧情绪,因为这些人的到来意味着将要夺去他们的工作。由这个简单但实际的担忧出发,奥康纳从不同的层面描述了肖特来太太的抵制心理。在她眼里这是一些如同"硕鼠一样"的人，她甚至都不愿知道他们的名字，而是一律称其为"高博胡克"（O'Connor，1971：196）①，她觉得她与他们不同，并怀疑他们在其老家是否住过砖房（O'Connor，1971：207），而这些看似表面上的印象背后却还有着一套"理论"的支持，肖特来太太时常提到的两个词是"先进"（advanced）和"改革"（reformed），"那些人没有先进的宗教"（O'Connor，1971：198），他们来自一个宗教尚未经过"改革"的地方（O'Connor，1971：205），这当然是指那些人的天主教背景。因此，在肖特来太太看来，那些人的神态显得是那么神秘乃至邪恶："每当桂左克先生露出笑容时，在肖特来太太想象中跳出的却是那个欧洲，神秘，邪恶，那个魔鬼的所在地。"（O'Connor，1971：205）肖特来太太曾在报纸上读到过二战中欧洲发生的大屠杀事件，那些房间里堆满尸体的画面对于她而言却成了那个地方不如美国"先进"的缘由之一："他们不属于这里，他们属于他们熟悉的那个地方，这里要比他们来的那个地方要先进得多。"（O'Connor，1971：199）"我们"与"他们"的不同成为"先进"与否的重要区别，而也正是因为深信这种区别的存在，她读《圣经》时便有了新的感受："她把注意力紧紧地放在《启示录》上，开始从《先知书》引述一些话语，很快她就对自己的处境有了更深的理解。她清楚地看到这个世界的意义是一个秘密，是早已经被规划好的，而她一点也不惊讶地相信她自己在这整个规划中占有一席之地，因为她很强大。她看到伟大的上主创造了那些强大的人们来完成必须要做的事情，她感到当召唤来时她会准备好的。"（O'Connor，1971：209）她给自己分配了一个任务，监视那位把那些外来人介绍给庄园主人迈科印泰尔太太的年长牧师，因为"是他把外国人成群地带来不是他们的地方，制造混乱，煽动黑人离开，把巴比伦淫妇带入到正义中来"（O'Connor，1971：209）。虽然肖特来太太并不是庄园的主人，只是一个打工者的身份，但似乎这并不妨碍她从

---

① 此词的英文为 gobblehook，gobble 意为"贪吃"，hook 与"骗子"相近。

"主人"的角度来看待她与那些外来人的关系。在与外来人的对峙和对比中，她将自己想象成了家园的守卫者，"正义"的化身。

有意思的是，尽管肖特来太太将自己想象成一个"强人"，但实际上她并没有完成驱赶外来人的任务，相反却是自己带着丈夫和孩子先行离开了庄园，在路上因为心脏病突发见了上帝。驱赶外来人的任务最终落在了庄园主人迈科印泰尔太太身上，而其中经历了颇为曲折的过程。小说的第一部分集中讲述了肖特来太太的故事，后两部分则讲述了迈科印泰尔太太对付外来人的过程。这位拥有一个庄园农场的寡妇一开始似乎并不喜欢肖特来太太一家，她与他们不属于一个阶层，将其称为"白人垃圾"，几乎与黑人同类，那些勤快的外来人的到来使她产生了辞退肖特来先生的想法，这也是促使肖特来太太先行离开的原因。但是很快，这位女主人发现了外来人的问题，并下定决心要让他们离开。事情的起因很简单，外来人桂左克先生想把他的一个表妹介绍给迈科印泰尔太太雇佣的一个年轻黑人，这立时让这位庄园主人极度不安，这不仅因为她深信"黑人不能拥有一个白人女人做妻子"（O'Connor, 1971：222）是不能破坏的规矩，而更是因为"这是我的地方"（O'Connor, 1971：223），外来人和黑人似乎要联手破坏她拥有的这个家园，这是她绝对不能容忍的。用她的话说："他不适合这个地方，我需要一个适合这个地方的人。"（O'Connor, 1971：225）更值得注意的是，因为对外来人起了疑心，外来人在她的眼中也成了惹人讨厌的对象，原本她曾对肖特来太太说过，"那个人是我的救星"（O'Connor, 1971：203），而现在她发现那个在庄园里走来走去的外来人不仅形象猥琐，而且成为"最让人难受的"一个（O'Connor, 1971：228），尽管他还是和往常一样干活利索，但她还是决定要辞退他。而更值得注意的是，她很快给自己找到了一个不容置疑的理由。肖特来太太死后，肖特来先生重又回到了庄园，尽管并不喜欢他，她还是再次雇用了他，而且还给了他一个监视外来人的任务。知道了外来人要破坏庄园的规矩后，原来对肖特来先生的不满在她心中不知不觉转变成了同情。肖特来先生曾参加过二战，在欧洲拼死流血过，这忽然间给了她足够的理由在他和外来人间进行对比，并选择前者。她更是给这种选择赋予了一个道义上的支持，她要告诉那个外来人："她的道义责任是要面向于她的自己人，面向肖特来先生，他为了他的国家参加了世界大战，而桂左克先生，只是来到了这里，尽可能地享用了已有的一切。"（O'Connor，1971：228）如同肖特来太太从宗教上寻觅抵制外来人的理由，迈科印泰尔太太也给自己找到了一个行动的"理论"，即"自己人"与"外来人"的区别，而这在一定程度上又与"国家"的概念联系在了一起，于是乎她所谓的"道义责任"也就具有了"正义"的内涵。她原本要辞退外来人的一个主要原因，是害怕那个年轻黑人一旦结婚就会离开庄园，这对庄园的正常运转非常不利，相比于"道义责任"，这个实际原因自然变得微不足道。其逻辑结果便是家园的意义凸现出来，甚至与"国家"的概念联系在了一起。因此外来人必须离开成了一个最自然不过的命题。

相比于这篇小说，另外两篇小说在情节上没有具体涉及来自国外的外来人，但"外来人"的影子依然清晰可见，与家园的冲突也是小说故事的主要内容。《火圈》中的冲突发生在庄园农场主人寇布太太和三个十几岁的男孩儿之间。似乎很平静的庄园突然在某一天迎来了三个不速之客，小说并没有说明那三个男孩儿到这个庄园来的具体目的是什么，他们似乎只是想到这里来骑马玩玩，但似乎又不仅仅是这个目的。不管怎样，从寇布太太的角度而言，很显然，一种被侵犯和遭遇威胁的气氛由此开始在庄园里蔓延。男孩儿们在庄园外面宿营野餐，而在寇布太太看来，这大有要占领她领地的架势，以至她不得不挺身直接面对他们，告诉对方要行为端正，并直言相告，"这是我的地方"（O'Connor，1971：186）。男孩们并没有理睬她，但寇布太太保卫家园的姿态还是显而易见的，她相信那几个男孩儿很快就会离开。小说并没有花很多笔墨讲述她如何采取行动驱赶那些个不速之客，而是更多地把笔触伸向寇布太太的精神信仰，她不仅笃信上帝而且还时常怀有一颗感恩之心，小说的叙述者多次提到寇布太太在与另外一个人物普里查德太太（庄园里的雇工）的对话里时常提及她的感恩心态，"我总能找到让我表示感激的事情"（O'Connor，1971：177），这是她的口头禅，而实际上言外之意则是要表明她与别人的不同，似乎她的这种感恩姿态赋予了她一种特殊身份，使得她在道义上站在了一个高位，这也是她为什么在给那些个初来乍到的男孩儿提供食品的同时，会突然间对他们说道："你们这些男孩儿每天晚上有向上帝感恩，感谢他给你们做出的一切吗？你们谢过他吗？"（O'Connor，1971：184）有意思的是，这突如其来的发问似乎产生了一种威力，三个男孩儿立时默不作声，只是机械地咀嚼寇布太太给他们的三明治，"仿佛他们失去了对食品的味觉"（O'Connor，1971：184）。这也是为什么寇布太太认为他们最终会自动离开庄园的原因，因为她有足够的道义力量来对付他们。而从象征的角度而言，小说伊始寇布太太就已经在和"恶"进行着搏斗了："她在拔着一些杂草，似乎这些杂草就是魔鬼派来的邪恶，是直接来摧毁这个地方的。"（O'Connor，1971：175）一边和普里查德太太聊着天，一边用力把一大簇杂草连根拔起扔到身后，寇布太太着实已经在表明她的行动了，而支撑着她并给予她力量的则是她的感恩信仰。因为感恩，所以信仰站在她的一边。她会像除草一样赶走那几个不速之客的。

同样，《格力夫一家》的故事也以一种象征起始，暗指庄园受到的威胁和侵犯。小说伊始的画面是一头牛进入了梅太太的庄园农场，来到了她住房的窗户旁边，搅乱了还在梦中的梅太太："她意识到，有这么一个东西，一直在舔吃她的房子，什么东西都吃，先是屋子前面的栅栏，现在吃到了她的房子，照这个不紧不慢地一点一点地吃的节奏，它会吃穿房子直到把她和她的两个儿子也给吃了，所有的东西都会给吃掉，除了格力夫一家，它会吃啊吃，吃到什么都不剩，最后只有格力夫一家孤零零地留在一个小岛上，而围绕着这个岛的原本都是她的庄园的领地。"（O'Connor，1971：312）这头侵犯了梅太太家园的牛于是成了小说中"外来人"的指代，牛的主人是庄园雇工格力夫先生家的两个儿子，真正的"外来人"实际上正是后者和其父母亲组成的格力夫一家。梅太太感受到的威胁绝不仅限于这头无孔不入、胆大包天的公牛，让她在梦中焦虑不安的威胁更是来自牛的主人，那两个从欧洲战场回来、娶了法国女人为妻的格力夫先生的儿子和格力夫一家本身。在梅太太眼中，多年来一直在其庄园打工的格力夫先生与其太太随着年龄的增长却不见任何衰老，"他们没有焦虑，不承担责任。他们就像地里的百合花一样，汲取了她拼力放进地里去的肥料"。（O'Connor，1971：319）让她真正焦虑的是等到有一天她劳累过头死了后，格力夫先生和太太还会活得好好的，他们于是会来整治她的两个儿子。梅太太的两个儿子分别是商人和大学教师，有着体面的工作，但这似乎并不能够让她放松。相反，尽管格力夫先生的两个儿子长得其貌不扬、形象邋遢，但在梅太太看来，他们是她的儿子们的竞争对手，而且在她死后会成为庄园的主人。在拿对手的潜在威胁教训儿子时，梅太太甚至还会不由自主地夸赞起格力夫先生的儿子，并且希望能成为他们的母亲，尽管这个想法本身让她自己吓得不轻。很显然，梅太太是要她的儿子明白"我们"与"他们"的区别，而用"他们"的长处来激励自己则是她管教儿子的有力手段，更值得一提的是，"他们"有时还可以成为她振作精神的催化物。在这个方面，有一个细节不容忽视。梅太太的两个儿子对其故作姿态的担忧时有嘲笑，更糟糕的是这还引起了两兄弟之间的斗殴，这让梅太太不胜其烦，几乎瘫倒，但就在这时她看到格力夫先生透过窗户在偷窥着他们，于是"她所有的力量的源泉都回来了，似乎她需要的就是被挑战，被魔鬼本身挑战以重新获得力量"（O'Connor，1971：328）。格力夫先生的偷窥演变成了魔鬼的刺激，让梅太太从沮丧中站了起来。而在把对方视为"魔鬼"的同时，梅太太更是获得了行动的力量；在再次被那头公牛从梦中搅醒之后，梅太太命令格力夫先生用枪去把牛打死，就像此前她曾对自己说过的那样："他们在团结一致对付着你。没有什么可用了，除了铁拳。"（O'Connor，1971：321）梅太太针对的当然不只是一头牛，而是一种侵扰的威胁，她似乎具有除掉这种威胁的决心，因为与"魔鬼"做斗争的她相信她与"道义"站在一边。

四

从上述三个故事的叙述情节来看，其核心内容是家园的安宁遭遇侵扰，奥康纳研究者培肯称之为"被侵犯的田园"（Bacon，1993：8）。"田园"作为一种象征在美国文化中具有特殊的意义，从清教时期温斯罗普为新大陆描述的"山巅之城"，到19世纪上半叶梭罗身体力行在瓦尔登湖旁结庐而居，再到19世纪后期马克•吐温笔下哈克和吉姆以密西西比河为伴的"自由行"，其中都能看到"田园"的影子。而在18世纪后期、19世纪早期杰斐逊极力倡导的以"自由农民"为主的民主社会，则似乎也从政治的角度凸现了"田园"的理想。美国学者亨利•斯密司在其研究美国西部象征意义的名著《处女地：作为象征和神话的美国西部》中，对这种具有浓厚农业内涵的"田园"象征意义做过深入阐释，认为西部出现的类似的农业家园实际上沿袭了这种美国传统："西部的农业天堂意象体现了早期的、纯真的群体记忆，这被认为是一种更为幸福的社会状态，作为一种力量在美国思想和政治中一直保留下来。这个意象是如此强大，如此生动，以至到了19末期仍旧是代表了这个民族的核心，用惠特曼的话来说，就是'真正的真实的美国'。"（Smith，1959：159）另外一个美国学者里奥•马克斯在研究工业文明与农业文明在美国文化中的表现的专著中，则对此做了更加具体的描述："这种美国精神追求的意象起始于杰斐逊时代，表现为一种农村风景，一个涵盖整个大陆的秩序井然的绿色花园。花园中也许有一个农庄或者是一个整洁的白色的村庄，但通常也布满自然景色：前处是一片草地，一条小溪蜿蜒而过，旁边有一头正在吃草的牛，中间地带有一簇榆树，树后靠近西面的远处隆起一黛黑色的小山。这是这个'共和国'应有的乡村，一块纯洁的土地，一种简朴的村闾美德。"（Marx in Bacon，1993：15）这种以乡村农庄为模板的"田园"意象，在很大程度上成为了美国的象征。值得注意的是，这两位学者都是诞生于50年代初的"美国研究"（American Studies）的代表学者，斯密司的著作出版于1950年，马克斯的作品于1964年出版。作为一种跨学科的研究方式，"美国研究"的宗旨是要展示美国之所以成为美国（或曰"美国道路"的缘由），而"田园"意象则构成了美国的象征，其背后指向的自然、简朴、纯洁，不仅仅是指地域风光而已，更是折射了一种理想和道德，所谓"真正的真实的美国"。"美国研究"在 50 年代冷战气氛渐浓时一举成名恐怕不只是巧合而已，放在 40 年代末、50 年代初一些自由主义知识分子掀起的"颂扬美国"场景中来考察①，这两位美国研究学者笔下勾勒出的"田园"意象，不能说与这股冷战对峙背景下的"颂扬"潮流没有关系。

如果说上述讨论说明了"田园"意象与美国的认同，那么同样需要注意的是，这个美丽的意象受到了侵犯的威胁，而且同样也是在 50 年代，这成了一种文化景观，在通俗文化中尤其普遍，常以外星人或者是非人物种作为侵犯者的指代。培肯在他的研究中对此给出了充足的例子加以说明，在此提及两个例子以窥一斑。1951 年，在一本名为《奇诡的科学》通俗漫画刊物第七期上，刊登了一则题为"那个来自第四维的魔鬼"的连续漫画，故事讲述一家奶牛农场遭遇外星人的侵犯，他们来到了农场地界的边缘，正准备跨越栅栏进入，农场主人依靠其科学家弟弟打败了侵犯者，最终人们得知魔鬼来自第四维度，穿越进入了人类生活的第三维度现实。1956 年，好莱坞出产了一部题为《盗体者的侵入》的科幻电影，讲述加州一个小镇遭遇一种怪物的侵入，这是一种类似豆荚的东西，来到一家人的家里后，很快就会变形并长成这一家某一个人的形态，最终这些新长成的"人"会消灭真正的人，电影结尾时，整个小镇已被这些新"人"占领，怪物正向一些周边的大城市如洛杉矶等进发（Bacon，1993：10，14）。

不难发现上述三篇奥康纳小说描述的情景与这些通俗故事间的相似关系。培肯认为："奥康纳用文学叙述描述了他人在视觉叙述中用耸人听闻的手法表述的内容。"（Bacon，1993：9）相比之下，那

---

① 美国历史学者佩尔斯语，见 Richard Pells. *The Liberal Mind in a Conservative Age: American Intellectuals in the 1940s and 1950s.* Middletown, Connecticut: Wesleyan University Press, 1989, p.130. 另，参见本书第二章前两节文章："自由主义想象，新自由主义与冷战思维"，"'我们的国家，我们的文化'：冷战思维氛围下知识分子与美国的认同"。

些通俗刊物或者是电影中的故事，确实要比奥康纳笔下故事的情节更加"刺激"，但另一方面，他们也都表现了一种类似的焦虑和担忧，对于家园被侵犯和摧毁的恐惧。上面提到奥康纳在信件里曾提到过梦见受到核辐射的动物，而《盗体者的侵犯》中怪物与核辐射造成的结果有着直接的关联。把奥康纳的小说放在冷战背景以及"田园"意象与美国的认同这一大环境下读解，则不能不让人感受到其作品强烈的"时代感"。非常值得注意的是，《背井离乡的人》故事中的"他们"，明确被指是来自欧洲的移民，而《火圈》中的寇布太太则也直接提及那些被扔进货车车厢里运到西伯利亚去受苦的苏联人（O'Connor，1971：178），以此作为对照表明她对她拥有的生活的感恩。前者比较明显，后者则是一带而过，但都可以表示故事的当下性。而更重要的是，无论是《背井离乡的人》中肖特来太太和迈科印泰尔太太，还是《火圈》中的寇布太太或者是《格力夫一家》中的梅太太，在维护其家园的同时，也都从"道义"的角度对其行为进行了一种合理的解释，而这种解释的内在逻辑，即"我们"与"他们"的不同，则与"田园"意象与美国的认同有着显然的关联。

但是另一方面，不能简单地把奥康纳归入于"美国的颂扬"的潮流。恰恰相反，奥康纳的故事含有强烈的反讽意味，讽刺的对象正是故事中那些自恃为卫道者的庄园主人或者是本地人。三部小说都以暴力行为结束，暴力成了奥康纳反讽的有力手段。《背井离乡的人》中的迈科印泰尔太太在小说结尾时，目睹了外来人桂左克先生在一次事故中被碾身亡的过程，事故的直接责任者是迈科印泰尔太太重新雇佣的肖特来先生，他对外来人桂左克先生的憎恨是引发事故的导火线。但从叙述者的角度而言，迈科印泰尔太太似乎也是同谋，因为在目睹事故发生过程中，她原本是有时间提醒桂左克先生，使其逃脱被拖拉机碾死的命运，但她并没有这样做。桂左克先生的死亡最终满足了她让外来人离开的愿望，但与此同时，她自己也因惊吓得病，庄园因此败落。而同一小说中的另外一个女主角肖特来太太，则早在小说第一部分结束时，在离开庄园时因心脏病突发死在路途上。具有讽刺意味的是，这个对外来人心怀不满的本地人最后成了真正"背井离乡的人"。《火圈》中的寇布太太尽管自认为通过"感恩教育"能够让那些男孩儿们离开，但最后的结果却是后者一把火烧掉了她的家园。而《格力夫一家》中的梅太太则更是命运悲惨，被她要驱赶的那头牛活活顶死在自家的庄园里。

　　奥康纳小说的一个明显叙述特征，是常常以各种形式的暴力结尾，事件发生很快，且戛然而止，似乎没有很多解释，给读者留下了蹊跷、神秘的印象。关于暴力描述，奥康纳自己有过解释："在我自己的故事里，我发觉暴力的一个奇怪作用是能够让我的人物回到现实中来，准备好接受恩典的那一刻。"（O'Connor，1969：112）所谓"回到现实中来"，从宗教的角度而言，奥康纳是把暴力作为一种象征手段，让那些自以为是的信教者尽显虚伪的本质，从而更加强调信仰的重要，如在著名的短篇小说《好人难寻》中对主要人物"奶奶"的刻画。"奶奶"良好的自我感觉多半来自对宗教的信仰，但是在作为暴力化身的"不合时宜"先生面前，为了活命，宗教信仰仍然可以被踩在脚下，取而代之的是极力讨好象征"恶魔"的"不合时宜"先生。暴力在奥康纳笔下让人物看到了现实的严峻，也使得作家能够把自己的"意图传递给读者"（O'Connor，1969：34）。在上述三篇小说中，暴力同样也起到了让人物和读者"回到现实中来"的作用，小说中几个主要人物良好的自我道德感以及自以为是的行为，并没有导致她们所期望的结果。暴力的突然出现碾碎了她们对于家园的自我想象，建立在"田园"意象基础上的自我想象实际上也是一种"自我欺骗"（Bacon，1993：40），这正是奥康纳所热衷的暴力结尾的反讽力量所在，也是她作为一个有着深邃思想的作家超越"冷战思维"的表现。

引用文献

Bacon, Jon Lance. *Flannery O'Connor and Cold War Culture.* Cambridge: Cambridge University Press, 1993.

　　Getz, Lorine M. *Flannery O'Connor: Her Life, Library and Book Reviews.*

New York: The Edwin Mellen Press, 1980.

Kreyling, Michael. A Good Monk Is Hard to Find. // Jan Nordby Gertlund and Karl-Heinz Westarp edit. *Flannery O'Connor's Radical Reality*. Columbia, South Carolina: University of South Carolina Press, 2006.

O'Connor, Flannery. *The Complete Stories*. New York: Farrar, Straus and Giroux, 1971.

O'Connor, Flannery. *Mystery and Manners: Occasional Prose*. edited by Sally and Robert Fitzgerald. New York: Farrar, Straus and Giroux, 1969.

O'Connor, Flannery. *The Habit of Being: Letters*. edited by Sally Fitzgerald. New York: Farrar, Straus and Giroux, 1979.

Smith, Henry Nash. *Virgin Land: The American West as Symbol and Myth*. Cambridge, Mss: Harvard University Press, 1950.

刘同舜. "冷战""遏制"和大西洋联盟：1945—1950 年美国战略决策资料选编. 上海：复旦大学出版社，1993.

第五节　"老左""新左"和冷战：
《但以理书》中的历史再现

　　1951 年 3 月 29 日，罗森堡夫妇被美国政府宣布犯有间谍阴谋罪，他们因向苏联提供原子弹秘密情报被判处死刑，1953 年 6 月 19日，死刑执行。这是美国历史上第一次因间谍罪在和平时期对平民执行的死刑。卢森堡夫妇皆是美国共产党党员，他们的被捕和被判死刑是冷战时期美国社会的一个重大事件，掀起了很大的波澜，支持者和质疑者各有之。著名文学批评家和社会评论家费德勒在 1953年撰文批评对罗森堡夫妇的同情，认为他们犯罪证据确凿，死刑罪有应得。十多年后，新闻调查者华特·施奈尔夫妇于 1965 年出版调查著作，对卢森堡案件的审判提出了质疑，认定他们是无辜者，受到了陷害（Fiedller，1955：3-45，Schneir，1965：22）。几年后，小说家多克特罗也在一定程度上参与到卢森堡案件的"讨论"中来，于 1971 年出版了他的成名作《但以理书》，从卢森堡夫妇儿子的角度讲述一个与此案件相关的故事。但是，小说毕竟是虚构作品，与社会调查不同。现实中的朱里艾斯·罗森堡和伊斯埃尔·罗森堡在《但以理书》中被改名为保罗·伊萨克森和罗威尔·伊萨克森，罗森堡的两个儿子被改为儿子丹尼尔和女儿苏姗。而更重要的是，正如多克特罗自己所说的，《但以理书》并不纯粹是一部社会纪实小说，而是一部以卢森堡案件为缘由，涉及美国五六十年代社会政治生活多个方面的作品，更确切地说，是一部描述四五十年代的老左派和六十年代的新左派们生活和思想的政治小说，用多克特罗研究者利文的话说则是"不仅仅是关于罗森堡案件的历史，还是一曲关于激进运动受害者的挽歌"（Trenner，1983：184）。罗森堡案件发生在冷战日趋紧张的特殊时期，无论是老左派还是新左派，其发生的缘由和发展变化过程都与冷战有一种内在的关联。《但以理书》的另一个写作特征是采用了后现代主义写作手法，文学虚构与历史叙述互相融为一体，小说中有很多地方插入了历史撰述的材料，其中相当一部分则是对冷战的评价。可以说，多克特罗选择罗森堡案件作为《但以理书》中人物和故事的交集点，实际上也是选择了一个观察五六十年代冷战历史的一个制高点，从而再现了冷战历史的某种情景。

一

罗森堡案件发生时，多克特罗正在驻德国的美国军队里服役，尽管他自言对当时的麦卡锡主义多有关注，但是这个案件本身并没有给他带来写作的灵感，直到进入了 60 年代后期，反对越南战争运动兴起之时，罗森堡案件才又重新回到了他的思考之中，而促使他回眸十几年前这段历史的一个原因则是新左派的出现，从他们身上，他似乎看到了 50 年代一种"痛苦"的又一次"放大"（Trenner 45），并由此给了他探讨小说的主题——激进思想的一个缘由。

写作《但以理书》的过程并不是一帆风顺的。多克特罗披露说，一开始他用的是传统小说的写作方式：第三人称，故事线索按照时间顺序发展。但是写了 150 多页后，他开始感到一种极大的厌烦，无法再继续写下去了。"那是我生命中一个极度绝望时刻，因为我知道如果我要毁掉这样一个极其重要的题目，那么我也就没有成为一个作家的权利了。"（Tenner，1983：62）。幸运的是，后来他找到了一个切入点，一个可以让他把要说的故事通过一个人的声音叙述出来的途径，那就是故事中丹尼尔的视角和声音。"我坐下来，在打字机上放上一张纸，开始写作，感受到了一种自由和解放，后来的结果是丹尼尔在说话，他坐在哥伦比亚大学的图书馆里，于是我就有了这本书。"（Tenner，1983：62）《但以理书》的叙述者是丹尼尔，他同时也是故事的主人公，小说的叙述主要是第一人称，但同时也在第一人称、第三人称甚至第二人称之间转换，同样的转换形式也发生在故事的时间顺序上。小说的故事主线围绕丹尼尔试图寻找他父母之死的真实原因展开，故事基本上发生在 1967 年 5 月底到 12

月底这段时间里，期间穿插了很多丹尼尔对他父母的回忆，这些回忆把读者带到 50 年代伊萨克森大妇案件（罗森堡案件）发生前后的时光。丹尼尔的历史追寻也是他作为哥伦比亚大学博士生的博士论文写作题目，他对于历史的研究和思考过程在小说中表现为诸多似乎与情节没有直接关系的关于历史的评述、摘选等，这些内容被拼贴在小说故事的叙述中。丹尼尔同时也参与了一些 60 年代开始兴起的学生新左派运动，记录了他自己的一些切身感受。丹尼尔是一个叙述者、记录者、评论者和观察者，他融这几个功能于一体，同时又在这期间游离转换，时而挺身而起发出自己的声音，时而又退隐成为"隐身作者"，更重要的是，通过这么一个肩负各种功能的人物，多克特罗找到了一个表述在伊萨克森家庭以及伊萨克森案件上看到的种种矛盾和问题的途径："关于这个激进家庭的想法——这个家庭有的各种似是而非的矛盾，社会对他们的不容之处都与之相关。"（Tenner，1983：62）所谓"矛盾"，一方面是指伊萨克森案件的审判与社会氛围间的关系，即冷战情形下伊萨克森案件的不可避免，从这个方面说，小说对冷战产生原因的剖析也是对美国冷战政策的批判；另一方面，多克特罗并不是简单地把这部小说写成对冷战的批评，或者是对伊萨克森夫妇的颂扬，而是在对美国的冷战政策进行批判的同时，正如另一位多克特罗研究学者库珀所指出的那样，小说同时也对"激进传统进行了批判和质疑"（Cooper，1993：115）。在小说中，激进思想则主要表现在以伊萨克森夫妇为代表的老左派以及 60 年代出现的新左派身上。值得注意的是，这种对激进思想的质疑本身也离不开对冷战氛围的理解。

"激进"一词是理解《但以理书》的关键词。丹尼尔这个视角给了多克特罗写作的自由，这种"自由"的一个重要含义是通过丹尼尔的叙述，如同多克特罗一样，作为读者的我们被带入了激进思想所产生的各种问题的场景之中，而这则离不开对丹尼尔的叙述声音的感知。作为故事主要叙述者的丹尼尔，其声音本身就隐含了很多矛盾之处。如果说丹尼尔的叙述是一部交响乐，那么可以说这肯定不是一部乐音和谐的古典交响乐，而是声音混杂的现代或后现代交响乐。在对其父母往事的回忆叙述中，这种混杂的声音时常出现，很多时候充满了同情的态度，但同时也不乏批评的或者说是清醒的判断（Cooper，1993：115，Freeland，2006：ix）。丹尼尔回溯往事是片断性的，每次都集中在一个场景上。第一个片断画面是他和他妹妹苏珊被其父母的辩护律师带着到一个要求释放他父母的集会上，人群拥挤，人声鼎沸，人们情绪激昂，高呼"释放他们，释放他们"的口号，丹尼尔和苏珊无法挤过人群到前台上，激动的人群发现伊萨克森的子女来到了现场后，把这两个孩子抬起来从他们头上运送过去。这时我们读到了这样的文字："在他和苏珊被抬起来时，巨大的吼声灌满了他的耳朵，他们的身体扭动着被运送到前台。他感到了眩晕。他紧紧抓住了苏珊的手。"（Doctorow，2006：26）这个场景是通过第三人称叙述的，可以理解在这种场合，还是七八岁孩子的丹尼尔会感到紧张，甚至眩晕，但是"眩晕"在这里很可能还有另一层含义，因为很快叙述者告诉我们："（上了前台后）他们像是上了一个孤岛一样，他感到风吹进了他的眼睛。有那么一瞬间，他感到他和苏珊被出卖了，这些个巨大的人群像是要淹没他们，把他们冲走。"（Doctorow，2006：27）"出卖"、"淹没"和"冲走"这些个词语很是有点模糊，一方面可以表示人群对伊萨克森夫妇审判的不满，要求诉诸正义；另一方面，就丹尼尔来说，一种害怕乃至恐惧的感觉无意识地涌上心头。需要指出的是，作为叙述者的丹尼尔在 1967 年已是 25 岁的成年人，他的这一段回忆多少带有一种成年人的判断在内，在这种情况下，这些个看似模糊的词就更值得引起注意了。如果说在这个场景里，丹尼尔还只是从一个孩子的角度隐含地表述他对这种人群激愤的场面的不理解，那么在第二个、第三个以及后面更多的直接涉及其父母的回忆场景里，这种模棱两可的、肯定中暗含否定的叙述声音和语气则有了更多的出现频率。我们从丹尼尔的视角看到了生活在 50 年代的伊萨克森夫妇，尤其是他们的政治信仰。他们参加了共产党，因为"这可以让他们知道真理，去寻求真理，这可以让他们拒绝成为牺牲品，而所有这一切都说明了他们行为的合理——他们的穷苦，他们的失败，他们的不幸，他们来自的三流家庭。他们是冲着他们的自尊而去的"（Doctorow，2006：39）。在试图解释他们参加共产党的理由后，叙述者转而朝向读者更加直接地说明了他们的政治信仰与其社会状况的联系："如果你发现了工人阶级，那么你就可以发现民主的根源。你在社会正义中发现你自己的品德。对于社会正义的渴望是一种没有嫉妒的生活方式，这也是一个失败者的情感。这是一种把嫉妒变成直接的有利的嫉恨的转变方式。"（Doctorow，2006：39-40）美国学者弗里德蓝认为像保罗·伊萨克森这样的老左派的一个特征是他们仍然笃信民主制度，美国的问题是偏离了应有的民主体制（Freedland，2006：Viii）。显然，我们可以在丹尼尔的叙述评论中看到这种观点，但与此同时我们也感到了丹尼尔的模糊语气，因为不管怎样，他们被称为是"失败者"，而且似乎把"嫉妒"转变成了"嫉恨"，这对于他们而言也是一个不得不说的问题。丹尼尔告诉我们，他热情和慈爱的父亲时时不忘向他灌输自己的信仰："我记得的是他的那些教导。他要让我成长为一个正直的人。他要让我在心灵里与这个社会做斗争。他要让我与那些文化的恶劣影响做斗争。那就是我们间的关系——他要教导我如何成为一个精神上的异议者。"（Doctorow，2006：42）保罗给丹尼尔分析早餐吃的燕麦片盒子背后广告的含义——不要相信吃了这些东西可以让你身体健康成为运动员这样的话，这些广告的真实含义是剥削，同样，香蕉这样的水果不能吃，因为生产过程有着太多的剥削，生产饼干的公司，生产石油的公司，生产汽车的公司，等等这些都不是保罗喜欢的东西。此外，保罗还给丹尼尔讲述美国历史中的抵抗式人物，从托马斯·潘恩到约翰·布朗，讲述 30 年代大萧条如何让美国跌入危机，而同时间苏联则蒸蒸日上，人人享受国家的富裕。此后，我们又一次听到了丹尼尔的评论："把所有这些历史上的非正义事情放在一起，告诉我这些事情的形式和缘由，所有这一切显然都是基于马克思主义的分析。用它来统照所有这一切，所有这一切都可以得到解释：甚至也包括他和我一起读的那些小人书，他教我如何认出那些被类型化的黄种人恶棍、犹太人恶棍、俄国人恶棍。甚至还有一些如棒球这样的公共体育游戏的功能，它的真实目的是什么，棒球迷们的经济和阶级背景，为什么他们需要棒球；如果人们有了足够多的钱，足够多的自由，那么棒球这个游戏又会变成什么样的情况。我倾听着他说，因为我需要他的关注，这是我需要付出的代价。"（Doctorow，2006：43）作为孩子的丹尼尔能够耐心听父亲这些理论联系实践的解释，其目的只是为了得到父亲的一些关注。从丹尼尔的叙述中我们得知，大多数时候他的父亲都会是这样情绪激动，和他在一起的时间都花在了分析之中，而他则多么需要父亲的个人关爱；这种出于孩子角度的说明，多少也暗含了作为叙述者的丹尼尔对父亲保罗这种行为的某种贬义。"一切都可以得到（马克思主义）的解释"，丹尼尔的这个评论本身让我们看到了马克思主义的简单化乃至庸俗化的应用。这多少也会影响保罗的性格。无怪乎丹尼尔会说："他（保罗）常常是要那么表现自己。他做的任何事情都不能默默无闻——这想起来都会让人感到是多么美妙！"（Doctorow，2006：41）而实际上，在丹尼尔的叙述中，保罗的行为并不是那么美妙。丹尼尔回忆他和他父亲一起上门推销美国共产党的报刊，他记得父亲的脸上会表现出一种完全自我沉迷的表情，不停地说，不停地分析，"他说得嘴都湿了，有时候似乎他的舌头上都是泡沫，那种激动万分的演讲者的形象，说话时唾沫都会溅到听者的身上。"（Doctorow，2006：44）丹尼尔自己做出的一个结论是，他的父亲"是那么的倾向争论"（Doctorow，2006：44）。这种看似中性的评判，实际上透露的还是丹尼尔对其父亲既褒也贬的语调。有时候他的评语更是直接表示了对父亲的批评："我的父亲人很瘦，神经紧张，自私，不可依靠，满脑子激进的热情，信仰过分，忠诚于马克思主义和列宁主义，眼神严厉，喜好争论。他让我感到害怕。"（Doctorow，2006：46）

此外，保罗在一次集会中的英雄壮举让儿子敬佩不已。但是即便是在这种情况下，在描述了保罗英雄般的行为之后，丹尼尔还是会生出一些疑虑，试图要给保罗的英雄行为打上一个问号。那次集会发生在纽约郊外一个叫作皮克斯吉尔的地方，丹尼尔与父母还有他们的一些左翼朋友们一起到这儿来参加著名黑人歌唱家保罗·罗宾逊的演唱会。罗宾逊是美国共产党党员、著名左翼分子。演唱会结束返程时，伊萨克森一家和参加演唱会的人乘坐的大巴汽车在路上遭到了很多右翼分子的围攻堵截，处于非常危急之中，这时保罗挺身而出，冒着生命危险试图扒开紧锁的车门下车。他最后救了所有的人，但却付出了手臂折断的代价。有意思的是，在其他人纷纷议论保罗的英雄行为时，丹尼尔却有自己的看法，他看到了父亲的行为背后有一种神秘的东西存在，他认为父亲下车是去喊路边的警察来解决问题："因为他真的是相信警察会来帮助他们。法律会逮捕那些法西斯暴徒们的。"（Doctorow，2006：64）这表明作为叙述者的丹尼尔看到了保罗对法律的盲目信从，而这实际上还是缘于其激进的理想主义。相对于父亲的激进理想主义者形象，母亲罗戚尔在丹尼尔看来则更倾向做一个现实主义者，她更能从其生活的现实去看问题，但也恰恰如此，她所经历的穷苦生活使得她更能接受保罗的那种信仰："她知道问题的实质。她更能接近那个信仰。从她自己的方式来看，她是一个更加忠诚的激进主义者"（Doctorow，2006：49）

"激进"是丹尼尔的回忆叙述中父母留给他的印象中最醒目的记忆，也是其叙述语调中，一种不能不让人集中精力倾听的声音。这种声音在丹尼尔对其父母下了一种政治判语后，更变成了一个强音。他这样说道："他们是一些斯大林主义者，资本主义美国的每一个举动都会让他们气疯。"（Doctorow，2006：49）这是一个对于他们政治立场的基本评判，尽管带着情绪，但是我们仍然能够听出丹尼尔对其父母信仰的一种讥讽。正是这样一种带着情绪的讥讽，让我们可以跳出丹尼尔的叙述来到五十年代的现实中来。

丹尼尔关于父母是斯大林主义者的判断，实际上也是从 30 年代到 50 年代间对一些左派的一个标志性定义。在这里有必要对所谓"老左派"的渊源做一个简单的说明和区分。30 年代经济危机为左派以及美共的兴盛提供了一个重要契机，马克思主义思想对一些青年学生产生了很大吸引力，促使他们向"左"转，对美国资本主义展开猛烈攻击。当时的犹太青年、后来的著名社会和文学批评家欧文·豪对 30 年代左翼运动的回忆，颇能说明马克思主义对一些青年人的影响："但是左翼运动的吸引力还有其更基本的原因。马克思主义包含了对人类经验的极其深刻的看法。它强调冲突的不可避免，发展高潮的最后到来，还有终极时刻、毁灭时间、耀眼的明天等等，对于这些的强调使得马克思主义深深打动了我们的想象力。我们感到我们时刻处于英雄主义的边缘，我们在当下所遭遇的嘲讽会在未来证明我们的正确，我们对信条的忠诚会在明天得到大众的感谢，从而得到报答。"（Diggins，1973：117）左翼思想的蔓延离不开作为世界上第一个社会主义国家的苏联的影响，30 年代初正在轰轰烈烈实行第一个五年计划的苏联显示出了欣欣向荣的气象，与资本主义经济危机下一片萧条的美国形成了鲜明的对照，这给左翼思想的流行提供了充足的社会条件。但是，左翼思潮本身并不是铁板一块，争议和分离早在 20 年代后期苏联领导人斯大林和托洛茨基的斗争中落下种子。30 年代中期，斯大林在苏联开始搞肃反运动，在莫斯科审判布哈林等苏联老一代革命领导人，给美国的左翼思潮带来了很大冲击，包括豪在内的很多知识分子开始转向，掀起反斯大林主义的运动；1939 年，苏联与德国法西斯签订互不侵犯条约则更是让苏联和斯大林在一些知识分子中成了众矢之的。但是与此同时，也有不少左翼人士仍旧对苏联和斯大林情有独钟，苏联此后成为反法西斯主义的中坚力量，这让左翼有了存在和发展的理由，这些人被视为斯大林主义者，其中有不少是美国共产党员。二战结束，40 年代后期 50 年代初，冷战开启，在 30 年代后期转向反斯大林主义的左翼知识分子在冷战的氛围里进行了第二次转向，转成与美国的认同。1952 年，著名左翼文化刊物《党派评论》召开"我们的国家，我们的文化"研讨会，讨论知识分子与美国的关系，参加讨论会的很多知识分子在 30 年代初曾经是活跃的左翼分子，后来成为反斯大林主义的骨干①。现在面对美苏对峙、意识形态对立、冷战渐趋紧张的情况，他们都感到了与美国认同的现实需要。从这个需要出发，

---

① 见本书第二章第一节"'我们的国家，我们的文化'：冷战思维氛围下知识分子与美国的关系"。

他们从反斯大林主义者转变成了左翼自由主义者①。而那些被称为斯大林主义者的左翼，则成了冷战中的敌人。伊萨克森夫妇即属于斯大林主义者的左翼，他们美国共产党员的身份突出了其与斯大林主义者的关系。

从这个角度来看，可以说丹尼尔对其父母下的"斯大林主义者"的定义很是符合历史事实。更值得一提的是，伊萨克森夫妇左翼行为的轨迹也与三四十年代一些左翼知识分子的经历有非常一致的地方。如同豪一样，保罗也是纽约市立学院的学生，市立学院曾是左翼思潮和学生的一个重要阵地（Bloom，1986：35-36）。丹尼尔在他的回忆叙述中，提到了保罗入学纽约市立学院，在小说的第三章，丹尼尔干脆让其母亲罗威尔自己对这个他们生活中的重要时刻做了生动的充满感情的回忆。遗憾的是，从丹尼尔的叙述中，我们看到保罗这个"自以为是的，未经世面的年轻人在 20 世纪 40 年代走出了纽约市立学院，发现后面并没有人跟着他。我的爸爸走到哪儿都没有人跟着。"（Doctorow，2006：40）似乎那是一个孤独的年代，似乎保罗是一个孤独的人，似乎保罗的思想并没有人多少理睬。但在罗威尔的自述中，我们则看到了完全相反的一种情形：那是一个热情沸腾的时代，一个激动时刻发生的地点，保罗和罗威尔不仅在那儿相识、相恋，而且还一起投身左翼运动，成为了"战斗着的年轻共产主义者"（Doctorow，2006：237）。这种叙述内容的不同，不仅是因为叙述者的不同，更重要的是叙述声音和角度的不同。从丹尼尔的叙述中，我们似乎可以听出一种隐含的批评甚至是讥讽的声音，而讥讽的内容就是其父母的激进主义思想和行为。这就是为什么保罗入学纽约市立学院这个重要的时刻，在丹尼尔的叙述中变成了一种孤掌难鸣的冷清局面，因为正是从那儿开始，伊萨克森夫妇踏上了成为"斯大林主义者"的不归之路。从逻辑上，我们可以推断这不是丹尼尔希望父母要走的道路。而这不仅仅是一种逻辑推断，事实上，在丹尼尔的叙述中间还插入了一些可以提供什么是斯大林

---

① 见本书第二章第二节"自由主义想象，新自由主义与冷战思维"。

主义者的材料。在小说开篇不久，我们就读到了一段有关莫斯科审判、布哈林遭陷害的材料，之后便是丹尼尔对于父母的第一个回忆片断；在讲述了与其父母一同参加罗宾逊的演唱会以及揭示了保罗英雄主义行为背后的"神秘"原因之后，一段关于布哈林的审判材料又一次插入到了丹尼尔的叙述中间，从这个材料中我们进一步得知，布哈林的被审判和被处决是因为他妨碍了斯大林要和希特勒签订和约。而不管斯大林签订和约的目的是什么，有一点可以确定，斯大林所做的一切都是基于维护苏联的国家利益，但是这种行为同时也推迟了马克思主义世界革命的进程，斯大林的民族主义牺牲了国际马克思主义，一些个人则更是成了无辜的受害者。这两个材料在很大程度上可以帮助说明什么是斯大林主义者。如前所述，《但以理书》讲述的是丹尼尔寻找其父母死亡的真实原因，这也是他正在撰写的博士论文的内容，丹尼尔叙述中插入的这些材料可看成是他研究和思考的成果，与其寻找历程不无关联。从这个角度来看，这些材料一方面说明了丹尼尔对斯大林主义者的认识，另一方面也进一步强化了他对父母激进思想的讥讽。需要指出的是，这种对斯大林的指控也是冷战时期美苏意识形态对峙的一个重要内容，符合冷战的需要，反映在思想领域内，则成为了对斯大林主义的清算。左翼自由主义者在 50 年代的一个突出行为，是对三四十年代的斯大林主义者的批判，揭示其简单、天真的激进思想，或者用著名文学批评家特里林的话说是"自由主义的想象"，用另外一个文学批评家费德勒的话说是现在到了结束"天真"的时候了[1]。把丹尼尔的叙述中对其父母激进思想的批评乃至指责放到这种大的背景中来看，我们似乎可以感到这中间某种或多或少的关联。不能说丹尼尔对父母的批评完全代表了特里林或者是费德勒这样的左翼自由主义者的思想，但是另一方面，离开了冷战的背景，剥离了斯大林主义者与冷战的关系，要理解丹尼尔叙述中对父母的指责也会发生困难。

---

[1] 见本书第二章第三节"'天真'的终结：费德勒对自由主义的清算和期待"。

二

丹尼尔的回忆是一种时空打乱的叙述，片断性的叙述回忆让我们看到了伊萨克森夫妇在 50 年代的生活和经历，而叙述的主角却是生活在 60 年代后期。这种时空上的错置同时也表明了丹尼尔的寻找历程，从当下到历史再回到当下，在这个时空穿梭的过程中，一个把历史和当下联系在一起的重要因素则是对于左派行为的思考。如果说丹尼尔的叙述回忆集中在伊萨克森夫妇在 50 年代的生活和他们的案件的审理过程，从中反映的一个重要内容是以其父母为代表的"老左派"的思想和言行，那么丹尼尔关于当下生活的叙述则是对于"新左派"的体察。把"老左派"和"新左派"联系在一起的还是"激进"一词。

丹尼尔与新左派的接触经历了一个过程。丹尼尔遇到的第一个具有新左派倾向的人是他妹妹苏珊。苏珊参加了学生新左派的反战抗议运动，她试图以其父母的名义建立一个基金会。一方面推动新左派的革命，另一方面恢复伊萨克森的名誉，苏珊一直坚信其父母是被陷害致死的。丹尼尔似乎对这一行为并不理解，他觉得新左派那种为抗议越战和抵制服役焚烧征兵证的做法不是他能接受的革命行为。此外，他认为苏珊的行为是要把伊萨克森夫妇变成为新左派服务的一种宣传手段，他由此似乎看到了其父母身上的激进思想在苏珊身上复活了，这种他称之为"自我客观化"（Doctorow，2006：99）行为是他不能接受的。这与前面所说的丹尼尔对伊萨克森夫妇激进思想的批评是一致的。另一方面，这也成了他开始与新左派的接触、体验、碰撞的过程，同时也构成了他寻找其父母之死真实原因的一个过程。在这期间，丹尼尔一方面亲身参与了新左派的抗议运动，另一方面他始终保持了一个观察者和评述者的姿态，如同他对其父母的叙述回忆中的态度一样，他对新左派的态度也是褒贬参半，在同情的同时我们可以听到明显的批评声音。

丹尼尔让我们看到的新左派的代表人物是一个叫做阿特·斯特恩李斯特的学生运动领袖。因为苏珊的关系，丹尼尔去找了这个人。

情绪激动、语言犀利的斯特恩李斯特以自己独特的方式向丹尼尔宣讲了他的革命观："革命者就是制造革命的人……凡是不是革命的东西你都必须得推倒……革命就是发生。它正在发生。它给地球带来变化。它是一个新的动物。一种新的意识！它就是我！我就是革命！"（Coctorow，2006：168-169）丹尼尔在他的叙述中用了一个单独的章节来表述这个新左派革命者的语言和形象。在这里，丹尼尔的声音似乎不见了，我们听到的完全是斯特恩李斯特个人在说话，但是从他的说话方式中，我们能感受到革命的激情背后是一种荒唐的存在。这个章节的小标题是"斯特恩李斯特的说唱（rap）"，显然，在丹尼尔看来，斯特恩李斯特的革命宣传与说唱似乎没有区别，更多的是一种情绪的发泄，这在他的这个长篇说唱的最后部分表现得更是淋漓尽致："权力是一种动力。打碎动力。合法就是非合法……就像艾比所说的那样，在这个国家里你只要做一件事你就是一个名人。快去行动，成为名人。下个月我们要去华盛顿，要去拔除五角大楼。我们要用祈祷、诅咒、吹响号角、朝墙壁投一些无形的神奇之物，用这些办法把五角大楼从地上飘浮起来。我们要让它飘浮起来，然后再让它砸下来。我们要用鲜花把它杀死。一定要去那儿！我们会上电视。我们要用图像把美国推翻。"（Doctorow，2006：172）斯特恩李斯特显然是过度沉浸在自己的语言暴力之中了，不过我们还是可以看出这种革命的问题：天真、浪漫、简单想象，其中最醒目的则是打倒一切的态度。斯特恩李斯特提到的艾比是一个历史中的真实人物，名叫艾比·豪富曼。在一些学者看来，斯特恩李斯特这个形象与豪富曼有很大的关系（Freedland，2006：vii）。豪富曼是60年代新左派学生运动的领袖人物，易皮士组织（青年国际党）的创建人之一。把他的一些言论与斯特恩李斯特做一对比，或许可以让我们看到其中的一些关联，从而也体会出丹尼尔的态度。1968年，豪富曼参与组织芝加哥的抵制民主党全国代表大会活动，与警察发生暴力冲突，事后与其他7个著名新左派人物一起被捕[①]，1969年

---

① Abbie Hoffman（1936—1989），美国60年代社会和政治活动者、组织者，"易皮士"（Yippies），"青年国际党"（Youth International Party）创始人之一。

12 月被审判，他在法庭上的一些言论颇能代表一些新左派的观点和态度。在回答法官询问从他出生到 1960 年期间，他的生活中发生过什么重大的事件时，他回答说："什么也没有。我相信那就是所谓的美国教育。"（Hoffman in Horowitz，1972：29）一种对美国的蔑视态度跃然纸上。在法庭质询的最后，豪富曼宣读了一份易皮士宣言，题目是"走向一个自由社会的革命"。其中除了提到要求立即停止越南战争、停止对少数族裔的压迫以外，他还提出了解除一切武装人员的武装，从警察开始，取消钱币，取消包括房屋、交通、食品、教育等所有一切付费项目的主张（Horowitz，1972：45）。天真、简单、浪漫的想象，成了这些新一代革命者的奋斗目标。毋庸多言，我们可以从斯特恩李斯特的言语中看到豪富曼的影子。斯特恩李斯特其实也有非常现实的一面，这就是对于名人效应的追求，在革命的同时不忘利用媒体出名，这也是这些新一代革命者们的一个共同点，就像豪富曼要利用法庭来为自己获得更多媒体报道一样。这让我们联想到了丹尼尔在对其父母的回忆叙述中提到的，在伊萨克森夫妇案件中美国共产党对伊萨克森夫妇的态度。在他们被捕后，他们很快就被美共除名了，但是后来美共又利用伊萨克森夫妇的审判做宣传，来达到他们反对美国的目的。从丹尼尔的角度来看，新左派和老左派走到一起来了。

　　不过，作为 60 年代美国各种社会运动中的一支重要力量，新左派们似乎并不希望与老左派们联系在一起，正如斯特恩李斯特对丹尼尔说的那样："你想知道美国共产党问题出在哪儿吗？他们还是太在体制里面了。他们穿西装带领带，他们握有不少工作职位，他们还让他们的人竞选美国总统[①]。他们以为政治就是开会。当他们被掀翻在地的时候，他们说人家是暴政。他们是跟在俄国人后面抢奶吃。俄国！俄国人谁有自由？所有的俄国人做的就是一件事，闭上你的嘴。俄国的革命还有吗？"（Doctorow，2006：185）既要同老左派的代表美国共产党划清界限，更要同左派的策源地苏联一刀两

———————————

① 1932 年，美共领导人福斯特（William Foster）竞选美国总统；1948 年，美共支持的亨利·华莱士（Henry Wallace）竞选总统。

断，斯特恩李斯特的这种态度似乎是要表明新左派的独立性，革命的更加彻底性。同样，我们也可以用一个新左派运动组织者的话来与斯特恩李斯特的言语做一对应："那些老马克思主义左派们过于意识形态化，他们会把所有战争的原因都与资本主义、帝国主义、谋求自由市场搭上关系：一、二、三，一清二楚。我们则不同，我们的特征是怀疑一切。"（Diggins，1973：164）新左派是要表明与现有的教条和理论脱离关系。在60年代的美国，喊着"参与性民主"口号的新左派们①在促进民权运动、打破种族隔离、推进社会改革、反对战争等方面确实起到了积极作用（McMillian，2003：2）。但是另一方面，新左派们彻底革命的态度并不像他们自己所言与老左派们划清了界线，恰恰相反，在思想的激进方面他们不分伯仲。正如曾经的左派后来的自由主义者、社会学家贝尔所言，他们"只是模仿了那些30年代的中产阶级造反派，而后者则是模仿了那些无产阶级革命者"（Bloom，1986：353）。在改变一切、更新一切的冲动之下，新左派掀起的反文化运动最后"似乎也连同他们自己的运动也一同给摒弃了"（Horowitz，1972：38）。

　　显然，斯特恩李斯特们不是丹尼尔所能完全接受的，这在他与苏珊的争论中已经有所表明。但是，丹尼尔也没有作壁上观，而是身不由己地参与到新左派组织的运动之中去了，只是即便如此，他仍然感到他与新左派们之间存在着一种离心力，批评的声音从他的叙述中止不住地发出来。在小说第三章结尾部分，在经历了寻找伊萨克森案件真相过程中的郁闷、挫折、困惑，在内心受到因苏珊得精神病而内疚、自责的折磨之后，带着热情和愤怒，丹尼尔加入到了新左派组织的反战游行抗议中。他坐在华盛顿林肯纪念堂前，准备好向着五角大楼进发，看着大批大批的人群和各式各样的参加者，丹尼尔的内心颇有点复杂："人群大得无边。在林肯纪念堂的台阶上，嗓音粗哑的演讲者们正对着麦克风吼叫着。我感到了人群涌动产生

①　1962年新左派主要代表组织"学生争取民主同盟"（Students for Democratic Society）发表《休伦港宣言》，提出"参与性民主"（participatory democracy）口号，要求参与更多民主过程。

的震荡波。我来到这里，因为我深信每个人都有权利到这里来。我感到似乎我又不在这儿，似乎这里的每一个人都以一种远远超过了我的理解的方式掌控了这个事件，甚至连菲利斯（丹尼尔的妻子，笔者注）那种聆听一个又一个的嗡嗡作响的演讲的神态都超出了一般的专心致志的范围，我感到似乎我是偷偷溜进来的，还没有付门票，或者根本就是一无所知，而其他人则是一清二楚。"（Doctorow，2006：310）身在抗议大军中的丹尼尔下意识地感到似乎他不属于他们，这让我们联想到了上文提到的他对于父母的第一个回忆片断，也是激愤的人群，也是恐惧的感受。不仅如此，他甚至还感到了一种死亡的气息："在拥挤的人群中我感到了窒息，听到了死亡的窃窃私语声。"（Doctorow，2006：310）所以他做出了一个决定，让菲利斯和他们还是婴儿的儿子离开这里，以"避免暴力的危险"（Tokarczyk，2000：83）。这种看似矛盾的内心感受实则多少反映了丹尼尔对新左派行为的看法，一味地追求绝对的变化最终并不一定就会带来理想中的结果。丹尼尔和他的游行队伍与警察发生了冲突，丹尼尔经历了暴力的洗礼，遍体鳞伤的他回来后的感受颇为伤感但又不乏自我讽刺，他对哭泣着的菲利斯这样说道："这只是看上去严重点，实际上没有这么严重。没什么事。现在做一个革命者要比以前容易多了。"（Doctorow，2006：314）丹尼尔这是在把新左派和伊萨克森夫妇那样的老左派做对比，老左派有被关押甚至判死刑的危险，而新左派只是受了一点皮肉之伤。但问题是，无论老左派还是新左派，他们更多的是在追求一种"形象"，一种姿态，一种体验，一种激进思想的实践。在丹尼尔看来，这多少让他们的革命有了一种悬空的味道。

多克特罗研究者陶卡兹克认为《但以理书》说的是关于激进政治行为的失败（Tokarczyk，2000：71），这种评述是基于他对多克特罗的理解。他指出，多克特罗对那些认定自己是真理而过于自信的意识形态是颇有怀疑的（Tokarczyk，2000：69）。这也可以从多克特罗自己的话语中得到印证。在一次采访中，当被问到他是否是一个左派时，他回答说他是一个左翼思想者，但同时强调他是那种注重实际的、社会民主的左派，也就是人文主义的左派，其特点是对过于热衷意识形态的行为警惕。"我认为那种明确的、确定的意识形态都因其忠实信徒的行为得到反面的说明。"（Trenner，1983：52）显然，多克特罗对那种脱离实际的、一味僵硬依循某种思想或者是信仰的行为，持一种怀疑和否定的态度。我们从丹尼尔对左派——无论是老左还是新左——的异议中多少可以感知多克特罗的这种倾向。如果丹尼尔的这种异议首先表现在对四五十年代斯大林主义者老左派的批评、指责乃至讥讽上，那么可以说这样的一种情绪和态度也延续到了对 60 年代新左派的看法上。同样，如果丹尼尔对斯大林主义者老左派的看法多少反映了冷战氛围下对激进主义思想的态度，那么可以说面对 60 年代新的激进主义思想的出现，丹尼尔的态度基本上还是维持了原样。换言之，尽管 60 年代的情况与 50 年代有了一些不同，社会变革运动或多或少转移了人们对以美苏对峙为主的冷战局面的注意力，但是就针对左派激进思想和行为而言，可以说我们依旧需要从冷战造成的影响这个大历史背景出发去理解丹尼尔的态度。

三

但是另一方面，需要指出的是，《但以理书》是一部思想内容复杂、人物言行多面、性格发展曲折的小说。任何从单一角度试图对小说做出完满解释的努力，都将遭遇尴尬甚至失败。陶卡兹克认为,小说的复杂性或许与多克特罗曾在本科学习文学时接受新批评的思想有关，含混性这个新批评所特别关注的文学因素被多克特罗用在了《但以理书》的写作上（Tokarczyk，2000：68）。我们可以从丹尼尔与新左派以及冷战的关系中，看到这种含混性的展现。一方面新左派的激进行为让丹尼尔感到困惑，乃至提出隐含的批评；另一方面，丹尼尔则是通过新左派的角度来重新看待冷战的历史和现实。

冷战是伊萨克森夫妇案件发生的历史大背景，在寻找其父母死亡真实原因的历程中，对于冷战的思考一直萦绕在丹尼尔的心间。如果说从丹尼尔的叙述中，那些有关莫斯科审判和斯大林自私的民族主义的两段叙述插入材料，给伊萨克森夫妇这样的斯大林主义者的背景和含义做了一个注脚，这构成了丹尼尔叙述的一个显著特征和形式，那么同样的方式也出现在丹尼尔对冷战的思考之中。小说故事开始不久，丹尼尔的叙述中就插入了一段题为"一个有趣现象"的材料，讲述被很多历史学家注意到的美国历史中的一个现象，即战争中的敌人意识被延续到战后的必要："敌人必须要被继续找到。"（Doctorow，2006：28）这段材料实际上告诉了读者自 1919 年到二战结束时，美国曾经历过的"红色恐惧"时刻以及对红色异己分子的排除行为，这也构成了美国维护自己的体制和价值的传统行为。以敌人的存在来解释"我们"的行为的必要，成了这种行为的潜台词，而这不能不说也与冷战相关。这段材料也为此后丹尼尔的叙述中更多有关冷战思考的出现打下了一个伏笔。在小说的第三章，丹尼尔进行了一连串的调查，试图弄明白伊萨克森案件的事实，与此同时，一长段关于冷战的材料也出现在他的叙述之中。这是整部小说中有关冷战的最集中的一段叙述，内容涉及冷战的起源，冷战遏制政策的运用，对"杜鲁门主义"、"马歇尔计划"的评述，冷战中"红色恐惧"与冷战宣传的关系等，可以说这也是一篇关于冷战的小论文，而论文的主旨则是对冷战的一种新的看法。从这段材料中，我们得知冷战的起源是因为二战后美国改变了战争期间与苏联合作的态度，采取了先发制人、主动遏制苏联、对苏强硬的政策，这导致了苏联被迫采取相应的措施，摒弃曾有过的试图维持与美国合作的想法，转向与美国对峙。而美国这种做法的根本原因则是缘于美国外交行为中对"门户开放"政策的追求，即打开他国之门为美国的经济发展和扩展提供必要的渠道。二战后，美国认为苏联的势力会影响整个欧洲，这会对美国构成很大威胁，这也是为什么美国要主动采取行动，遏制苏联，"杜鲁门主义"与"马歇尔计划"其实质正是缘于此。也正是出于这个原因，苏联被描述成具有扩张侵略的本性，这为美国遏制政策的实行提供了合理依据。与此相关，相应的是美国国内"红色恐惧"热的又一次上升，冷战气氛也因此进一步形成。这种把美国视为冷战始作俑者的看法与把冷战的开启归咎于苏联扩张的正统观点大相径庭。在冷战研究界，这个观点被称为"修正主义观点"（参见 May，2003：133），而在 60 年代这种观点则与新左派联系到一起，被称为新左派历史观（参见 Maddox，1973：1）。丹尼尔叙述中出现的这段关于冷战起源的新陈述是新左派历史修正观的典型表述。事实上，这种新历史观的主要代表、著名历史学家威廉·威廉姆斯的名字，直接出现在了丹尼尔的叙述之中，其代表作《美国外交的悲剧》（1959 年初版，1962 年扩展版）中一些有关冷战的论述成了丹尼尔这段材料的主要依据（Williams，1962：262-274），有些内容则更是直接被挪进了丹尼尔的叙述之中，如威廉姆斯认为战后初期苏联并没有实行扩张的战略，苏联经济学家尤琴·瓦嘎提出美国经济在战后会持续稳定发展，苏联应与美国搞好关系，这个观点曾得到斯大林的关注并倾向同意。此外，书中一些细节，如苏联外长莫洛托夫和美国国务卿贝尔纳斯关于德国赔偿问题的对话，也几乎原封不动地进入了丹尼尔的叙述中，成为一个有关冷战细节描写的生动场景，威廉姆斯对美国外交"门户开放"政策的剖析和批判则更是成为了丹尼尔认识冷战实质的理论依据。

威廉姆斯这样的新左派历史学家对冷战起源的修正观点，引起了很大争议，被一些学者认为不仅是对美国的外交政策而且也是对美国社会制度本身的攻击（Maddox，1973：3）。多克特罗让丹尼尔在《但以理书》中引述威廉姆斯著作中的一些内容，也说明了他的观点引人注目。而就丹尼尔而言，这不仅可以表明他对威廉姆斯观点的某种认同，更重要的是，这让我们看到了伊萨克森案件与冷战的某种联系："敌人必须要被继续找到。"联想到在小说故事开始不久，丹尼尔叙述中出现的那段有关美国历史上用祛除的办法解决"红色恐惧"的插入材料，这多少可以让读者感知伊萨克森案件在冷战背景下发生的必然性。丹尼尔在小说的第二部分让我们看到了这种必然性的前兆，在回忆了其父亲被捕的过程后，通过伊萨克森夫妇律师的角度，丹尼尔让读者看到了 50 年代初期在冷战氛围下，美国社会中普遍蔓延的对共产主义的恐惧，人人试图割断与共产主义的关系，于是"告密成了一种新的道德……任何一个知道别人是共产党员的人都会感到受到了牵连"（Doctorow，2006：145）。伊萨克森夫妇就是因为朋友的告密而被捕的。国会非美活动调查委员会的行为在社会上产生了让人不寒而栗的效果："有些人不能拿到护照，有些人失去了工作，还有一些人因为蔑视罪被投进了监狱，在图书馆里人们现在找不到马克·吐温了，因为俄国人喜欢他，他在那儿是一个畅销作家。"（Doctorow，2006：145）在这种情况下，伊萨克森案件的审判是否会有公正性本身就是一个问题。我们从丹尼尔的叙述中（通过其母亲的角度）得知，伊萨克森夫妇并不是以间谍罪获刑的，而是以阴谋进行间谍活动获刑的，法庭对于他们的审判不仅是对其行为的判定更是对其思想的定罪。伊萨克森夫妇案件的审判自始至终只有一个证人——出卖他们的朋友，但在法庭看来这似乎不是问题，他们共产党员的身份就是最好的证词。"在这个审判中，根据证词规定，裁决早已是注定好了的。"（Doctorow，2006：233）罗戚尔的这个认识并不只是表明她的悲观，事实如此。伊萨克森夫妇被判处死刑，理由是把原子弹秘密给了苏联。我们从丹尼尔的叙述中，没有看到他对这个判决依据做出评论，但是有两处地方丹尼尔对此进行了隐含的讽刺。第一处出现在他父亲保罗被联邦调查局带走以后，我们看到这样一行文字插入到了他的叙述之中："伊萨克森夫妇因为阴谋把电视的秘密给苏联而被捕……"（Doctorow，2006：143）第二次出现在丹尼尔对伊萨克森夫妇案件审判过程的叙述结束之后，我们看到了类似的一行文字，但内容有了改变："伊萨克森夫妇被判定为阴谋把原子弹秘密给苏联。不，氢弹秘密。或者是钴弹？还有中子弹？汽油弹？反正就是那种东西。"（Doctorow，2006：250）这种对判决的嘲讽并不是无中生有，一个以修理收音机为业的人竟然能够知道原子弹这样复杂的技术秘密，这听起来近乎有点儿天方夜谭①，但是在 50 年代的美国，相信的人不在少数，在审判伊萨克森夫妇的法庭上也并没有多少人对此有所怀疑。

从冷战遏制政策到对"红色恐惧"的祛除再到伊萨克森案件的审判，丹尼尔的描述涉及了冷战在美国社会发生影响的各个方面。而从外交到政治再到法律，冷战的步伐同时也展现了其必然的内在逻辑，一种简单化的思维逻辑，一种"不是/即是"的思考方式，一种为了突出自我而抹掉他者的行为特征，其结果很可能会造成一种歇斯底里的气氛，而这本身也是一种僵化的意识形态的表现。也正是在这一点上，我们看到了多克特罗笔下丹尼尔叙述声音的一致性。如果说无论是老左派还是新左派，让他产生怀疑的是他们的激进思想和行为，而这无疑与那些左派们信奉的意识形态有关，那么可以说在关于冷战及其思维的描述中，丹尼尔也让我们看到了他的怀疑甚至叱问，这便是冷战意识形态。这也是为什么威廉姆斯对于美国冷战政策的剖析和批评会那么顺理成章地成为丹尼尔叙述的一部分，威廉姆斯揭示的正是建立在"门户开放"基础上的美国冷战意识形态发生作用的过程和结果。

但需要指出的是，不能在多克特罗和威廉姆斯之间简单地画等号。如果说威廉姆斯是从历史的角度对关于冷战的正统观念进行了颠覆性的阐释——这也使得他拥有了"新左派"的名声，那么多克特罗则是以丹尼尔的名义从现实的角度对冷战暴露出的种种问题进行了揭示。这是两种不同的姿态。威廉姆斯展现的是一种激进的左翼的姿态——这也是为什么他会被认为是对美国制度本身进行了攻击，多克特罗笔下的丹尼尔尽管在一定程度上认同威廉姆斯的观点，

---

① 根据现有的材料，罗森堡案件的一个重要证据是丈夫朱利叶斯·罗森堡的妻弟——曾在新墨西哥州原子弹制造基地担任过技术员的格林古拉斯，通过朱利叶斯把他所绘的原子弹生产过程图交给了在美国的苏联间谍，法庭审讯时出示了这些绘图，但是这些图极其原始和粗糙，根本不可能传递什么信息。（参见 Walter and Miriam Schneir, *Final Verdict: What Really Happened in the Rosenberg Case*. New York: Melville House, 2010.） 此外，有些核物理学家也表示了同样看法。参见纪录片 *The Unquiet Death of Julius and Ethel Rosenberg* (1974) 中对参与过原子弹制造过程的科学家 Philip Morrison 的采访。（纪录片图片及说明文字见 Alvin H. Goldstein. *The Unquiet Death of Julius & Ethel Rosenberg*. New York: Lawrence Hill & Company, 1975.）

但同时我们可以感知，他维持的是一种中性的姿态，这表现在他既对"老左"和"新左"的思想和行为有一定程度的距离，同时也对美国冷战气氛下的右翼思想进行了尖锐的批判，因为两者其实都是激进的，无论是来自左翼还是右翼。威廉姆斯对于丹尼尔的用处，正在于为他提供了批判冷战右翼思想的支点。或许在一些人看来，这成了多克特罗表露左翼思想的一个证据，但就多克特罗自己而言，他对自己"左翼"思想有一种特殊的说明。前文提到，多克特罗承认自己是一个左派，但同时强调，他是一个人文主义的左派。在另一次采访中，他具体讲到他所说的人文主义的含义："人文主义意指精神和道德生活不是对超自然的因素的信仰，也就是说人的问题要脚踏实地在地球上加以解决，而不是从天堂里寻找解决的方法。社会必须从现实的角度面对一些不完善的地方，为了更广泛的正义而奋斗……人文主义是对认识的渴望，科学的、美学的、历史的和人文的。在人文主义看来，人具有能够理解现实的能力。"（见陈俊松，2009：86-91）这种面对现实的态度可以帮助我们理解丹尼尔对左派们的困惑和对右翼思想的批判，因为无论是左翼还是右翼，一旦走向极端，其最大的问题便是脱离现实，笃信超现实的信仰。冷战氛围下的"老左"和"新左"有这个问题，美国冷战政策本身也免不了同样的问题，丹尼尔的叙述声音让我们对这些问题有了感同身受的知觉，这或许是多克特罗让丹尼尔的叙述主导《但以理书》的主要原因，它让我们看到了"激进运动"的多个面孔及其"受害者"的多个形象，而这正是这部战后美国文学中重要的政治小说的意义所在。

引用文献

Bloom, Alexender. *Prodigal Son: The New York Intellectuals and Their World*. New York/Oxford: Oxford University Press, 1986.

Cooper, Stephen. "Cutting Both Ways: E.L.Doctorow's Critique of the Left", *South Atlantic Review*. 1993（3）：111-125.

Diggins, John P. *The American Left in the Twentieth Century.* New York: Harcourt Brace Jovanovich, 1973.

Doctorow, E.L. *The Book of Daniel.* London: Penguin Books, 2006.

Fiedler, Leslie A. *An End to Innocence.* Boston: The Beacon Press, 1955.

Freeland, Jonathan. Introduction to *The Book of Daniel.* London: Penguin Books, 2006.

Horowitz, David and Michael Lerner and Craig Pyes. *Counterculture and Revolution.* New York: Random House, 1972.

Maddox, Robert James. *The New Left and the Origins of the Cold War.* New Jersey: Princeton University Press, 1973.

May, Ernest. *American Cold War Strategy: Interpreting NSC 68.* Boston & New York: Bedford/St. Martin's, 2003.

McMilliam, John and Paul Buhe, ed., *The New Left Revisited.* Philadelphia: Temple University Press, 2003.

Schneir, Walter and Miriam Schneir. *An Invitation to Inquest.* New York: Doubleday, 1965.

Tokarczyk, Michelle M. *E.L. Doctorow's Skeptical Commitment.* New York: Peter Lang, 2000.

Trenner, Richard. ed., *E.L.Doctorow: Essays and Conversations.* Princeton, New Jersey: Ontario Review Press, 1983.

Williams, William Appleman. *The Tragedy of American Diplomacy.* revised and enlarged edition. New York: A Delta Book, 1962.

陈俊松.栖居于历史的含混处——E.L.多克特罗访谈录.外国文学，2009（4）：86-91.

第六节　多重讽喻：厄普代克《政变》中的
冷战表现

　　以"兔子"系列小说闻名的美国当代重要作家厄普代克，一向被认为是描写中产阶级生活的高手。细腻的描述、犀利的笔锋所及，一幅幅中产阶级人物形象栩栩如生、跃然纸上；舒适生活背后的心理阴影，虚荣意识深处的欲望骚动，个体与社会间无尽的冲撞，这些构成中产阶级生活的要素在其笔下娓娓道来，同时也成了他讽喻的对象。讽喻是厄普代克文体的一个显著特色，而且笔触变化多端，不仅涉及生活细节、人物言行，还时时触及时代背景，人物与时代融合一体，讽喻的多重性也因此得以展开。这与作家宽广的写作视野和对时代的深邃理解是分不开的。除了当代美国中产阶级生活以外，厄普代克的目光也会越过当下美国，投射到世界其他地方，描述域外风貌，从一个别样的角度更为充分地展示其对时代的讽喻性思考。1978 年出版的《政变》是厄普代克的第九部小说，叙述的是一个发生在非洲大陆的故事。在展现域外情景的过程中，厄普代克延续了其一贯的讽喻文体风格，所不同的是，对时代的展现较之以往的作品更具有一种国际视野，具体而言则是冷战时代的国际格局成了这部小说的一个主要背景，主要人物的行为无不与冷战相关。而通过一种多重讽喻的笔法，厄普代克不仅刻画了一个性格鲜明的人物形象，而且也表现了他对冷战的深刻思考。

一

　　小说的故事纯粹虚构，但是从叙述的角度而言，给人一种确有其事的感觉。故事发生的时间是 20 世纪 70 年代末，叙述涵盖的时间延伸到了 50 年代。故事的叙述者（小说采用的是第一人称叙述与第三人称叙述相结合的方式）也是小说的主人公，哈克姆·费力克斯·艾勒娄上校从回忆的角度，讲述了其如何通过政变成为非洲撒哈拉沙漠中一个名叫库什的国家的统治者，又如何在美苏两个超级大国的夹击之下试图确定自己的位置，找到发展的道路，但最后不但没有成功，而且自己也丢掉了总统宝座，被流放到了法国。在这部小说中，厄普代克依旧采用了他最熟悉的写法，即人物言行的细节描写与时代大背景互动融合。作品从头到尾是从艾勒娄上校的角度来叙述的，这个人物的行动因此也就成了小说的主要情节线索。故事开始时，艾勒娄上校面对的是遍布整个国家的旱灾造成的大饥荒，为了应付危机，他把囚禁在牢狱中的前国王作为替罪羊，把责任推到他身上，将其公开审判，砍头示众。但随后国王的人头被一群神秘人物掠去，其后在一个边境地区又神奇地出现，号召人民推翻艾勒娄上校的统治——后来的情况表明这其实是库什的盟友苏联人搞的一个吸引当地游客的鬼把戏。于是艾勒娄开始了一次远征，试图消灭国王的影响，但这个过程的结果却让他自己丢掉了统治者的地位。这是小说一个主要情节，与此相应的是两个交叉出现的情节，一个是艾勒娄与其手下的内务部长埃扎拿在与美国的关系和对待美国的援助方面的不同态度，前者把美国看成是资本主义世界的侵略者，拒绝与其接触，后者则把美国看成是危机解救者。艾勒娄不允许他的手下存有亲近美国的想法，在远征之前，他把埃扎拿关进了牢狱；但是具有讽刺意味的是，当他结束远征过程、回到首都时，他自己成了后者的阶下囚。另一个情节是，在远征途中，艾勒娄时常回忆起他于 50 年代在美国求学期间的各种情景。从叙述的目的和结构来看，这一方面为的是说明这个人物的发展过程：从前国王军队中的一个小兵，到为法国殖民者在阿尔及利亚和印度支那卖命的兵士，再到在美国大学学习政治，回国后在 60 年代发动政变，成为独裁者。这个回忆让读者深深地感到了他与美国间的复杂关系，既爱又恨，既要千方百计地摆脱影响，又无论如何也割断不了关系。换言之，小说虽然讲述的是一个发生在非洲国家的故事，但是视角与背景都与国际格局分不开，尤其是冷战造成的两极化国际格局。

这不仅体现在人物塑造上，也表现在情节的安排处理方面，更重要的是通过这么一种设置，厄普代克充分表现了他对冷战的多角度思量，而这更多地体现在他的讽喻笔触中。

在小说出版后接受的采访中，厄普代克声言小说虽是虚构，但建立在研究基础上，具有一定的"现实性"（Plath，1994：117，121）。他提及小说"的用意可以说是指向一种国际寓言"（162），"表达他对非洲和世界的一些看法"（Plath，1994：196）。厄普代克并没有具体说明他的看法是什么，作为一个小说家他的任务是通过对这个世界的描述来表达他的观念。但是不管怎样，所谓的"国际寓言"指向了小说的国际视野与背景。在其存放在哈佛大学内的创作笔记和材料中，可以发现为了写这部小说，厄普代克认真研读了有关70年代中期发生在一些非洲国家的政变材料，包括一些学术文章和报刊媒体报道（Miller，2001：154），这说明了作家心目中小说的现实所指。而这种所指很大程度上与冷战相关，70年代中末期美苏间的冷战逐渐走向"缓和"，但国际格局的两极化依然笼罩世界的大部分地区，就连艾勒娄上校所在非洲小国库什也不能避免。美国学者米勒在其著作《约翰·厄普代克与冷战》中，论述了冷战与《政变》的关系，认为"小说自始至终显现了苏联和美国的存在"（Mill，2001：154）。确实如此，作为读者，我们知道艾勒娄领导下的库什与苏联结盟，同时这也使得这个国家成了美苏之间对峙的一块危险之地。小说伊始，在去视察饥荒的路上，艾勒娄上校拜访了苏联在其国土上建立的一个军事基地，通过艾勒娄的叙述，我们看到了冷战在这个国家的真实存在："三套隐藏在地底下的 MIR Ved SS-9 ICBMs 导弹剑指北方，朝向地中海，而在我们的西部，在那个名叫萨赫勒的国家里，以及在我们的东部，在另一个名叫赞基的周边国家遥远的红海港口，美国也布置了类似的导弹……就像下一盘棋，最后只剩下了几个车和小兵以及只起象征作用的王，而那些个大国们却是喝着白兰地，打着哈欠，最后来打扫一片狼藉的结局，由他们来决定什么样的自由——免于动乱的自由，免于束缚的自由——可灌注到这片剩下来的沙漠边缘上。"（Updike，1978：33-34）夹击在毁灭性核武器之间的这个非洲小国，又有何自由可言？艾勒娄的自述含有很强的讽喻意味。有意思的是，虽然艾勒娄与苏联人结盟，但他内心深处似乎对苏联人并没有多大好感，在其眼中，这些整天待在掩体之下，动辄喝得酩酊大醉的俄国佬就跟一些"令人讨厌的野猪一样"（Updike，1978：36），他们似乎并没有给这个饱受天灾和人祸的国家带来多少变化。但是另一方面，作为大国游戏另一方的美国，在艾勒娄看来则更是可憎可恨，他将其视为"淫秽和贪婪的源泉"（Updike，1978：13）。同样，可以从一个细节看出他对美国的态度。在他巡视饥荒到达边境时，发现了成堆的美国食品和货物，面对这些人道主义性质的援助物资，艾勒娄首先想到的是美国人试图利用这个机会进行势力扩张。他似乎有一双火眼金睛，能够一下看穿对方的计谋，针对那位负责这些救援物资分发的美国人不谈政治的声明，艾勒娄给出了足够的驳斥理由，比如美国政府提供给这个区域的牛接种项目增加了牛的体积，但同时使得饲料和水源被耗尽，而另外一些外国政府帮助的打井计划则破坏了这里人民的游牧习惯，使得沙漠的生态环境遭到了破坏。这些理由似乎都言之成理，但艾勒娄最终诉诸的理由则是："库什人民拒绝这些伪装的资本主义干涉。他们的胃里没有地方可容纳这些来自一个不敬神、充满压迫的社会的桌子上的残羹剩菜，在你们把这些致癌的垃圾倾倒在库什这块神圣的土地上前，先给予你们自己的黑人自由吧。"（Updike，1978：51）这些充满政治寓意的标语式的口号，成了他最有力的逐客令。显然，他在说着这些话的时候，他与那些被他视为"野猪"的苏联人曾有过的言行站在了一起。冷战对峙造成的极端行为在这里昭然若揭，对峙的不仅仅是双方的导弹，还延伸到了意识形态和言行思维。作为一个国家的统治者，艾勒娄似乎考虑更多的不是其治下人民的死活，而是维持其思想的"正确"，而这种"正确"的依据则是来自冷战背景下的意识形态对峙，其结果便是一种极端言行的产生。在这些细节里，厄普代克并没有直接描述冷战，只是提供了一个可做情节支持的冷战背景，但重要的是，通过人物的言行，他让我们见证了冷战背景下，冷战思维的逻辑效果，而这正是他要讽喻的对象之一。

二

夹在美苏之间的艾勒娄上校，似乎要在双重压力下寻觅一条属于自己的道路。他在库什实行了一种融马克思主义和宗教激进主义为一体的国策，自称走的是社会主义道路。在政治和文化上进行相应的"纯洁"改造，人民不允许拥有来自外国的收音机，演奏音乐不能用西洋乐器，只能用本土的乐器，男人不能站着小便，只能如同先圣穆罕默德一样蹲着行方便，女孩子不能穿紧身裙子和衬衫，以免显露她们的身材。自然，艾勒娄本人的行为也颇显怪异，他一人身兼几职，不仅是国家总统，革命委员会主席、军队总司令，也是政府的国防部长，一个完完全全的独裁者。他时常会微服私访，假冒乞丐探听人们对他统治的反应。为了扑灭前国王的影响，甘愿冒着生命危险踏入无边的沙漠，寻找反对他的思想的源头。

美国学者苏埃勒认为，厄普代克在这部小说中对艾勒娄上校这个人物进行了"漫画化"描述。这位论者是从后殖民研究的角度进行的评述，其结论是厄普代克在小说中对艾勒娄领导下的这个"第三世界国家"进行了遏制性展现，书中展现的各种权力之争，一次又一次的革命斗争，实际上是给以美国为首的资本主义体系造成了一种麻烦，而厄普代克则多半是对这些方面进行了漫画式的讥讽（Schueller，1991：124，125，127）。这个评述颇值得玩味，从后殖民角度看，厄普代克似乎确实是带着一种居高临下的讥讽态度来刻画艾勒娄这个人物的，"漫画化"的方式也确乎存在。但是另一方面，从艾勒娄自己的言行来看，我们也可以清楚地看到其行为背后明晰的逻辑走向，即非此即彼的意识形态对立逻辑思维，而这正是冷战思维最典型的表现。艾勒娄以为糅合了马克思主义、民族主义和本土宗教的道路可以成为一种"超越模式"，走上如同苏埃勒所说的第三世界之路，但实际上，其行为的依附原则仍然脱离不了冷战氛围下的思维逻辑。小说中描述的艾勒娄把前国王作为替罪羊，将其砍头示众，试图以这个行为来泯灭民众因饥荒而对他的不满，这便是一个很好的可以说明其行为与冷战思维关系的例子。前国王早在60年代后期、艾勒娄政变上台后就被囚禁了起来，之所以在小说伊始，面临大规模的饥荒，艾勒娄想出了祭出国王人头的点子，这与他的思维逻辑不无关系，用他自己的话说则是："饥荒存在着，因此肯定隐含一种意义，无论是马克思主义的还是神性的思想。我以为这表明我们的革命尚未彻底。"（Updike，1978：69）与相信变通的实用主义的埃扎拿不同，艾勒娄需要的不是前者提议的在经济方面乘机进行改革，而是要通过意识形态领域的斗争，转移人们的注意力，以避免引起对他的领导力的怀疑；而要进行意识形态的斗争则必须要树立一个敌人，一个斗争的对象，于是被囚禁多年的前国王成了最佳人选，饥荒发生的原因也相应地被说成是前国王领导下的政府贪婪过甚，疯狂积敛财富种下的恶果。最终自然的原因被人为的缘由所替代，国王的人头落地之时，艾勒娄也完成了其意识形态坚定性的绝妙表现。有意思的是，即便是在选择何种工具砍下国王的人头这个细节上，艾勒娄也表明了其似乎独立的民族身份，他领导下的国家最高委员会拒绝使用断头机，因为会产生新殖民主义的嫌疑，他们于是挑选了阿拉伯人专用的弯刀，以此来显示其不一样的身份。但这样的身份显现不能掩饰艾勒娄行为的极端性质——一种缘于树立敌人以证明自己正确的思维，而这恰恰是冷战氛围下极易出现的行为表现。从"杜鲁门宣言"把世界一分为二，到"自由世界"与"专制集团"的长期对峙，从"麦卡锡主义"的反共的喧嚣尘上，到肯尼迪以缩小与苏联差距的理由大肆扩大军备，自冷战开启以来，双方对峙的影响遍及全球，而其中一个可以总结出的核心点便是树立敌人意识，这种思维的一个逻辑结果往往导向夸张的想象与极端的行为。60年代有关冷战的著名电影《奇爱博士》[①]中所描述的源自对核导弹的恐惧而造成世界毁灭的结果，虽然只是一种屏幕上的讥讽，但是揭示的实质则与冷战氛围下对峙者之间的树敌意识以及由此导致的极端行为不无关系。或许可以说，厄普代克也看到了冷

---

① 有关这部影片的介绍见本书第四章第三节"银幕中冷战表征"。

战下的这种阴影笼罩，在艾勒娄这个非洲小国的领导人身上表现了冷战思维的极端行为，另一方面则是通过一个看起来是域外之地的领导人的表现，来反观美国人自己的冷战思维，这着实表明了厄普代克讽喻的高妙之处。

三

如上所述，艾勒娄与美国之间存在着一种扯理不清的关系。通过这种关系的描述，厄普代克把这个人物的言行放在了一个国际视野的交叉之处，从一个大视角俯察脱离不了冷战氛围的这个非洲小国领导人的行动轨迹，从而更好地表现冷战当下与过去的关系与冲突，与此同时也对美国在冷战中的角色进行了冷嘲热讽，这是厄普代克在这部小说中施展多重讽喻的重要方面。

尽管似乎找到了美苏间的一条中间道路，但正如前面所分析的，艾勒娄行为的逻辑依旧遵循了冷战思维。这一方面说明他是一个充满矛盾的人，另一方面也可以说明冷战氛围与冷战思维的影响无处不在，内化进了人的行为之中。而这种矛盾更多地表现在他与美国的关系中，表现在日常行为中。一方面他可以毫不迟疑地拒绝美国的物质援助，另一方面他出行巡视都离不开他的一辆硕大的奔驰车，尽管奔驰不是美国产的汽车，但是象征着被他斥为来自资本主义的物质。更为复杂的是，这个非洲小国的领导人 50 年代在美国度过了他的大学时代，在学校里参加激进的黑人社团，获得了有关黑人自由的观念与作为武器的宗教灵感，同时也是在那里，他还俘获了一个白人同学的青睐，得到了一份颇让世人惊骇的爱情，此后这个白人女孩儿甚至与其一同回到了非洲。可以说他在美国的经历，多多少少有助于他后来成为统治者后对一个独立国家身份的要求。但同时因为处在冷战的氛围之中，也因为与苏联的结盟，使得他不得不与美国交恶，而对美国的了解，尤其是作为黑人学生在美国曾经有过受到种族歧视的体验，则更让他把这与美国的憎恨结合在一起。小说中两个细节颇能说明他对美国的复杂情感。有一次他到白人女朋友肯迪家中见她父母，肯迪父亲充满种族歧视的言谈无疑深深刺激了他，尽管对方似乎要把他与美国的黑人区别开来，因为他来自非洲大陆，但是他明白，"他把我看成是那个母亲大陆的化身，他希望，这个大陆会急切地把那些个非洲美国人统统要回去，塞到那团会对他们友好的湿淋淋的混乱之中去"（Updike，1978：171）。第二个例子发生在临回国前，教授政治学的克莱文教授暗示他不要带肯迪走，并表现出对非洲的不屑，他为此做了慷慨激昂的陈词，提及"非洲不仅仅是长鼓和沙丘，我们有城市，我们有历史，你自己还说过要教授这些内容呢。我们有语言，比任何一个洲都要多。我们是一个大熔炉，不会因为增加一个白种女人熔炉中的水就会溢出来"（Updike，1978：216）。最后，他坚定地表示要把肯迪带走，并以这样的方式结束他与克莱文的对话："我谢谢你，克莱文教授。祝你在教授冷战课程中，在与苏联的人造卫星的战斗中获得好运。"（Updike，1978：218）如果说第一个例子说明一些美国人的种族歧视让他感受到了自己不同的非洲身份，那么第二个例子则可以表明这种不同的身份成了他一种自豪感和行为的动力。但是另一方面，他的这种感受本身是来自在美国受到的教育，美国的自由和个人主义精神给予了他质问他的老师的口才和勇气。有意思的是，克莱文教授的课程题目名叫："美国 vs（对）苏联：两个任性的启蒙时代的孩子"。显然，克莱文课中有关冷战间美苏较量的内容给他留下了深刻的印象，这可以从他最后甩给这位教授的充满讥讽的话语中看出端倪。换言之，艾勒娄似乎也与美国打起了冷战，美国的自大自负刺激了他的非洲黑人身份，他要甩掉美国的影响，而冷战格局的两极化形势似乎给他提供了一个契机。于是，实际上和他所指责的克莱文教授对苏联的态度一样，他也走向了与美国物质主义开战之路。由此可以解释为什么那些充满冷战对峙的口号式标语会从他口中，为什么他要拒绝美国的物质援助，为什么要在他的国家进行"纯洁"运动。民族身份与冷战思维相向走到了一起，抑或后者给前者注入了新的内容，冷战思维的敌人意识使得其民族身份增加了一种新的政治含义和统治手段，这成了厄普代克所言的"国际寓言"。也正是在对这种复杂关系的展示中，厄普代克的讽喻文笔得到了充分的展现。

这包括两个方面。一方面，这个受过美国教育的非洲国家统治者成了美国的敌对者，这多少是对美国的一种讽刺，说明美国的所谓"自由"——这个冷战用语中的关键词，在艾勒娄身上起到了相反的作用，而究其原因是缘于美国国内的种族歧视问题，对内对外不一样的"自由"揭示了美国的双重标准，艾勒娄对此很是清楚，这也成为了他攻击美国的有力武器。另一方面，艾勒娄对待美国的冷战态度，更多地仿效了冷战高峰期间美苏对峙的行为，小说的故事发生在 70 年代中末期，美苏冷战的态势在这个时候趋于"缓和"，形势与 50 年代发生了很大变化，他似乎没有看到，或者是拒绝接受。这可以从他与手下内务部长埃扎拿对待美国的不同态度上看出，后者试图靠近美国，接受美国的援助，针对艾勒娄的态度："对抗是我们最安全也是最高贵的政策"（Updike，1978：127），他明确指出："即便是你那害羞的朋友苏联也免除不了美国的影响，现在这个不能言说的（冷战）停歇已经被翻译成了一个词'缓和'了。"（Updike，1978：127）但是不幸的是，艾勒娄不仅没有听从埃扎拿的提醒，相反把他看成是敌人的帮凶，最终将他投入了牢狱。这种逆形势而动、坚守其"对抗"的态度，或者可以说明艾勒娄的"高贵"姿态，但也表明其深受冷战对峙之害，思想与思维模式僵化。当然，树立敌人的政策也在很大程度上为其提供了一种有效的统治手段，这些才是"高贵"姿态后面的实质。厄普代克研究学者米勒在分析艾勒娄的行为时也一针见血地指出，他没有看到冷战时代的变化，"20 世纪 70 年代两个超级大国间的冲突远比艾勒娄认为的要复杂得多，美国不仅在军事方面也在经济方面扩展其全球影响"（Miller，2001：155）。其实小说伊始，在艾勒娄与前国王的对话中，后者已经提醒他道："这个世界正在分裂成两个部分，但不是如我们所被允许的那样，不是分成红色和自由的，而是胖人和瘦人的区别。"（Updike，1978：27）同样，艾勒娄也把国王的忠告视为是受资本主义美国的影响。

具有讽刺意味的是，艾勒娄越是要祛除美国的影响，就越是被这种影响所纠缠。小说的第四章和第五章描述他远去边境地带，企图剿灭国王的人头在那里造成的颠覆影响，从小说的叙述来看，对一路上风餐露宿、日照炙烤之艰难的描写与其对 50 年代在美国度过的时光的回忆交织在一起，交替出现，尽管在美国遭遇到了种族歧视，但就其自我叙述的内容而言，那是一段他一生中难忘的时光。这种回忆与现实融合在一起的叙述形式，本身就暗示了他潜意识中不能摆脱的美国的影响；而更让他不能想象的是，在边境地带竟然出现了一个与他曾经熟悉的美国城市类似的小城，他极力推行的"纯洁"运动在那些到处充满物质诱惑的街上被碾得粉碎，这样的事实让他不能相信自己的眼睛。当然，更让他没有料到的结果是，当他千辛万苦、一路风尘回来时，他的政府已经改头换面，美国政府的代表成了座上宾，而他则变成了阶下囚。换言之，美国的影响最终战胜了他"高贵"的对抗姿态。这种情节上的安排恰是厄普代克讽喻之笔的生花之处，同时也表现了一个现实主义作家敏锐的洞察力。"缓和"中的 70 年代冷战实则早已从军事层面更多地转向了经济层面，多年的军备竞赛已经拖累了苏联的经济，使其进入了发展停滞时期。相对来说，美国的影响力无论在经济和文化方面都要高出对方一筹，这是冷战发展的阶段性事实。显然，厄普代克看到了这个过程，将其融入到艾勒娄上校的故事之中，这个陷入僵化的冷战思维中的独裁者其实是被时代抛弃了。由此我们也可以很好地理解厄普代克所说的故事的"现实性"。

但是另一方面，这并不等于说，小说是对美国的颂扬，这样的理解是把小说的意义简单化了。通过刻画艾勒娄这个人物的命运起伏，小说勾勒出了冷战在不同阶段的变化特征，同时表明冷战思维的影响。而另外一种"影响"则是美国在冷战格局中乘势扩张其势力范围的行为，这应是厄普代克所言小说之"现实性"的另一层意义。从小说伊始美国的援助被拒之门外，到小说结束时美国的支持纳入国策之中，库什这个非洲小国的变化自然也是美国地缘政治活动的一个典型缩影。从这个角度而言，在小说结尾时，当我们读到美国外交官克里普斯宾格对已经重新成为政府领导人之一的埃扎拿做的一番有关美国援助的精彩解释时，不能不注意厄普代克有意为之的反讽之意。在欢迎宴会上，针对埃扎拿提及的美国帮助建设的一个建筑应具有当地的风格时，这位外交官慨然应允，继而说道："我们想要帮助你们成为你们自己。一个确定的身份是自由的关键。一个不安顿的国家是自由的敌人。有国家憎恨美国，那是因为他们憎恨他们自己。一个向前走的、正在欣欣向荣的国家，无论其种族关系和政治信仰是什么，都会热爱美国，因为，老实而言，我是不带偏见的，何况事实是那么清楚，美国就是那么可爱。美国喜爱所有的民族，希望他们幸福，因为美国热爱幸福。"（Updike，1978：249）这位外交官的言语不免带有一番外交辞令，与美国通常的冷战宣传并无二样，似乎美国的爱心日月可鉴，并无私心；但是在美国的影响下，无论如何，如库什这样的非洲小国在追求幸福的路上要成为"自己"，恐怕希望不大。艾勒娄看到的美国式的边境小城就是一个未来的影子，而想要在两极化的冷战格局中确定自己的身份则更是空中楼阁。如果说艾勒娄试图在两极格局中寻找自己的路子（因为冷战思维的影响，其结果仍然未跳出冷战的阴影），那么这位美国外交官为这个非洲小国所设想的蓝图，也并不会因为那些逻辑谨严的修辞而跳出冷战格局的牵制，因为归根到底在冷战对峙中，美国的国家利益是第一位的，库什最终只是那盘剩棋中几个可怜的棋子之一，等待着被随意摆放的命运。埃扎拿们在克里普斯宾格面前矮人一等的模样或许就是一种暗示。厄普代克的讽喻在这里显而易见，无论是艾勒娄还是埃扎拿，其领导国家的方式似乎都逃脱不了冷战格局下的预设，正如美国学者格雷纳所言，艾勒娄"面对的是一个两难境地，要么是一个纯洁的库什，要么是一群饥肠辘辘的库什人，要么是一个做贱的库什，要么就是一堆随风摆动，不知所措的库什人"（Greiner，1984：31）；而这显然与冷战背景下，以"爱者"的角色赚取国家利益的美国的行为不无关系。厄普代克的多重讽喻让我们看到了错综复杂的"国际寓言"背后的冷战背景主线，这是阅读这部小说不得不注意的一个重要方面。

引用文献

Greiner, Donald. *John Updike's Novel*. Athens: Ohio University Press, 1984.

Miller, D. Quentin. *Drawing the Iron Curtain: John Updike and the Cold War*. Columbia and London: University of Missouri Press, 2001.

Plath, James. *Conversations With John Updike*.Jackson: University Press of Mississippi, 1994.

Schueller, Marlini. Containing the Third World: John Updike's *The Coup. Modern Fiction Studies,* 1991，37（1）：113-128.

Updike, John. *The Coup*.New York: Ballantine Books, 1978.

第七节 冷战狂想的终极盛宴:《猎杀"红十月" 号》中冷战思维与流行文化的共谋

冷战,这一出占据了二战后美国政治舞台近半个世纪的大戏,终于在 20 世纪 80 年代初期,历史上最年长总统——罗纳德·里根(Ronald Reagan,1911—2004)上台之后,众望所归地逼近了谢幕时刻。在审慎评估从尼克松到卡特以来美国推行的对苏政策之后,里根和他的智囊团认定几任总统对苏联的"缓和"姿态并没有收到预期效果,于是,里根政府高喊"重振美国精神"的时代口号,重新走回了保守主义的老路。里根及其保守派顾问深信,居心叵测、得寸进尺是苏联及其势力范围国家造成世界不安全的根源,"该死的暴徒"和"邪恶的帝国"等亮眼词汇成为里根政府对苏联的固守定位(王炜,戴超武,2007:563-564)。在"冷战期间第一个在意识形态和地缘政治上都采取进攻性行动的总统"(德瑞克·李波厄特,2012:618)的遏止下,"缓和"寿终正寝。"两极对立、全球遏制和相互对抗"的对苏策略不仅凝固了美国的政治气候,也为美国的涉苏文化产品定下了主调。文化市场上,像 1966 年发行的《俄国人来了!俄国人来了!》[①](*The Russians Are Coming! The Russians Are Coming!*)那样看后暖人心房的影片已然销声匿迹,而以汤姆·克兰西(Tom Clancy)的畅销作品——《猎杀"红十月"号》(*The Hunt for Red October*,1984)为代表的、激昂火热的冷战狂想曲则高调亮相,成绩斐然。克兰西,一个曾经的保险从业者,凭借对军事科技的满腔热情和坚持不懈的业余钻研,于 1984 年出版了这部取得骇

---

① 这部电影讲述了一艘搁浅的苏联潜艇上水兵友善对待缅因州村民的故事。(参见德瑞克·李波厄特. 50 年伤痕:美国的冷战历史观与世界. 郭学堂,潘忠岐,孙小林,译. 上海:上海三联书店,2012:667.)

俗成绩的处女作。一经推出，该书的精装版就连续 29 周在美国畅销书排行榜上占据榜首（里查德·约瑟夫，1999：248-249），至今已销售超千万册。克兰西由此开启事业宏图，相继发表了《赤色风暴》（*Red Storm Rising*，1986）、《爱国者游戏》（*Patriot Games*，1987）、《克里姆林宫的枢机主教》（*Cardinal of the Kremlin*，1988）和《惊天核网》（*The Sum of All Fears*，1991）等极为卖座的作品，为自己奠定了畅销书市场的龙头地位。也许，克兰西只是某些人眼中的"痴迷狂、假想狂"，在英语文学教授的眼里也称不上"小说家"，但他凭借将"尖端武器、刺激动作、跨国犯罪恶魔，以及从不犯错的铁腕美式英雄"的艺术混搭，为小说文体贴上了"科技惊险小说"[①]（Techo-thriller）的炫目标签。毫无疑问，《猎杀"红十月"号》是对这一文类的最好注解。这是一个苏联新式潜艇叛逃美国的惊人传奇。载有最新款无声推进系统的苏联"台风级"潜艇——"红十月"号，在决意投靠美国的艇长——马尔科·拉米斯的指挥下，逼近美国大西洋沿岸。为拦截并击毁这艘苏联海军的王牌潜艇，苏方派出大批潜艇和水面舰只。觉察到苏军异动的美国军方，派出中央情报局资深情报分析员——杰克·瑞安，协同美英两国海军，确保"红十月"号安全抵达美国诺福克军港。经过几回合的斗智斗勇，受到微创的"红十月"号最终停靠在了梦想中的自由国度。里根总统深为情节所感，击节叫好，大呼"完美"。在民间，掌声、叫好声也是此起彼伏。《猎杀"红十月"号》上通下达、左右逢源的背后，是汤姆·克兰西锐利目光之下的聪明选择——发挥"冷战思维"走通上层，调动"流行元素"迎合下层；"冷战"与"流行"共谋、共进。

一

冷战开始以来，不管如何在具体政策面上进行微调，美国对苏联问题的思维模式是一以贯之的，始终坚守截然二分的冷战逻辑——

---

① 1988 年，《纽约时报》的帕特里克·安德森（Patrick Anderson）在评论克兰西的作品时首次提出了"科技惊险小说"（Techo-thriller）的概念。同年，《新闻周刊》（*Newsweek*）的埃文·托马斯（Evan Thomas）也载文称赞克兰西是"科技惊险小说的创始者"。（参见王守仁，刘海平. 新编美国文学史（第四卷）. 上海：上海外语教育出版社，2000：536-537.）

正邪两立、不是/即是。共产主义和资本主义之争取消了两国和睦共存的任何可能，冷战的结束必然以一方的率先崩溃为前提。1988 年，第二个总统任期将满的里根总统在《告别演说》中，道出了美国政府绝对化冷战对立背后的心事——共产主义是苏联的"罪恶之源"。在演说中，里根提到在莫斯科街头热情欢迎微服逛街的自己和夫人南茜的市民受到克格勃的无情推搡和驱赶，并发出感叹："这提醒我注意到，虽说苏联街头的百姓渴望和平，但该国的政府还是信奉共产主义的。"（金衡山，2011：286）言外之意显而易见——共产主义与和平、正义难以共存。美国鼓吹的两国正邪对立是冷战二分法的核心元素之一。《猎杀"红十月"号》处处受到官方正邪观的浸染，换言之，正邪对立是冷战逻辑给这部畅销力作烙下的第一道深印。小说中，白宫高级智囊佩尔特这么描述苏联高官："他们坐在莫斯科国家歌剧院的包厢里欣赏《鲍里斯·戈杜诺夫》，为其结局伤感垂泪；但演出一结束，他们便可以转身命令处决或囚禁一百人，眼睛都不会眨一下。"（131）①冷战时期，美国高层就这样毫不迟疑地将苏联钉在代表邪恶一方的耻辱柱上，同时还不忘将己方与彼方对比，划清界限。在讨论如何处置"红十月"号上 100 多名不知叛逃内情的普通士兵时，中央情报局副局长格里尔义正词严地说道："怎么能杀害 100 来人？我想，苏联人也不会这么干的。另外，在和平时期不能这样做。这就是我们和苏联人的区别之一。"（145）"苏联人也不会这么干，尽管他们往日已然罪行累累，恶贯满盈。"这句潜台词昭然若揭。另外，美国自然不同，因为"正义"在握，与苏联的区别也决非仅限于此。

里根还有一种感觉，与苏联的对抗是一场理性与非理性、"自然和非自然之间的斗争，"（德瑞克·李波厄特，2012：624-625）。苏联"非理性""非自然"。凡是有人类存在的地方，类似苏维埃这样的政权就没有存在的道理。深得包括众多美国高级官员欣赏的《猎杀"红十月"号》通过对苏联"非理性"政权的具体文学表现对总

---

① 本节引用的小说原文均出自汤姆·克兰西著，张召忠，方宝定译.《猎杀"红十月"号》. 上海：上海译文出版社，2011. 引文均只标明所出页码。

统的这一盖棺之论做出了回应——"红十月"号艇长拉米斯在翻看将要跟随他一起叛逃美国的几位军官的履历表时发现了多种多样的叛国原因："一个人是在 8 岁时犯了小错误——从此再也没有得到组织的信任。有个导弹军官的双亲一贯热爱共产党，只因为他们是犹太人，所以儿子只配当艇上的部门长，这两代人也因此从来没有得到过信任。准备当艇长的博罗金由于揭发一个政治副艇长搞同性恋而被取消提升资格，因为那个人是北方舰队政委的儿子。"（31）克兰西利用文学上的"夸张"手法为读者戴上了放大镜，苏联政权的非理性不漏分毫地展现在受众面前：组织彻查背景，无知幼年犯下的错误也是下定政治结论的充分理据；政治信仰必受种族背景的污染，尽管苏联曾与大肆屠戮犹太人的德国纳粹战至最后一滴血；俄国人一向视同性恋为洪水猛兽，但领导的儿子性取向自由，揭发者才有罪过。读到这些例子，读者发笑，官员叫好，没有人会深究真实性；尤其里根，定然再度高呼"完美"，慨叹这才是美国的文学。人人心里都会多一份自信——这样理性全无的政权离分崩离析不远了。

民主自由与专制集权的对立是理性与非理性的关键一面。克兰西在创作之外也巧妙地对此谈过看法。在一次采访中，克兰西对美国的潜艇研发战略进行了看似负面的评论。他认为，国会的压力使军方被迫采取一种"不健康的保守主义"，他们难以承受失败的风险，而苏联则能够进行各种实验，并且无须顾虑失败，这是苏联比美国强的地方（黎生，1987：28）。苏联比美国强竟是因为该国不计成本，不以老百姓的血汗为念，在潜艇的高危试航中，也全然不顾士兵的生命安全。如此的专横独断，苏联人民还有什么指望。这一"负面"评论恰如其分地对美国"以人为本"的民主精神进行了"正面"宣讲。克兰西在《猎杀"红十月"号》中对苏联的"非民主"本质进行了类似讥讽。在介绍艇长马尔科·拉米斯的成长史时，克兰西告诉读者"根正苗红"的拉米斯幼年时抱定的信念根本就是"专制产品"——"党是人民的灵魂，党、人民、民族的团结是苏联神圣的三位一体，尽管党要比其他两者重要许多"（24）。党发出苏联的声音，党掌控一切，人民默然无声，俯首听命。拉米斯小时候就知道申请入党的心意必须迫切，因为"他知道，生活在苏联，要功成名就或者过得舒服，就非走这条路不可"（25）。克兰西还试图让民众认为，苏联政府在标榜党代表人民，并让党与人民共享优质、平等生活的同时，党的高级干部却揽下特权，独享幸福。为此，克兰西将笔下的苏联国防部长——乌斯季诺夫描绘成"贵族"，"他不可能去公共澡堂洗蒸汽浴"（222）。

"非理性""非正义"和"非民主"的本质势必让苏联在冷战中成为施虐的一方。这一观点早在 20 世纪 50 年代就已扎根美国史坛。当时的"观点基本上是认为苏联是冷战的发动者，这大体上反映了美国官方的正统立场和观点"（王炜，戴超武，2007：342），而这实际上与冷战遏制政策的始作俑者凯南的逻辑一脉相承。《猎杀"红十月"号》的主人公——中情局高级分析员杰克·瑞安自然是这一官方立场的承袭者。面对有关"红十月"号的技术情报，瑞安在感叹对方技术进步速度恐怖的同时，如是评价这些技术的拥有者们："他们不是贪财的暴徒，而是想杀人的刽子手。"（47）苏联人不为财所动，一心只想逞嗜血之快。为了不让瑞安对苏联人的这一定性无据可循，克兰西安排了苏军战机率先开火的戏码。美空军两架 F-14"雄猫"战斗机为了警告不断逼近美国大西洋沿海的一架苏联"翠鸟"战机，连通"后喷火"装置，瞬间以一马赫的速度从距"翠鸟"尾翼仅有一英里的地方掠过。"翠鸟"飞行员沙夫罗夫随即向已经飞离的"雄猫"发射了四枚导弹，终致一名美军飞行员重伤。这是一次"开火"，而非"交火"，整部小说仅此一次。克兰西暗示主动攻击是苏联军事策略的本质，因为沙夫罗夫就是按照"作战训练的本能"（186）行动的。不难看出，沙夫罗夫"开火"的直接原因是他误认为"雄猫"战机的"后喷火"举动是美国人的武器发射。克兰西在表现美国国防策略的防御性和正义性的同时，顺带对苏联人技术上的孤陋寡闻好好揶揄了一番。

美国利用对苏联国家性格的判断为苏联的肇事者、攻击者姿态以及自身的"受虐"形象找到了合法性。美国认为，苏联的国家性格源于该国因为历史上的长期落后而对西方发达社会形成的深深不安全感。用 20 世纪 40 年代后期驻苏临时代办乔治·凯南的话说，这种不安全感是"俄国人传统的本能"①。20 世纪 80 年代初期，英国驻苏联大使柯蒂斯·基伯（Curtis Keeble）爵士则更加直白地表示："恐惧加上军事上的偏执狂就是苏联的重要生活内容，这也许是苏联生存的根本事实"（德瑞克·李波厄特，2012：626）。美英两位外交官在不同的时代发出同样的声音——苏联是妄想偏执狂，根本不值得信任，美英联盟必须时刻保持警惕。《猎杀"红十月"号》中的苏联军人，在克兰西的安排下，确以"偏执狂"思维指导军事活动。例如，苏联军舰"基洛夫"号舰长斯特拉波对政委说："听着，瓦西里，他们是我们的敌人！他们当然不信任我们，当然想用最微不足道的借口向我们发起进攻。"（202）短短的一句发言中，克兰西让斯特拉波将军用两个斩钉截铁的"当然"充分表现了苏联军人的典型性受迫害偏执。基伯爵士的另一席话可以言明克兰西的意图："苏联其实在更大程度上是一种孤立的、内心狭隘的国家，因此更容易受到狂热和不可预料的怒火所支配"（德瑞克·李波厄特，2012：626）。克兰西还对苏联的"偏执"在更高一级的层次上进行了表现。"红十月"号上的会议室壁板都做了隔音处理，门上装有保险锁。艇长拉米斯暗想："看来还是潜艇设计师想得周到，他们之所以这样设计，主要是怕军官的话被隔墙的水兵听到。"（7）克兰西由此让读者相信，苏联对外恐惧、偏执，没有安全感，对内竟也是如此，苏联国内必然是人人自危。与这样的国家共存，美国不能不在军事竞争中加大投入。实现了如此的宣传和警示作用，《猎杀"红十月"号》自然为美国当局喜闻乐见。

处于偏执与恐惧中的苏联忙于应付各种假想敌，无暇顾及国内百姓的福祉。此外，本就对人民存有戒心的苏联当局也不太可能真正将改善民众的生活视为己任。和大部分的美国政客和大众一样持

---

① 1946 年 2 月时任美国驻苏大使馆代办的凯南给美国国务院发来一份长达数千字的电报，史称"长电"。在这份长电中凯南指出，苏联本质上具有不可改变的扩张野心，作为应对，美国必须从包括政治、军事、外交、经济、文化和意识形态等各个方面对苏进行遏制。参见本书第一章第一节"冷战遏制与凯南的道义逻辑"。

此看法的克兰西，在《猎杀"红十月"号》中借助描述在美国短暂逗留的苏联士兵的感想和感受，强化了贫穷苏联和富裕美国之间的对比。运送逃出"红十月"号苏联官兵的车队没有走绕城公路，而是穿过华盛顿市中心：当车队经过哥伦比亚特区东南角时，他们发现黑人也有自己的汽车，多得连停车位都不好找。苏联人见周围许多人在慢跑健身，数以千计的人在悠闲散步。车子通过华盛顿西北角高级住宅区进入贝塞斯达区时，苏联士兵开始叽叽喳喳地聊起来了（311）。见惯了贫穷与凋敝的苏联士兵发现在美国居然劳动人民也有自己的电脑，深感不可思议。克兰西无非想自豪地告诉受众，相比苏联，美国是天堂，是真正的黄金国度。因此，和小说中登上"红十月"号的美国声纳兵琼斯一样，克兰西认为"苏联人想叛逃没有什么可奇怪的"（334）。若是真有机会面对来投的苏军将士，克兰西一定疾呼："欢迎来到山巅上的光辉之城！欢迎来到我们辽阔又拥挤的物质主义丰饶角！"（詹姆斯•W.霍尔，2013：151-154）冷战思维观照下的苏联军民就是这么肤浅不堪，意志脆弱，"给他们看一眼沃尔玛和好市多超市，他们就会毫不犹豫地变节到美国"（詹姆斯•W.霍尔，2013：151-154）。克兰西试图让所有人坚信，苏联国贫民弱，美苏之间的竞争胜负已分。

美苏之间的政治、军事对抗逐渐拖垮了本就底子不厚的苏联经济，也毁灭性地打击了苏联社会的细胞——家庭。克兰西用家庭的分裂喻指苏联体制必将到来的解体，同时为美苏的冷战对立在家庭生活层面上增加了一个新维度——"和睦、团结"对"猜忌、离散"。"红十月"艇长拉米斯的妻子——娜塔莉亚因苏联体制的官僚作风，未得到妥善救治而死。集聚了自己一生希望的爱妻离世，拉米斯对苏联体制绝望了，他满怀愤恨地逃至心中的"安稳之地，这片土地上的体面男性，天哪，都有一个妻子和两个小孩，婚姻幸福"（詹姆斯•W.霍尔，2013：186）。登艇之后第一个与他握手的杰克•瑞安家中情形就是如此。排除万难后，二人初次见面，拉米斯出人意料地首先询问了瑞安的家庭情况，并愤然而无奈地强调自己没有家庭。克兰西想要借此说明，共产主义信徒和热爱自由的美国人一样，都有对家庭关系的迫切需要，但苏联体制让完整、和谐的家庭关系成为奢望，拉米斯的出逃实属必然。通过拉米斯的例子，克兰西再次为美国当局提醒："家庭关系的摧毁，家庭生活基础的粉碎，构成了我们最大的危险。"（詹姆斯·W.霍尔，2013：187）

将深受苏联党和人民教育、经历过严格潜艇训练的苏军高级将领描写成完全因为家庭因素而脱党出逃的叛国者，克兰西的人物塑造显出了平板化和简单化的弊病。但从大处说，简单化正是冷战"不是/即是"逻辑的忠实贯彻，是克兰西用其文学产品为美国主流政治设计的有效武器。贯穿《猎杀"红十月"号》的简单对立思想为该书的空前"流行"预设了密不透风的美国"主旋律"基调，但小说在美国政界和民间的双向"流行"的真正实现，还是依靠克兰西对军事意象的"超真实"把握和流行文化元素的合理调用。

二

1984 年的圣诞节假期，没有重大外交事件发生，难得清闲的里根总统花了两三天时间读完了《猎杀"红十月"号》——史上最成功的处女作之一（里查德·约瑟夫，1999：248）。读后，里根总统发出了"在技术上近乎完美的故事"的赞叹之声。总统一语道破了小说成功的艺术基因——"近乎完美的技术"。小说中，被汤姆·克兰西娴熟运用、真实描摹的"技术"，不仅包括了各种"机密级"武器装备，也涵盖了处于战斗状态的指战员、情报员，以及人和武器配合之下促生的各种军事行为。克兰西对各种技术元素的组合使用让军事领域的专家们都认为书中信息"全部都是真实可靠的"（里查德·约瑟夫，1999：238-239）。这是一种比真实更加真实的"超真实"（hyper-reality），它由以高精尖技术为内核的军事"类像"（simulacrum）①营造，让处于后现代文化中的美国受众以一种"仿真"逻辑，在源于真实又高于真实的冷战幻象中怡情、嬉戏。

---

① 类像是法国著名思想家让·鲍德里亚用来分析后现代社会、生活和文化的一个关键性术语。简单地说，类像是指后现代社会大量复制、极度真实而又没有客观本源、没有任何所指的图像、形象或符号。

　　"红十月"号本身就是小说倾力打造的第一"类像"。克兰西以当时苏联最先进核潜艇——"台风级"的主要技术指标为依据，再经由自身的分析和想象，为该艇"设计"了外号为"凯特皮勒"（caterpillar）的静默推力装置，让"红十月"号成为由真实军事科技助推、但却并不存在于"真实"中的第二种"类像"①。小说中的细节表明，美国军方绝不是因为垂涎苏联最先进的潜艇技术而决意花大代价将其收入帐中。美国"达拉斯"号潜艇声呐员——琼斯在登上"红十月"号后，测试了艇上的声呐系统，结果令他大失所望："主动声呐倒不错，但被动声呐实在不怎么样。目标艇在原地不动，只有发电机在工作，虽然双方相隔不到一英里，但使他失望的是，用苏联设备根本发现不了目标。"（333）声呐系统不灵敏，苏联潜艇部队好比失聪，在美国潜艇的攻击下，必然脆弱不堪，旋即崩溃。针对苏军引以为豪的静默推进系统——"凯特皮勒"，美方也自信地表示："按苏联标准，'红十月'号的安静性很不错，但在美国人看来，噪声还是太大。"（344）除此之外，连艇长拉米斯本人也承认："艇体太大，变换深度时像鲸鱼一样笨拙。不光上浮慢，下潜更慢。"满身缺陷的"红十月"号是一个多义"能指"，其"所指"之一可以在 1985 年 1 月 3 日公布的《总统战略防御计划》中找到。这份计划的要旨是美国将利用自身技术优势，谋求建立一个"较为安全和稳定的世界"（王炜，戴超武，2007：569-571）。"红十月"号作为"类像"，取消了人们深究客观真实性的诉求，他们乐于在"仿真"的世界里认同苏联军事技术的全面落后，从而大大提升对美国技术优势的自信心。"红十月"号尤其让美国军方有理由、有决心通过增大军费投入，为实现"较为安全和稳定的世界"的美好愿景加码，毕竟这艘苏制先进潜艇的最大卖点——"凯特皮勒"，还是一位美国作家的"创造"，何况有了"凯特皮勒"之后，小说里的美军"达拉斯"号还是很快发现了"红十月"号。事实上，大幅增加军费开支是里根"重振美国精神"政策的一部分，早在 1983 年 3 月 23 日，

---

　　① 第二种"类像"是指通过现代科学技术创造出极度真实但在客观世界并不存在的虚拟物象或虚拟场景。

里根在关于国防开支和防务技术的电视演说中就提出了战略防御计划。

　　"冷战"之所以"冷"，是因为美国深知与苏联直接开展"热战"将会带来难以承受的代价，因而选择遏制和威慑作为基本战略。乔治·凯南早在冷战伊始就对"遏制"战略进行了系统阐述："在一系列根据苏联政策的转移和策略部署而经常移动的地点和政治目标上，灵活而警惕地运用对抗力量加以遏制。"（王炜，戴超武，2007：357）"和平演变"是凯南遏制政策的重要思想武器（王炜，戴超武，2007：357）。《猎杀"红十月"号》中两位美国安插在苏联高级情报部门的间谍——潘卡夫斯基和"卡迪纳"（Cardinal），以第一种"类像"①的文学身份，有效发挥了"能指"效能，诠释了"和平演变"思想的执行模式和效果。苏联军事情报局上校的身份让潘卡夫斯基为美国搜罗了大批高价值情报。1962 年古巴导弹危机期间，在顶着巨大风险为美国送出重要情报之后，潘卡夫斯基终于暴露。为了更好掩护比他级别更高的美国间谍——"卡迪纳"，潘卡夫斯基催促其去军事情报局告发他，"一个勇敢无畏的人就这样牺牲了自己"（72）。虽仅为"类像"，潘卡夫斯基的形象却蕴含丰富的现实意义。他让读者认识到间谍活动是"和平演变"的最有效路径，他的"无畏牺牲"也让美国的决策层看到了"和平演变"的效果和希望，坚定了将此战略坚持到底的决心——一个苏联高级军官能为美国的战略梦想放弃生命，普通苏联民众接受美国的方式更不是问题，苏联步入美式轨道的日子不远了。

　　相较于纯属技术面的"红十月"号艇体，成功叛逃后，美苏军官在该艇内部的初次会面，因为更加远离"真实"，所以具有更为显著的"类像"性。"博罗金、瑞安和曼库索到了下面，和以前一样，在操纵室美国人在一边，苏联人在另一边。美国艇长打破了死一般的沉默。"（290）"红十月"号舱内的美苏军官构成了一个"能指群"，共同指向凯南"遏制"战略中的两大要义——"莫斯科方面根本不

---

　　① 第一种"类像"是对客观世界中真实存在物的逼真再现和精确复制。

会真诚地设想，在苏联和所谓资本主义大国之间还有共同的目标"；"美国不可能指望在预见的将来，同苏联政权享有政治上的亲善关系。美国必须继续在政治舞台上把苏联看作是对手，而不是伙伴"（王炜，戴超武，2007：357）。没有"共同目标"，只是"对手"，即便克服了重重障碍走进了同一艘艇的舱内，两国军官还是没能彻底打消冷战对立造就的芥蒂。小说中的声呐员琼斯在向业已叛逃过来的苏联军官介绍美国的情况时，还"必须十分小心"（294），美国在面对没有类似军舰叛逃的真实世界里的苏联时，更没有掉以轻心的理由了。《猎杀"红十月"号》再一次以"类像"之"虚"哺"现实"之"真"，坚定了美国固守冷战政策和思维的决心。

鲍德里亚确认"类像"是一个脱离客观真实而独立存在、自主运行的符号领域，它所呈现出来的世界是一个比客观真实世界更真实的"超真实"世界。克兰西的军事天地从根本上说，就是"超真实"世界的一个变体。这个小天地里的物、人、事，都是从现实脱出却又"比真实更真实"的"类像"。在接受《美国新闻和世界报道》采访时，克兰西承认"没有人跟我讨论机密情报。我只是仔细研究已有的各种资料，整理归纳，举一反三，玩一场连点成线的游戏罢了。"（黎生，1987：28）克兰西的"游戏"玩弄"真实"，又远远"超越"真实，"在一定程度上对美国政府的冷战策略和外交抉择起到较大影响"。里根总统和美国国防部都曾约见克兰西，就国防事务听取过他的意见；美国国防部甚至购买他的小说作为军事院校的教科书（黎生，1987：28；汤姆·克兰西，2011：382，388）。面对"超真实"，连美国高层和军事技术专家都叹为观止，更不用说普通读者了（汤姆克兰西，2011：385）。完美的"类像"设计加上克兰西对流行文化元素的准确把握，让《猎杀"红十月"号》里的"超真实"成为大众直接面对的唯一现实，这使得想象和现实难以得到明确的认定和划分。实际上，大众已无意去做"认定"和"划分"，小说中的"真实"已经很美。这才是真正的"流行"。

三

汤姆·克兰西的文学智商，最集中地体现在他对消费社会里美国人民审美心理和当代流行文化元素的清晰把握和合理配用。1980年夏末总统竞选之时，美国正处于内外交困的窘境：连续两年保持15%的高通货膨胀率，高达21.5%的利率，失业率也达到了两位数。与此同时，美国在世界各地与苏联的对抗中也明显处于劣势，美国民众士气空前低落。里根在大选中适时地提出了"振兴美国"的口号（王波，2001：193）。为响应总统的施政口号，克兰西在通俗文学领域发挥政治敏锐性，避开了已经拥挤不堪的"二战"题材，放弃了美国人不堪回首的"朝战"、"越战"往事，也不再以美国优势并不明显的"机械化战争"为背景，而是将《猎杀"红十月"号》设置在"机械化战争向信息化战争转变"的大环境下，充分展示美国在现代战争中无可比拟的优势，并"以美国军队的最后胜利和中央情报局在冷战中的杰出表现为结局，这给了越南战争中大伤元气的美国人极大的精神安慰，有利于他们尽快忘记在东方丛林里58000 余名战死官兵和 30 万人受伤的悲剧"（罗小云，2012：256-258）。在这一场以"红十月"号为目标的殊死"追猎"中，克兰西将冷战争议放大于读者面前，在牢牢锁定民众的眼球之后，以美国不打折扣的完胜帮助里根政府让民众相信——"对于那些尚未取得自由的人们来说，我们会再次成为自由的榜样和希望的灯塔"（王波，2001：200-201）；因为要实现此目标，美国"要求别国采取美国的方式，并不是傲慢的要求；这是对美国经验中相对说来已经证实的那些成就所抱有的现实信念。""红十月"号上看似忠诚于苏联的指战员，也能因为对美国生活方式的向往，突破万难奔向自由，这足以证明美国"有力量重新创造世界"（王炜，戴超武，2007：556-557）。《猎杀"红十月"号》因为对当代民众心理的准确迎合而一炮打响，另一方面，小说主动作为，通过文学独有的想象力，提振了国民士气，在一定程度上增强了里根政府的施政底气，让他能在《告别演说》中语带自豪地宣称自己任内的两大成就之一就是：

"我们士气的恢复。世界对我们又尊重起来，并寻求我们的领导。"
（金衡山，2011：284）

除了对处女作题材的准确选择之外，克兰西对小说的市场运作也有着清晰的规划。为了增强小说的真实性，提升其卖点，就必须让普通读者尽可能地搁置"怀疑与不信"的阅读情绪。为此，克兰西对自己生平第一家出版社做了睿智的抉择——美国海军军官学校出版社。学校位于马里兰州的安纳波利斯，距海军基地不远。为了学习第一手的海军知识，克兰西曾在该校学习。在《猎杀"红十月"号》之前，该学校出版社只出版权威性的海军军事书籍。被克兰西手稿中的故事深深打动之后，"海军军校出版社最终决定出版这本'颇含水分的'作品，这一举动本身具有重大的改革意义，因为这是这家出版社破天荒第一次出版一部新手写的作品，同时也意味着这个一向以严谨著称的只出非文学作品的出版社改革的开始"（里查德·约瑟夫，1999：246-247）。相较于克兰西的"处女作"问世，海军军校出版社的"处女出版"动作，显然能够对畅销书市场产生大得多的影响。"军校出小说"的稀罕事让读者们的阅读兴趣瞬间爆表，《猎杀"红十月"号》的空前"流行力"由此实现。

美国文化中的"实用主义"元素，让普通读者对军校出版社出版的图书有着很高的"信息量"要求。好在《猎杀"红十月"号》对众多技术细节的精湛处理完全符合读者的阅读预期，满足了他们"通过实用知识的不断积累来提升自我，从而在需要时运用自如"（詹姆斯·W.霍尔，2013：92）的诉求。"畅销书作者明白读者的需求并乐意用极度有趣的形式向读者们提供海量的信息。"（詹姆斯·W.霍尔，2013：92）《猎杀"红十月"号》使用"极度有趣的形式"对"海量的信息"做了简单化、绝对化的处理，这些经过处理的信息具备的障目作用是不言而喻的。与其说小说具有"真实性"，还不如说它能将读者们对"真实性"的探究搁置起来，让人们不问究理，在消遣中失去自己的主动性，成了被操纵的对象。"操纵对象"的就是美国当局一直不愿放弃的冷战思维，它消解于一种适合于中产阶级节奏的、不需要花费太多时间和金钱却能够从中获取娱乐的艺术样式，无声无息地渗入中产阶级的欣赏趣味，让他们成为被主流意识形态塑形后的"产品"。

依托这些海量存在的"产品"，《猎杀"红十月"号》成功创造了一种新的"真实"。它以当时里根政府的冷战政策与思维为认知支架，借助文学手段打造细如毫发的军事数据与意象，形成高精度仿拟现实的"类像"，帮助读者对现实进行再组织，从而造就自我认同度很高的"愿景"。"愿景"虽源于"现实"，但读者在面对"愿景"与"现实"的时候，不由自主地会将"信任票"投给"愿景"——一个远离"真实"、但在他们看来又远高于"真实"的"新真实"。然而冷战中"不是/即是"的单极化思维，让"新真实"只能成为一阵迷雾。克兰西对美国冷战策略的文学再现，除了反映个人"身在此山中"的片面性之外，也用"新真实"拉远了美国民众与"现实"的距离，让当局有理由带领人民在对抗的道路上越走越远。对苏联缺乏了解的汤姆·克兰西，用揣摩和臆测将"冷战狂想"进行到底，虽将小说"在正确的时机，运用正确的元素，推向正确的读者群体，获得了成功"（詹姆斯·W.霍尔，2013：49-50），但也为一些非"正确的读者"——目光锐利的专业批评者提供了一个透过"新真实"逼视"现实"的理想窗口。例如批评家詹姆斯·W.霍尔（James W. Hall）掷地有声地说："克兰西以里根式的厚颜无耻把苏联描绘成一个单调乏味的邪恶帝国。"（詹姆斯·W.霍尔，2013：151-154）小说中的"单极性"是流行文化元素与冷战思维共谋的必然结果，同时也在高调中将自己"出卖"。文学和文化研究者可借此揭示"共谋"，拨开"新真实"的迷雾，再现直达"现实"的通路。美国文化与冷战的话题时至今日也未结束，举例说，2012年元月于我国上映的好莱坞大片——《碟中谍4》中，特工们的潜在对手依然锁定在俄国人身上。可见，冷战思维并未随冷战的结束而完结，让文学、电影等多类型文本参与文化研究，这样的"联袂"应是对付"共谋"的最佳选择。

引用文献

Baudrillard, Jean. *Simulacra and Simulation.* Ann Arbor：University of Michigan Press，1994.

Baudrillard, Jean. *The Consumer Society* . London：SAGE Publications, 1998.

Kellner, Douglas. *Jean Baudrillard.* Redwood City: Stanford University Press, 1989.

Poster, Mark. *Jean Baudrillard Selected Writings.* Redwood City：Stanford University Press, 1988.

道格拉斯•凯尔纳. 后现代理论. 张志斌，译.北京：中央编译出版社，2004.

德瑞克•李波厄特. 50 年伤痕：美国的冷战历史观与世界. 郭学堂，潘忠岐，孙小林，译．上海：生活•读书•新知三联书店，2012.

金衡山. 美国读本. 北京：北京大学出版社，2011.

里查德•约瑟夫. 英美畅销书内幕. 谢识，盖博，译. 深圳：海天出版社，1999.

黎生. 《红色风暴在兴起》作者汤姆•克兰西谈美苏潜艇战. 国际展望，1987（13）：28.

罗小云. 超越后现代：美国新现实主义小说研究. 北京：北京大学出版社，2012.

让•鲍德里亚. 消费社会. 刘成富等，译. 南京：南京大学出版社，2001.

汤姆•克兰西. 猎杀"红十月"号. 张召忠，方宝定，译. 上海：上海译文出版社，2011.

王波. 美国重要历史文献导读：二十世纪. 北京：北京大学出版社，2001.

王守仁，刘海平. 新编美国文学史（第四卷）. 上海：上海外语教育出版社，2000.

王炜，戴超武. 美国外交思想史：1775—2005. 北京：人民出版社，2007.

詹姆斯•W.霍尔. 一夜成名：破译顶级畅销书的成功基因. 张德旭，陈薇，译.北京：电子工业出版社，2013.

第四章　艺术、大众文化与冷战思维

　　艺术与政治，在冷战期间呈现出一种既复杂又简单的关系。说复杂是因为艺术向来自持高傲，远离政治，不受任何俗世道德的羁绊；说简单是因为再如何鹤立鸡群、独来独往，似乎也摆脱不了与政治的关系。抽象表现主义绘画原本源于小众的反叛，但恰恰因为如此，其自在自由的精神被冷战氛围中的美国意识形态相中，在不自觉中成了美国的代言人；更加自在的爵士乐也不同程度地走上了同样的轨道。相比之下，大众文化中的骄子——好莱坞电影倒是先知先觉，轻而易举地将自己打扮成了冷战意识形态的急先锋。无论是无知无觉（前者）还是有意为之（后者），两者都与"挪用"搭上了关系，或者是被政治挪用，或者是挪用了政治。总之，冷战的意识就像空气一样，无处不入，无论是小众的抽象绘画还是大众的电影，在冷战雾霾弥漫期间，多多少少都在自己身上留下了其气息。但是话说回来，就如同一些作家对冷战的批判，也有一些艺术家们能够看穿冷战氛围下一些怪相并用其来成为讽刺的对象，60年代中风靡一时的库布里克执导的电影《奇爱博士》便是一例，片中手法虽不无夸张，但对冷战思维可能导致人类灭亡这样的大主题的思虑，还是足以引人深思。

第一节　挪用的政治 I：抽象表现主义绘画与 冷战的需要

从 40 年代中期到 50 年代末、60 年代初期，在美国绘画艺术界，抽象表现主义①开始浮现并逐步引领潮流。在这个过程中，作为一种政治的需要，抽象表现主义与冷战掺和到了一起，在一定程度上成为指向美国自由精神的象征和代表，同时衬托冷战另一面苏联体制下艺术的僵化和滞碍。原本带有很强独立姿态的抽象表现主义绘画风格，在不知不觉中被挪用进了冷战政治中，成为一种特殊的"艺术宣传品"。

一

作为一种绘画艺术流派，抽象表现主义在 40 年代末和 50 年代初并不是非常顺利地被美国社会所接受，而是经历了一个颇为曲折的过程。该画派在经受右翼指责和攻击的同时，得到了一些专业艺术批评者和民间艺术机构，如现代艺术博物馆的青睐和支持。无论是攻击还是支持，其实都与冷战期间的政治相关，一个吊诡的现象是，两方面的理由很是相近，都拿"共产主义"说事。前者大肆责难的依据是认为抽象表现主义脱离了美国艺术的传统，是一种"非美"的表现，宣传了共产主义下的混乱景象；而后者恰恰相反，认为这种绘画风格正是体现了美国的精神，是自由个性的最好表现，与共产主义体制下艺术的僵化和趋同形成鲜明对照。

在冷战初期的美国，艺术与政治并不是泾渭分明，井水不犯河

---

① 抽象表现主义指二战后在美国画坛逐渐盛行的一种风格，采用抽象线条和色彩形式，大胆追求绘画行为本身在画面上的表现，主要代表人物有杰克逊·波洛克（Jackson Pollock）、罗伯特·马瑟韦尔（Robert Motherwell）、威廉·巴齐奥蒂（William Baziotes）、巴尼特·纽曼（Barnett Newman）、马克·罗思科（Mark Rothko）和威廉·德·戴库宁（Willem de Kooning）等。

水，很多时候，艺术要经受政治标准的衡量和检查。社会中的右翼势力对艺术家的创造横加干涉时有发生。历史学者马修斯指出，这种现象在冷战初期往往表现为三个方面：第一个方面是对一些含有社会批判内容的艺术作品的指责和反对；第二是对一些在 30 年代曾经参与过左翼或美共组织的艺术家的责难，不管其作品具体表现的内容是什么；第三则是对现代艺术的非难，指责其煽动共产主义阴谋（Mathews，2000：155）。第一个方面的典型例子是俄裔画家安东•李弗杰（Anton Refregier）在 30 年代中期受美国政府公共事业振兴署的委托，在旧金山灵空•安尼克斯邮政所内创作的大型壁画，内容是旧金山的历史，作品于 1949 年完成。在此作创造及完成后，因画家坚持把旧金山历史中一些负面内容如对华裔铁路劳工的排挤和侵扰等放入壁画之中，画家及作品遭到了一些右翼势力的攻击，指责这是一种与叛国行为相差无几的行为，包括尼克松在内的一些国会议员要求进行调查，毁掉壁画，因为它违背了美国的原则和理想（Mathews，2000：158）。尽管壁画最终没有被销毁，但是对作品的指责直至 50 年代后期都不绝于耳。第二个方面的例子发生在德克萨斯州达拉斯城。1956 年，美国政府新闻署和全美艺术家协会联合举办题为"艺术展现"的展览，该展览拟在前往澳大利亚参加奥运会前连展，在达拉斯博物馆展出时，遭遇了一些诸如达拉斯爱国者协会等右翼组织的抵制和抗议，理由是展览中的一些艺术家在 30 年代曾与左翼和美共组织来往密切，如果把这些人的作品放进展览中，那就等于是让"达拉斯博物馆帮助了共产党"（Mathews，2000：161）。这种反对意见听起来尽管非常的"头脑简单"，但还是发挥了效应，因为害怕来自国会的相同指责，新闻署署长取消了此次展览的赴澳计划。

而对于一些以反对共产主义为理由对艺术施以种种政治标准的人来说，他们最大的敌人其实是"现代艺术"，尤其是抽象表现主义绘画。在他们看来，这些诉诸抽象形式的绘画不仅背离了所谓的美国传统，更主要的是向世界传达了一种混乱的、魔鬼般的思想，而这在其眼中则等同于共产主义，所谓共产主义阴谋在抽象表现主义绘画中的表现。来自密歇根州的国会议员乔治•唐德洛（George

Dondero）是这方面的一个主要代表，他对于现代艺术的祸害有一种颇有说服力的说辞。在他看来，"所有现代艺术都是共产主义性质的"，"所有现代艺术都是破坏性的，只是方式不同而已。立体主义是有意制造混乱，未来主义用的是机器神话……达达主义用的是讽刺和讥笑，表现主义则是模拟原始和疯狂，抽象主义是制造精神失常……超现实主义是否定理性"（桑德斯，2002：285，Mathews，2000：164）。这种看起来颇有点神经质的指责，其实很能代表一些人对现代艺术的看法。美国国务院在 1947 购买了一些现代艺术画作，并在欧洲和拉丁美洲举办名为"推进美国艺术"的展览，这个活动在欧洲一些国家受到了欢迎，但因展品中包含一些抽象表现主义作品，遭到了包括"美国艺术家专业联合会"在内的一些所谓传统势力的强烈反对，指责那些画作不能表达本土意识。美国国内一些媒体之后进行了负面报道，《观看》杂志登载了一些画作的照片，并附上"你们的钱买了这些东西"的标题（Brown，2006：77）；而来自一些国会议员的责难则更是把一些参展作品说成是"共产主义的扭曲之作"（Mathews，2000：166），给外国人看，会误导他们对美国的理解。国会随后对参展画家进行了调查，发现有差不多三分之一参展者的名字出现在国会非美活动调查委员会的名单上，其中三个人被认为是美国共产党员。此事引起轩然大波，迫于压力，时任国务卿马歇尔被迫叫停了展览，并且宣布以后"纳税者的钱不能再用到现代艺术上"（Brown，2006：77）。尽管这个决定遭到了很多艺术家的反对，认为这是对艺术自由的极大威胁。对现代艺术的非难也影响到了博物馆的取名上，1948 年位于波士顿的"现代艺术馆"为了避免陷入"歧义误解"，改名为"当代艺术馆"（Boston Institute for Contemporary Art）。这种对现代画作尤其是抽象表现主义作品的攻击，直至 50 年代末美苏之间出现缓和局面时依然时有浮现。1959年夏天，作为副总统的尼克松在莫斯科高调宣布美国国家展开幕，一些艺术作品也是参展内容之一，部分抽象表现主义画作被选中参展，以表现美国艺术的发展历程。组织者估计到会遭遇一些人的反对，故意低调进行，不做声张，以便造成既成事实。但是在参展画作名单最后公布后，很快传来了指责的声音，抽象表现主义代表人物杰克逊·波洛克的一幅名为"教堂"[①]的画作成为主要攻击对象之一，一位国会议员说那只是一种"孩子的涂鸦"。与此同时，国会非美活动调查委员会也开始了对一些参展艺术家的调查。此后，因为艾森豪威尔总统表示拒绝支持检查行动，杰克逊·波洛克的作品最终还是被保留了下来，尽管就其个人而言，他对一些抽象表现主义之作表示出明显的不悦（Mathews，2000：166-167）。

但另一方面，更值得注意的是，虽然从一开始就遭遇到来自多个层面的反对和指责，以抽象表现主义为代表的战后美国现代绘画还是得到了足够的发展，抽象表现主义从 40 年代中后期起逐步成为美国绘画艺术界的主流画派。1954 年，一个来访的英国评论家发现采用抽象主义风格的画家远远超过了用现实主义进行创作的画家。1959 年，《纽约时报》一署名文章指出，抽象表现主义之流行程度已到了鼎盛时期，一个无名画家在纽约很难找到一个画廊展示其作品，除非使用抽象画法（David & Cecile Shapiro，2000：189）。1948 年，波洛克的抽象画作进入维也纳的国际双年展，此后抽象表现主义绘画作品成为美国国外艺术展的主要内容之一。

抽象表现主义的兴盛除了艺术流派的内部分化等原因以外，也可以从冷战时代的社会和政治氛围中找到一些意识形态的成因。抽象表现主义画作具有随意、率性、自由发挥等特征，在艺术评论家梅厄·沙皮罗[②]看来，这些特征突出了"个性"或者艺术家的"自我"，可以期待通过这些画作向艺术家的同胞们激发对自由的追求（Sandler，2009）。而在冷战背景下，评论家言语中抽象的"自由"概念更进一步被赋予了具体的含义，用艺术史学者考克拉夫特的话说，则是抽象表现主义画作与"社会主义现实主义那种僵硬的、狭窄的特性形成了完美的对照"（Cockroft，2000：151）。所谓"社会

---

① 波洛克作于 1947 年，题为"教堂"，画面上只是线条和色彩，与"教堂"似乎没有关系。
② Meyer Shapiro（1904—1996），美国艺术史学者和批评家，采用跨学科方法探求艺术的政治、社会、文化意义等，曾在哥伦比亚大学求学，后任讲师、教授。其对现代艺术的评论产生过重要影响。

主义现实主义"当然指的是苏联的文化政策和情形。不言而喻，自由、个性等概念被贴在了抽象表现主义画作之上，它们在美国的出现则自然而然地表明了美国的民主和艺术创作上的自由氛围。于是在很大程度上，抽象表现主义绘画流派及其作品成了美国的代言人，政府的冷战宣传武器。

需要指出的是，美国政府并没有直接将抽象表现主义当作宣传武器。正如前文所言，在冷战初期，美国国内一直就存在着对现代艺术的抨击之声，而且有时反对和责难之声之大，会影响到美国国务院和新闻署举办的一些文化活动。即便是这些部门中有些人看到了抽象表现主义画作的利用和宣传价值，考虑到来自反对派的压力，他们也不得不时常谨慎行事，上面提到的 1947 年"推进美国艺术"展在欧洲半途停办即是一例。在这种情况下，抽象表现主义还是突破了阻碍，获得了长足的发展，以至占据主流位置。形成这种情况的重要原因有两个，一是得到了一些民间艺术机构如位于纽约的现代艺术博物馆的特别扶持，二是美国政府的一个重要部门"中央情报局"通过这些机构给予了秘密资助。

由洛克菲勒家族创办的现代艺术博物馆对现代艺术表示了很大的兴趣[①]，从 40 年代初就开始收藏抽象表现主义的画作，到 1952 年则专门成立了国际项目部，负责对外展览。洛克菲勒基金会在这此后的五年内，捐资 125000 美元，用于国际展出计划（桑德斯，2000：301）。这既是出于文化宣传方面的考虑，也带有明显的政治性，即"要让欧洲人知道美国在文化上不是死水一潭"。之所以要做出这种努力是因为在冷战高峰期间，苏联人常常是如此描述美国（Cockcroft，2000：149）。1953 至 1954 年，现代艺术博物馆第一次举办抽象表现主义画派的展览，名为"当代十二位美国画家和雕塑家"，举办地点是法国巴黎的国立现代艺术博物馆。1954 年，又在罗马举办了"青年画家"展，参展作品几乎都是抽象派画作（桑德

[①] 现代艺术博物馆（Museum of Modern Art），由纳尔逊·洛克菲勒（Nelson Rockfeller）的母亲艾比·洛克菲勒（Abby Aldrich Rockfeller）于 1929 年与他人合作创办，四五十年代博物馆董事长一直由纳尔逊·洛克菲勒担任。

斯，2002：303-304）。除这两个城市外，现代艺术博物馆还在伦敦、圣保罗、东京等地举办过美国艺术展，而主要内容是抽象派画作，其国际项目部甚至成了一个半官方的机构，在国际文化展中代表美国政府。50 年代初，在威尼斯双年展上，美国国务院拒绝出面代表美国组织展览，现代艺术博物馆买下了双年展中的美国展馆，从1954 年到 1962 年期间承担了代表美国的展览任务。在威尼斯双年展中，这是唯一一个由私人拥有的国家展厅（Cockcroft，2000：150）。1956 年，现代艺术博物馆的国际项目部扩展成了"国际理事会"，投资力度大大增加，两年后举办了名为"新美国艺术"的展览，从1958 年到 1959 年在欧洲八个国家进行巡回展。这些展览在欧洲国家产生了很大的影响，而抽象表现主义作为美国现代绘画艺术的代表得到了确定。

在现代艺术博物馆大力推出抽象派画作的过程中，美国政府的中央情报局也在暗中进行了有力支持。1947 年成立后，中央情报局有感于共产主义仍旧对西方国家的一些人尤其是知识分子产生影响，便专门成立了一个宣传部门。该部门在其发展鼎盛时期，影响势力多达 800 家报刊和民间文化与信息机构。1950 年，中央情报局又设置一个"国际组织处"，负责对美国一些民间文化机构和组织进行资助，安插特工人员等（Saunders，1995）。对抽象表现主义的支持是这个部门的一项重要任务。该处时常通过一些基金会或以个人名义给现代艺术博物馆的国际项目捐款。一个典型例子是，1958 年至 1959 年的"新美国艺术"展在从巴黎转至伦敦时遇到了资金困难，这时一个美国百万富翁慷慨相助，帮助展览顺利进行，但是实际上这笔钱来自中央情报局。多年后中央情报局一位情报人员在接受采访时，非常直接地讲到了他们对抽象派画作的贡献："说到抽象表现主义，我倒是希望我能这样说：它是中央情报局的发明创造，只要看一看纽约和后来的索霍区①发生的情况，你就明白了。我们认识到这种艺术与社会主义现实主义毫不相干，而它的存在却使社会主

---

① Soho（South of Houston 的缩写），位于纽约曼哈顿休斯敦街区以南，以时尚、先锋文化著称。

义现实主义显得更加程式化、更加刻板、更加封闭。这种对比关系就曾在某些展品中得到利用。当时，莫斯科对于任何不符合他们那种刻板形式的东西，都不遗余力地进行谴责。所以我们可以有足够的依据准确无误地推断，凡是他们大肆批判的东西，都值得我们以某种方式加以支持。当然，这类事情只能通过与中央情报局保持距离的组织或行动机构来做，这样，使杰克逊·波洛克这类人通过政治审查就不会有什么问题……"显然，冷战的政治目的是中央情报局推出抽象表现主义的主要动机，而现代艺术博物馆则成了实现其目的的主要渠道和手段①。

二

抽象表现主义流派在其风生水起的过程中，除了得到现代艺术博物馆的扶持和中央情报局的暗中推动之外，还赢得了一些艺术批评家和评论者的提携和赞赏，他们从理论的高度给抽象派画家的行为赋予存在和发展的理由。值得注意的是，在很大程度上，这些颇具辩论色彩的理论除了从艺术上指出抽象派的独特之处和艺术天才之外，还往往会从政治的角度定义其社会意义，而这主要集中在两点，其一是反衬专制体制下（苏联）艺术的单一与凋敝，其二则是映衬美国体制拥有生发自由艺术的条件，这两者间的逻辑关系浑然天成。同样的逻辑，也出现在现代艺术博物馆推出抽象派的理由和中央情报局人员为其秘密行动自辩的言辞之中。

抽象表现主义画派在 40 年代中后期开始出现在美国的艺术舞台上，50 年代后期成为主流。但从艺术舆论的角度看，早在 30 年代后期，抽象派就引起了一些评论者的注目。1939 年，艺术评论家格林伯格②在《党派评论》秋季刊上发表题为《先锋与庸俗》的长文，阐释抽象艺术的价值和意义。格林伯格指出在艺术领域内，先

---

① 中央情报局与现代艺术博物馆在四五十年代有着紧密关系，博物馆管理层一些人员与中央情报局来往甚多。（详见桑德斯.文化冷战与中央情报局.北京：国际文化出版公司，2002：296.）

② Clement Greenberg（1909—1994），美国著名艺术批评家、散文家、抽象表现主义的主要推动者。

锋的非寻常之处在于与传统模仿说的区别，它关注的不是对现实的模仿，而是对其行为过程的凸现，"即作为一个科目的艺术和文学本身的过程。（而）这正是'抽象'的发生所在。在将其注意力从内容和一般的体验移开的过程中，诗人和艺术家转向了创作媒体本身。"（Greenberg，2000：50）"抽象"在格林伯格看来是先锋艺术的主要特点，体现在其非政治性上。与之相反的是"庸俗"艺术，一种商业化的艺术和工业化的产品。如果说先锋是一种精英艺术，凸显艺术本身，而与公共性无关，那么庸俗则是一种大众化的艺术，关注的焦点在于艺术的效应而不是艺术本身。从表面上看，通过两者比较，格林伯格似是要强调以抽象派为代表的先锋艺术的独立性、孤傲独立的品格，凸显其艺术的价值。但是另一方面，有意思的是，他将庸俗艺术的产生不仅仅简单地归咎于美国社会的工业和商业化影响，更重要的是，将其与苏联和德国的专制主义体制联系在一起。在文章中，他引述另一位 30 年代的重要批评家迈克唐纳德①的观点，说明在过去的 10 年里庸俗艺术成了苏联艺术领域中的主流（Greenberg，2000：53），而之所以如此，是因为"对于庸俗艺术的鼓励是一种低廉的统治方式，极权体制用其来获得其臣民的欢心"（Greenbery，1985：57）。换言之，庸俗艺术成了极权和专制者捕获人心的有用武器。这种情况同样也发生在德国和意大利。显然，格林伯格把斯大林苏联和希特勒德国并置在一起，这起因于其反斯大林主义者的态度和追随托洛茨基的立场。也正是这种脱离不了政治氛围的评论，使得格林伯格对抽象先锋艺术非政治性的推崇含有了明显的政治意味。这篇文章后来被认为是抽象表现主义的宣言（David & Cecile Shapiro，2000：183），为其在艺术上的正名立下了汗马功劳，同时也是一种隐含的政治立场的肯定。

　　这种从政治角度对以抽象表现主义为代表的现代主义艺术的肯定，在 50 年代初再次得到了一些评论者的重申。在抽象派画家遭遇沸沸扬扬争议的同时，也有一些支持者撰文加以力挺，而争辩的重

---

　　① Dwight Macdonald（1906—1982），作家、社会批评家。1937—1944 年间曾担任《党派评论》编辑。

点也是放在政治问题的阐释上。1952 年 12 月 14 日，时任现代博物馆国际项目主任的巴尔①在《纽约时报》杂志刊登文章，为现代主义艺术和抽象派画家申辩，他的文章题目是 "现代艺术是共产主义的吗"。有感于一些国会议员对现代艺术的厌恶，并斥之为共产主义，巴尔认为这缘于他们的误解。为了说明问题，他对现代艺术在苏联的遭遇进行了揭示，指出布尔什维克在俄国取得政权后就按照列宁的要求加强了对无产阶级艺术的塑造，随之而来的则是对现代艺术的批判，列宁本人就反对现代艺术，其结果是诸如康定斯基这样的现代艺术开拓者在 1920 年左右离开了祖国；在斯大林时代的 30 年初，社会主义现实主义在苏联被定为文化艺术的创作原则，具有个性意识的画家遭到严厉打击，而藏有塞尚、高更、凡·高、毕加索等现代画家作品的莫斯科现代艺术馆被关闭，与之对照的则是以斯大林、列宁为主要人物的画作大为流行。在历数现代主义艺术在苏联的遭遇后，巴尔又讲述了它们在德国的命运。与在苏联的情况类似，现代主义艺术在德国也遭遇了被驱逐的境遇。1933 年希特勒上台后，现代主义艺术遭到谴责，现代艺术家失去了工作，凡·高、高更、毕加索、马蒂斯和康定斯基等现代艺术画作被逐出博物馆，取而代之的是那些充满纳粹精神的高大粗壮的雕塑和画作。在巴尔看来，1933 至 1945 年间，苏联和德国的艺术走得越来越近了，这很容易让人联想到格林伯格在其文章中把苏联和德国相提并论。在文章的结尾，巴尔这样说道，把现代主义斥为共产主义是一种很奇怪的事情，对现代主义艺术家来说让他们感到很危险；不能排除有一些人厌恶现代艺术或存有偏见，但是需要指出的是，它们被挪用到了国会中一些人的政治用意中去了。显而易见，巴尔是要通过历史和现实的角度，来阐释现代主义艺术与共产主义的敌对关系，击破那些来自右翼的把现代主义艺术等同于共产主义的 "谎言"。巴尔的文章在抽象表现主义遇到指责之际，为其树立名誉，击退围攻，发挥了很大的作用（Mathews，2000：164-165）。有论者指出，评论

① Alfred H. Barr, Jr.（1902—1981），艺术史学家、现代艺术博物馆首任馆长、国际项目部主任。1952 年被选为美国科学艺术研究院成员。

家们在评述抽象表现艺术时，往往不是提及其比同一时期内别的艺术形式在独创性上技高一筹，而是会特别指出其在冷战期间与美国的主流意识形态合流（Cernuschi 31）。巴尔文章的要点正是如此。

但是另一方面，从艺术的独创性上论述抽象表现主义画作之价值的评述也并不是没有，前面说到格林伯格 1939 年的文章就着重阐释了其艺术性的独特之处。在巴尔文章发表的同年，另一位重量级的艺术评论家罗森伯格①也专门撰文为抽象表现主义叫好，其文章的题目直接为那些抽象派画家们下了一个明确的定义："美国的行动画家们"。正如题目所示，罗森伯格"叫好"的目的是要为抽象表现主义画家与美国之间画上等号，表明一种价值观上的等同关系，而也正是在这一点上，他与十几年前的格林伯格或多或少产生了联系。

罗森伯格在文章伊始即申明，当下的美国抽象表现主义画作与历史上的欧洲同类传统不同，这是一种富有美国特性的抽象派，他把这种"不是在画布上画画，而是行动"（Rosenberg）的画风称之为新"美国画"（Rosenberg），其特点是"纯粹性"。它所揭示的只是画的行为，只是一种"自由的姿态"，远离任何政治的、美学的、道德的价值判断。但是，罗森伯格在做出这种结论后，很快就进行了自我调整，申明这种画风其实象征了美国的精神，"美国的先锋画家们迷恋上了那舒展着的白色画布，就像麦尔维尔笔下的以实玛利迷上了大海一样。一方面，是对道德和智力消退的足够认识，另一方面则是对一种深度冒险的欣喜，因为他可以从中找到一个真正的自我的影子"（Rosenberg）。用一种艺术化的隐喻方式，罗森伯格表达了他对抽象表现主义在美国兴起的"欣喜"，虽然没有明确挑明，但可以感觉到罗森伯格要告诉世界，美国已然成了抽象表现主义的中心，而这自然与美国给予那些画家们伸展"自由的姿态"的条件，并从中发现自我的氛围是分不开的。在一些论者看来，这其实也是罗森伯格这篇文章的"政治目的"（David and Cecile Shapiro，2000：185）。几年后的 1955 年，格林伯格在《党派评论》上又一次发表文

---

① Harold Rosenberg（1906—1978），作家，著名艺术评论家，1952 年创造了"行动绘画"一词，推崇抽象表现主义。

章，赞颂抽象表现主义画作，文章的题目与罗森伯格的文章颇为相近："美国式的绘画"。比罗森伯格更进一步，格林伯格在文中明确表明美国取代欧洲、纽约取代巴黎，成了现代艺术的中心（见Greenberg，1985：165）。在罗森伯格和格林伯格50年代为抽象派呐喊叫好的文章中，我们可以感到"一种显而易见的自我祝贺的语调和民族自豪的倾向"（Cernuschi，1999：31）。在颂赞抽象表现主义的同时，他们不自觉地也赞颂了美国。与巴尔的文章不同，他们的文章并没有直接表述抽象派与共产主义以及与冷战之关系的文字。但是当抽象派画作被作为美国艺术的代表推向世界各地时，当那些画作中的"自由的姿态"作为一种象征被反复强调，当冷战另一面的苏联的艺术被视作其对立面，当这一切在同一时间里发生时，罗森伯格和格林伯格以及其他评论者们对抽象派的极力推崇，尤其是对那些画作中所谓美国精神的阐释，也就自然而然地染上了冷战的色彩。

三

这种意识形态上"合流"的一个典型，是抽象表现主义的主要代表人物杰克逊·波洛克。从40年代中期至50年初期，波洛克在美国艺术界声名鹊起，成为抽象派的代言人。1943年，波洛克第一次在纽约举办个展，其后1946年至1951年间在纽约一些著名画廊里，波洛克举办过6次个展。1944年，现代艺术博物馆购买了波洛克的画作"母狼"①（David & Cecile Shapiro，2000：187）。1945年，格林伯格撰文称波洛克是"他这一代画家中发展势头最强的画家，也许是自米罗以来出现的最伟大的一位"（引自 Doss，1989：195）。1948年，波洛克进入威尼斯双年展，1950年再次入选。1949年8月8日，《生活》杂志专文介绍波洛克，文章题为"他是美国活着的最伟大的艺术家吗"，文章中间插有一幅照片，衣着随便的波洛克双手交叉在胸前，嘴里叼着一根香烟，站在他自己的巨幅抽象画

---

① 波洛克1943年作品，早期抽象主义画作，"母狼"形态似乎依稀可辨，与后期线条为主的泼洒画有一定区别。

作"夏日"前面，一副桀骜不驯的模样。波洛克自己或许并没有意识到，这种不屑一顾、自由自在的神态，在很多人看来恰如其分地表达了他那些没有几个人能够看得懂的画作的神韵，而或许更会让他吃惊的是，这种本是非常个性化的画风和姿态在此前和随后的日子里，因为冷战这个特殊的原因，在很大程度上被指称为美国自由精神的代表。

要了解波洛克被冷战意识形态的挪用，还需从波洛克画风的转变说起。在 30 年代大萧条时期，波洛克是著名画家托马斯·哈特·本顿（Thomas Hart Benton）[①] 的学生，后者是其时在美国画坛占据主流位置的地域主义流派（regionalism）的主要人物。本顿虽然采用现代主义的风格，但其画作的内容都是以写实为主。本顿的作品表现了强烈的社会使命感，他希望通过创作激发观众尤其是普通观众对美国社会改革的关注，因此，其作品中的人物常常是一些充满生气的美国工人和生产者的形象。这种倾向本土形象的努力在本顿看来是建立在民主、民生观念基础上的，与 30 年代罗斯福总统的新政思想一致（Doss，1989：204）。波洛克曾被认为是本顿的学生中最有希望的一个。1935 年，波洛克创作的《摘棉花者》，表现了普通人的劳动场面，与本顿的风格非常接近。30 年代末 40 年代初，随着国际局势的变化，第二次世界大战的开始，地域主义逐渐在美国失去发展势头，波洛克与其老师也分道扬镳，转向了抽象表现主义。表面上看，这种转向仅仅是画风的变化，由写实变成了抽象，用线条代替了人物。但是表象背后折射的是时代的变化，波洛克后来曾如此表述他对地域主义的看法："这样一种孤立的美国绘画在三十年代，在这个国家能够那么流行，这想起来都会让人感到不可思议……"（Naifch & Gregory，1989：473）他所谓的"孤立"是指地域主义没有顺应国际局势的变化。在 1950 年的一次采访中，波洛克申明现代艺术应该要表述当下的时代，采用新的手段："我的意见是新的需求需要新的技巧……就我而言，现代画家不能再用那种旧的

---

① Thomas Hart Benton（1889—1975），美国画家，地域主义运动主要代表人物。

文艺复兴时代或者是过去文化的那套方式来表达这个时代、飞机、原子弹、收音机等。"（Doss，1989：214）作为一个敏感的艺术家，波洛克确实感觉到了时代变化带来的影响。1945年美国在日本投下两颗原子弹后，波洛克觉察到了原子弹的力量及其可怕的程度，随之而来的是在他画作中的自然景象失去了以前那种平静的田园意境，取而代之的是平衡的失去和极度的混乱（Bacon，1993：28-31）。而在另外一些论者看来，波洛克的画面上呈现的那种缠绕在一起的线条、纷乱的色彩和无中心的视角，如其名作《秋天的韵律》（1950），表现了"我们这个时代的文化的分崩离析"（Doss，1989：215）。如同本顿，波洛克其实也表现了一种表达社会现实的责任，不同的是本顿采用了明显的参与社会改革的姿态，而波洛克则似乎要与社会保持一定的距离，持守的是一种疏离感。如果说前者是一种明确政治立场的态度，后者则是一种远离政治立场、保持艺术的独立的态度。更值得注意的是，波洛克的转向也有一些很强的个人因素在起作用，比如抽象表现主义的形式让波洛克获得了深入无意识自我的渠道，他曾受到荣格心理学的影响，一些早期的作品被认为是"驱赶其心中的魔鬼的手段"。1939年，他还接受了用荣格理论进行的心理诊疗，他的医生把他的画作为诊疗的手段（波洛克一直患有严重的酗酒症）。波洛克作画时会表现出极度迷狂的神态，在画布上随意泼洒、滴漏油彩，这种极具独创性的绘画风格成为他发现自我的方式（Doss，1989：216）。

正是这种极富个性的创作方式，引起了格林伯格和罗森伯格以及其他评论家的注意。格林伯格在《美国式的绘画》一文中，特别分析了波洛克画作的特征，认为他不太能够处理颜色，但是对于黑白对比的烘托有着一种缘于"超级本能"的把握（Greenberg，1985：170）。这种"本能"即是独具个性的表现，而在此前为抽象表现主义呐喊的《美国的行动画家们》中，罗森伯格则直截了当地把抽象派的绘画看成是一种"事件"、一种"行动"，这同样也是对画家展现个性行为的赞誉。值得注意的是，这种个性行为的意义在那个特殊时代——冷战时代，被无限放大了。正如格林伯格所言，在他的印象中，抽象派这种"别具一格的艺术只可能出自美国"（Greenberg，1985：178）。格林伯格这种把艺术隐含地依附于政治的分析，在一些论者看来恰恰说明抽象派画家们遭遇了一种"反讽的情境"。历史文化学者多斯在分析了波洛克画风的个人因素以及格林伯格从政治的角度对其作品进行的阐释之后，指出："战后美国令人眩目的政治和工业进展对先锋派艺术家而言产生了一种反讽的情境。原本是用以表达个人的焦虑，波洛克的抽象画作却被一些评论家们大加赞誉并被一些战后的'新自由主义者'们借而用之，认为是表现了这个国家的自由精神。"（Doss，1989：216）多斯所说的"新自由主义者"指的是二战结束、冷战开启后美国思想文化界一些跟随冷战形势开始转向的左翼自由主义知识分子。对于"自由"与美国关系的阐释是那些"新自由主义者"们的主要任务①。在这种氛围中，抽象艺术更是被赋予了具体的现实意义，用另一位历史文化学者吉尔保特的话说："在现代世界中，个人性遭到了无情压抑，艺术家们于是成了防御的堡垒，成了反对专制社会的统一性的意志榜样。"（Guilbaut，2000：206）在强调作为反抗象征的个人性的普遍意义的同时，个人性也成为了对峙专制社会的有力武器。波洛克的抽象画作给予了冷战氛围中捍卫美国精神的新自由主义者诸多活力，并成为其眼中的英雄（Guilbaut，2000：207），而波洛克的个人性则在不知不觉中以"自由"的名义移换成了国家性，在这个过程中，冷战意识形态的痕迹昭然若揭。

引用文献

Bacon, Jon Lance. *Flannery O'Connor and Cold War Culture*. Cambridge: Cambridge Univesity Press, 1993.

Brown, John. Arts Diplomacy: The Neglected Aspect of Cultural Diplomacy // William P. Kiehl, ed. *America's Dialogue with the World*. Washington: Public

① 参见本书第二章第二节"自由主义想象，新自由主义与冷战思维"。

Diplomacy Council, George Washington University, 2006.

Cernuschi, Claude. The Politics of Abstract Expressionism. *Archives of American Art Journal*, 1999，39（1/2）：30-42.

Cockcroft, Eva. Abstract Expressionism, Weapon of the Cold War // Francis Franscina, ed. *Pollock and After: The Critical Debate.* London and New York: Routledge, 2000.

Doss, Erika. The Art of Cultural Politics: From Regionalism to Abstract Expressionism // May, Lary,ed. *Recasting America: Culture and Politics in the Age of Cold War*. Chicago and London: The University of Chicago Press, 1989.

Greenberg, Clement. American Type Painting // William Phillips, ed. *Partisan Review: The 50th Anniversary Edition*. New York: Stein & Pay Publishers, 1985.

Greenberg, Clement. Avant-Garde and Kitsch // Francis Franscina, ed. *Pollock and After: The Critical Debate*. London and New York: Routledge, 2000.

Guilbaut, Serge. The New Adventures of the Avant-Garde in America // Francis Franscina, ed. *Pollock and After: The Critical Debate.* London and New York: Routledge, 2000.

Mathews, Jane de Hart. Art and Politics in Cold War America // Francis Franscina, ed. *Pollock and After: The Critical Debate* . London and New York: Routledge, 2000.

Naifch, Steven and Gregory White Smith. *Jackson Pollock: An American Saga* .New York: Clarkson N. Potter Publishers, 1989.

Rosenberg, Harold. The American Action Painters. [2013-03-12]. http://www.pooter.net/intermedia/readings/06.html.

Sandler, Irving. Abstract Expressionism and the American Experience. (2009-04-23) [2013-03-12]. http://www.artcritical.com // abstract-expressionism.

Saunders, Frances Stone. Modern Art Was CIA Weapon. (1995-10-22) [2013-03-12]. http: //www.independent.co.uk/news/world/modern-art-was-cia-weapon-1578808.html.

Shapiro, David and Cecile. Abstract Expressionism: The Politics of Apolitical Painting // Francis Franscina, ed. *Pollock and After: The Critical Debate*. London and New York: Routledge, 2000.

　　弗朗西丝·斯托纳·桑德斯. 文化冷战与中央情报局. 曹大鹏译. 北京：国际文化出版公司，2002.

She-Wolf 1943 by Jackson Pollock

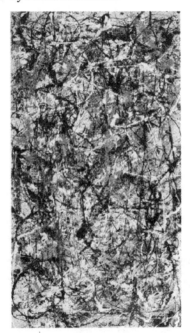

Cathedral 1947 by Jackson Pollock

第二节　挪用的政治 II：作为宣传武器的爵士乐

冷战不仅是政治外交之战，还是一场文化宣传之战。当苏联的交响乐团和芭蕾舞剧团在世界各地巡回演出大放异彩的时候，一向被认为"粗鄙、低俗、野蛮"[①]的爵士乐，荣膺"美国文化大使"的头衔，携着自由、民主精神，行走在东南亚、东欧、苏联及非洲一些国家。这个以即兴演奏、音色独特、节奏鲜明著称的民间音乐，不仅让迪兹·吉莱斯皮、本尼·古德曼、戴夫·布鲁贝克、路易斯·阿姆斯特朗[②]等爵士乐家的名字享誉世界，更变身成为文化冷战的秘密武器，为美国"文化遏制苏联"政策的实施立下了汗马功劳。

一

在冷战的硝烟升起之时，"反美国主义"成为苏联的主要外交政策，之后的 1950 年，苏联打响了一场"仇视美国"的战役（Cull，2005：52），将美国人刻画为种族隔离主义者，将美国文化描述为畸形、物质主义至上、自我中心主义的颓废文化。面对苏联褒此贬彼、进而达到扩张共产主义阵营目的的单方面文化宣传，作为极力维护自身国际形象以对抗共产主义的美国，自然不会坐以待毙，除了"麦卡锡主义"的极端反共举措，更有 1948 年国会通过的"信息及教育

[①] 爵士乐于 20 世纪初兴起于美国种族歧视相当严重的南方城市新奥尔良，确切地说，盛行于新奥尔良的妓院集中地——思多丽村（Storyille），而 Jazz 一词也源于妓院的下流土话。爵士乐一出现，美国上层社会就以"陈腐的种族观念排斥它，认为黑人无非是引进了一团滑稽的稀奇古怪的声音而已。当时，'爵士乐伤害''原始''一堆杂乱的节奏''怪诞''神经质''诱惑而有害'之类的贬义词常用于表达他们的鄙视"（陈铭道，1999：75）。

[②] 迪兹·吉莱斯皮（Dizzy Gillespie）（1917—1993），美国黑人爵士乐手，对波普（Bop）爵士乐发展有巨大贡献，因其音乐的"眩晕"效果得以"Dizzy"之名；本尼·古德曼（Benny Goodman）（1909—1986），美国著名白人爵士音乐家，有"摇摆乐之王"之称；戴夫·布鲁贝克（Dave Brubeck）（1920— ），美国钢琴家、爵士音乐家，他于 1951 年组建的四重奏爵士乐队享有很高声誉；路易斯·阿姆斯特朗（Louis Armstrong）（1901—1971），外号"萨其马大叔（Uncle Satchmo）"，美国爵士乐坛最有影响力的人物之一。

交流法案"（Smith-Mundt Act），倡导通过文化传播抵制苏联的冷战动作，并将冷战的文化战场拓展到欧洲和亚洲。1950 年，随着朝鲜战争的爆发，美国国家安全委员会第 68 号文件（NSC68）的发布[①]，以及"中国的流失"（Davenport，2009：14），美国更加关注"以思维打冷战"（Ninkovich，1981：182-183）的战略部署，紧接着，美国新闻署（USIA）于 1953 年创立，职责之一就是通过开展世界范围的文化宣传活动，在潜移默化中遏制共产主义势力。

自 1953 年当选总统后，艾森豪威尔对欧洲国家将美国定义为一个"物质主义的民族"颇为反感，对"我们民族的成功仅仅可以联想到汽车上的成就而不是任何形式文化的价值"（援引自 Ninkovich，1996：24）深感沮丧。为了支持美国文化的传播，1954 年 8 月，国会批准"总统紧急基金"可参与国际事务；随后，1956 年获准通过的《国际文化交流及贸易公平法案》，授权该基金主持"国际事务总统特别计划"，也就是之后确定的"文化巡演计划"，由国务院协同美国国家戏剧研究院（ANTA）共同监管，将多种艺术、文化形式的国际传播行动纳入其中。曾有美国官员直言，该项"文化巡演计划"的首要目的就是"反击并消解苏联的反美宣传"（Davenport，1999：286）。从国际上来看，1955 年 7 月在日内瓦召开的苏、美、英、法四国首脑会议将东西方文化交流问题纳入主要议题，为进一步明确 50 年代中期文化冷战的方向起到了关键性作用。尽管四大国承认开展多方面"自由接触和交流"的必要性，并一致表示文化接触是为了推动东西方和平共处，构建和谐友爱、相互包容的政治文化氛围，然而，美、苏对文化出访的使命却各有打算：苏联向美国派遣文化巡演团队，"试图获取美国科技、政治、文化、生活方面的信息"（Davenport，2009：29），而美国同苏联建立文化互访关系，是为了向苏维埃政权统治下的人民灌输西方的民主理念，宣扬追求自由、开放社会的理想，同时鼓舞苏联及共产主义阵营的自由主义

---

① NSC #68 是美国自 1950 年策动冷战的纲领性文件，是遏制战略最完整、最系统、最精确的表述，其中指出，可采取"非战争手段"遏制苏维埃政权的扩张。参见本书第一章第三节"NSC 68 的'警告'：冷战思维逻辑的全面升级和强化"。

精神，换句话说，其最终目标不过是希望苏联人民从思想上认同美国的价值观。

在"文化巡演计划"中，选择巡演形式及团队是由国务院最终定夺，遴选过程中不仅要考察巡演艺术家的个人素养、表演技能，更要参照艺术家是否能最大程度展现"美国味儿"（Davenport，2009：39）。很快，爵士乐演出成为国务院的宠儿，化身冷战意识形态渗透及文化宣传的核心武器。其实早在 30 年代，路易斯·阿姆斯特朗就曾带领他的爵士乐队远赴欧洲演出，并引起了巨大轰动，这标志着爵士乐已经成功走出美国国门，受到世界的尊重。1955 年 11 月 6 日，《纽约时报》头版文章《美国的秘密武器：爵士乐》，更为明确地阐述了爵士乐已成为一种世界语言，"爵士乐已不仅仅是一种艺术，更是一种生活方式"，而它所体现的美国自由、民主精神可以在冷战文化交流中发挥不可小觑的作用（Belair，1955：1）。事实上，国务院偏爱爵士乐并非只是心血来潮。首先，爵士乐不同于交响乐、戏剧、芭蕾舞等传统的欧洲经典艺术形式，是美国土生土长的独有艺术，"如同米老鼠、口香糖、摩天大厦一样为美国独有。尽管在爵士乐中可捕捉到几乎所有种类的欧洲音乐痕迹，但这些元素的组合却是美国独创的并且只能在美国发展"（Kouwenhoven，1998：127-130）。更为重要的一点是，国务院选取爵士乐这种由黑人民间创造兴起、并由黑人爵士音乐家发展壮大的大众艺术形式作为美国文化大使，在冲击欧洲、苏联对高雅艺术统治的同时，还可以用来回击甚至消解苏联对美国种族主义的冷嘲热讽，以实际行动证明美国是追求种族平等、自由、民主的国家，可谓一箭双雕。就其音乐本身而言，爵士乐最突出的特点是即兴演奏，即表演者在确定好和弦音调和节拍后，可以自由发挥、随性演奏，抒发个人此刻最真实的情感。值得一提的是，爵士乐的这种独特风格在一些人看来，具有指喻民主的特征。著名爵士乐评论家马歇尔·斯特恩斯（Marshall Stearns）曾如此评价爵士乐的"民主内涵"："爵士乐即兴演奏会可谓是一个微型的民主体系，每种乐器分担独立平等的演奏角色，而和弦部分建立在对其他演奏者的包容和体谅的基础之上"，因此，"在外国观众看来，爵士乐是美国在艺术世界最生动的贡献"，而爵士乐巡演的主要目的是"将民主理念的种子播撒到世界各个角落"（Stearns，1972：296）。在《爵士民主：爵士乐、民主和新型美国神话的创造》（*Jazzocracy: Jazz, Democracy, and the Creation of a New American Mythology*）一书中，作者卡比尔·塞噶尔（Kabir Sehgal）深入详细地分析了爵士乐与美国民主的所谓共通之处，他认为，"爵士乐能够成为美国真正原汁原味的艺术形式并非巧合，而是源于爵士乐所体现的自托马斯·杰斐逊、约翰·亚当斯、詹姆斯·麦迪逊以来的美国民主理念。那种无论是渗透在佛蒙特州市政厅会议抑或是冗长的美国参议院辩论中的民主关怀，同样也可以在爵士乐中被察觉。可以这样说，爵士乐的创作者有意无意地赋予了爵士乐民主的属性和平等的理念，因为它独特的音乐表达、即兴演奏和自由创作在一定程度上成就了它的民主指喻"（Sehgal，2008：xvi）。照此分析，似乎也就不难理解诸如墨索里尼、希特勒等独裁统治者为何强烈地抵触爵士乐。在斯特恩斯看来，这种抵触是因为爵士乐"在本质上反对发号施令的强权，它的演奏基于乐手最直接、最随性的情感流露。爵士乐的这种对个人主义的崇尚与独裁统治水火不容"（援引自 Crist，2009：160）。

　　爵士乐之所以能够被奉为"美国文化大使"并成功地走向世界，尤其是以其独特的艺术魅力感染和吸引苏联人民，"美国之音"于1955 年推出的《音乐美利坚》栏目功不可没。这个音乐节目于 1 月6 日启动，由威利斯·科诺威尔①担当主持，拥有 80 个国家超过 3000万的听众。根据埃及媒体的评论文章，"科诺威尔每天音乐节目的播出为美国赢得了比任何其他活动都多的朋友"（援引自 Von Eschen，2006：14）。为了扩大《音乐美利坚》的收听市场，促使其发挥最大限度的影响效力，美国新闻署甚至为亚洲、非洲及中东国家配送了数以万计的收音机，为科诺威尔成功吸引到了更大的听众群。在苏

---

① 威利斯·科诺威尔（Willis Conover）（1920—1996），美国之音（VOA）广播主持人，他的爵士乐广播节目是广播史上最受欢迎和最具影响力的节目之一，为推动爵士乐走向世界发挥了重要作用。

联，科诺威尔也因此成了家喻户晓的名人，人们对爵士乐如此狂热，以至于《音乐美利坚》的刻录磁带在莫斯科的黑市被炒到 40 卢布（相当于 44 美元）。1996 年科诺威尔去世的时候，《纽约时报》为他撰写的悼词不仅将他赞为全球最著名最受欢迎的美国人，更明确表示他为共产主义阵营的瓦解做出了重要贡献（Von Eschen，2006：13）。由此，爵士乐在文化冷战中的影响力可见一斑。

二

尽管爵士乐的世界影响力早已不可否认，然而，选派并资助爵士乐作为美国文化大使到国外巡演却依然遭到了美国国内保守主义者和一些白人组织的反对。正如抽象表现主义所遭受的颠覆美国形象、背离美国传统的指责一样，爵士乐巡演也受到右翼势力的责难，他们认为传播这种"野蛮、颓废"的现代艺术同美国形象塑造背道而驰。除此之外，爵士乐作为以黑人表演者为主的艺术形式，还遭到白人群体的非难。1956 年 4 月，正值迪兹·吉莱斯皮乐队作为由官方资助的第一支爵士乐队在中东巡演，也是蒙特马利市罗莎·帕克斯事件①后的四个月，亚拉巴马州为反对取消种族隔离而成立的"白人公民委员会"公开表示对爵士乐的抵制，认为爵士乐出访计划"是由全国有色人种协进会（NAACP）②策划的一场试图将美国民族杂交的阴谋"（Von Eschen，2006：26）。根据《新闻周刊》的报道，北亚拉巴马公民委员会的领导者阿瑟·E.卡特曾说，"比波普（Bebop）③、摇滚乐以及所有的黑人音乐都是为了将黑人文化强加于美国南方"（Anonymous，1956：19）。也正是因为面对如此的质疑与抵制，艾森豪威尔决定启用"紧急"基金资助爵士乐团的出访计划。

---

① 1955 年 12 月 1 日，美国亚拉巴马州蒙哥马利市一名叫罗莎·帕克斯的黑人女性因乘坐公交车时拒绝按司机要求向白人乘客让座，在 12 月 5 日被捕。这一事件在蒙哥马利市引发了一场长达 381 天的黑人拒乘公交车抵制运动，马丁·路德·金也在这场抵制运动中一跃成为民权斗争的著名领导。
② 全国有色人种协进会（National Association for the Advancement of Colored People）是一个由美国白人和黑人组成的旨在促进黑人民权的全国性组织，总部位于纽约。
③ 比波普，一种激进的新型爵士乐形式，二战后出现并盛行于美国夜总会。相比其他形式的爵士乐，比波普的即兴创造更为自由，演奏速度更快，曲风更为激烈。

迪兹·吉莱斯皮在 1956 年得到美国国务院的授权，组建了一支大型爵士乐队，并由著名爵士乐评论家——马歇尔·斯特恩斯担当此次巡演的特别顾问（实际上也是乐队的陪同官员），一同出访中东。在吉莱斯皮乐队演出之余，斯特恩斯便在当地举办有关爵士乐的知识讲座，帮助推广爵士乐。乐队的中东足迹起始于石油重地伊朗，在土耳其、南斯拉夫和希腊达到高潮，沿途还在叙利亚以及美国的军事盟国巴基斯坦和黎巴嫩做过停留。"事实上，迪兹·吉莱斯皮的中东之行，如同戴夫·布鲁贝克两年后的巡演路线一样，途经的是艾森豪威尔政府所划定的对抗苏联的'南部防线'，从土耳其一直延伸到巴基斯坦。1955 年，这条防线部署提议也在《巴格达条约》①中得以具体化。"（Little，2002：128-129）不难发现，此次爵士乐的巡演不仅承载着传播美国文化的使命，更暗藏着美国在经济、政治和军事方面的抱负。

凭借精湛的演奏技法、引人入胜的艺术感染力以及强大的个人魅力，迪兹·吉莱斯皮在中东赢得了众多观众的青睐。位于东巴基斯坦达卡市的使馆工作人员表示，巴基斯坦人民至此第一次真正接触到正宗的爵士乐，对他们而言，爵士乐是对传统生活格调"一种激进的革新"（Davenport，2009：47）。美国驻达卡总领事威廉姆斯描述道，吉莱斯皮在达卡停留期间，整个乐队"都拥有彬彬有礼的姿态，表现出和谐的团队合作精神"，并时刻"牢记着美国国务院赋予的使命"。毫无疑问，迪兹·吉莱斯皮"为美国爵士乐开辟了一片前景喜人的新疆土"（Dovenport，2009：48）。即使在反美情绪高涨的希腊②，迪兹·吉莱斯皮也受到了雅典年轻人的热情迎接，爵士乐演出同样引发了巨大轰动。据斯特恩斯和吉莱斯皮的回忆，"当我们踏上希腊领土，反美示威刚刚平息，到处弥漫着反美的仇视情绪"，然而，"观众对我的音乐如此热情，当我们演出结束的时候，他们激

---

① 《巴格达条约》是中东地区性的军事同盟条约，1955 年由土耳其和伊拉克共同签署，同年巴基斯坦和伊朗也加入该条约。在美国这个幕后操手的推动下，终于在中东拼凑起一道遏制苏联的屏障，以此对付共产主义的扩张。

② 在迪兹·吉莱斯皮抵达希腊之前，美国对希腊右翼独裁势力的支持激怒了希腊学生，他们举行反美示威游行，袭击了位于雅典的美国图书馆以及美国信息服务办事处。

动地脱下外套，用肩膀驮着我在大街奔跑"（Von Eschen，2006：34）。美国《综艺》杂志评价迪兹·吉莱斯皮在希腊取得了"光辉的成就"，甚至连同在希腊巡演的苏联芭蕾舞团成员也不顾苏联政府的反对，跑到吉莱斯皮的演奏会同爵士乐"一起摇摆"。在东欧的行程中，美、苏的文化关系再次受到考验。一直以来，东欧地区性文化试图在苏联强压的夹缝中保持独立，因此，当迪兹·吉莱斯皮将美国对苏联的文化遏制政策带到这片土地的时候，受到了南斯拉夫的热烈欢迎，这是"南斯拉夫领导人在成功挑战莫斯科中央控制，建立相对温和的共产主义文化后，再次在文化自治的道路上迈出了重要一步"（Davenport，2009：51）。在评论界，迪兹·吉莱斯皮乐队的表演被认为是西方文化的胜利，是美国文化的核心——自由、民主的情感抒发的胜利，它不仅让更多的人了解爵士乐、了解美国，更为美国赢得了冷战对决中更多的朋友。

迪兹·吉莱斯皮本人的一些言行，也为爵士乐的演出抹上了一层浓重的政治色彩。吉莱斯皮在自传中回忆道，当得知自己被选中成为第一位受艾森豪威尔总统派遣出访中东的爵士乐手时，"我感到无比地骄傲……然而，尽管我以代表美国巡演而自豪，但我并不会为美国的种族主义致歉"（Gillespie，1978：413）。吉莱斯皮深知爵士乐在文化出访计划中的双重意义，一方面它被定位为美国传播自我民主形象的文化大使，另一方面它也代表了黑人文化民族主义（black cultural nationalism），甚至可以借此向美国的种族隔离制度发起革命性的挑战。出于黑人艺术家的责任，吉莱斯皮坚持使用"混合肤色"的乐队出访，而事实上，这种坚持可谓一箭双雕。"混合肤色"的爵士乐队不仅打破了当时一些音乐联盟制定的在雇佣爵士乐手方面的种族隔离条款，一定程度上提升了黑人音乐家乃至整个黑人民族的地位，与此同时也被奉为反击苏联对美国种族主义嘲讽的有力武器，更大程度上彰显了美国的民主、平等、自由。吉莱斯皮在出发前曾告诉《费城新闻》的记者，"我要告诉东方人，黑人在美国也可以生活得不错"（Bittan，1956：24）。在他的回忆录中，他对此次出访涉及的种族意义做了进一步描述："他们（歌迷）可以看出，美国的种族主义并没有外界宣传得那样严重，因为我们的乐队有白人小伙子，而他们服从的依然是我这个黑人的领导。这在他们看来也许很奇怪，因为他们听说在美国，黑人会被动用私刑或者焚烧致死。但事实上，尽管存在种族问题，我们与白人依然相处得不错。"吉莱斯皮还乐观地表示："一百年前，我们的祖先是奴隶，但我坚信美国的种族歧视终有一天能够消解。"（Gillespie，1978：421）可以这样认为，吉莱斯皮的出访不仅完成了美国国务院推进文化遏制政策的初衷，用爵士乐向世界展示了美国亲民的社会氛围和充满活力的生活状态，同时他的个人言行也有意无意地维护了美国的种族形象，这恐怕比任何说教式的民主宣传更有说服力，比红色政府的抨击更有力量。同年，国务院还授权迪兹·吉莱斯皮乐队出访拉丁美洲，为美国爵士乐继续开辟新的乐土。

爵士乐出访的影响力令美国官方颇为欣慰，但爵士乐外交依然遭到了民众的不解与质疑。一位商界人士将爵士乐出访计划定义为"荒谬可笑的"，并坚称"事实上，外国人对吉莱斯皮的音乐丝毫没有兴趣，他们渴望的不过是美国的钞票，整个巡演计划就是一场可悲的闹剧"（Davenport，2009：53）。1956 年 7 月，当吉莱斯皮开始他的巴西巡演的时候，美国参议院拨款委员会增加了一项新的规定，将不再资助"爵士乐队、芭蕾舞团及其他类似团体的出访活动"。起草这项限制条目的是参议员艾伦·伊兰德，他曾抱怨道："我这辈子都没听到过这么多噪音……派遣诸如吉莱斯皮先生这样的爵士乐队出访别国，我可以明确地告诉你，不会为我们带来任何好处，只会让外国人更加确信我们就是野蛮人。"（Wagnleitner，1994：212）

面对保守主义者对吉莱斯皮"野蛮人的音乐"的责难，国务院决定选派另一种风格的爵士乐继续推进文化巡演计划。这时，本尼·古德曼脱颖而出。古德曼是第一位在卡耐基音乐厅①举办爵士音乐会的音乐家，他始终致力于提升爵士乐的艺术地位，力求使这个"出身卑微"、不被白人听众看好的"粗俗"音乐"华丽转身"。

---

① 卡耐基音乐厅，位于美国纽约市第七大道，由慈善家安德鲁·卡耐基出资建造，被认为是美国古典音乐演出的圣殿。

这位早年接受过专业音乐训练的白人音乐家，是"第一位把欧洲古典音乐的乐队规范运用到爵士乐的演奏家"（陈铭道，1999：204），他的爵士乐队淡化了黑人大型爵士乐队音响中的非洲特色，不采用黑人乐队演奏中的忧郁成分和过于奇怪的音响，但保留了大型爵士乐队特有的律动感：柔和、灵活、流畅，并与古典音乐的规整性相结合。在国务院选定这种与吉莱斯皮截然不同的"高雅"爵士乐后，1956 年 12 月 7 日，古德曼和他的管弦乐团开始了为期 7 周的亚洲之行，拟定在泰国、新加坡、马来西亚、柬埔寨、缅甸、韩国、日本以及中国香港等国家和地区进行演出。亚洲是美国部署文化冷战的重要阵地，其中东南亚一直受到共产主义阵营的拉拢，是冷战双方争夺的核心之一。古德曼的此次巡演被寄予厚望，国务院期望借此将美国价值观传输给亚洲人民，向他们证明美国不仅仅拥有发达的汽车工业，还有同样吸引人的艺术生活，从而使美国在文化上有效地遏制共产主义势力。《纽约时报》对古德曼的亚洲之行给予了高度评价："古德曼在泰国国际贸易展览会的演出无形中巩固了美泰关系，收效比以往任何文化交流活动都要显著。"（Davenport，2009：56）《基督世纪》报道称："古德曼的音乐拥有比杜勒斯先生更强大的魅力……艺术家将为构建世界性联盟发挥重要作用。"（援引自Von Eschen，2006：47）如同吉莱斯皮黑白肤色混合的集成乐队一样，古德曼乐团发挥的另一个重要作用是进一步消解红色世界对美国种族主义的抨击。作为第一位雇佣黑人音乐家的白人乐队领导者，古德曼坚持认为爵士乐是一种超越种族区分的音乐，"无论是种族、信仰还是肤色的差异，对最好的爵士乐队而言都不是问题"。在结束亚洲之行返回美国后，古德曼解释道："那里的媒体时常会问我有关美国有色人种的问题，他们这么关心种族问题，我猜多半有赖于共产主义的宣传……我觉得没什么特别好讲的，只想告诉他们我在这个'黑白肤色融合乐团'演奏了 25 年，这其中没有任何的种族歧视。"（Von Eschen，2006：44-45）很有意思的一个细节是，古德曼身为白人音乐家，在解释种族问题时强调的是美国种族主义的瓦解与平等主义的胜利，而其他黑人音乐家则将爵士乐的巡演视为推动民权平等的良机。从古德曼个人的角度来说，他对这种"种族平等"现状的解释无可厚非，因为他的出发点更多来自于一位爵士音乐家对提升爵士乐艺术地位的责任，但在冷战背景下，类似古德曼这样的言行起到了一种放大的作用，以点带面，在很大程度上成了美国民主、平等的代言。而与此同时，他厕身其中的爵士乐也顺理成章地拥有了"自由""民主"的身影。

1958 年，戴夫·布鲁贝克的四重奏乐团在没有国务院官员的陪同下，跨越铁幕抵达东德，接着出访波兰、土耳其、阿富汗、印度和斯里兰卡，亲身感受到当地民众对爵士乐的热爱和当地政府对爵士乐的禁锢。在接受著名爵士乐评论家拉尔夫·格里森的访谈时，布鲁贝克描绘道："在欧洲，凡是施行独裁政治的地方，爵士乐都是非法的。而一旦自由回归这些国家，爵士乐的演奏也会如影随形。"（Gleason，1958：42）巡演过程中，布鲁贝克和他的四重奏乐队对"非西方"的音乐表现出极大的尊重，比如在即兴演奏中将印度特有音律融入布鲁斯，用钢琴模仿锡塔尔琴（印度的一种大弦弹拨乐器）的独特和弦音色等等。在布鲁贝克看来，这种取长补短的融合不仅展现了爵士乐擅长即兴演奏的艺术魅力，更为东西方文化的相互融通架起了一座桥梁。然而，布鲁贝克的巡演遭遇到了前所未有的曲折，尤其当国务卿杜勒斯单方面取消他们的既定行程，将巡演计划拓展到伊朗、伊拉克，成为美国应对 1958 年 7 月中东危机①的外交手段时，布鲁贝克的乐队更加深刻地感受到爵士乐出访巡演不过是美国国务院谋划的冷战战略的一步棋，他们对艺术的追求已经无法摆脱政治的摆布。

总体而言，50 年代美国施行的"爵士乐外交"拉开了文化冷战的新序幕，爵士乐队的出访为美国赢得了更为正面的形象，打破了许多人认为美国文化仅是"野蛮的物质主义"的偏见，开始关注美国充满活力的多层次文化生活。更重要的一点是，选择爵士乐这种黑人音乐以及派遣"混合肤色"的巡演乐队，也成为回击苏联对美

---

① 美国为了保住在中东的阵地，于 1958 年 7 月 15 日采取突然袭击的方式，派兵强行登陆黎巴嫩，镇压其人民解放运动，制造了震惊世界的"中东事件"。

国种族主义责难的事实例证。同时，无论是评论界对美国种族问题的"辩白"还是部分爵士音乐家有心或无意的涉及种族问题现状的个人言行，都成为重塑美国自由、民主国际形象的有力武器。然而，伴随着 60 年代民权运动的波澜，美国在爵士乐巡演中努力重塑的光辉形象受到了越来越多黑人音乐家的质疑与指责，对内的"种族主义"和对外的"自由民主"让美国陷入了自相矛盾的困境。

三

事实上，伴随着爵士乐在世界舞台上取得的巨大成功，越来越多的人对"黑人爵士乐外交"提出质疑，这其中不仅有美国官方，还有爵士乐的黑人艺术家。1957 年可谓是冷战格局的重要转折点：9 月的"小石城事件"①掀起了一场种族主义的大风波，自相矛盾的种族形象不得不使人对美国宣扬的"自由民主"社会状态产生怀疑；紧接着 10 月，苏联成功发射第一颗人造卫星"伴侣号（Sputnik）"，取得了同美国太空竞赛的首胜。一面是"小石城事件"的自毁形象，一面是对手在科技上占据上风，美国"遏制"苏联的前景着实堪忧。与此同时，苏联自然不会放过任何反美宣传的机会，抓住"小石城事件"大作评论，艾森豪威尔总统甚至认为"小石城事件"已经危及到了"国家安全"（Davenport，2009：63）。在一定程度上，"小石城事件"不仅是美国反种族主义运动的一个重要里程碑，也是"爵士乐外交"的一个关键转折点。国务院教育与文化事务局认为，此时若选派黑人爵士音乐家出访，很有可能会吸引更多人的目光到美国的种族问题上，因此 1958 年国务院选派的是戴夫·布鲁贝克的白人爵士乐队，期望将人们的视线从种族问题上转移开去，恢复其他国家对美国自由民主的信心，弥合破损的友好关系。

不仅如此，许多黑人爵士音乐家和评论家也抒发着对美国种族

---

① 1957 年夏，阿肯色州首府小石城的教育委员会决定接受联邦法院执行的"公立学校中的黑白种族隔离制度违反宪法"的裁决，宣布允许 9 名黑人学生进入小石城中央高中就读。而在 9 月开学之际，该州州长动用国民警卫队，封锁学校，禁止黑人学生入学。直到 25 日艾森豪威尔总统动用美国军队"占领"小石城，保护 9 名黑人学生最终入学，该事件才得以平息。

问题的不满。著名黑人爵士音乐家埃林顿[①]曾说："在我看来，美国之所以无法在太空竞赛中战胜苏联，或者无法与苏联打成平手，就是因为这持久不能解决的种族问题。"（Ellington，1993：295）"小石城事件"对"爵士乐外交"最明显的冲击是路易斯·阿姆斯特朗拒绝为国务院担当文化大使，取消早已敲定的对苏联的爵士乐巡演计划。阿姆斯特朗是坚定的民权运动拥护者，"小石城事件"使他对艾森豪威尔政府对待民权"两面派"的态度尤为愤怒："他们竟这般对待我南方的人民，政府就该下地狱！一个没有祖国的有色人是如此的可悲。"（援引自 Von Eschen：2006：63）阿姆斯特朗对艾森豪威尔政府的公开抨击以及对爵士乐出访计划的取消撼动了舆论界，美国政界也颇为担心苏联会借此再次大做文章，《纽约时报》一位记者评论道，"萨其马[②]的言论震惊了国务院"，并很有可能引发一场"政治地震"（Von Eschon，2006：64）。这种对政府"大不敬的放肆言论"让阿姆斯特朗一时间成了饱受争议的人物，有人指责他不配"友好大使"的称号，他的这种鼓动取消种族隔离的行为是得寸进尺；但有人却欣赏并赞誉他的坦率，认为这是对美国根深蒂固的种族歧视的重重一击。爵士乐评论家拉尔夫·格里森认为，阿姆斯特朗在放出这样大胆的言论后并没有遭到暗算和报复，这不正体现了美国言论自由的民主精神？（Davenport，2009：65）

　　国务卿杜勒斯对阿姆斯特朗这番言论的影响力有着更深刻的担忧，"小石城之殇已经损害了我们的外交政策，这一事件在亚洲和非洲造成的负面影响会比当年匈牙利对苏联的威胁更为严重"（Von Eschen，2006：64）显然，如果因此收回赋予阿姆斯特朗的"萨其马大使"称号，将造成更为严重的外交损失。因此，1957 年 11 月，在苏联"伴侣号"发射后仅仅六周，阿姆斯特朗开始了他在南美的商业演出。此时，国务院迫不及待地明确表示，阿姆斯特朗是美国真正的文化大使，将给予他此次商演尽可能多的帮助。美国没有放

---

　　① "公爵"埃林顿（Duke Ellington）（1899—1974），美国作曲家、钢琴家，爵士乐荣誉教授、博士，美国总统奖获得者，爵士乐史上最有影响力的人物之一。事实上，埃林顿是仆人的儿子，并不是真正的公爵，"公爵"是他的绰号。
　　② 萨其马（Satchmo）是阿姆斯特朗的外号，从他标志性的"书包嘴"而来。

弃任何一次与苏联"声势竞赛"的机会，据《纽约时报》报道，美国空军特技飞行员和爵士音乐家阿姆斯特朗"几乎同时出现在南美"，可谓是"出人意料的巧合"，并且"爵士乐和喷气式飞机也着实为深受'伴侣号'打击的美国形象加了分"（Anonymous，1957：20）。而阿姆斯特朗也没有让国务院失望，他在演出过程中不断向观众介绍美国种族问题的改善情况，"除了'小石城事件'，如今黑人的总体境遇比以前好了很多"（援引自 Von Eschen，2006：65）。面对苏联"伴侣号"带给美国的压力，加之莫斯科大剧院芭蕾舞团前不久在里约的巡演大获成功并成为南美年度最热门的文化事件，阿姆斯特朗的爵士乐演出无疑为美国赢回了相当广泛的正面效应。

　　"小石城事件"和"阿姆斯特朗风波"过后，越来越多的黑人爵士音乐家投身于改善种族问题、推动自由平等社会的民权事业，爵士乐也成了种族平等的助推剂。1959 年，全国有色人种协进会召集多位爵士乐界的音乐人，举办了一场名为"民权下爵士——为自由而战"的爵士音乐会。随后，埃林顿被授予斯平加恩奖章[①]，以表彰他为"传播大众文化，增强民族声望"所做的卓越贡献。在发表获奖感言的时候，埃林顿被"苏联国家领导人赫鲁晓夫即将访美，考察'民主'事业进程"的消息深深鼓舞，在解释爵士乐为何会在如此多的国家流行时，他表示"爵士乐意味着自由，而全世界都正在追求自由……爵士乐还象征着和平，因为只有人们自由了，和平才能到来"（Davenport，2009：81）。到了 60 年代，民权运动声势浩大，随之而来的示威、抗议活动让美国政府应接不暇。在此压力下，爵士乐外交被赋予了新的定位——爵士乐民主，也就是宣扬构建通过爵士乐等艺术形式取得种族和政治团结的民主国家。教育与文化事务局也支持将黑人爵士乐再次纳入文化巡演计划，力求对外表达美国所一贯坚持的"社会公平、种族平等的民主价值观"，也试图"为美国的国际处境博得更多同情"（Davenport，2009：84）。在"爵士乐民主"的大旗下，阿姆斯特朗受国务院委派，率领他的"全

[①] 斯平加恩奖章由全国有色人种协进会授予非裔美国人，自 1914 年成立该奖项以来，每年评选一位获奖者，以表彰其为国家做出的卓越贡献。

明星（All Star）"爵士乐队，于 1960 年 10 月开始了非洲 27 座城市的巡回演奏会。刚果共和国在同年 6 月刚刚获得独立，阿姆斯特朗 10 月的音乐会"为这座曾饱受磨难的城市带来了自宣布独立以来最高兴的时光。显而易见的是，刚果民众也非常欣赏美国做出如此友好的姿态，这次爵士乐演出为利奥波德威尔（今天的金沙萨）留下了难忘的甜美记忆"（Von Eschen，2006：70）。尽管阿姆斯特朗反感将他的音乐与政治手段画上等号，但毫无疑问的是，他的爵士乐已经成了美国民主理念的传声筒，为美国赢得这些新兴独立国家的好感立下了不小的功劳。

肯尼迪政府在 1961 年开始执政后，尽管为推进种族平等事业付出了比艾森豪威尔更多的努力，但种族问题一直是美国冷战外交中的软肋。1963 年的伯明翰事件[①]再次让苏联抓到了美国种族主义的把柄，苏联政府借此继续推行反美宣传，美国又一次陷入被动。时任国务卿迪安·鲁斯克主张，为了对抗并消解外界对美国种族主义的负面评价，美国政府必须"主动出击"，并坦言任何种族、宗教歧视都有悖美国的民主事业（Davenport，2009：97）。在世界舆论对种族主义密切关注的压力下，爵士音乐家埃林顿受派出访中东，力求维护美国施行的"爵士乐民主"的文化外交政策，受到了当地民众的热烈欢迎。埃林顿在回忆录中称这是一次"难以忘怀、令人生畏、美妙和极具感染力"的爵士巡演，并自豪地表达着美国的民族优越感，在演出过程中，"我们无论是有关个人，还是关系政治、社会和宗教的言论不会受到任何限制。作为一个伟大国家的公民，我们的嘴巴总是自由的。无论是对美国有利还是不利的言论，我们都可以畅所欲言"（Ellington，1973：301-303）。这种"言论自由，民主开放"的社会形象，也在一定程度上为美国挽回了从种族歧视丑闻中丢掉的面子。

---

① 1963 年，黑人民权运动者在亚拉巴马州的伯明翰市街头举行游行示威，抗议种族歧视，而当地警方动用水枪、警犬、消防栓等驱赶和平示威者，肯尼迪总统也因此下令联邦警察前往伯明翰平息骚乱。

四

　　60 年代，美国也曾试图将文化遏制政策直插苏维埃世界内部。首先，美国将文化活动的目标锁定在那些逐渐从"莫斯科政权"中独立出来的国家，并且鼓励东欧国家遵循南斯拉夫的"独立轨迹"，不仅要高呼政治自由，同时要与西方保持紧密的文化联系（Davenport，2009：114）。而随着越来越多的苏联民众接触到美国文化，并给予美国文化"充满生机、多姿多彩、自由、极富表现力"（Davenport，2009：116）的积极评价，苏联政府也开始对美国的文化遏制采取一定的防备措施，从拒绝爵士音乐家参加 1959 年的莫斯科艺术博览会到赫鲁晓夫阻碍民众收听"美国之音"，可以感受到，苏联对这种"颓废"的西方爵士乐充满了忧虑与排斥。尽管如此，美、苏在 1959 年年底就继续推进文化交流的计划达成协议，考虑到广大民众对爵士乐如此痴迷，苏联政府也最终接受了美国国务院 1961 年提出的爵士乐巡演请求，《节拍》杂志曾这样记载："美国的爵士乐，这个长期以来遭到苏联文化部委员非难，被认为是颓废的中产阶级文化产物的艺术形式，终于获得了苏联的接纳。"（Tynan，1961：18）。

　　经过苏联官员对爵士乐风格、表演者肤色等方面的精挑细选，在拒绝阿姆斯特朗、埃林顿和吉莱斯皮之后，最终选定古德曼为第一位受美国国务院委派登上苏联舞台的爵士音乐家。据《纽约时报》报道，"古德曼先生之所以更合苏联的心意，是因为他的爵士乐风格更加保守，更加舒缓。同时他们希望有可能的话，古德曼能够与苏联交响乐团同台演奏古典音乐"（Topping，1962：4）。这种选择背后其实也表达了苏联对公开引进美国爵士乐——这种拥有与欧洲经典音乐截然不同风格的美国独有艺术，可能会对苏联现有政治、文化生活造成威胁的担忧。

　　1962 年 5 月 28 日，古德曼的爵士乐队开始了他们苏联六城的巡演。苏联的一位爵士乐学者回忆在圣彼得堡的演出时说，"古德曼一进圣彼得堡，整个城市的氛围就变了。"（Davenport，2009：118）

美国的爵士乐学者莱昂纳多·费勒参加了古德曼的部分演奏会，他亲眼看到了苏联爵士乐迷的疯狂，"一些歌迷激动地大喊大叫，有些随着音乐的旋律吹着口哨，他们对古德曼的痴迷同美国爵士乐迷的表现没有差别"（Dovenport，2006：119）。最有趣的一点是，连赫鲁晓夫也被古德曼的音乐迷住了，《纽约时报》报道称，"本尼·古德曼的音乐会让赫鲁晓夫既欢喜又疑惑"，因为中途离场，赫鲁晓夫在事后还专程向古德曼解释道，"我非常高兴也非常激动地参加您的音乐会，但由于一些国家事务而不得不中途离开"（Von Eschen，2006：108）。古德曼的苏联之行大获成功，尤其是赫鲁晓夫的出席向世人展示了爵士乐在苏联受到的极高尊重。当乐队返回美国后，肯尼迪总统赞扬此次古德曼的苏联巡演是冷战时期令人备受鼓舞的时刻。在与赫鲁晓夫的通信中，肯尼迪向赫鲁晓夫亲临古德曼的音乐会表达了谢意，并表示当莫斯科大剧院芭蕾舞团访美时，他非常期待也能够亲临现场观看（Von Eschen，2006：118-119）。

好景不长，在古德曼苏联之行刚刚结束三个月的时候，古巴导弹危机使美苏关系骤然紧张，两国间的文化交流计划也受到影响。美国取消了苏联艺术代表团的访美活动，苏联也颁布新的法令抵制美国爵士乐。然而，苏联普通民众早已被爵士乐释放出的"自由、民主"气息所感染，乃至政府不得不采取措施强行干预西方文化的传输。到了1963年春天，赫鲁晓夫逐渐软化了之前对待爵士乐的强硬态度，随后苏联政府取消了对"美国之音"的收听干预。据《纽约时报》当时的报道，1963年夏天，"爵士乐——无论是好的、坏的、野蛮的——笼罩着整个苏联首都"（Frankel，1963：3）。《综艺》杂志称，"苏联民众正在利用爵士乐加固'自由世界'的纽带"，连赫鲁晓夫本人都表示，"我也很喜欢现代音乐"（Davenport，2009：122）。往昔被视为威胁苏联政权稳定的"西方颓废艺术"已经深入到了苏联社会，爵士乐被赋予的"自由、民主"文化缩影更是发挥了奇妙的作用，乃至深深感染了苏联人民，甚至连苏联领导人也对美国文化展示出了友好姿态并亲口赞誉爵士乐的魅力，可以说美国"爵士乐民主"的外交政策在冷战中已经颇具成效。当然，另一方面，苏联政府之所以能够做出软化的姿态，似乎是要表明苏联已经在为"迎接美苏关系的缓和期"做准备（Davenport，2009：122）。

面向共产主义阵营的美国"爵士乐外交"之路，真可谓是一波三折。美国介入越南战争使美国同苏联集团的关系再次恶化，波兰、罗马尼亚相继取消了美国文化代表团的巡演计划，苏联也表示将"冰冻"两国间的文化事务，以抗议美国的越战政策。然而，美国国务卿鲁斯克却依然坚持推动同苏联在文化领域的缓和进程，双方终于在1966年3月达成一致，美国努力施行的文化冷战外交政策得以破冰。1966年年底，在两国爵士音乐家的努力下，爵士音乐节在莫斯科和列宁格勒（今天的圣彼得堡）举行，许多美国评论员称，"这标志着苏联爵士乐的复兴"，"爵士乐民主"再次成为文化冷战舞台的主角（Devenport，2009：128）。至此，可以说爵士乐为美国的文化冷战，尤其是为美国自由、民主思想的传播和渗透发挥了不可小觑的作用，而其中由艺术到政治的微妙关联，则呈现了冷战背景下两者不可避免的挪用过程。

引用文献

Anonymous. Hot Jazz Trails Hot Jets to Rio. *New York Times*, 1957, 11(21):20.

Anonymous. White Council vs. Rock and Roll. *Newsweek*, 1956, 4(23):19.

Belair, Felix. United States Has Secret Sonic Weapon, Jazz. *New York Times*, 1955, 11(6):1.

Bittan, David B. Gillespie Trumpet Would Blow "Iron Curtain" Down. *Philadelphia News*, 1956, 2(10):24.

Crist, Stephen A. Jazz as Democracy? Dave Brubeck and Cold War Politics. *The Journal of Musicology*, 2009,26(2): 133-174.

Cull, Nicholas J. *The Cold War and the United States Information Agency: American Propaganda and Public Diplomacy, 1945—1989*.Cambridge: Cambridge University Press, 2008.

Davenport, Lisa E. *Jazz Diplomacy: Promoting America in the Cold War Era*.

Jackson: University Press of Mississippi, 2009.

Davenport, Lisa E.Jazz and the Cold War: Black Culture as an Instrument of American Foreign Policy. // Darlene Clark Hine and Jacqueline McLeod Eds. *Crossing Boundaries: Comparative History of Black People in Diaspora.* Bloomington: Indiana University Press, 1999.

Ellington, Duke. Ellington: The Race for Space. // Mark Tucker. Ed. *The Duke Ellington Reader.* New York: Oxford University Press, 1993.

Ellington, Duke. *Music Is My Mistress.*Garden City, N.Y.: Doubleday, 1973.

Frankel, Max. New Spirit in the Soviet Union: Jazz, Lipstick, and Freer Expression Mark Period of "Post-Repressionism". *New York Times*, 1963, 4(17): 3.

Gillespie, Dizzy. *To Be or Not to Bop: Memoirs.* Garden City, N.Y.: Doubleday, 1978.

Gleason, Ralph. Overseas with the Brubeck Clan: Mrs. Dave Brubeck Discusses Jazz Abroad. *Down Beat*, 1958, 7(10): 42.

Kouwenhoven, John A. What's American About America. // Robert G. O' Meally. *The Jazz Cadence of American Culture..*New York: Columbia University Press, 1998: 123-136.

Little, Douglas. *American Orientalism: The United States and the Middle East since 1945.* Chapel Hill: University of North Carolina Press, 2002.

Ninkovich, Frank. *The Diplomacy of Ideas: U.S. Foreign Policy and Cultural Relations, 1938—1950.* Cambridge: Cambridge University Press, 1981.

Ninkovich, Frank. U.S. Information Policy and Cultural Diplomacy. *Foreign Policy Association: Headline Series* 308, 1996: 24.

Sehgal, Kabir. *Jazzocracy: Jazz, Democracy, and the Creation of a New American Mythology.* Mishawaka: Better World Books, 2008.

Stearns, Marshall W. *The Story of Jazz.* New York: Oxford University Press, 1972.

Topping, Seymour. Goodman's Tour May Be Expanded: Soviet Said to Yield to U.S. on Including 8 or 9 Cities. *New York Times*, 1962, 4(12):4.

Tynan, John. Russian Cultural Workers Meet Western Jazzmen. *Down Beat*,

1961,8（17）：18-19.

Von Eschen, Penny M. *Satchmo Blows up the World: Jazz Ambassadors Play the Cold War.* Cambridge: Harvard University Press, 2006.

Wagnleitner, Reinhold. *Coca-Colonization and the Cold War: The Cultural Mission of the United States in Austria after the Second World War.* Chapel Hill: University of North Carolina Press, 1994.

陈铭道. 黑皮肤的感觉——美国黑人音乐文化. 北京：世界知识出版社，1999.

第三节　银幕中的冷战表征

从 20 世纪 40 年代末到 90 年代初，冷战持续了近半个世纪。从外交到政治，从意识形态到日常生活，冷战意识四处蔓延，无孔不入。作为大众文化的电影自然不会例外。好莱坞的敏锐嗅觉融政治和商业于一体，在银幕上大展身手，电影中的冷战表征已成为人们认识冷战、了解冷战、发现冷战和反思冷战的一个重要渠道。冷战时而置身前景，时而又退隐为背景，在不同的历史时期好莱坞对冷战的表现内容和方式也不同。在 40 年代末和 50 年代初，美苏冷战爆发，对峙势态迅速上升，国内反共反苏气氛日渐紧张，这也成了银幕上的一个常见主题；50 年代占主导地位的"一致化"社会形态在日趋高涨的黑人民权运动、青年反文化运动和各个阶层的反战运动等裹挟下开始变化，对于冷战的反思则形成了银幕上的一种潮流，与此同时，冷战也为电影人讲述各种引人入胜的故事提供了不可或缺的背景；六七十年代对峙出现缓和趋势；80 年代里根时期，冷战在一夜间似乎阴魂重现，里根上台之初对苏联的强硬态度，称苏联为"邪恶帝国"的姿态，让人们又想起了冷战开启时的"杜鲁门主义"把世界一分为二，自由世界对峙专制国家，八十年代的银幕上也随之出现了对冷战的怀旧情绪，崇尚武力的影片成了好莱坞冷战电影的拳头产品。

冷战起始于美苏外交关系的变化，从二战时的盟国到战后的短暂合作再到很快步入对峙的局面，美国对苏联态度的变化形成了冷战初期的一个主要特征。与之相对应的是，好莱坞在表现美国与苏联的关系时也经历了一个类似的变化过程。二战期间好莱坞生产了几部赞誉苏联的电影，成为美苏友好关系的见证。其中有两部电影后来成为歌颂美苏关系的经典，值得一提。1943 年华纳兄弟公司出品的《出使莫斯科》（*Mission to Moscow*），是一部带有浓厚的赞誉苏联气氛的影片。电影改编自美国驻苏联前大使约瑟夫·戴维斯的同名回忆录。戴维斯受罗斯福指派，在 1936 年至 1938 年间任美国驻苏联大使，回国后于 1941 年出版回忆录。电影以纪录片的形式，讲述了戴维斯赴任过程以及在苏联的所见所闻。影片着重记述了苏联在反法西斯斗争中的坚决态度和行动，对此给予了高度赞扬。电影中出现了斯大林会见戴维斯的镜头，斯大林被描述成一位具有深邃眼光、睿智头脑、和蔼态度的长者；影片中的戴维斯还亲历了莫斯科审判的过程，对苏联当局把布哈林等人视为德国和日本间谍的判决表示认同。这部电影的拍摄据说得到了罗斯福的直接授意，目的是为美国加入反法西斯战争做舆论准备。1944 年米高梅公司出品了《俄国之歌》（*Song of Russia*），同样也是热情洋溢地为苏联人民抗击法西斯德国的侵略高唱赞歌。影片讲述一位美国音乐指挥家到苏联巡演，爱上了一位漂亮的女钢琴师，他们一起在苏联各地演出，见证了苏联人民无忧无虑、多姿多彩的幸福生活，但是这种美好生活被德国法西斯的入侵打破了，指挥家回到了美国，而他的恋人则投身到了保卫家乡的战斗中去。

40 年代末冷战开启后，这两部影片都成了国会非美活动调查委员会的指控对象，《出使莫斯科》的剧本撰写人上了黑名单，《俄国之歌》中饰演美国指挥家的好莱坞影星罗伯特·泰勒也在 1947 年被该委员会召去为共产主义对好莱坞的影响作证。（Rogin，1987：248）好莱坞也紧跟冷战的步伐，生产了一大批符合冷战形势需要的影片，其突出的主题是反共、反苏。在 1947 年至 1954 年间，有 50 多部含有这个主题的影片在好莱坞出产（Sayre，1980：80）。好莱坞的这个举动似乎是要表明与此前亲苏行为的决裂，同时也是对自己曾经向共产主义示好表示忏悔。这些反共影片在 50 年代更是直接迎合了当时社会中把任何"邪恶"的东西都与共产主义联系起来的简单思维逻辑，对广大观众来说，尤其是对美国社会的中产阶级而言，这是一种最为有效的意识形态宣传和灌输（Sayre，1980：80）。

这些影片一个最明显的目的是要突出共产党成员的"形象"，让观众看清楚他们的行为和言语特征，以及他们的行动目的。所谓共产党成员都是指美国共产党以及受共产党影响的人，他们的形象都有一些共同点，比如穿戴邋遢、面容凶恶、走路身子斜倾、暴力倾向明显。不过更多的是另外一种面貌，这些人往往是衣冠楚楚，一幅很文雅的模样，但那只是表面现象，实则他们是一些共产党组织的头目，是一些阴谋分子，在背后策划各种活动，西装领带的模样更能表现出他们的伪善；他们往往阴险狡猾，且冷酷无情，对表露出不满情绪的同伴下毒手，毫不手软。他们的阴谋活动通常是组织工人罢工，或者是收集情报，搞破坏活动，而驱使他们搞破坏的指令则直接来自莫斯科。好莱坞在表现这些共产党成员的形象时，直接套用了一些犯罪片的模式，这样使得观众能够很容易地将这些人对号入座。一些行为细节表现出了些罪犯共有的特征，比如他们在抽烟时往往会将烟从鼻孔里喷出来，这表明他们即将要开始害人了。此外，共产党成员的行为还常常被描述为与美国中产阶级的一些生活方式和家庭理念格格不入，比如他们对动物很残酷，他们缺乏幽默感，他们说话声音很大，往往近似咆哮，他们好像都没有孩子——这似乎是要告诉观众，这是一些不会有孩子的人。（Sayre ，1980：81）如果说他们自己有家庭的话，那么他们的行为往往给家庭带来极坏的影响、极大的破坏，而这是在情感上对中产阶级观众的一种严重打击。

我们可以以几部此类影片为例加以具体说明。1951 年华纳兄弟公司出品了《我为联邦调查局充当共产党员》（*I Was a Communist for the FBI*），影片根据一个名叫麦特·塞维蒂克的人写的故事改编。故事讲述了他本人的亲身经历。这个人是联邦调查局的探员，曾打入共产党组织长达 9 年，为联邦调查局报告共产党的活动。影片描述了塞维蒂克的机智和勇敢，他赢得了共产党的信任，通过他的视角，影片让观众看到了共产党的"阴谋活动"：煽动工人罢工，在暗中组织打手凶狠殴打来劝说工人回工厂的工会人员，并嫁祸于犹太人。这个联邦调查局的"间谍"忍辱负重，一方面要与共产党周旋，另一方面则要忍受家庭的冷眼相对，因为他的共产党员身份，他去看望生病的母亲时，遭到兄弟们的责骂，后来母亲病逝时，他的家庭成员拒绝告诉他这个消息。而更让他不能忍受的是，上中学的儿子因为他的缘故在学校里自暴自弃，打架斗殴，当他去学校看他时，则遭到儿子的冷言冷语，告诉他"永远不要再靠近我"。但是为了完成他的使命，他还是坚持了下来。他给儿子写了一封信，告诉他自己的真实身份，后来这封信被他儿子的老师、一位女共产党员发现，但是她没有告发他，而是深深感动于他的行为，表示要脱离共产党。影片的后半部分描述他保护这个老师不被共产党谋杀，帮助她脱离险境，最后在国会非美活动调查委员会的质询会上他当场揭露了那些共产党成员的身份和阴谋活动，他的作证使得他们的犯罪行为得以成立，受到了法律的制裁。影片结尾时，儿子回到了他的身边，并为自己的父亲骄傲不已。这是一部典型的充满了冷战话语的电影，共产党成员虽西装革履，实际上却是凶神恶煞，而那位联邦调查局的卧底则是有勇有谋，且富有人情味，在保护那位女教师的戏中，他更像是一个西部片中的孤胆英雄，一人独战几个人的武力围攻，毫不费力地把他们一一消灭。相比于好莱坞的犯罪片，这部影片中英雄与罪犯的特征与区别更是一目了然，这当然很适合冷战的宣传。有意思的是，这部电影的拍摄手法也采用纪录片的方式，与 1943年的《出使莫斯科》类似，影片还获得了奥斯卡最佳故事类纪录片的提名。通过这部片子的拍摄，华纳兄弟公司似乎是完成了一种赎罪仪式，但是具有讽刺意义的是，影片原故事的作者塞维蒂克后来被披露有酗酒历史和精神问题，其所讲述故事的真实性本身就成了一个谜。

饰演这部影片中塞维蒂克一角的是好莱坞小有名气的演员弗兰克·赖武乔伊（Frank Lovejoy）。在 1952 年的一部同类影片《大个子杰姆·麦克莱恩》（*Big Jim Mclain*）中，好莱坞则启用了大明星约翰·韦恩（John Wayne）饰演影片中的国会非美活动调查委员会调查人员。这位大个子和他的助手一起到夏威夷调查一个共产党组织的小集团，经过他们的不懈努力，终于破获了一起共产党的阴谋活动，但是他们也付出了代价，麦克莱恩的助手被共产党成员谋害了。同样，这部影片也展示了共产党成员的阴险狡诈，无情恶毒，他们的阴谋同样也是密谋罢工，他们也是接受来自国外的指令搞破坏活动；同样，共产党成员的行为也会给普通家庭带来严重打击，影片通过麦克莱恩的走访调查，描述了一个移民家庭的儿子参加了共产党组织，本来这个家庭的老夫妻可以颐享天年，但现在却整天要为儿子担忧，惶惶不可终日。值得一提的是，麦克莱恩本人在夏威夷的生活与这家人形成了鲜明对照，他在调查过程中偶遇了一位女护士，很快就恋上了她，两人卿卿我我，驾驭快艇出海兜风。一边是通过他的调查让观众看到了那些共产党成员的邪恶形象：凶狠、歹毒、残酷；另一边则是让观众感受到了麦克莱恩自由自在的风光无限的浪漫恋情，这种对照方式显然是有意为之。影片处理故事这两个方面的格调也是截然不同，前者是色调阴暗、沉重、呆滞，后者则是阳光笑语，充满喜剧色彩。通过这两方面的对比，共产党成员的不近人情被表现得淋漓尽致。在此类影片中，无论是从艺术角度还是从思想"深度"上来看，最值得一提的是一部 1952 年的影片《我的儿子约翰》（*My Son John*）。该片讲述的是一个普通美国家庭的故事。爸爸、妈妈和三个儿子，其中两个小儿子是双胞胎，棒球健将。影片开始时，这对双胞胎双双参军即将踏上朝鲜战场，他们是母亲的骄傲，但妈妈心中更牵挂的是大儿子约翰。约翰文质彬彬，一副知识分子的模样，在华盛顿工作，不过具体干什么工作，母亲并不很清楚。在母亲心目中，约翰机智幽默，很有学问，但是也比较激进，时常会对父母说上几句讽刺的话，尤其是对父亲态度不敬，他讥讽父亲那种老派的爱国主义姿态，两个人闹出了不大不小的矛盾。但是这些都不重要，最让母亲放心不下的是，她怀疑约翰与共产党有关，因为联邦调查局的人来她家里调查过儿子的行动。所以她趁约翰在家的时候，询问约翰，但是约翰矢口否认，直到后来母亲亲自到了华盛顿，在不经意间发现了儿子与共产党间的秘密关系，她不得已把自己的发现告诉了联邦调查局。而此时的约翰似乎也开始对自己的行为有所反思，决定要脱离共产党，但是他的想法被共产党发现了，随后遭到了他们的暗算。此前约翰已接受了向一所大学的毕业生发表演讲的邀请，他知道自己的处境，事先录好了演讲内容。影片结尾的场景是学生们在礼堂里聆听约翰的讲话录音，他告诉学生们他是如何迷恋上了激进思想，并深陷其中不能自拔，在讲话的最后，他告诉学生们他是这个国家的敌人，是外国势力的仆人，"我就是一个活生生的谎言，我是一个叛徒，我是一个美国本地的共产党间谍"。约翰忏悔的声音在礼堂里回响，这也让他的父母感到了一份安慰。如果说其他同类影片依循的往往是一种犯罪片的模式，那么这部电影则更像是一部情感伦理片，而情感的冲突则发生在母亲和儿子之间，对共产党成员的反面刻画与儿子和母亲间的冲突形成了两条平行线。在美国社会和文化中，母亲往往会成为理想化和浪漫化的对象，是社会和家庭道德的守护神。在 50 年代的美国，母亲的这种象征意义尤其突出（Rogin，1987：241）。约翰与母亲的冲突，特别是对母亲撒谎——影片中有这样一个镜头，母亲拿着《圣经》让约翰发誓与共产党没有关系，约翰按照母亲要求举手发誓表示自己不是共产党成员，在很大程度上也是对母亲这个道德守护神的亵渎。从观众的角度来说，约翰这个共产党成员便是一个毫无道德可言的人，而他后来的忏悔则是说明受到了母亲道德力量的感召。通过母亲与儿子的冲突和对比，所谓共产党成员隐藏的面貌得到了揭露，而约翰被杀则更是表明共产党组织的危险和冷酷无情。共产党成员由此也会遭到大众的蔑视，影片在这方面可谓下足了功夫。

　　除了一些反共宣传电影外，冷战也为 50 年代的一些影片提供了故事背景，与冷战有关的一些事项成了电影的主题，如神秘的核材料以及人们对核力量的恐惧。1955 年的《死亡之吻》（*Kiss Me Deadly*）就是一部这样的电影。影片的主要人物是洛杉矶的一位私人侦探，在一次偶然事件中他发现了一个神秘组织，其中有些人在寻找一个神秘的铁盒子，里面被认为藏有宝贝。这个神秘组织中的一个女性人物后来干掉了她的上司，一人独占了这个盒子。但是当她打开盒子时，发现里面根本不是什么宝贝，而是放射性材料，这些材料溢出来后迅速燃起熊熊大火把她吞噬。美苏冷战对峙的一个重要内容是双方的武器竞赛，而核武器在 50 年代成了两国倾力发展的对象。美国于 1945 年在日本的广岛和长崎投放了两颗原子弹，1949 年苏联爆炸了第一颗原子弹，1952 年美国氢弹爆炸成功，4 年后苏联也拥有了氢弹。核武器给人类带来的灾难被越来越多的人意识到，对核力量的恐惧也成了日常生活中不可避免的话题①，这部影片改编自畅销小说家米基·斯皮莱恩的同名小说，采用惊悚和恐怖片的模式，非常巧妙地表达了这种恐惧心理，也产生了很好的票房价值。而冷战与核武器这个主题 10 年后会在银幕上重现，并得到更深层次的探索。

用冷战作为电影故事的背景也成了一些大导演的常用手段。悬疑电影大师希区柯克在五六十年代拍摄了一些与冷战有关的影片，包括《知晓过多》（1956）（*The Man Who Knows Too Much*），《西北偏北》（1959）（*North By North West*），《冲破铁幕》（1966）（*Torn Curtain*）和《托巴兹》（1969）（*Topaz*）。前两部电影把冷战作为一种模糊的背景，后两部则直接与冷战相关。《知晓过多》讲述了在摩洛哥度假的一个美国家庭遇到的各个神秘事件，他们的孩子被一个神秘组织绑架到了英国，父母亲凭借自己的机智和勇敢最终单枪匹马救出了他们的孩子，并制止了一起暗杀事件，此外他们还帮助打掉了那个神秘组织。《西北偏北》是希区柯克的名作，故事的主人公是一个广告经营商，他被一个间谍组织误认为是政府的暗探，遭到追杀，最终在一个双面女间谍的帮助下脱离险境，并成功消灭了那个间谍组织的头目。这两部电影里都出现了一个神秘的组织，而且都有国外背景，同时似乎又和政府有着某种关联。希区柯克试图通过这种复杂的关系来表明冷战造成的复杂国际背景。不过，这两部影片中的主要人物都是一些普通美国人，和冷战没有多少关系，他们被偶然卷入到这种复杂关系之中，这多少也说明冷战其实无处不在。主人公们依靠个人之力摆脱险境，影片赞扬了这些普通美国人的超人之勇和机智。希区柯克实际上是通过他们的行为，赞颂了美国文化中的个人主义精神，而在冷战背景下，这种个人主义精神则

---

① 50 年代有一些科幻片与这些主题有关，如 1954 年的科幻片《他们》讲述核爆炸后生物发生变化，蚂蚁蜕变成巨型动物，对人类造成巨大威胁。

更凸显了美国价值观的重要和优越。这一点在后两部电影中有更明显的体现。

《冲破铁幕》的主人公是一个研究火箭的美国科学家。他在丹麦开学术会议时突然消失，后来出现在东德境内，东德政府宣布他叛逃到了这个共产主义国家。实际上他的真实目的是利用叛逃的名义和东德一个科学家合作，趁机获得一个对研制核武器至关重要的数学方程式的机密。与这位科学家一同在丹麦开会的他的女朋友不知真相，暗中跟踪他也来到了东德，影片讲述了这两个美国人在东德的各种惊险经历，他们获得了机密，并通过"自由世界"在东德的地下组织的帮助，逃脱了东德秘密警察的追捕，回到了"自由世界"。《托巴兹》讲述的是以1962年古巴导弹危机事件为背景的间谍故事。一个苏联克格勃高级间谍叛逃到了英国，之后与其家人一起到了美国，中央情报局人员从这个苏联间谍口中得知，苏联要在古巴布置导弹。美国人于是招募了法国驻美国大使馆的一位外交人员兼特工德福拉。这位特工通过巧妙安排，从来美国参加联合国会议的古巴官员那里偷窃到了一份导弹布置方案。为了进一步核实情况，德福拉亲自来到古巴，在他的一位古巴情人（一个古巴革命英雄的遗孀）领导的地下组织的帮助下，获得了导弹布置实景图。这个法国特工因为帮助美国人被法国政府召回到了法国，临离开美国时，他从美国人那里得知在法国情报部高层有一个苏联人安插的名叫"脱巴兹"的秘密间谍小组。回到巴黎后，德福拉和他的家人历尽艰险，终于使那个秘密间谍组织的头目露出了水面，原来那个人是他的朋友兼情报部的同事。

这两部电影讲述的都是间谍故事，与前面两部不同的是，冷战从背景走向了前景，"我们"和"他们"的对比和区别也因此令人瞩目。《冲破铁幕》中那些有关东德的描述，让观众看到了一个缺乏自由、生活拮据、向往西方世界的国度；而在《托巴兹》中，观众则看到了一些古巴人对政府的反抗以及古巴高官和警察对他们的镇压和杀戮。与前面两部影片一样，这两部电影也是对个人英雄的歌颂，前者是一位假扮叛逃间谍的美国科学家，后者虽是一位法国人，但在为美国人服务，这两位个人英雄都能凭着自己的智慧和勇气，深入"虎穴"获得情报。不同的是，前面两部电影叙述的完全是个人行为，而后两部中的个人完成的却是国家交给的任务，显然，这里的"个人"更具有了一种代表国家的意味。但不管怎样，个人主义的精神都是值得颂扬的，而这或许正是希区柯克的冷战电影要表述的含义。

在对冷战做出正面表述的同时，对于冷战的反思乃至批判也开始在银幕上出现。前面提到的《死亡之吻》在一定意义上已经表现了对作为冷战标志的核物质扩散的反思，进入 60 年代后，这种情况在银幕上出现的次数越来越多。1960 年，一部根据英国小说家格林的同名小说改编的电影《我们的人在哈瓦那》（*Our Man in Havana*）对冷战进行了辛辣的讽刺。这部电影也是一部间谍片，但是与希区柯克的电影不同，影片尽管也有谋杀事件出现，但是没有多少惊险的情节。影片讲述的是一个假戏真做的间谍的故事。故事发生在革命前的古巴，英国特工组织试图招募在哈瓦那经营吸尘器生意的英国商人詹姆斯。因为需要钱，詹姆斯同意成为英国间谍，他的一个任务是发展特工人员，但是詹姆斯根本不知道如何行动，于是他就随便把他认识的一些人的名字交给他的上司。此外，他还把吸尘器的图片放大，这些东西看上去很像火箭发射台，英国情报部门在伦敦的头目看到这些照片后认为詹姆斯的工作很有成效，特别派了两个工作人员到哈瓦那协助他工作，这让詹姆斯陷入进退两难的处境。与此同时，英国人在哈瓦那的对手发现了詹姆斯的行为，开始对他采取行动，他认识的一些人遭到了谋杀。詹姆斯也因此假戏真做，投入到追杀谋杀他朋友的敌人的行动中去。最后古巴警察把詹姆斯驱逐出境，他回到了伦敦，詹姆斯的上司为了掩盖自己的失误，并没有揭穿詹姆斯编造的谎言，相反，给了他荣誉，指派他到一所间谍学校去教书。这部影片被评论者视为具有"十足的幽默"（Crowther，1960），其实，与其说是幽默还不说是讥讽。詹姆斯的假戏真做一方面是出于他对于金钱的贪欲，另一方面则是因为他陷入了自己所不知的真实间谍战的凶险环境之中。他编造出的一些假特工们成了真实间谍战的牺牲品，这可能是他从未想到过的，这多少可以说明冷战是一种真实的存在。另一方面，英国情报部门那么容易地接受詹姆斯的假情报，且事后还要维持詹姆斯的身份不被揭穿，则表明冷战这种看不见的硝烟给了一些人制造自己存在的理由，对于他们而言，自己的存在依赖于对方的在场，对方如果不在场，他们也就失去了存在的理由。这其实就是一种典型的冷战思维。相比于这部影片的喜剧加讽刺的表述方式，5 年后同样也是间谍片的《来自冷战的间谍》（*The Spy Who Came in from the Cold*）则更具有苦涩的意味和冷峻、阴郁的色调。英国情报部派驻西柏林间谍机构的头目利马斯因为工作失误遭到总部的指责，有可能被降级，这引起了东德情报部门的注意。利马斯同意叛逃到东德。他被带到了东柏林，东德情报部门对他很重视，因为从他给予的情报中，他们得知东德情报部门一个名叫蒙德的高层官员有可能是英国间谍，但是这个情报并不很确切，这使得东德情报官员费德勒感到很棘手，因为是他从利马斯那里获得的这个情报。之后，蒙德和费德勒都遭到了逮捕，但是后来东德情报官员发现利马斯的情报与实际情况有出入，此时他的英国女朋友派瑞也被带来作证说明他有可能作假。在这种情况下，利马斯不得不承认他其实是英国间谍。于是，蒙德被释放，而费德勒则被枪决。正当利马斯以为他的任务没有完成，他也即将被枪决时，蒙德释放了他。原来这正是英国情报部门的计策，利用他的叛逃达到除掉费德勒的目的。影片结尾时，利马斯和派瑞到达了柏林墙边，利马斯先翻越墙准备进入西柏林，派瑞爬上墙的一半，此时突然响起了枪声，利马斯看到派瑞从墙上掉了下来，他跳下墙来救派瑞，这时响起了第二声枪响，影片就此结束。柏林墙边的枪声结束了利马斯的间谍生涯，也同时结束了他的生命，在这场间谍连环套的游戏中，其实无所谓赢家。这些落在陷阱中的间谍们只是一些被随便摆弄的棋子，他们无法掌握自己的命运。《纽约时报》刊登评论说，影片表现了间谍游戏中的"欺骗、无信、恶行、肮脏的行为"。（Crowther，1965）但更重要的是，这场"肮脏"的游戏表明，冷战双方都是这场游戏的幕后策划者，是他们一手导致了游戏的非人性的本质。也正是在这个意义上，影片从现实主义的角度揭示了冷战对人性的摧残，给人以强烈的震撼。

如果说上面这两部冷战电影中的故事都发生在美国以外的地方，或许会有与美国无关之嫌，那么 1962 年的《谍影迷魂》(*The Manchurian Candidate*)则是一部与冷战中的美国紧密相关的政治讽喻片。影片开始的场景是在朝鲜战场，主人公雷蒙·萧和他所在的一个排的美国兵遭遇袭击后被俘，这些人后来被带到中国的东北，一个苏联人领导的心理战术中心对他们进行了心理灌输和洗脑，雷蒙的战友们都认为是雷蒙拯救了他们。战争结束后，雷蒙回到了美国，他被当成了英雄，被授予荣誉勋章，后来他到了一家报社工作。但这时的雷蒙实际上已经在无意识中受控于他人，其中就有他自己的母亲伊莉娜。后者是一个隐秘的美国共产党成员，其丈夫、雷蒙的继父约翰是类似麦卡锡那样的参议员和副总统候选人，他指控美国国防部有很多共产党人，他的言行得到了很多人的认同，为他捞到了不少政治选票。约翰完全听从于伊莉娜，她的一个更大的阴谋是要让约翰当上美国总统，这样就可以让美国共产党在背后控制美国，而这一切的关键都在于让雷蒙成为一个枪手，扫除她眼中的障碍。在伊莉娜的指示下，雷蒙在无意识中枪杀了他的恋人和她的父亲——参议员约旦，他是约翰的政治死敌。影片中的另一个主要人物是雷蒙在朝鲜战场上的战友马可，他在军队情报部门工作，对雷蒙的行为产生怀疑后一直跟踪他，最终让雷蒙明白了他的无意识行为是受人控制的结果。影片的高潮是伊莉娜指示雷蒙在共和党全国大会上暗杀总统候选人，这样副总统候选人约翰就可以成为总统候选人。雷蒙选好了位置，枪口对准了目标，此时，马可也到了现场，试图阻止雷蒙，不过似乎已经无能为力。但是最后，雷蒙还是改变了目标，把枪口对准了他的母亲和约翰。枪响之后，雷蒙随即自杀。这部影片情节复杂，构思奇异，讽刺意味浓厚，既讽刺了麦卡锡之类的政治丑角，也把矛头对准了美国共产党，实际上是利用美共这个视角，对共产党进行了丑化。究其根本还是冷战氛围中的反共思潮在作祟。

　　冷战中对核力量的崇拜和恐惧一直是一个重要话题。1962 年的古巴导弹危机，更是让人们看到核武器对世界的毁灭性威胁近在咫尺。1964 年的两部电影《奇爱博士》（*Dr. Strangelove*）和《故障安全》（*Fail-Safe*），用奇异的手法想象了核武器可能对人类产生的致命打击，成为这方面的经典影片。《奇爱博士》讲述了这样一个故事：美国空军战略基地长官杰克是一个偏执狂，断定苏联要用一种神奇的生化武器毁灭美国，他于是命令载有氢弹的轰炸机开往苏联领空待命。他的副手发布了命令，但后来意识到没有告知实施攻击的条件，即在确定遭到苏联攻击后再实施攻击，这就意味着派去的轰炸机要对苏联进行攻击。这位副手向长官索要召回飞机的密码指令，但遭到了拒绝。形势危在旦夕。美国总统一方面下令美国军队进攻杰克所在的空军战略基地，拘捕杰克，逼他交出密码指令，另一方面则与苏联驻美国大使商量解决对策。不料对方透露苏联已经制造了一种名为"世界末日"的巨弹，一旦苏联遭到核攻击，这个巨弹就会自动爆炸，整个世界就会陷入毁灭之中。召回美国轰炸机的密码终于得到了，那些没有被苏联打下来的美国飞机被召回美国，但是有一架飞机因为受伤接收不到指令，还是飞向了目标。影片结尾时出现了这样一个镜头：飞机指挥员到机舱里检查机门，他坐到氢弹的上面，这时机门突然打开，于是就像西部牛仔骑在马背上一样，坐在核弹上面的他向着地面冲去。《故障安全》讲述了一个类似的故事，美国空军发现可能袭击美国的可疑目标，战略基地发布指令，要求载有核弹的轰炸机跟踪这些目标，后来发现目标并无可疑迹象，于是基地发出指令要求飞机回来。但是发出指令的设置突然发生了故障，向飞机下达了攻击莫斯科的指令，飞行员试图和基地核对指令，但无线通信受到苏联的干扰，无法进行，在这种情况下只能执行指令向莫斯科发起核攻击。美国总统不得不在紧急时刻与苏联领导人商量解决办法，要求苏联帮助打下那些飞机，但是即便如此，还是有一架飞机飞临莫斯科。在不得已的情况下，为了避免苏联因遭遇核攻击而进行反击使世界因而陷入毁灭的局面，美国总统想出了一个折中办法：当核弹在莫斯科投下的时候，他也会命令美国自己的飞机向纽约投下核弹。影片结尾时，核弹已经在莫斯科投下，美国核载飞机也已飞临纽约上空，银幕上出现的是晴好天气的纽约，一派祥和，瞬间，这一切都将陷于毁灭之中。这两部影片的故事情节都有点匪夷所思，但离奇的情节背后是冷战时代核武竞赛的自然逻辑，核武器的制造和对于其的依赖都在很大程度上显示了冷战双方非理性的极度膨胀，在捍卫所谓国家利益的名义下，人类极有可能成为这种疯狂行为的牺牲品。根据影片的说法，在核武器使用过程中都有一种"故障安全"设置，能保证设置万无一失，即使在设置发生故障时，也能得到安全保障，但这只是一种理论假设。实际上，影片的情节表明，正是机器设置的故障导致了核毁灭的到来。另一方面，冷战导致的偏执狂——如《奇爱博士》中的美国空军基地长官——则会绕过这种"故障安全"，给人类带来人为的灾难。

　　冷战偏执狂形象也出现在同一年的《贝德福德事件》（*The Bedford Incident*）这部电影中。"贝德福德"是美国海军的一艘驱逐舰，舰长封蓝德是一位笃信冷战的海军老兵，对苏联抱有极大的敌意。"贝德福德"在格陵兰海域发现了一艘苏联潜艇，尽管苏美两国并没有处于战争状态，但是封蓝德还是命令舰艇紧紧跟上苏联潜艇，舰上其他一些人对封蓝德的做法表示了异议，但他都不予理睬。封蓝德的偏执行为使得全舰上下处于高度紧张状态，"贝德福德"于是一直与苏联潜艇处于敌对的对峙中。在这种情况下，尽管封蓝德表示他不会先开火，但是他手下的一个下级军官在高度紧张中误解了他的指令，向苏联潜艇发射了反潜艇火箭。封蓝德没有办法，只得看着苏联潜艇被炸毁，但几乎同时，"贝德福德"舰上的官兵发现有一组水雷正向他们射来，这是苏联人发射过来的装有核弹头的水雷。封蓝德采取了躲避措施，但最终没有避开，轰然声中一团蘑菇云冉冉升起。这部电影改编自同名小说，而小说则取材于19世纪美国作家麦尔维尔的著名小说《莫比·迪克》，小说中的船长亚哈伯就是一个一心要征服一头白鲸的狂人，最终船毁人亡。这部电影中的舰长封蓝德也是这么一个偏执狂者，不同的是他要征服的不是自然，而是他的对手和敌人——苏联潜艇。这种偏执狂有一种狂热的信仰，本能地认定对方是要将自己置于死地的敌人，而保护自己的办法则是首先将对方置于困境，这是冷战期间一些美国人笃信的逻辑。这部电影用一个虚构故事，象征性地表达了这种冷战思维逻辑。

封蓝德的形象是作为一个受讥讽的对象出现的，与此相反，冷战中的英雄形象也出现在了银幕上。1968 年的《冰封"斑马站"》(*Ice Station Zebra*) 就是这样一部歌颂冷战英雄的电影。影片主人公费雷德是一艘美国核潜艇艇长，正在休假的他突然被召回艇上执行一项神秘任务——到北极营救被冰雪围困的一个气象站里的几位科学家。与费雷德一同前往的还有一位英国情报人员琼斯，潜艇开行后不久又上来了两个人，一个是领导一个排的海军陆战队黑人军官安德斯，另一位是苏联叛逃过来的间谍鲍里斯，他也是琼斯的朋友。费雷德对这些人的背景和行动目的一概不知，这给这次任务增加了很多神秘色彩。潜艇到达北极气象站点后，琼斯和鲍里斯开始到处找寻东西，这时从琼斯口中费雷德才得知，苏联人盗窃了英国人的一种先进摄影设备，里面有美国人生产的高级感光胶卷。苏联人把这个设备放到卫星上拍摄美国的导弹基地，但不料拍摄设备出了问题，把苏联的导弹基地也一同拍摄了进去，后来又出现一次事故，拍摄设备从卫星里掉出落到了北极一个民用气象站里，琼斯和鲍里斯的任务就是搜寻这个设备。在寻找过程中，鲍里斯露出了真面貌，原来他是一个双面间谍，他在暗中打昏了琼斯，但被安德斯发现，正当两人搏斗之时，琼斯苏醒过来，他误认为安德斯是敌人，开枪打死了他。但琼斯最后还是发现了鲍里斯的身份，把他打死了。之后，一排苏联伞兵从空中降落来到现场，包围了费雷德和他的士兵，费雷德命令手下交出找到的胶卷，苏联士兵把装有胶卷的盒子系在绳子上运到在空中盘旋的直升机上，但当绳子上升到一半时，费雷德按动了此前他找到的一个雷管遥控器，装有胶卷的盒子里的雷管爆炸了。苏联伞兵上校眼看事已至此，只能宣布事件结束，他们撤了回去。这场冷战双方面对面的对峙以双方不分输赢结束，但是费雷德的沉着冷静还是表现出了英雄的气概，他表现出的克制避免了与苏联人更多的武力冲突，这或许也反映了古巴导弹危机后，美苏双方要求缓和的姿态。

有意思的是，十五年后，这种面对面的对峙竟然会演变成面对面的交火，战场上的厮杀。1984 年米高梅公司出品了一部大胆想象苏联入侵美国的影片《赤色黎明》（*Red Dawn*）①。故事发生在 80 年代的某一年，除了英国以外大部分北约国家都撤出了北约，于是美国面临苏联和华沙组织进攻的极大危险。9 月的一个上午，在科罗拉多一个名叫卡勒姆的小镇里，一位中学老师正在上课，突然他看到窗外有一群伞兵从空中降落到了学校的操场上，他出去同他们说话，但遭到了他们的枪击。卡勒姆被苏联和古巴军队占领了。这所学校的两个学生杰德和他弟弟麦特以及他们的朋友罗伯特、丹尼、达尔在一家运动枪械店里武装了自己后，决定逃到山上打游击去，后来又有一对姐妹托尼和艾丽克加入了进来。这些年轻人第一次袭击的对象是来山上休闲的几个苏联士兵，他们打死了两个。之后他们正式开始了武装抵抗活动。苏联人对他们进行了报复，他们每一次行动后，苏联人就屠杀一些被拘的镇民，杰德和麦特的父亲就这样被苏联人杀害了。两个月后的一天，艾丽克发现了一个从被击中的飞机上跳伞下来的美国飞行员安德鲁，从他那里这些年轻人知道了一些情况，华盛顿、肯萨斯城等一些交通枢纽已经被核弹毁灭了，苏联人占领了中西部的很多地方，大批苏联军队越过白令海峡进入阿拉斯加和加拿大，在加拿大和美国边境地带，美国军队顶住了苏联军队的进攻，现在正处于胶着状态，美国分成了被占领区和未被占领区两大部分。苏联人希望能占领一个不被完全毁掉的美国，而美国也不希望在自己的国土上打一场核战争，所以目前的战斗使用的都是常规武器。安德鲁加入了年轻人的武装斗争，帮助他们袭击苏联人，而苏联人也开始认真对付起这些游击队员来，战斗变得异常激烈和残酷，安德鲁和另外一个年轻人牺牲了。后来的一次战斗中，女孩儿托尼和其他几个人也战死了，6 个月后只剩下了杰德、麦特、丹尼和艾丽克四个人。之后，杰德和麦特下山到镇上偷袭苏

---

① 米高梅公司几年前重拍了这部电影，原定于 2010 年前上演，后因资金问题改为 2012 年推出。影片中入侵美国者原为中国军队，后考虑到影片的发行，后期制作改为朝鲜。

联和古巴军营，一去不归。影片结尾表明，美国人最后还是把苏联人赶了出去，小镇上立起了一块碑，以纪念那些为保卫家乡捐躯的年轻人。这部影片背景想象出人意料，但是拍摄手法却很传统，让人想起一些描述二战时抗击希特勒德军的游击队员的电影。有一个影评网站把这部电影列为"保守主义最为严重的电影"中第十五名。所谓"保守主义"当然是指对于苏联入侵美国的想象，但是就 80年代的冷战气氛而言，这似乎也不出格。80 年代被称为"第二次冷战"时代，里根上台后要重振国威，大幅度提高军费开支，对苏联态度强硬。1983 年在一次演讲时里根称苏联为"邪恶帝国"，同年提出要建立反导弹战略防御计划，也就是"星球大战计划"（刘金质，2003：1263），这些都是直接针对苏联。1983 年 8 月 31 日韩国航空公司一家波音 747 航班飞入苏联领空，被苏联导弹击落，机上 269人全部丧命，其中包括 61 个美国人（刘金质，2003：1159，1162），美国随即展开了对苏联激烈的舆论攻击。在这种背景下，《赤色黎明》中对苏联人入侵美国的描述似乎也可以理解，而那些拿起武器英勇抵抗入侵者的年轻人则多少也是在象征意义上参与了对苏联的舆论攻击，冷战的气氛在他们的武装行动中又一次被燃烧了起来，这很容易让人想起 50 年代冷战初期，杜鲁门政府对苏联的遏制态度。这部电影并不被评论者看好，但是票房却异常出色，这也说明它顺应了社会中普遍存在的冷战情绪。

如果说《赤色黎明》中美苏正面冲突只是一种蕴含政治含义的想象，那么 1986 年的《伤心山岭》（*Heartbreak Ridge*）则是把现实中发生的实际行为——美国入侵格林纳达搬上了银幕，以此来颂扬美国军人的硬汉形象，达到为冷战宣传的目的。著名影星伊斯特伍德出演影片主人公海军陆战队中士托马斯。即将退役的托马斯被分配了一个新任务，训练一个以纪律松散、毫无斗志闻名的侦察排。托马斯到任后，遭遇了这个排里的士兵耍弄的各种诡计以及强硬对抗，但最终托马斯以硬汉的手段和铁板一样强壮的身体，制服了那些捣蛋鬼，并让士气重新回到了他们身上。在同那些士兵打交道的同时，托马斯也试图与已经离婚的妻子重归于好。影片的后半部分描述托马斯带领这个排的美国兵参加了美国入侵格林纳达的战斗，在地形不利的情况下，他们依靠机智、勇敢，顶住了古巴军人的围攻，并最终消灭了他们。托马斯回到国内，这个上过朝鲜战场并得过荣誉勋章的美国老兵又一次成了风光无限的英雄。影片的结尾是一个特写，托马斯走下飞机，看到了他的前妻在欢迎人群中，拿着鲜花在等着他。入侵格林纳达是冷战后期美国以维护自身利益的名义显示军事实力的事件①。影片通过托马斯的硬汉形象，表现了美国军队和军人的英雄气概，为冷战后期里根时代重振国威、坚持冷战的"遏制政策"提供了意识形态方面的支持。影片也得到了不少好评，《华盛顿邮报》的一则评论说："那些热爱硬汉斗小鸡这种情节的人会喜欢上伊斯特伍德在影片中制服那些年轻混混的行为：他要比他们跑得更快、喝得更凶、打架更厉害，正是这个过程让他们知道什么是一个真正的海军陆战队士兵。"（Attanasio，1986）这种看起来简单的表现方法其实自有其逻辑存在：士气的提升与重振国威结合在一起，前者是后者的保障。这不禁让我们想起了 40 年前凯南在"长电"中着力强调的遏制思想：战胜对手的法宝是战胜我们自己，不让我们自己变成我们的对手。四十年后又回到了出发点，好莱坞在制造娱乐的同时，其实也为冷战意识形态做出了不容忽视的贡献。

在整个冷战过程中，冷战遏制从外交、政治、军事延伸到了文化、意识形态乃至日常生活的各个方面，成为一种影响整个美国社会的"叙述语言"（Nadel，1995：x），产生的一个结果是对美国价值观和美国生活方式的推崇。好莱坞的冷战电影叙述自然也参与到了这个过程之中。从反共到反讽，从揭示偏执狂到赞颂强悍英雄，从想象的战争到真实的战争，从对核武器的恐惧到把这种恐惧变成梦魇，从国家到个人，从娱乐到政治，从文化到意识形态，半个多世纪的冷战催生了涉及冷战多个方面的冷战电影，它们是冷战的见

---

① 格林纳达是东加勒比海的一个岛国，其政府曾经奉行亲美政策，后来国家内乱，反美力量上台，美国指责苏联和古巴掌控了格林纳达。1983 年 10 月 25 日，美国出动 7000 人的军队，很快攻占了格林纳达（见刘金质，2003：1207）。

证人，也是冷战的参与人，更是冷战文化的传递者。冷战的轨迹或多或少可以从这些影片中得到印证。

引用文献

Attanasio, Paul. Heartbreak Ridge?. *Washington Post*, 1965, 12 (5): 4.

Crowther, Bosley. Screen: Comedy in Cuba: Alec Guinness Starts as "Our Man in Havana". *New York Times*, 1960, 1(28):5.

Crowther, Bosley. Le Carre's Best Seller Adapted to Film. *New York Times*, 1960, 12(24):5.

Nadel, Alan. *Containment Culture: American Narratives, Postmodenism, and the Atomic Age.* Durham: Duke University Press, 1995.

Reagan, Ronald. Evil Empire Speech,1983. (2001-6) [2012-02-4]. http:www.nationalcenter.org/ReaganEvilEmpire1983.html.

Rogin, Michael Paul. *Ronald Reagan, the Movie and Other Episodes in Political Demonology.* Berkely: University of California Press, 1987.

Sayre, Nora. *Running Time: Films of the Cold War.* New York: The Dial Press, 1980.

刘金质. 《冷战史》（下）. 北京：世界知识出版社，2003.

第四节　非理性的恐惧与"理性"的应对：

　　　　《奇爱博士》中的黑色幽默与冷战悖论

在众多涉及冷战主题的电影中，斯坦利·库布里克（Stanley Kubrick，1928—1999）的《奇爱博士》（又名：《我如何学会停止恐惧并爱上炸弹》）（*Dr. Strangelove or: How I Learned to Stop Worrying and Love the Bomb*，1964）以用黑色幽默的讽刺手法表现核恐怖而闻名，是杰出的荒诞喜剧片，获得了 4 项奥斯卡金像奖的提名以及 7 项英国电影学会奖的提名，并在英国电影学会的提名中赢得了 4 个奖项。在美国国家电影保护局（National Film Preservation Board）所设立的美国国会图书馆收藏电影目录（National Film Registry）中，该片第一批入选；在美国电影学会（AFI）1998 年评出的百年百部最佳电影（AFI's 100 Years... 100 Movies）中该片排名第 26 位，在 2000 年 AFI 百年百大喜剧电影（AFI's 100 Years... 100 Laughs）中该片位列第三。

从 20 世纪 40 年代末至今，冷战题材的电影（包括后冷战电影）不胜枚举，涉及核威慑的亦不在少数，为何《奇爱博士》能成为表现和反思冷战心理的代表作，进而被列入西方电影史上的经典作品？该片导演、美国电影大师斯坦利·库布里克以其领先于时代的眼光和思想而著称，在其 42 年的导演生涯中，只完成了 10 部电影，但这 10 部作品却涉及不同的主题和类型。而且，库布里克的类型片常常颠覆类型，他的每部作品几乎都以创新的叙事形式和电影语言，以对主题冷静和深邃的呈现，引领和推动电影艺术和工业的发展。走向成年的库布里克正好处于二战后阴云密布的冷战氛围中，跟同时代的许多人一样，他也为核战争爆发的危险而焦虑。由于担心自己生活的纽约很可能成为核战攻击的目标，他曾经考虑过移民澳大利亚。影片《奇爱博士》改编自英国作家彼得·乔治（Peter Bryan George，1924—1966）以毁灭性的核战争为主题的惊险小说《红色警报》（*Red Alert*，1958），最初库布里克打算拍一部严肃的惊悚片，然而在编写剧本的过程中，他决定拍一部讽刺喜剧，因为他认为处理这个题材的最好方式是讽刺。正如加拿大著名学者马歇尔·麦克卢汉（Herbert Marshall McLuhan，1911—1980）所言，"媒介即讯息。"（The medium is the message）。由于库布里克天才的直觉，影片《奇爱博士》才以戏仿的表现手法准确地刺中了冷战的神经，以荒诞不经的形式犀利尖锐地揭示了核战的荒诞性，并以其对理性与非理性的深邃反思持续引发后人的思考。在后冷战的今天，冷战思维的阴影依然挥之不去，库布里克对人性中理智与癫狂的悖论的叩问，依然警示着我们。

一、核战爆发的荒诞起因

《奇爱博士》原定于 1963 年 11 月 22 日上映，那天却正好是肯尼迪总统被暗杀的日子，于是影片推迟到 1964 年 1 月下旬上映。这一年，古巴导弹危机①才结束不久，而越南战争则刚刚开始。1945年 8 月美军在日本的广岛与长崎投下原子弹，其杀伤力震惊世界，随后 1949 年 8 月，苏联在今哈萨克斯坦的塞米伊引爆了苏联第一枚原子弹，此后，随着美国和苏联两大集团对抗的升级，新的战争危机，尤其是对核战争的忧惧一直笼罩着西方世界。从 1957 年到 1961年间，当时的苏联领导人赫鲁晓夫多次以毁灭性的核武器战争出言威胁西方，他宣称苏联的导弹技术已经远远超过美国，可以毁灭美国或欧洲的任何城市。1956 年 11 月 18 日，赫鲁晓夫会见一群西方大使时，语出惊人："不管你们喜不喜欢，历史是在我们这一边的。我们总有一天会把你们给埋葬（Whether you like it or not，history is

---

① 古巴导弹危机（Cuban Missile Crisis），是 1962 年 10 月因为苏联在古巴部署导弹，在美国、苏联与古巴之间爆发的一场极其严重的政治、军事危机，差点导致核战争爆发。最终美苏两国通过秘密谈判达成了协议。

on our side. We will bury you.）。"[1]（We Will Bury You!，1956），赫鲁晓夫后来澄清说他的意思并不是指通过核战来赢得冷战，而是相信共产主义取代资本主义是历史发展的必然，但这样轰动性的言论不能不让西方世界心生警惕，并衍生出不同的解释。1962 年 10 月至 11 月爆发的古巴导弹危机，更是将核战争危机推向顶峰，此事件中美苏两国的直接军事对峙被公认为是"冷战期间美苏两大国之间最激烈的一次对抗"，是冷战的顶峰和转折点，"几乎跨越了核门槛，使人类空前地接近毁灭的边缘"（于江欣，2004：36）。因此，《奇爱博士》可以说是一部在冷战的密云中、特别是在核恐怖的阴影中制作的电影。影片一开始，伴随着层层叠叠的云遮雾绕的画面，画外音告诉观众："一年多来，在西方高层领导中有一种谣传，苏联正在制造一种能毁灭地球和人类的终极武器。"随后，一位后来被发现是妄想狂的美国某空军基地司令杰克·里珀将军给他的副手、来自英国皇家空军的交换军官曼德里克打了一个电话，命令他让该空军基地进入紧急战备状态，并立即派正处于巡航状态的 B-52 轰炸机联队携带氢弹向苏联境内的各目标实施攻击。于是，一场即将毁灭全人类的核战争就这样平静而离奇地拉开了序幕。

由于里珀将军下令整个空军基地切断与外界的联系，曼德里克一开始并没有意识到这只是里珀的个人行为。后来曼德里克通过收音机发现民用电台都在照常播出节目，并没有任何遭受苏联核攻击的迹象，上级根本没有发出任何战争指令，于是他进入里珀的办公室想说明情况，让这位将军收回攻击命令，却被里珀用枪威胁，继而里珀将曼德里克跟自己一起锁在了办公室里。后来里珀的上司巴克·特金森将军发现异常情况后向总统做了汇报，随后故事主要在空军基地里珀的办公室、美国国防部作战室以及一架 B-52 轰炸机机舱三处密闭空间内展开。电影运用蒙太奇的手法让三处场景交叉呈现，这三处分别是核战的偶然发起者、理论上的决策者和实际执行者，三处画面的交替出现展示了一场核战争的起始、发展和最终的

---

[1] 赫鲁晓夫当时的发言由在场的翻译译为英文，经《纽约时报》和《时代》杂志报道而闻名西方世界。汉语译文为本节作者自译。

结局。

　　按照事先制订的攻击计划，为避免受到敌人的干扰，飞向苏联境内的轰炸机纷纷切断了与外界的通讯，只通过一种叫 CRM 114的识别器保持联系。被迫与里珀待在一起的曼德里克一直没有放弃与里珀沟通，试图让他说出召回轰炸机的密码。而里珀则开始滔滔不绝地向曼德里克兜售他的氟化水阴谋论，后者渐渐发现他的上司精神状态出了问题。这位将军喋喋不休地抱怨氟化水和氟化食品是共产党的阴谋，目的是要污染美国人"珍贵的体液"，证据是苏联人从来不喝水，他们只喝伏特加。当曼德里克问他怎么会有这种想法的时候，这个之前一直表现得骄横霸道的将军吞吞吐吐地说：

　　　　"我，呃，第一次意识到这事，呃，是在做爱的时候。是的，呃，完事之后我觉得很疲劳，很空虚。不过幸运的是我正确地分析了自己这种感觉，知道是精元泄漏了。曼德里克，我向你保证我再没让这样的事发生过。女人，呃，她们感觉到我的力量，她们想从我这里吸取阳精。我不想没有女人，曼德里克，呃，但我不会给她们我的精元。"

　　很明显，这位外表强势的将军在性生活方面碰到了问题，他为自己的性能力而焦虑。为了摆脱这种焦虑，他把自己的生理问题归因于敌人搞破坏。库布里克偏爱弗洛伊德的理论，性隐喻在他的作品中反复出现。在影片的开端，旁白介绍了西方对苏联制造秘密武器的担忧后，随即出现了轰炸机空中加油的画面，加油机通过输油管道将燃油输送给 B-52 轰炸机，特写镜头中机头的形状、长长的输油管都具有非常明显的性行为象征。这个镜头揭示了《奇爱博士》的两大主题：暴力与性。这两种渴望是人的动物性的最显著的表征，也是男性破坏力的来源，使得人既是战争的发动者，又跟武器和机械一样沦为战争的工具。里珀将军在说话的时候口中，总是叼着一只巨大的雪茄，结合里珀的性焦虑，用仰角拍摄的里珀口含雪茄的特写也带有浓厚的性意味。燃烧的雪茄仿佛象征着他的焦灼感，他时时刻刻都在欲盖弥彰地向别人表明他的生殖器官就跟这根雪茄一样结实强劲……

里珀为逃避性方面的挫败感，于是将其诉诸实现的暴力，在他的上述呓语中其实已经把女人和敌人混为一谈（Sheridan，1995）。里珀的名字（Jack D. Ripper）很容易让人联想起"开膛手杰克"（Jack the Ripper），此人是英国一个著名的连环杀手的代称，他在 1888 年的 8 月 31 日至 11 月 9 日的 3 个月里，在伦敦用极其残忍的手法连续杀害了 5 个妓女，并曾多次写信向警方挑衅，造成了极大的恐慌，却始终未落入法网。Jack D. Ripper 这个名字无疑指向对女性的敌视和对暴力的嗜好。里珀拒绝承认无法在性生活上取得成功的满足感是自身的问题，他将其归因于有外力入侵，破坏了他"生命的精元"；出于对"敌人"入侵的恐惧，他抢先发动攻击，以取得在暴力方面的成就感。这种对"敌人"的妄想和混淆、想在武力上证明自己的渴望，在后来他面对受命前来抓捕他的己方军队时也有明显的体现。当里珀下令基地进入战时紧急状态时就向其下属宣布，敌人会伪装成自己人的样子侵入基地，因此任何试图靠近基地的人都要射杀。后来国防部发现里珀擅自下令发动战争并拒绝通话，不得不派遣邻近部队前去控制局面，并逮捕他以便让他交代召回密码。前往基地的部队果然遭到了里珀基地官兵的抵抗，而此时里珀面对自己人也显得兴奋异常，他拿起机关枪扫射包围他的美国军人，并强迫曼德里克帮他输送弹带。具有强烈讽刺意味的是，在该片仅有的几个室外镜头中，其中一个特写给了该基地入口一个巨大的标语牌，上面写着"和平是我们的信念（Peace is our profession）"，随后守卫基地和进攻基地的官兵开火混战，而交战双方并不知道，因为一个荒唐的起因，他们把自己人当成了敌人，陷入了自己人打自己人的可笑又可悲的局面。

里珀身上折射出冷战心理所导致的荒谬怪圈：由于预设的敌意，双方越来越缺乏信任；信任的缺乏会导致各种误解，而误解又会加剧怀疑和敌意。影片告诉我们，有时怀疑和敌意仅仅是出于谵妄的想象，但个人的偏执和妄想却可能引发一场毁灭性的战争。另一方面，树立一个共同的敌人似乎是逃避和掩盖内部问题的一个最便捷的途径。人们常常觉得正视自己的问题非常困难，而反省自身并找出解决办法更加令人头疼；相反，将一切问题都算到敌人头上却既容易又省事！如果对抗和打击敌人可以轻而易举地成为罪行的借口，那么影片警告我们，滥用这个借口最后可能招致我们自身的腐朽和灭亡。来自英国的军官曼德里克先是惊讶地发现战争行为完全是他的上司里珀擅自决定，更出乎他意料的是为了不让他阻止攻击行动，里珀甚至不惜对自己人武力相向。当曼德里克对里珀的举动百思不得其解时，里珀叼着雪茄义正词严地宣布"战争再也不能交到政客手里了"，嘴里的雪茄随着从他嘴里蹦出的字句而耸动，他本人"再也不能坐视共产主义的渗透、洗脑和颠覆，以及"，说到这里他停顿了一下，继而咬牙切齿地一个字一个字地吐出了这句话："共产主义企图汲取和玷污我们宝贵体液的国际阴谋"（the international Communist conspiracy to sap and impurity all of our precious body fluids）。冷战期间冷战的意识形态蔓延到文化艺术的多个领域，美苏两国通过电影、芭蕾舞、爵士乐等艺术形式展开了文化方面的竞争与遏制，接受了反苏反共宣传的西方观众看到里珀对共产主义势力"渗透、洗脑和颠覆"的指控或许心有戚戚焉，但他的最后一句一定会让观众莫名其妙（他在切断基地的对外通讯前最后一次跟上级通电话时也再次强调"珍贵的体液"，同样让聚集在作战室里的总统和将军、高官们感到困惑）。库布里克以荒诞、幽默的形式让观众在意想不到的一愣神之后，不免反思：言之凿凿的敌人阴谋论，在多大程度上其实是我们内心恐惧的投射？

《奇爱博士》的一幅电影海报就用了里珀口含雪茄的特写，仰视的镜头中是里珀歪咧的嘴和乖戾的眼睛，一支长长的雪茄醒目地从他嘴里向外伸出，既暗示着阴茎，又像导弹、飞机或者火炮。雪茄燃烧的青烟向上飘升，在海报的顶端形成了两层云团，显然是模拟核弹爆炸形成的蘑菇云。海报明确无误地传达了影片的反讽：一个妄想症患者的性焦虑便点燃了一场核战争。

二、核战危机：徒劳的"理性"应对

冷战期间，尽管美国和苏联之间的军备竞赛愈演愈烈，双方也都不遗余力地动用一切舆论工具相互攻击，并在许多第三世界国家策划和间接地卷入局部的代理战争，但双方从未正式短兵相接。虽然西方世界和苏联一度都曾认为战争将不可避免，尤其在1962 年古巴导弹危机时美苏对峙剑拔弩张，核战争一触即发，但最终双方没有直接武力相向，其中很重要的原因就是美国和苏联为备战而持有的大量核武器使得两国都拥有毁灭对方的能力，从而使得双方都不敢轻举妄动。这是冷战的另一个悖论：为战争而准备的武器反而成了和平的保障。这一悖论来自于冷战期间产生的核战争理论："同归毁灭原则。"（Mutual Assured Destruction，简称 MAD）

"同归毁灭原则"这个说法和其简称 MAD，最早来自于匈牙利裔美国数学家、博弈论和现代计算机之父——约翰•冯•诺依曼（John von Neumann，1903—1957）。冯•诺依曼曾担任美国原子能委员会委员和洲际弹道导弹委员会（ICBM Committee）主席，他的"同归毁灭原则"（也可译作"相互保证毁灭"）是一种军事思想，也是国家安全战略（Willde，2016）。这个理论的依据是威慑理论，即要阻止敌人使用杀伤力强大的武器，自己就必须拥有相同的武器并以使用这种武器相威胁。在冷战中核军力竞赛的背景下，美苏双方都有足以毁灭另一方的武力，一方如果受到另一方攻击，即刻会以同样或更强的武力还击（Gaddis, 1982），结果是冲突会立刻升级，导致双方都遭受覆灭性的后果。这个理论进一步假设，敌对双方都不敢首先发动核攻击，因为知道对方会在预警之后反击，或是利用辅助力量发动二次打击，结果双方都会毁灭，以至于毁灭整个人类文明。基于这一认知，"同归毁灭原则"的支持者认为采用此策略能阻止东西方两大阵营全面卷入直接军事冲突，避免冷战演变成核战争，有效地令双方维持一种脆弱的和平（Freedman，2015）。然而具有讽刺意味的是，认同"同归毁灭原则"会进一步加剧双方的核军备竞赛，因为如果要足以威慑对方，双方都要争取在核武力装备上超过对手或与对手相当，至少要保留二次打击的能力。结果是即使为了规避毁灭性结果而不愿意使用核武器，双方也都必须投下大量军费开支，研究、发展和装备核武器、投射系统以及防御设施。

"同归毁灭原则"的隐含假设其实是核战不会有赢家，与"同归毁灭原则"相联系的是"恐怖平衡"（balance of terror）观点，其来源是"实力平衡"（balance of power）。（Wohlestettrer，1958）"恐怖平衡"即描述美苏核军备竞赛的状况，认为双方害怕的不是敌方比己方军力更强，而是忧惧任何一方的核武器都足以毁灭另一个国家，甚至整个世界。由于不管谁赢，核战的灾难都将殃及全世界，所以敌对双方都不敢轻易发动核战。因此，"恐怖平衡"其实是执行"同归毁灭原则"造成的实际局面：人类有史以来制造的最具有杀伤力的武器反而成了和平的保障，尽管这种和平是不稳定的，常常看上去十分脆弱。

"同归毁灭原则"和"恐怖平衡"听上去是对冷战局势十分冷静的观察和应对，库布里克却在《奇爱博士》里用黑色幽默独辟蹊径地对这些貌似合理的冷战思维进行了讽刺和嘲弄。冯·诺依曼给"同归毁灭原则"的缩写 MAD 三个英文字母连起来正好是英文单词"疯狂"，这是否指向冷战下核军力竞赛的逻辑怪圈？有人说，"冷战思维是一种以恐惧为起点的完全理性化的思维"（加书亚，2009），也就是说，冷战双方都力图准确、明智地估算形势，采取得当的策略压制敌人、保证己方的优势，但是，他们是否反思过采取这一切"理性"行动的原因是否理性？如果冷战已将人类和世界越来越深地拖入了一个荒谬的怪圈，任何所谓理性的应对是否还有意义？或者说，如果敌对一开始的出发点是非理性的恐惧，是否还存在所谓理性的应对？古巴导弹危机最终能够通过谈判解决，似乎验证了"同归毁灭原则"和"恐怖平衡"思想。美苏两国领导人最终都不愿意启动灾难性的核战争，各自做了让步①。然而，在这次危机事件中有两次偶然的军事行动差一点就导致核战争的爆发，而这两次行动都不是源自两国最高领导层。不知库布里克是否有意为之，影片《奇爱博士》中的情节与现实高度相似。1962 年 10 月 27 日（后来被白宫称为"黑色星期六"），古巴导弹危机最紧张的时刻，一架美国 U-2 侦察机在古巴上空被一枚苏联 SA-2 地对空导弹击中坠毁。之前肯尼迪总统已决定如果派往古巴查看的侦察机被导弹击落，就说明苏联想让冲突升级，那么美国会直接开始攻击行动；当 U-2 侦察机被击落的消息传来时，肯尼迪最终倾向于相信这是一个偶然事件，决定暂不采取行动。事后得知，发射导弹是苏联在古巴的某个指挥官擅自下达的命令。同一天晚些时候，美国海军向古巴附近的一艘苏联潜艇投下了一组深水炸弹，但当时美方并不知道这艘苏联潜艇携带有一枚装有核弹头的鱼雷，并获授命在遭受攻击时可以使用。当时这艘苏联 B-59 核潜艇以为战争已经爆发，准备发射核弹鱼雷，只不过苏联规定核潜艇发射核弹必须由潜艇上的三位最高军官一致同意才能发射，而当时有一位军官坚决不同意，最终核弹没有发射，世界可谓与核战争擦肩而过（George Washington Univeersity,2002）。

电影中核攻击的发起方式，跟现实一样具有偶然性和不可预测性：美国某空军基地司令里珀自作主张，命令轰炸机携带氢弹飞往苏联。影片中国防部作战室里，总统穆夫利得知这一消息时难以置信，他首先质问里珀的上司特金森将军怎么可能发生这样的事，里珀为何能下达核攻击的命令？因为只有总统才有权命令使用核武器。而特金森则提醒总统紧急战争计划 R 计划的存在，R 计划允许

---

① 1962 年 10 月 27 日，赫鲁晓夫在写给肯尼迪的信中说："我想会有可能很快地结束冲突和使局势正常化，从而使人们能够松一口大气，因为我们认为那些身居要职的国务活动家具有冷静的头脑，他们意识到自己的责任，并善于解决复杂的问题和不把事情搞到发生战争灾祸。因此我提出建议如下：我们同意从古巴撤出您认为是进攻性的手段。同意实现这点并在联合国宣布这个保证。贵国代表要发表声明：美国方面考虑到苏联的安全和焦虑，将从土耳其撤出自己的这种手段……现在全世界都感到不安和期待我们采取明智的行动。宣布我们的协议，宣布冲突已根本消除，这对各国人民来说将是最大的愉快。我认为这个协议具有重大的意义，因为它将会是一个良好的开端，特别是它将有助于达成关于禁止试验核武器的协议"（齐世荣，1990：123）。信里赫鲁晓夫明确表示担忧美苏对峙可能造成核战争的灾难性后果，并表示愿意为达成协议让步。

级别低一些的指挥官在受到攻击、上级指令中断时发出核报复指令，而这一计划正是总统本人批准的。R 计划的意图在于避免在遭受敌人攻击时不能发出报复命令，从而保证核威慑力，这正是"同归毁灭原则"的体现。也就是说，为了保证核恐吓和核报复，核武器的使用并非处于一个高度集权的、统一指挥的作战系统中，这就增加了核武器管理和使用的不确定性和偶然性，使得"恐怖平衡"本身存在一个巨大的漏洞。一个基地指挥官（或者更低一级的军官）甚至是机器装置都可以发动一场破坏力难以想象的核战争，电影和现实都印证了这一点。"同归毁灭原则"和"恐怖平衡"是建立在对核威慑理性认知基础上的，然而，一个系统无论如何完美，永远不可能预设所有的情况；一个策略无论如何明智，其实施者总是具体的人，而人的个体差异会导致实施结果的不可预测。古巴导弹事件中下令发射导弹的基地指挥官和影片中的里珀便是这样的偶然。相对于现实中人们庆幸避开了核战，库布里克让人们在发笑后冷颤："如果当初那个苏联指挥官是里珀，世界现在会是什么样？"《奇爱博士》上映后，由于公众普遍担忧美国对核武器的控制，美国空军还特地制作了一部纪录片，来展示军队对总统的服从和对核武的严格控制（Pfeiffer，2016）。

除了嘲讽"同归毁灭原则"，影片还从另外一个角度揭示了核战偶然爆发的必然性。前面讲过，片中主要有三个场景：空军基地里珀的办公室、国防部作战室以及 B-52 轰炸机机舱，这三处都是密闭的室内空间，分别是电影中核战的发起者、决策者和实施者所处的场地，但是由于人为和非人为的原因，三者之间相互不能联系。里珀把自己锁在了办公室里，在下令基地进入紧急状态后，他甚至将办公室百叶窗调到遮光模式，完全将自己与外部世界隔离开来；B-52 轰炸机接收到 R 计划的命令后，只能通过 CRM 114（该片中虚构的无线电收发报机）联系，但只有里珀知道三个字母的联系密码；作为最高决策者的穆夫利总统身处国防部作战室，和他的幕僚们围坐在一个巨大的圆桌旁，四周墙上是巨大的电子地图。电影用顶光打在圆桌上，总统和高官们看上去正身处一场牌局之中，一场能决定世界命运的牌局（接到攻击命令前 B-52 轰炸机机组人员中有人在玩牌消遣），然而，权利顶峰的人似乎也无能为力。为了挽回局势，总统一直想联系上里珀和 B-52 轰炸机，却始终未能成功。在这里，影片再次指向现实。古巴导弹危机中那艘带有核弹的苏联潜艇据说就是因为潜水太深，无法与莫斯科联系，不能及时得知两国冲突的发展进程，才差点贸然发射核弹①。可以说，库布里克用"隔阂"来讲述了一个"沟通"的故事，而他对人类之间的交流似乎持悲观态度。电影呈现了核战的发起者、最高决策者和执行者三者各行其是的一系列可笑情节，让观众发现本应是战争最高指挥官的总统和国防部却对局势一筹莫展，冷静地揭示了荒诞背后的逻辑。

冷战期间，东西方两大阵营因为敌对而缺乏直接的交流和沟通，丘吉尔的"铁幕"一词就是非常形象的隐喻。铁幕阻断了交流，而没有交流会让这道铁幕更加牢固。影片开始提到"在西方高层领导中有一种谣传，苏联正在制造一种能毁灭地球和人类的终极武器"，这个谣言跟当时出现的云海镜头一样，让人觉得云里雾里，不知真假。不幸的是，这个谣传最终在穆夫利总统为挽救危机邀请苏联大使进入作战室之后才被证实，并且得知这个叫"末日装置"（Doomsday Machine）②的终极武器在接收到核攻击的信号后会自动启动，并且没办法让它中止。总统问苏联为何要制造这样一种让大家都完蛋的机器，大使却回答他们是听闻美国在造这种武器才跟风的；总统的顾问奇爱博士解释，这种末日武器可以由电脑控制自动开启，指出这种对自己并没有好处的武器目的在于恐吓，接着他也询问苏联大使为何造了这种武器又没有对外宣布，大使却回答说因为苏联总理喜欢惊喜，他们原本准备下周在党代会上突然宣布的。

①　古巴导弹危机之后，美苏两国决定在华盛顿和莫斯科之间建立热线电话，以便在紧急情况下立刻进行双边首脑谈判来避免类似的危机再发生。冷战期间两国数次使用过热线。

②　兰德集团的战略顾问赫曼·卡恩（Herman Kahn, 1922—1983）在 1960 年出版的《核战争》（*On Thermonuclear War*）一书中提出，"同归毁灭原则"（MAD）并不能保证避免核战争，他提出 Doomsday Device 这一设想，即将大量核武器与电脑相连接，一旦接收到他国启动核攻击的信号即自动触发，其结果是毁灭整个地球。卡恩认为，虽然伤亡和破坏程度会很严重，但核战争是可以有胜负之分的。本片中总统顾问奇爱博士和特金森将军这两个人物身上都有卡恩的影子。

如果美国事先知道"末日装置"的存在，对核武器的使用必然会更加谨慎，也许就不会有下放权力的 R 计划存在；然而"末日装置"因为一个荒谬的原因未能及时公布，而美国的核攻击也因为一个荒谬的原因突然启动了，于是，世界只能等待末日的降临。隔阂既是冷战的原因也是冷战的表现之一，隔阂阻碍交流，使得双方常常在接收对方的信息时出现偏差，而误读核战信息的结果是致命的。片中貌似荒唐的起因，其实是隔阂的必然结果。

库布里克对现代电子通信技术的发展是否能促进人与人之间的交流也持怀疑态度。片中许多推动情节的重要对话都是通过电话或无线电进行的（Sheridan，1995）。里珀通过电话向曼德里克下达了让轰炸机联队飞往苏联的攻击命令，又通过电话让全基地关闭；这一情况是通过电话汇报给了正跟女秘书在汽车旅馆里的特金森；随后作战室里美国总统拨通了苏联总理的电话。这些电话中除了里珀第一次跟曼德里克通电话时双方都有画面，其余的电话场景都是单方面的，电话的另一方并没出现。而且这些通话都遇到沟通障碍，比如特金森当时在浴室里，于是双方的讲话都由女秘书转告，而女秘书并非是逐字逐句传达；总统与苏联总理的连线对话进行得非常困难，很显然对方正在寻欢作乐，喝得醉醺醺的。当曼德里克终于弄清召回密码后，想向上级汇报却因基地关闭而苦于没有通信工具，他好不容易找到一部付费电话但又没有硬币，最后只好请求前来抓捕里珀的军官用枪打碎自动售货机，用里面跳出来的硬币拨通电话。在曼德里克汇报了召回密码后，作战室向轰炸机联队发出了返回命令，核战危机本来可以挽回，但之前由于时间紧迫、别无他法，穆夫利总统决定把每架轰炸机的位置都告诉苏联，由苏联发射导弹击落这些飞机，而其中一架轰炸机成功地躲过了导弹，但机上的通信系统包括 CRM 114 都被损坏了，无法接收召回信号，并且因为飞机受损漏油，这架轰炸机临时改变了其攻击目标，就近投下了氢弹，揭开了地球毁灭的序幕。

在偏执狂里珀发动了核攻击之后，有曼德里克、穆夫利总统这样理性的人尽各种努力试图消除危机，但也有像特金森将军这样的战争狂人为之兴奋，觉得这是个战胜敌人的绝妙机会。特金森向总统建议说，既然不知道召回轰炸机的密码，就让轰炸机执行命令好了，并且应该抓住这个机会，增加攻击力量，抢先消灭苏联的核打击力量。他还给总统估算了苏联大概有多少核武器能幸存，而靠这些核武器报复美国的话，美国会有多少人员伤亡。他的结论是"顶多会有一到两千万美国人死亡"，这个死伤率完全能接受。当然这两千万人里绝对不会包括特金森和他的情人——秘书小姐，他对美国能赢得这场核战争充满信心。同样认为核战争有输赢之分的还有B-52轰炸机的指挥官"刚"少校（Major T. J. "King" Kong）。这个名字有意模仿好莱坞电影中的经典形象——巨猿"金刚"，影射好战是人的兽性的表现。在下属向"刚"少校汇报接到 R 计划攻击命令时，他的第一反应是不相信，认为这命令是"疯掉了"（"刚"少校的台词是"crazy"）；下属说确实是这个命令，他还认为是开玩笑，并且说这是"最愚蠢的玩笑"。但是，在他亲自检查核实命令后，他立即进入了作战状态，按照指令关闭了除 CRM 114 之外的通讯渠道，然后很娴熟地对下属发表了动员演讲，说等成功执行这项攻击任务归来后，全机组人员不分种族、宗教背景定然都会得到嘉奖。对他来说这似乎只是一项普通的作战任务，他丝毫没有意识到核战争的毁灭性。最后，由于轰炸机设备受损，投放氢弹的舱门不能打开，"刚"少校亲自去修理，不料他把电线接通后舱门突然打开，于是他倒骑着氢弹挥舞着他的牛仔帽坠向地面轰炸目标。《奇爱博士》集中表现的不是对核弹的个体心理恐惧，而是被恐惧所俘虏的理性化思维本身。"（加书亚，2009）面对里珀、特金森和"刚"少校这样的好战分子，代表理性的曼德里克和穆夫利显得被动而无力。他们百般努力，最终还是没能挽回这场在恐惧的荒诞中开始又在荒诞的恐怖中结束的灾难。

三、冷战的第三方：西欧

为了整部影片达到黑色幽默的效果，完美主义者库布里克还在演员角色设置、配乐方面花费了很多心思，很多研究者都挖掘过片中人名和三首乐曲的讽喻意义。在角色分配方面，饰演好战的特金森将军的是曾凭借影片《巴顿将军》获得奥斯卡奖的著名演员乔治·斯科特（George C. Scott），而扮演仇视共产主义的妄想狂里珀的是演员斯特林·海顿（Sterling Hayden），他本人却曾因短期加入过共产党而受到众议院非美活动调查委员会传讯。但影片最有趣的角色设置莫过于英国演员彼得·赛勒斯（Peter Sellers），他一人饰演三个角色：英国皇家空军在美军基地的交流军官曼德里克、美国总统穆夫利以及与影片同名的总统顾问——原纳粹科学家奇爱博士（Dr. Strangelove）。

奇爱博士这一角色无疑是影射美国在二战后引进了一系列纳粹德国的科学家，他的存在令人质疑美国在冷战中立场的正义性，同时也进一步凸显人类战争的荒谬：曾经的敌人成了顾问与帮手，美国借此来对抗曾经的盟友——苏联。这位奇爱博士外表、举止和言谈都颇为滑稽。因为身有残疾，他只能坐在轮椅上；右手是假肢，但这支假手似乎有自己的意志，总是不受控制地想行纳粹军礼；而博士本人说话间也经常用"元首"称呼总统。最后在得知"末日装置"启动、世界将覆灭、核污染将持续100年时，作战室诸人不是哀悼，而是围着奇爱博士听他口若悬河地发布他的地下世界构想，似乎世界的毁灭与他们无关。奇爱博士建议总统利用矿井修建地下世界，人类将生活在地下直至核污染消失。就跟他的言行带有纳粹阴影一样，他的地下世界构想也具有明显的种族主义和男性沙文主义倾向。他建议总统通过计算机编程选取"优秀"的人，按1:10的男女比例将这些人转移到地下，还善解人意地说当然编程要确保高官们都能去地下。而特金森听到后激动得不能自己，追问"一夫一妻制终于可以结束了吗"。片中最后一句台词是奇爱博士讲到兴奋之处，一下子站了起来，然后神经质地大叫："我的元首，我能走了！"影片将冷战与纳粹联系在一起，不禁令人毛骨悚然。一幅令人印象深刻的海报上奇爱博士伸出僵直的右手，在手下方围坐圆桌的美国高层形成的画面，既像地球又似黑色发亮的蘑菇云，其寓意不言自明。冷战双方都不遗余力地通过舆论宣传丑化对方，美国很多宣传冷战意识形态的电影已将共产党成员类型化，贴上了"冷漠""阴险""没有人性"的标签。如果这样的敌意发展下去，是否会最终走向纳粹的种族主义？

这部电影中欧洲的另一个形象代表是曼德里克。具有讽刺意味的是，来自纳粹的奇爱博士是美国总统的顾问，一直待在总统身边出谋划策，直至最后成为全场焦点；而来自盟友英国的曼德里克却一直受制于他的上司里珀，苦于无法跟美国高层联络。这似乎也象征了二战后西欧各国与美国不同的关系：英法等战胜国既不得不在经济和军事上依赖美国，又不想在冷战体系中完全服从于美国，因而刻意跟美国保持距离；而德国、意大利和奥地利等战败国的反美意识却要弱得多。与电影中的反讽相一致，"欧洲的战胜国竭力要在经济上和文化上去美国化，而战败国却似乎更快地适应了新的势力框架并在这个框架中更快地发展"（Zhou，2010）。欧洲在美苏夹缝中争取独立性的困境集中体现在战后的柏林。柏林墙的树立，东西柏林的对峙，都指向一个分裂的欧洲，一个不得不面对非此即彼选择的欧洲。据说赫鲁晓夫曾经跟毛泽东这样说："柏林市就有如西方的睾丸一般，每次我想让他们尖叫，我就捏柏林一下。"（加迪斯，2013：81-82）这句话粗俗而直白地描述了欧洲在冷战中的进退两难。同库布里克一样，赫鲁晓夫也用性隐喻的方式讲述战争。同一个人饰演的奇爱博士和曼德里克，代表了欧洲与冷战的关系，也代表了战后欧洲艰难的身份选择。片中曼德里克两次在美国军官的枪口威胁下屈服（里珀和来抓捕里珀的军官），而奇爱博士诡异的叫喊则在核弹爆炸的蘑菇云相继腾起的画面中渐渐消失。

库布里克本人曾经说："一个讽刺作家应该对人性持怀疑态度，但仍然能乐观地拿它开玩笑，不论这个玩笑有多么冷酷。"电影《奇爱博士》开始于云海之上，也终结于一朵朵蘑菇云形成的云团之上，伴随着末日画面的是一首叫《我们将再相会》（*We Will Meet Again*）的歌。库布里克对人性的讽刺，对战争的自我毁灭性的预言，是否如蘑菇云的尘埃一样，一直萦绕在人类文明的上空？

引用文献

Axelrod, Alan. *The Real History of the Cold War: A New Look at the Past*. New York: Sterling Publishing Co., 2009.

Black, Cyril E，et al. *Rebirth: A Political History of Europe since World War II*. Boulder：Westview Press, 1999.

Boyer, Paul. Dr. Strangelove. // Mark Carnes. Ed. *Past Imperfect: History According to the Movies*. New York: Henry Holt and Company, 1997.

FREEDMAN L D. Nuclear strategy [J/OL]. 2015-5-10. https: // global.Britan nica.com/topic/nuclear-strategy.

Frankel, Max. *High Noon in the Cold War: Kennedy, Khrushchev, and the Cuban Missile Crisis*. New York: Ballantine Books, 2004.

Gaddis, J L. *Strategies of Containment: A Critical Appraisal of Postwar American National Security*. Oxford: Oxford University Press, 1982.

George Washington University. The Cuban Missile Crisis, 1962: The 40th Annivesary [C/OL]. National Security Archive. 2002. http://nsarchive.gwu.edu/nsa/cuba_mis_cri/press3.htm.

We Will Bury You! [N]. Time, 1956-11-26.

Wilde R. Mutually Assured Destruction [OL].2016-12-16. http://European history. about.com/od/coldwar/fl/Mutually-Assured-Destruction.htm.

Wohlstetter A. The Delicate Balance of Terror [R/OL]. （1958-11-6） [2016-12-16] https: // www.rand.org/about/history/wohlstetter/P1472/P1472.html.

加书亚. 《奇爱博士》：或者我们如何克服对黑白片的恐惧，并热爱库布里克 [OL]. 2009-10-31. http://movie.douban.com/review/2672331/.

齐世荣. 当代世界史资料选辑（第一分册）. 北京：北京师范学院出版社，1990.

于江欣. 古巴导弹危机及其影响. 军事历史，2004（4）：36-40.

约翰·刘易斯·加迪斯. 冷战. 北京：社会科学文献出版社，2013.

结语　冷战思维：一个角度

　　冷战是一段历史，一种文化，一种意识形态，一种话语。冷战思维是这些方面的集中表现，从政治到文化再到大众生活方式，冷战思维逐步蔓延，日趋深入。本书选择了几个侧面，试图在一定范围内描述冷战思维与冷战文化在各个时段的形成过程和表述方式。非黑即白的冷战思维在具体形成与延伸的过程中，造成了很多严重的后果，如思想的僵化、思维的简单化、语言修辞的过度夸张，乃至行为方式的神经过敏等等。从凯南"遏制政策"的提出，到以"杜鲁门主义"为代表的冷战思维的公开亮相；从霍顿讲述自己故事的叙事方式，到"看不见的人"在政治斗争中觉醒的过程；从特里林批判"自由主义的想象"从而更好地强调自由主义的原有精髓到丹尼尔·贝尔"意识形态的终结"的提出；从冷战电影在好莱坞的出现和成批生产，到抽象表现主义绘画和爵士乐有意无意地成为冷战的宣传武器，无不可以找到其印迹，这或许就是冷战文化的一大内容。

　　美国冷战文化研究者纳达尔在其颇有影响的《遏制文化：美国叙述，后现代主义与原子时代》一书中，用尽量保持"正常"来描述冷战氛围下美国人行事方式的特征，而让他本人得以"正常"的，则是他所经历过的那些关于"美国的叙述"，也就是他读过的深深浸透了冷战遏制文化的那些文本，包括文学的、电影的、政治的、社会事件的等等（Nadel, 1995: x）。该书在很多方面也是试图解剖那些"叙述"，透视"正常"背后的各种构成因素。

　　当然，所谓"正常"是纳达尔一个通俗的说法，更加严谨的用语则是，那些"叙述通过国内和国际主题的必要的融合，维持了相当程度的稳定性"(Nadel，1995：297)。这当然就是指冷战的背景，从国际走向国内，进而融通成为弥漫整个社会的一种气氛，在这种情况下，不"正常"倒是有问题了。

换言之，纳达尔所谓的"正常"是指冷战文化与冷战思维造成的铁板一块的思想和社会状态。同样，在本书各个章节里，对此相应地进行了分析和介绍。但需要指出的是，"正常"与"铁板一块"只在一定程度上、一定范围内存在，并不能说整个冷战时代的美国都是牢牢掌控在冷战思维的意识形态之内。即便是如凯南这样的冷战遏制战略的提出者，在20世纪50年代后期也成了冷战思维的强有力的批判者，而如特里林和贝尔这样的战后自由主义知识分子，在其影响巨大的文化批评中，固然有冷战背景的因素在，但其对苏联式僵硬的共产主义思想的批判，对自由主义思想的推崇（表现在特里林上是对文学的"多面化"和"复杂性"的揭示，在贝尔则是经济上部分地接受社会主义因素的自由主义共识）也不能全盘否定，一棍子打死。至少，他们对20世纪思想领域内的争斗有着深刻的反省，这也使得他们成了各自领域的卓越的学者和思想家。而在文学方面，一方面有艾里森用自己的切身经历来表露对美国左翼思想的困惑，并在很大程度上抓住了冷战的氛围，成就了他的著作；另一方面也有米勒直面冷战思维的陷阱与矛盾，以一个斗士的姿态揭示冷战思维逻辑的荒唐；更有多克特罗对左右翼极端思想的反思，厄普代克对冷战思维国际背景的深刻洞察，奥康纳对冷战思维下"我们"与"他们"间关系的超越与批判。

相比而言，或许可以说在大众文化领域，冷战思维的表现尤其突出，无论在电影还是在通俗小说方面，冷战及其意识形态都成了直接表述的对象，且形象生动，影响巨大。本书提及的各个时期的多部好莱坞电影，以及通俗小说《猎杀"红十月"号》，即为典型例子。

总之，冷战思维在本书是一个角度、一种主题、一个切入方式、一种统照不同领域并能照亮共同线索的研究手段。

总体来说，冷战思维的发展轨迹经历了一个从政治、外交到思想、文化，再到生活方式这样一个从宏观到具体、从抽象到实在、从语言修辞到行为方式的过程。而维持这个过程，使其能够不间断地伸展、延续的一个重要原因，是对美国所肩负的历史使命的认同，所谓美国是自由世界的领导者，是世界范围内自由、民主的维护者，是民主国家的典范。这种认同在很大程度上成了美国应承担的道义。正是这种自我认同、自我认定、不言自喻的道义，赋予了冷战思维一种道德基础，一种强烈的责任感，一种类似于上帝的召唤的使命感。这可以说是冷战思维得以延伸到各个方面并长期延续的一个重要原因。而无论是对这种自我认同的维护还是批判，抑或兼而有之，冷战思维都是一个不得不关注的切入角度。但是，研究手段并不能替代研究内容，角度也并不能取代研究对象的丰富性和复杂性。

从这个方面而言，本研究的意义在于结合冷战历史，深入剖析政治、文化、文学之间的关系，揭示冷战思维的形成轨迹和表现方式，从深层次上认识冷战对二战后美国社会的塑形（和反塑形）作用。这样一种认识也有助于解读冷战后美国面临的新的历史情景以及采取的相应策略，因为很大程度上，冷战思维在美国并没有随着冷战的结束而结束，而是时隐时现，以全球化的名义继续其世界秩序"维护者"的使命。另一方面，美国文化中对冷战思维的批判精神，同样也在时刻不停地闪耀着光芒①。

作为一个历史阶段的冷战已经过去，作为一个角度的"冷战思维"依旧可以提供看透问题的有力手段。对于美国的研究如此，对于其他国家和文化的研究同样也具有借鉴意义。因为究其根本，"自我与他者"、"我们与他们"这样的思维方式，并不只限于美国，在美国以外的地域同样存在。冷战思维在很多时候是一种流行病，在全球化的今天更需要找到治愈的渠道和方式，这或许也是本书的意义之一。

---

① 如，"9·11"事件后出现了相关的文学作品，仅以诗歌为例，很多诗人对冷战后美国的单边主义倾向，小布什政府以反恐名义抛出的"要么与我们在一起，要么与恐怖主义者在一起"的冷战思维进行了嘲讽、反思和批判。（参见金衡山.创伤与阴影：9·11 与美国诗歌.英美文学研究论丛，2014（2）：122-132.）

引用文献

Nadel, Alan. *Containment Culture: American Narratives, Postmodenism, and the Atomic Age.* Durham: Duke University Press, 1995.

后　记

　　本书从构思、材料收集，到项目申请再到书稿完成，在时间上经历了比较长的时期，在思想感悟上同样也经历了一个比较长的过程，感想、感慨、感叹良多。

　　我的博士论文做的是美国当代著名作家厄普代克的"兔子"系列小说研究，在收集论文材料时我看到一部书，书名为《厄普代克与冷战》，读后眼睛为之一亮，原来还可以把作家与作品研究与一个时代结合在一起。不是我们以前习以为常的作品加背景式的阐释，而是把一个时代的一种思想乃至思维方式作为一个视角来透视作品的创作动因和用意，由此作品的现实和历史意义得到了开放式的体现，与此同时，作品的文化与政治含义也跃然纸上，向读者自我开放了。这或许可以概括为所谓文学的"文化研究"，融历史、政治、文学、文化为一体，从一个大角度审阅文学的存在及其缘由。多年后，在对文化研究有了更多的体会之后，再来看那本书，感觉文化的内容并不如我想象的那么多，有些观点似乎也不能完全服人，但是，有关冷战这个话题却正是在那个时候进入了我的脑海，而且深深扎下了根，似乎想拔也拔不掉。

　　此后，我开始有意识地收集这方面的材料，范围划定为冷战思维与美国文学和文化。之所以把"冷战思维"作为一个关键词，一是因为"冷战"是一个大话题，涵盖面太广，无法拿捏，而"冷战思维"的范围应该比较确定；二是因为我想从思想与思维方式入手，在文学与政治和文化间找出一条共同的轨迹，由此再反观思想的形成过程。从这个角度来看，冷战思维在冷战期间应是一个普遍存在的现象，同时也是一种"政治无意识"（詹姆逊语），蔓延在文学、文化与政治之间，从这个角度来看问题，正是文化研究倡导的大视野切入方式。2008 年我有机会在美国普度大学访学三个月，集中一段时间查询与研读了一些相关资料，发现冷战研究俨然已是热火朝天，但相对来说，对冷战与文化尤其是与文学间关系的关注度，相比于作为历史阶段的冷战研究的关注度要少很多，而集中在冷战思维与文学和文化关系的研究则更要稀少，但是另一方面，有关冷战的讨论其实都离不开冷战思维的问题，于是对于设定的这个题目更有了一点开工上马的冲动。在普度期间我得到了英语系美国研究项目主任比尔·马伦（Bill Mullen）教授的大力帮助，他提供了一些研究线索，对我很有启发，在此表示感谢。2009 年我用这个题目申请国家社科基金，很幸运获得资助，2010 年以同样的题目获得中美联合富布莱特项目资助，到美国开始步入研究的轨道。

非常感谢杜克大学东亚和中东研究系的刘康教授，在他的帮助下我去了杜克大学，也是因为他热心和周到的安排，使得我能够在那儿有了一个舒适的安顿之处，很快就进入了研究状态。在杜克期间我拜访了著名历史学家、历史系教授、《未完成的旅程》一书的作者威廉·蔡菲（William Chafe），就项目的主要内容征求了他的意见，得到了他的赞同；此外，我还专门采访了杜克大学文学系的詹姆逊（Jameson）教授，就有关阅读他的著作的一些感想和问题向他请教。老先生在他的办公室里侃侃而谈，时而严肃，时而风趣，大部分时间认真作答，谈的虽然与冷战话题没有直接关系，但其思想的深邃、态度的直率，给我的研究带来了很多灵感。在此，向这两位前辈学者表示衷心的感谢。

杜克大学校园古朴秀美，花园与森林还有教堂与图书馆伴随了我在杜克的大部分时间，它们提供了静谧的氛围，更提供了遐想与沉思的空间。在杜克的一年，我查阅了与项目相关的大部分资料，撰写完成了三分之二的内容。完全可以这么说，如果没有这一年，还真不知道会到何年何月才能完成这个项目，所以我要向富布莱特项目表示衷心感谢。

回国后，因为要参加国家社科基金重大项目《新中国外国文学研究六十年》的子项目《新中国美国文学研究六十年》，手头进行的冷战思维研究不得不搁置了一阵子，不过在忙碌中我一直不敢掉以轻心，还是断断续续地完成了剩下的工作。尽管比原定完成时间拖延了一年半，但终于还是可以缓缓地长舒一口气了。

回想这几年来，这个项目一直是我科研的中心，一方面是出于按时完成的责任心，另一方面也确实是想在这方面做一点工作，尤其是文化研究要求的跨学科视角多多少少让我进入一个新的领域，很想把在这个新领域中的尝试拿出来与大家分享。经历了磕碰、打磨、苦涩和兴奋之后，有一点小小的成果可以拿出来展示，也算是一种收获。

收获的同时，除了上面提到的一些人外，还要对其他一些人表示感谢。这个项目在研究之初的论证会上，得到了南京大学江宁康，华东师范大学朱全红、陈俊松的指点，在此表示衷心感谢。项目结束征求意见时，得到了上海外国语大学虞建华、乔国强，复旦大学张冲，南京大学江宁康诸位教授的评点，在此表示衷心感谢。

另外一个特别要感谢的是丹麦哥本哈根大学美国学教授保罗·列维恩（Pual Levine），他也是我的工作单位华东师大外语学院美国研究中心的创始人，他帮助建立了美国研究中心资料室，使得我能够从中看到第一批与冷战研究相关的图书资料，也是他向我提供了冷战研究各个方面的书单，让我拥有了方向感。

这个项目也是一个集体行为，我的三位合作者也给予了很大帮助，按时完成了他们负责的各个单元的撰写工作，沈谢天和孙璐对书稿进行了校读。在此对他们表示由衷的感谢。

最后要向国家社科基金表示衷心感谢。或许并不是所有研究都需要资助才能完成，但是有了资助就更加有了动力和责任。

金衡山
2015 年 2 月